언어
없는
생활과

동시(東西) 소설
강경이 옮김
언어 없는 생활
은행나무

둥시 東西 　　본명은 톈다이린(田代琳). 1966년 광시(廣西) 톈어(天峨) 현에서 태어나 허츠(河池) 사범전문학교를 졸업한 뒤 학생들을 가르치며 창작활동을 병행해왔다. 현재는 광시(廣西) 민족학원 상주작가와 광시작가협회 부주석으로 활동하고 있다. 중국에서 1960년대 이후 출생하여 1990년대에 등단한 작가군단을 일컫는 '신생대(新生代) 작가' 그룹의 대표작가로 중국 언론과 대중의 사랑을 받고 있다. 필명인 '둥시'는 중국에서 하찮은 것을 가리키는 별 의미 없는 단어지만 역설적으로 많은 함의를 담을 수 있다는 이유에서 지은 것이다. 2002년 도쿄국제영화제에서 '최고예술공헌상'을 수상한 영화 〈천상의 연인〉의 원작이기도 한 〈언어 없는 생활〉로 중국 제1회 노신문학상(중편소설 부문)을 수상했다. 장편소설 《따귀소리》 역시 영화 〈누나의 사전〉과 드라마 〈소리〉로 제작되어 많은 사랑을 받았다. 다른 주요 작품으로 《후회록》, 《그녀가 얼마나 아름다운지 너는 몰라》, 《내게 묻지 마세요》, 《추측》 등이 있다.

옮긴이 강경이 　　성균관대학교 중어중문학과, 이화여자대학교 통번역대학원 한중번역학과를 졸업하고 북경어언문화대학에서 수학했다. 현재 이화여자대학교 통번역대학원과 중앙대학교 국제대학원에 출강하고 있으며, 번역가 에이전시 하니브릿지에서 전문 번역가로 활동 중이다. 주요 역서로는 《제국의 슬픔》, 《젊은 투자자를 위한 워렌 버핏의 9가지 충고》, 《노벨상 수상자 45인의 위대한 지혜》 등이 있다.

차례

언어 없는 생활

· · ·

　왕라오빙(王老炳)과 귀머거리 아들 왕자콴(王家寬)은 산비탈 옥
수수 밭에서 잡초를 솎아내고 있었다. 웬만한 어른 키보다 큰 옥
수수들이 촘촘히 박혀 있어 허리를 숙이고 있으면 누가 밭에 있
는지도 잘 보이지 않았다. 왕라오빙은 담배 한 대 태우려고 잠시
일손을 놓을 때에야 왕자콴이 풀 베는 소리를 들을 수 있었다. 어
디선가 서걱서걱 풀 베는 소리가 경쾌하고 규칙적으로 들려오면
아들이 열심히 일하고 있구나 생각했다.

　왕라오빙이 낫을 휘두를 때마다 여기저기 웃자란 억센 잡초들
이 맥없이 잘려 나갔다. 풀 사이에 도사리고 있던 쥐와 벌레들도
난데없는 날벼락에 화닥닥 튀어나와 사방으로 흩어졌다. 바로 그
때 시꺼먼 무리의 무언가가 정면으로 돌진해왔다. 왕라오빙은 실
수로 벌집을 들쑤셨음을 직감했다. 벌떼는 순식간에 그의 머리,
얼굴, 목 주변으로 달려들었다. 벌에 쏘인 그는 고통스러워하며
그 자리에 고꾸라졌고, 옥수수 밭을 뒹굴며 격렬한 신음을 토해
냈다. 한 이십여 미터를 굴러갈 때까지도 벌떼는 집요하게 달라
붙은 채 검은 먹구름 마냥 그의 머리 위를 맴돌며 욱시글대고 있
었다. 왕라오빙은 아들의 이름을 애타게 불러댔다. 그러나 귀머
거리인 왕자콴에게 그 소리가 들릴 리 없었다.

　결국 그는 흙을 한 줌 움켜쥐고 공중으로 힘껏 내던졌다. 생각
대로 벌떼들이 사방으로 흩어졌다. 그러나 이내 흙과 죽은 벌들

이 왕라오빙의 눈과 코, 입으로 줄줄 떨어져 내렸다. 그 순간 왕라오빙은 눈에 따가운 이물감과 쓰라린 통증을 느꼈고, 곧이어 눈앞에 시커먼 장막이 드리워졌다.

"사람 살려! 자콴! 살려줘! 아이구, 나 죽네!"

왕라오빙의 신음소리가 잦아들 때마다 한쪽 편에서는 왕자콴의 풀 베는 소리가 장단을 맞추듯 경쾌하게 울려 퍼졌다. 한참 낫질을 하다 갈증을 느낀 왕자콴은 낫을 놓고 아버지가 있는 쪽으로 걸어갔다. 왕자콴은 눈앞에 펼쳐진 끔찍한 광경을 보고 질겁했다. 잘 여문 옥수수들은 참담하게 뭉개져 널브러져 있고 그 위로 왕라오빙이 의식을 잃고 쓰러져 있었다. 퉁퉁 부풀어 오른 얼굴은 영락없는 늙은 호박을 연상케 했는데, 붓기가 어찌나 심했던지 살갗 표면이 말갛고 투명해져 있었다.

왕자콴은 왕라오빙의 머리를 부둥켜안고 맞은편 산을 향해 소리쳤다.

"사람 살려요!"

자콴의 외침이 절절한 메아리가 되어 산과 산 사이를 한참 맴돌았다. 그나마 소리를 들은 사람들은 그가 산짐승을 쫓아내고 있는 거라고 대수롭지 않게 생각했다. 그러나 애타게 울부짖는 소리가 그치지 않자 맞은편 산에 있던 라오헤이(老黑)가 심상치 않은 낌새를 눈치 챘다. 그는 소리가 들리는 맞은편 옥수수 밭을 향해 신호를 보냈다.

"자콴, 무슨 일 있어?"

세 번 연속 외쳤지만 자콴은 묵묵부답이었다. 하던 일을 계속하려는 순간, 문득 자콴이 소리를 듣지 못한다는 사실이 떠올랐

다. 라오헤이는 다시 왕자콴이 있는 쪽을 주시했다. 산바람에 실
린 왕자콴의 울음소리가 점점 선명해지고 있었다.

"울 아버지 죽어요. 제발 살려 주세요! 벌에 쏘였다고요!"

. . .

　왕자콴과 라오헤이는 왕라오빙을 업고 서둘러 집으로 돌아왔
다. 때마침 치료를 하러 달려온 동네 의원 류순창(劉順昌)이 왕자
콴에게 아버지의 바지를 벗기라고 했다. 왕라오빙은 털 깎인 민
둥 돼지마냥 침대에 무력하게 누워 있었고, 침대 주변을 에워싼
동네 사람들은 류순창이 치료하는 모습을 숨죽여 지켜봤다. 류순
창이 왕라오빙의 머리와 목, 팔, 가슴, 배꼽, 허벅지 부위 순서로
약물을 바르자 사람들의 시선도 그의 손끝을 따라다니고 있었다.
그러다 허벅지 쪽으로 시선이 쏠리면서 사람들은 뭐라고 수군거
리기 시작했다. 이를 본 왕자콴은 그들이 왠지 아버지의 은밀한
부위를 가지고 노닥거리는 것 같아 기분이 이상해졌다. 마치 자
신이 침대에 누워 있는 것처럼 얼굴이 화끈거렸다. 그는 침대 머
리맡에서 수건 하나를 집어 들어 아버지의 허벅지 부위를 얼른
가렸다.

　류순창은 왕자콴의 갑작스러운 동작에 잠시 주춤하더니 사람
들을 향해 너털웃음을 지었다.

"자콴, 이 녀석이 똑똑하다니까. 귀는 먹었어도 지 아버지에
대해서 속닥거리니까 금방 눈치 채잖아. 표정과 눈빛만 봐도 무

슨 말을 하고 있는지 대번에 안다니까."

류순창은 왕자콴에게 집게를 건네며 왕라오빙의 입을 비틀어 열라는 표시를 했다. 왕자콴은 헝겊으로 입 안에 넣을 부분을 꽁꽁 동여맨 다음 아버지의 꽉 다문 턱을 조심스럽게 비틀어 벌렸다. 류순창은 입 안에 약을 부어 넣으며 의외로 꼼꼼한 왕자콴을 칭찬했다.

"어떻게 헝겊 맬 생각을 다 했을까? 제 아비가 아파할까 봐 살뜰히도 신경 쓰는군. 귀만 멀쩡했어도 데려다 제자 삼는 건데."

약물이 다 들어가자 왕자콴은 왕라오빙의 입에서 집게를 빼내며 "선생님!"하고 큰소리로 불렀다. 깜짝 놀란 류순창은 제 귀를 의심하며 잠시 멍해졌다.

"너 내가 방금 했던 말 다 알아들은 거냐? 도대체 귀가 들리는 거야, 안 들리는 거야?"

왕자콴은 멀뚱멀뚱 쳐다보기만 할 뿐 아무런 반응도 하지 않았다. 옆에서 지켜보던 사람들도 온 몸에 소름이 쫙 끼쳤다. 방금 저희들끼리 쑥덕거렸던 내용들을 그가 다 듣기라도 했으면 어쩌나 갑자기 섬뜩해졌다.

왕라오빙은 열흘이 지나서야 조금씩 회복되기 시작했다. 그러나 그의 눈은 완전히 시력을 잃어버려 아무 것도 볼 수 없었다. 사정을 모르는 사람들이 멀쩡하던 눈이 왜 갑자기 그렇게 됐냐며 꼬치꼬치 캐물어도 그는 귀찮은 기색 없이 일일이 대답해주었다.

"벌에 쏘였다네."

그는 선천적인 장님이 아니기 때문에 청각기관과 후각기관이 특별히 발달되어 있지도 않았다. 때문에 그의 행동반경은 크게 제약을 받을 수밖에 없었고, 왕자콴이 없으면 꼼짝도 못하는 신세가 돼버리고 말았다.

• • •

얼마 전부터 라오헤이가 기르던 닭들이 하나 둘 죽어갔다. 처음에는 심드렁하게 죽은 닭들의 털을 뽑아내 삶아 먹었지만 사흘 연속 닭으로 밥상을 도배하니 슬슬 물리기 시작했다. 결국 그는 죽은 닭들을 땅에 파묻거나 산비탈에 버렸다. 한번은 왕자콴이 죽어서 축 늘어진 닭 한 마리를 들고 밭쪽으로 걸어가는 라오헤이를 발견했다. 그는 라오헤이의 양계장에서 전염병이 발생했음을 직감하고 달려가 따졌다.

"양심도 없군. 어째서 전염병이 돈다고 알리지 않는 거야?"

가로막고 선 왕자콴에게 라오헤이가 뭐라고 입을 놀리며 해명했다. 그러나 왕자콴의 귀에는 아무 것도 들리지 않았다.

이튿날 왕자콴은 집에 있는 닭을 팔러 나갈 준비를 했다. 집을 나서려는데 왕라오빙이 따라 나와 그를 잡아당기며 말했다.

"자콴, 다 팔면 비누 하나 사오너라."

자콴은 아버지가 뭔가를 사오라는 것 같았지만 그 물건이 무엇인지 감이 오지 않았다.

"아버지, 뭘 사오라고요?"

왕라오빙은 가슴 높이에서 손으로 사각형을 만들어 보였다.

"담배 말씀하시는 거예요?"

왕라오빙이 고개를 내저었다.

"그럼, 채소 칼이요?"

그는 다시 고개를 절레절레 흔들었다. 그러면서 손으로 머리며 얼굴, 옷을 비비는 시늉을 하며 구체적으로 설명했다. 뭔가 골몰히 생각하던 왕자콴이 마침내 '아하' 하고 끄덕이며 알겠다는 표정을 지었다.

"알았어요. 수건 사오라는 거죠?"

왕라오빙은 강하게 부정하며 고개를 세게 흔들었다.

"수건이 아니라 비누라고."

그러나 완전히 이해했다고 생각한 왕자콴은 벌써 의기양양하게 문을 나선 뒤였다. 그가 나가 버린 자리에는 왕라오빙의 외침만 공허하게 메아리치고 있었다.

왕라오빙은 문을 더듬거리며 해가 잘 드는 자리를 골라 앉았다. 태양에 달궈진 옷에서 올라오는 눅눅하고 쾨쾨한 땀 냄새가 풋풋한 풀냄새, 마른 소똥냄새와 뒤섞여 스멀스멀 퍼졌다. 가느다란 땀줄기가 그의 등을 타고 흘러내렸고 피부도 따가운 햇살에 불그스름하게 익었다. 맹렬한 여름 볕에 조금만 움직여도 더위가 끈덕지게 몸에 달라붙는 날이었다. 며칠 째 이런 날씨가 계속되고 있었다. 골목 어귀에서 시끌시끌한 인기척이 들릴 때마다 그는 왕자콴의 목소리가 섞여 있지는 않나 귀를 쫑긋 세웠지만 매번 실망해야 했다. 큰길 쪽에서 폴짝폴짝 뛰면서 노래를 부르는 아이의 목소리가 들리는가 싶더니 금세 잠잠해졌다.

살갗을 내리누르던 열기가 점점 주춤해지자 왕라오빙은 하루가 저물어가고 있다고 짐작했다. 바로 그때 라디오 소리가 그의 귀를 압박하듯 점점 크게 들려왔다. 그 소리가 워낙 커서 왕자콴의 발소리도 파묻히고 말았다. 그래서 왕라오빙은 왕자콴이 집 근처에 당도했다는 사실도 까맣게 모르고 있었다.

왕자콴은 수건과 백 위안(元)짜리 지폐를 라오빙의 손에 쥐어 주며 말했다.

"아버지, 사오라고 하셨던 수건이에요. 이건 남은 돈이고요."

"또 뭘 산 게야?"

왕자콴은 목에 걸었던 라디오를 빼서 아버지의 귓가에 바짝 대 주었다.

"집에서 심심해하실까 봐 작은 라디오도 하나 샀지요."

"듣지도 못하는 녀석이 라디오는 사서 뭐하게?"

왕라오빙의 손에 들린 라디오가 잉잉거리는 노랫가락을 뽑아내고 있었다. 왕라오빙은 마음이 착잡해졌다. 그의 손에 들린 물건은 수건과 지폐, 라디오가 전부였다. 그가 부탁했던 비누는 어디에도 없었다.

'비누가 당장 필요한 것은 아니지만, 어떻게 비누를 수건으로 이해할 수 있단 말인가? 이 정도 의사소통도 안 되는데 앞으로 도대체 어찌 살아가야 하나. 이럴 때 집사람이 살아 있었다면⋯.'

· · ·

얼마 지나지 않아 라디오는 왕자콴 차지가 되었다. 그는 외출할 때마다 볼륨을 최대로 키운 라디오를 목에 걸고 다녔다. 그가 지나갈 때마다 개들이 그를 향해 미친 듯이 짖어댔다. 야심한 밤 시간에도 마을 사람들은 지칠 줄 모르고 떠들어대는 그의 라디오 소리에 잠이 달아나기 일쑤였다. 거기다 아들을 나무라는 왕라오빙의 잔소리까지 따라 붙어 애꿎은 동네 사람들은 매일 밤 곤욕을 치러야 했다.

"이 귀머거리야! 애비 말 안 들려? 볼륨 좀 줄이라니까. 귀청 터지겠다. 쓸데없이 돈 낭비하지 말고, 이 녀석아!"

얼마 전부터 왕자콴은 저녁상을 물리고 나면 셰시주(謝西燭) 집으로 쪼르르 달려갔다. 거기서 마작 구경을 하는 게 요즘 그의 유일한 낙이었다. 한번은 자콴이 라디오를 가슴팍에 꼭 껴안고 두 손으로 라디오 스피커 부분을 매만지는 것을 보고 셰시주가 다가와 물었다.

"너 그 소리를 알아듣기는 하는 거냐?"

"듣지는 못해도 소리를 만질 수는 있어요."

"이상하네. 라디오 소리를 못 듣는다면서 지금 내 말은 어떻게 알아들었지?"

왕자콴은 대답 없이 헤벌쭉 웃어 보이기만 했다.

"사람들은 항상 똑같은 질문을 하거든요. 헤헤."

그는 어느새 여기저기서 몰려온 사람들에게 둘러싸였다. 잠시 후 라디오에서 만담이 흘러나오자 사람들이 뒤집어질 듯 박장대소했고, 왕자콴도 얼떨결에 따라 웃었다. 이를 보던 셰시주가 불쑥 물었다.

"자네, 뭘 알기나 하고 웃는 건가?"

왕자콴은 눈만 멀뚱거리며 고개를 저었다.

　그러자 셰시주가 왕자콴의 귀 가까이에 입을 갖다 대고 버럭 소리를 질렀다.

　"뭘 그렇게 웃느냐고?"

　왕자콴은 멍한 표정으로 셰시주를 한참 바라보다가 겨우 입을 열었다.

　"사람들이 웃길래 따라 웃었어요."

　"내가 너라면 여기 이렇게 뭉개고 앉아 있지 않을 거다. 여기서 죽칠 시간 있으면 가서 이 짓이나 해!"

　셰시주는 왼손 엄지와 검지를 벌려 오른손 검지를 그 사이에 쑤셔 넣었다. 왕자콴의 얼굴이 시뻘겋게 달아오르자 셰시주는 고소하다는 표정을 지으며 생각했다.

　'그래. 네 놈도 창피한 줄은 알겠지.'

　모욕감에 사로잡힌 왕자콴은 표정을 구기며 벌떡 일어났다. 그는 다시는 이곳에 발길을 하지 않겠다고 다짐 또 다짐하며 어둠 속으로 사라졌다.

　셰시주 집에서 걸어 나온 왕자콴은 자신이 벌레보다 못한 취급을 받고 있다는 생각이 들자 치욕스럽고 씁쓸해졌다. 그는 머릿속이 뒤죽박죽인 채로 몇 걸음 걷는 둥 마는 둥 하다가 누군가와 부딪쳤다. 진한 향수냄새를 풍기는 상대는 살짝 부딪쳤는데도 연약한 볏단처럼 푹 고꾸라졌다. 왕자콴이 손을 내밀어 일으키고 보니, 주 씨 영감의 딸 주링(朱靈)이었다. 그가 옆으로 비껴서 가던 길을 계속 가려고 하자 그녀가 길을 가로 막았다.

　왕자콴이 주링의 어깨에 손을 갖다 대자 그녀는 싫지 않은 표정을 지어 보였다. 그는 점차 위로 손을 뻗어 그녀의 보드랍고 따뜻한 목선을 어루만졌다.

"목이 비단 같이 부드러워."

그는 주링의 목에 입을 갖다 대고 살짝 깨물었다. 곧이어 그의 입에서 쩝쩝 입맛을 다시는 소리가 났다. 아직 입 속에 남아 있는 맛있는 음식의 여운을 음미하듯 그는 혀끝에 닿는 부드러운 살갗의 촉감을 몇 번이고 느끼고 있었다.

주링은 이렇게 육감적이고 자극적인 소리는 난생 처음이라고 생각했다. 그 소리에 점점 빠져든 그녀는 몸 전체가 지면에 붕 떠 있는 느낌이었다. 그녀가 금방 쓰러질 것처럼 휘청거리자 왕자쾬이 잽싸게 부축해 껴안았다. 그때 주링의 입에서 뿜어져 나오는 뜨거운 입김이 그의 얼굴에 닿았다.

그들은 서로의 어깨에 기대어 농밀한 어둠 속을 헤쳐 걸어가고 있었다. 어둠의 장막이 모든 형상들을 시커멓게 뒤덮어 버린 가운데, 그 사이를 주책없이 비집고 들어오는 왕자쾬의 라디오 소리가 유난히 귀에 거슬렸다. 주링이 손을 뻗어 라디오를 끄자 주위는 이내 적막해졌다. 달뜬 왕자쾬은 어둠 속에서 주링의 앞가슴 단추를 하나하나 풀어 헤쳤다.

드문드문 켜져 있던 마을의 불빛들이 하나 둘 꺼졌다. 왕자쾬과 주링은 풀 더미 위에서 까무룩 잠이 들었다. 주링은 꿈을 꾸는 듯했다. 불과 몇 시간 전까지만 해도 그녀는 엄한 부모님에게 꼼짝 없이 잡혀 사는 요조숙녀 외동딸이었다. 어머니는 그녀에게 끊임없이 바느질감을 던져주며 '여성스러움'을 강조했고, 누가 봐도 화목한 모녀 사이라는 것을 만천하에 내보이려고 무던히 애썼다. 그녀는 볶은 열매 씨를 까서 주링의 입에 넣어주며 남자들

은 이러이러해서 음흉하고, 다 큰 처녀가 밖에 나가면 이러이러
해서 위험하다며 귀에 못이 박히도록 당부했다.

주링은 주 씨 영감이 부르는 소리에 깨어났다. 왕자콴의 손이
그녀의 가슴을 누르고 있었다. 그녀는 놀라는 척 그의 따귀를 후
려치더니 도도하게 일어서서 혼자 가버렸다. 왕자콴은 두 손으로
얼얼해진 뺨을 어루만지며 그녀를 향해 소리쳤다.

"천하에 양심도 없는 것!"

뒤통수 너머 들리는 욕설에서 주링은 짜릿함 같은 것을 느꼈다.

'오늘 밤의 일탈은 대성공이야. 숨 막히게 옥죄는 부모님에게
이 정도면 멋지게 반항한 셈이지. 자콴, 넌 오늘 제대로 걸린 거
야. 따귀는 감히 나에게 헛물을 켠 대가라고 생각해.'

. . .

다음날 이른 아침 왕자콴은 영문도 모른 채 다짜고짜 주 씨 영
감에게 끌려 나왔다. 주 씨 영감은 침까지 튀겨가며 뭐라고 악다
구니를 퍼붓고 있었다. 소매를 걷어붙인 품새가 주먹이라도 날려
그를 때려눕혀야 속이 풀리겠다는 표정이었다. 그의 옆에는 주링
도 함께 있었다. 주링은 두 손으로 가슴을 가리고 어깨를 들썩거
리며 울고 있었다. 새집처럼 헝클어진 머리에는 아직도 마른 볏
짚이 묻어 있었다.

"어젯밤에 내 딸과 함께 있었나? 사실이면 당장 책임져. 그렇
게 귀머거리 남편과 살겠다면 나도 딸이고 뭐고 다 필요 없어."

주링은 울어서 벌게진 눈으로 왕자콴을 바라보며 재촉했다.

"어서 말해. 바른 대로 말하란 말이야!"

주 씨 영감이 어젯밤 주링과 잤는지 물어보고 있음을 확신한 왕자콴은 사색이 되어 두 다리를 떨기 시작했다. 그는 필사적으로 고개를 흔들며 부정했다.

"아니요. 그런 일 없어요……."

그때 주링은 아래로 늘어져 있던 손을 들어 왕자콴의 왼쪽 뺨을 세게 가격했다. 폭죽이 터지는 듯한 엄청난 소리가 들리면서 왕자콴의 몸이 중심을 잃고 휘청거렸다. 왕자콴은 홧홧하게 달아오르는 왼쪽 뺨을 감쌌다. 지난밤에 맞은 것보다 열 배는 더 아프게 느껴졌다.

'내가 주링에게 뭘 밉보인 거지? 내가 왜 별안간 아무 까닭도 없이 이런 날벼락을 맞고 있어야 하는 거야? 도대체 내가 뭘 잘못했다고?'

주링은 얼굴을 감싼 채 몸을 홱 돌려 나가버렸다. 그녀의 머리카락이 정수리에서 흩어지며 흘러내렸다. 그들이 돌아간 후 왕자콴은 방으로 들어가 아버지를 찾았다.

"제가 왜 맞았는지 모르겠어요."

말이 떨어지기가 무섭게 왕라오빙은 그의 따귀를 후려쳤다.

"귀머거리면 어때서? 넌 입도 없어? 왜 대답을 못하느냔 말이다. 하긴 내 복에 멀쩡한 며느리가 가당키나 하겠어?"

왕자콴은 서러움에 북받쳐 눈물이 쏟아졌다. 한바탕 울고 난 후 그는 칼을 들고 집 밖으로 뛰쳐나갔다. 누구라도 만나면 찔러버리겠다는 생각이었지만 그날따라 그를 저지하는 사람이 아무도 없었다. 그렇게 그는 혼자 마을 밖으로 한참을 뛰어나갔다. 그의 발에 차인 닭과 개들이 놀라 버둥거렸고, 그가 지나갈 때마다 칼에 잘린 나뭇가지들이 뚝뚝 떨어졌다. 그는 순간 남들에게 피해를 주느니 스스로에게 분풀이를 하는 게 낫겠다는 충동적인 생각을 했지만 눈 먼 아버지를 떠올리니 차마 용기가 나지 않았다.

• • •

왕자콴은 밤마다 방에 틀어박혀 대쪽을 쪼개 돗자리를 만드는데 열중했다. 이것은 수중에 일을 맡겨 놓아야 밖에 나가서 사고칠 일도 줄어들 거라며 왕라오빙이 특별히 짜낸 아이디어였다. 게다가 왕자콴이 앞으로 남자 구실이라도 제대로 하려면 죽세공품 만드는 방법이라도 배워두어야 한다는 게 그의 생각이었다.

사흘 밤낮을 매달려 대쪽을 쪼개고 엮은 덕분에 왕자콴의 손에 들려 있던 대오리들도 어느 정도 돗자리의 모양새를 갖춰가고 있었다. 왕라오빙은 돗자리 위를 스윽 매만지더니 실망한 표정으로 고개를 저었다. 왕자콴은 아버지가 고개를 흔들며 계속 손을 내젓는 것을 보며 당장 뜯어서 다시 만들어야 한다는 걸 알아챘다.

"당장 뜯을게요."

왕라오빙은 아들의 대답을 듣고서야 손짓을 멈추었다.

왕자콴이 돗자리를 뜯고 있을 때 왕라오빙은 위층에서 누군가 움직이는 소리를 들었다. 그는 혹시 왕자콴이 위에 올라갔나 싶어 소리쳤다.

"자콴! 위에 있는 거냐?"

그러나 대답은 들려오지 않고, 바스락거리는 소리는 점점 선명해졌다.

'분명 자콴은 아닌 것 같은데. 혹시 누가 들어 왔나?'

왕라오빙은 거실로 나가 보려고 침대에서 일어나 손으로 벽을 짚었다. 그러나 침대 아래로 발을 내딛는 순간 아래에 있던 요강에 걸려 넘어지고 말았다. 오래 묵힌 오줌이 한꺼번에 바닥에 쏟아지면서 그의 옷을 흥건히 적셨다. 온 집안에 고약한 오줌 지린내가 진동했다. 그가 침대 위로 기어 올라가 보려고 발버둥 쳤지만 가는 방향마다 딱딱한 나무판에 부딪혀 이마에 혹들만 부풀어 올랐다.

자기 방에 있던 왕자콴도 지독한 오줌 냄새를 맡았지만 그저 아버지가 일어나 볼 일을 봤겠거니 생각하고 넘겼다. 하지만 역한 지린내가 한참 동안 계속되고, 오히려 갈수록 더욱 심해지는 것 같아 그는 등불을 들고 아버지가 있는 곳으로 갔다. 방 안에 가보니 옷이 흠뻑 젖은 아버지가 침대 밑에 엎드려 있었고, 입을 벌려 손으로 위를 계속 가리키고 있었다.

왕자콴은 위층으로 올라가 보았다. 누군가 문을 세게 비틀어 연 흔적이 보였다. 소금에 절여 놓은 고기들이 몽땅 사라져 버린 뒤였고, 고기를 널어 두었던 대나무 장대만이 텅 빈 그네마냥 덩그러니 남아 바람에 휘적거리고 있었다. 왕자콴은 아래에 있는 아버지를 향해 소리쳤다.

"고기를 도둑맞았어요!"

그로부터 닷새가 지난 저녁 류팅량(劉挺梁)이 아버지 류순창에게 두 손이 묶인 채 왕라오빙의 집 대문 안으로 끌려 들어왔다. 류팅량의 목에는 까맣게 탄 고기 두 덩어리가 걸려 있었다. 그것은 훔쳐간 고기 중에 마지막으로 남은 두 덩이였다. 류순창이 류팅량의 종아리를 걷어차자 그는 왕라오빙 앞에 무릎을 꿇고 주저 앉았다.

류순창이 겸연쩍게 말했다.

"라오빙, 내가 무수한 사람들의 병을 고치면서도 정작 이 자식의 빌어먹을 손버릇만은 못 고치고 있었네. 며칠 동안 집에 와서 밥을 먹지 않길래 이상하다 생각하고 뒤를 밟았더니, 글쎄 뒷산 숲에서 네 놈이 둘러앉아서 자네 집 고기를 구워먹고 있지 않겠는가? 아주 거하게 한 상 차려 놨더라니까. 다른 놈들은 모르겠고 우선은 이 자식만 잡아왔으니, 자네가 알아서 벌주게."

왕라오빙이 물었다.

"팅량, 너 말고 또 누가 함께 했니?"

"거우즈(狗子), 광왕(光旺), 천핑진(陳平金)이요."

왕라오빙은 손으로 류팅량의 머리를 쓰다듬었고, 더듬더듬 아래로 움직여 고기들을 만졌다. 그러고는 뒷짐 져 묶인 류팅량의 두 손을 더듬거려 찾더니 끈을 풀어주었다.

"다음부터는 그러지 말거라. 어서 가 봐."

류팅량은 몸을 일으켜 후다닥 나갔다.

류순창이 의아하게 물었다.

"여보게, 이렇게 순순히 용서해주면 어떻게 하나?"

"순창, 나는 앞을 못 보고 자콴은 귀를 못 쓰지 않나. 저 아이들이 우리 집 물건을 훔쳐가는 건 자기네 집 물건을 가져가는 것처럼 식은 죽 먹기 아니겠나. 그러니 저 아이들만 탓할 일도 아니지.”

류순창은 긴 탄식소리를 내뱉으며 말했다.

“언제까지나 이렇게 살 수는 없지 않은가. 며느리라도 들이는 게 어때? 그럼 좀 나아질지도 모르잖아.”

“누가 우리 아들놈에게 시집오려고 하겠어?”

• • •

류순창은 치료를 다니면서 암암리에 왕자콴의 색싯감을 물색했다. 맨 처음 데려온 여자는 과부였다. 다섯 살쯤 되어 보이는 여자 아이가 여자의 손에 이끌려 쭐레쭐레 따라왔고, 여자의 품에는 돌도 안 된 갓난아이가 안겨 있었다. 파리한 여자의 얼굴은 세상 근심을 다 떠안은 듯한 표정이었다. 남편과 사별한 지 얼마 안 됐다는 그녀의 표정에는 어떻게든 피붙이들을 먹여 살려야겠다는 절박함만이 가득했다.

곱상하게 생긴 과부의 딸은 왕자콴을 보자마자 풀썩 엎드려 머리를 조아리며 ‘아버지’라고 연거푸 불러댔다. 류순창은 아이가 ‘아버지’라고 부르는 소리를 왕자콴이 들을 수 없다는 게 아쉬웠다. 그가 아이의 간절한 목소리를 들을 수만 있다면 이 혼사는 십중팔구 성사될 게 분명하다고 생각했기 때문이다.

왕자콴은 여자아이의 머리를 쓰다듬으며 일으켜 세우고 무릎에 묻은 흙을 말끔히 털어주었다. 흙을 털어주고 난 후에는 손을 어디다 둘지 몰라 잠시 머뭇거리다가 일어나서 과부 품 안의 갓난아기를 받아 안았다. 낯선 손길이 느껴져서 인지 아기가 큰 소리로 울어댔다.

아기의 가랑이를 벌려 보니 탱탱하게 부푼 작은 고추가 달랑거리고 있었다. 그는 오른손 가운뎃손가락으로 고추를 가볍게 흔들어주며 과부를 향해 배시시 웃었다. 이 때 갑자기 아기 가랑이 사이에서 오줌줄기가 터져 나와 왕자콴의 손을 뜨끈하게 적셔 놓았다.

과부와 여자아이가 밥을 먹는 사이 왕자콴은 대쪽을 쪼개다가 남은 대나무로 볼품없는 피리 하나를 만들었다. 그는 피리를 입가에 바짝 갖다 대고 세게 몇 번 불어보더니 소리가 제대로 나는 것 같자 여자아이에게 건네주었다.

"다 먹으면 이것 불면서 집에 돌아가렴. 다시는 찾아오지 말고."

잠시 후 여자아이는 대나무 피리를 불면서 낮에 폴짝폴짝 뛰며 왔던 길을 다시 되돌아갔다. 삑삑거리는 엉성한 피리소리가 스타카토처럼 끊기면서 계속 이어졌다. 멋들어진 가락은 아니었지만 왠지 처량하고 구슬프게 들렸다. 이를 보던 류순창은 고개를 저으며 아쉬워했다.

"굴러온 복을 차버리는군."

그 뒤에도 류순창은 왕자콴에게 여자 몇 명을 소개시켜줬지만, 번번이 너무 나이가 많다고 거절하거나 못생겼다고 퇴짜를 놓는 식으로 마음을 열지 않았다. 그의 마음을 단번에 사로잡는 여자는 없었다. 류순창은 '그가 천성적으로 여자와 살지 못할 팔자가 아닐까' 라는 생각마저 들어 왕라오빙을 찾아갔다.

"자콴 말이야, 자기 결점은 생각도 안하고 이것저것 재기만 한다니까. 이러다간 장가고 뭐고 고르기만 하다가 끝나겠어. 그냥 자네가 골라서 짝 지어 주는 게 어때?”

“좀 더 두고 보자고.”

류순창이 다섯 번째 여자를 왕 씨 부자의 집에 데려왔을 때는 이미 해가 저물어 어둑어둑해 질 무렵이었다. 다른 지역 태생이라는 그 아가씨는 ‘장꾸이란(張桂蘭)’이라고 이름을 소개했다. 류순창은 멀리서 그녀를 데려오기 위해 꼬박 하루를 걸어 다녔다고 생색을 냈다. 그는 왕자콴이 가져온 막걸리를 계속 입 안으로 털어 넣더니 어느 새 얼굴이 불콰해졌다.

“라오빙, 이 아가씨는 어디 하나 나무랄 데 없어. 왼손이 좀 불편하긴 하지만 별로 대수롭지 않은 거잖아. 팔을 곧게 못 편다는 것뿐이라고. 오늘 밤 자네 집에서 재우게.”

고기를 도둑맞은 날 이후로 왕자콴과 왕라오빙 부자는 한 침대에서 자기 시작했다. 다시 좀도둑이 들어오면 합동작전을 펼치려는 목적이었다. 장꾸이란이 온 날 밤에도 왕자콴은 여전히 아버지와 한 이불을 덮고 잤다. 왕라오빙이 쿡쿡 찌르며 건너가 자라고 해도 그는 침대에 죽은 듯 들러붙어 끝까지 말을 듣지 않았다. 결국 아버지의 계속된 공세에 두 손 든 왕자콴은 침대에서 일어나기 시작했다.

침대에서 기어 나온 왕자콴은 기어이 장꾸이란에게 가지 않았다. 문 밖 베란다에 우두커니 앉아 며칠 동안 듣지 못했던 라디오를 또 목에 걸고 있었다. 새벽이 깊어지면서 그는 그렇게 베란다에서 그대로 잠들었고, 라디오는 밤새 자지 않고 떠들고 있었다. 그렇게 사흘 밤을 혼자 자도록 방치하자 장꾸이란도 결국 도망가 버렸다.

· · ·

소학교 선생님인 장푸바오(張复寶)와 야오위핑(姚育萍) 부부는 잠결에 누군가 문 두드리는 소리를 들었다. 장푸바오가 문을 열자 왕자콴이 물을 지고 문밖에 서 있었다. 눈을 비비며 나온 장푸바오는 기지개를 켜며 물었다.

"아침부터 무슨 일이지?"

왕자콴은 허락이 떨어지기도 전에 다짜고짜 대문을 밀고 들어와 물통에 물을 부었다.

"오늘부터 물은 제가 날라다 드릴게요."

매일 새벽, 왕자콴은 같은 시간에 어김없이 찾아와 장푸바오 집의 물통에 물을 채워놓고 갔다. 장푸바오와 야오위핑은 그의 속뜻이 무엇인지 도저히 알아챌 수 없었다. 물을 길러다 놓고 나면 왕자콴은 교실 창문 입구에 서서 학생들이 아침 자습하는 모습을 지켜봤다. 가끔은 장푸바오나 야오위핑이 첫 수업을 할 때까지 서 있을 때도 있었다. 그럴 때면 장푸바오는 혼자 속으로 추측했다.

'글을 배우고 싶은 건가? 하지만 귀가 안 들리는데 내가 어떻게 가르치겠어?'

그는 왕자콴의 이러한 행동을 저지해보려고 했지만 끝내 먹히지 않았다. 보름 동안 물을 길러다 나르더니 왕자콴이 야오위핑에게 와서 조심스럽게 부탁했다.

"야오 선생님, 저 대신 주링에게 편지 한 통만 써주시겠어요? 사랑한다고 적어주세요."

야오위핑은 수화로 뭔가를 표현했다. 왕자쾬은 그녀의 손짓이 전달하고자 하는 뜻을 추측할 수 있었다. 대략의 뜻은 굳이 편지를 쓸 필요 없이 자신이 직접 주링을 찾아가 말을 전해주겠다는 것 같았다. 하지만 왕자쾬은 뜻을 굽히지 않았다.

"제가 한 오십 번 정도 물을 길러다 드렸으니까 제발 오십 글자만 써주세요. 제가 쓴 것처럼 적어주세요. 누가 써줬는지 그녀가 눈치 채지 못하게요. 한 번만 도와주세요."

야오위핑은 종이와 펜을 꺼내 한 장 가득 편지를 써 주었다. 왕자쾬은 보물단지 다루듯 그 편지를 품 안에 간직하며 주링에게 건네줄 기회를 엿봤다.

왕자쾬은 편지를 사흘 동안 품속에 고이 모셔두고 있었지만 주링에게 전해줄 마땅한 기회를 찾지 못했다. 혼자 있을 때는 몰래 편지를 꺼내 꼼꼼하게 훑어보았다. 마치 내용을 잘 이해하고 있다는 듯이.

나흘 째 되는 날 저녁 왕자쾬은 주링의 부모님이 외출한 틈을 타 창문으로 주링에게 편지를 전했다. 편지를 읽은 주링이 왕자쾬을 향해 찡긋 웃으며 창밖으로 손을 내밀어 흔들었다.

주링은 밖으로 나가려고 했지만 마침 집으로 돌아오던 어머니와 딱 마주치는 바람에 도로 끌려 들어갔다. 이러한 사실을 알 리 없는 왕자쾬은 설레는 마음으로 창밖에 서서 마냥 기다렸다. 그러나 정작 그를 반긴 것은 그녀가 아니라 주 씨 영감의 낡은 신발 짝이었다. 신발 두 짝이 창문에서 날아와 왕자쾬의 머리를 강타했다.

야오위핑은 자신이 써 준 연애편지가 별로 약발이 먹히지 않는다는 것을 눈치 채고, 이 일을 장푸바오에게 넘겼다. 왕자콴은 장푸바오가 써 준 편지를 주링에게 다시 건넸다. 하지만 그가 편지를 써준 뒤로 주링의 웃는 얼굴은 물론 창가에서 손을 흔드는 모습도 볼 수가 없었다.

그녀는 처음부터 왕자콴의 편지가 누군가 대신 써준 것이라는 사실을 알고 있었다. 그러나 대필의 주인공이 누구인지는 아무리 생각을 해도 떠오르지 않았다. 야오위펑의 글씨가 장푸바오의 글씨로 바뀐 후 주링의 마음은 갑자기 복잡하게 얽혀버렸다. 편지 뒤 낙관이 왕자콴에서 장푸바오로 바뀌어 있는 것을 발견한 것이다. 그녀는 그것이 의도적인 작업 걸기인지 우연한 실수인지 좀처럼 감을 잡을 수 없었다. 정말 고의적으로 작정하고 그런 거라면 정작 왕자콴은 구애편지의 주인공에서 우편배달부로 전락해버린 셈이었다.

· · ·

주링의 창문 밖에서 배회하는 사람은 왕자콴 한 사람이 아니었다. 거우즈, 류팅량, 라오헤이, 양광(楊光)은 물론 이름을 공개하기 어려운 유부남이나 정부 간부들도 있었다. 거우즈 패거리들은 주링과 소학교, 중학교를 함께 다녔다. 그들 모두 고의든 실수든 탐스럽게 땋아 내린 주링의 머리카락을 만져본 경험이 있었다. 거우즈의 표현에 따르면 그녀의 머리를 만지면 빳빳한 새 교과서를 만지듯 신선하고, 병아리의 솜털을 만지는 것처럼 보드랍다고 했다. 지금 주링은 어린 시절 길었던 머리를 싹둑 잘라버리고 혼기 꽉 찬 뭇 남자들의 마음을 설레게 하는 아리따운 아가씨로 성숙했다. 거우즈는 '주링의 얼굴을 한 번만 쓰다듬어 봤으면 소원이 없겠다'고 습관처럼 말하곤 했다.

그러나 왕자콴이 용기를 내어 주링에게 마음을 표현한 그 해 여름, 그들 무리들은 그녀가 '못 먹는 감'이라는 것을 깨달은 듯 대놓고 행패를 부리기 시작했다. 그들은 그녀의 방 창문에 돌이나 흙을 던져댔고, 집 대문에 음란한 글들을 적어 놓거나 인체의 가장 은밀한 그 부위를 그려놓는 등 어지럽게 낙서를 했다. 왕자콴도 결국 주링의 마음을 얻는 데 실패한 낙오자 중 하나였지만 정작 본인은 인정하지 못하는 듯했다.

어느 날 거우즈는 왕자콴이 주 씨 영감네 집 높은 지붕 위에 올라가 작열하는 태양 아래서 기와를 얹는 것을 보았다.

'귀머거리라고 또 함부로 부려먹는군.'

거우즈는 손짓을 해서 왕자콴을 불러 내리고 그를 라오헤이의 집으로 끌고 갔다. 왕자콴은 아직 다 덮지 못한 기왓장들이 눈에 아른거려 끌려가면서도 뒤를 돌아보며 제발 놔달라고 거우즈에게 애원했다. 그는 거우즈의 손을 뿌리치려고 필사적으로 애썼지만 결국 라오헤이 집까지 질질 끌려갔다.

거우즈가 라오헤이에게 물었다.

"준비됐어?"

"그럼. 물론이지."

거우즈는 왕자콴의 두 손을 꽉 졸라맸고, 양광은 그의 머리를 힘껏 눌러 뜨거운 물속으로 집어넣었다. 흡사 닭의 털을 뽑기 전에 뜨거운 물에 먼저 담가 놓는 것처럼 말이다.

"뭐 하는 거야?"

왕자콴은 물에 흠뻑 젖은 머리를 들어 올렸고, 곧 이어 거우즈와 양광에 의해 강제로 나무의자에 앉혀졌다. 라오헤이는 날카로운 면도날을 들고 그를 향해 다가왔다.

"우리가 널 위해 이발을 해 주지. 시원스럽게 밀어버리면 15와트짜리 전구 알처럼 주 씨 영감 집을 환하게 비쳐줄 수 있지 않겠어?"

왕자콴은 그들이 저들끼리 깔깔대며 이죽거리는 모습을 보았다. 잠시 후 그의 머리카락이 뭉텅뭉텅 땅으로 떨어지기 시작했다.

라오헤이는 왕자콴의 머리를 반 정도 깎고 난 후 거우즈와 양광에게 손을 풀라는 표시를 했다. 왕자콴은 손을 뻗어 머리털이 깎여나가 까슬까슬해진 머리통을 만졌다.

"라오헤이, 이왕 한 거 끝까지 깎아줘."

라오헤이가 고개를 흔들었다.

"거우즈, 네가 대신해줘."

거우즈는 면도칼을 들고 그의 머리를 밀기 시작했다. 칼을 대자 왕자콴의 입에서 비명 소리가 새어 나왔다.

"아파 죽겠네."

거우즈는 면도칼을 양광에게 건넸다.

"네가 해!"

이번에는 양광이 헤죽거리며 걸어와 면도칼을 건네받고 이발하려고 준비했다.

양광이 거우즈처럼 실수할까 봐 더럭 겁이 난 왕자콴은 의자에서 비껴 나와 그의 손에 들려 있던 면도칼을 낚아챘다. 그리고는 라오헤이 집 안으로 들어가 거울을 꺼내오더니 스스로 나머지 반의 머리를 깎았다.

머리를 다 깎고 나니 태양은 이미 서쪽으로 기울고 있었다. 왕자콴은 광나는 머리를 쳐들고 다시 주 씨 영감 집의 지붕 위로 기어 올라가 남은 기왓장들을 마저 덮었다. 거우즈와 양광이 주 씨 집 앞을 지나가며 지붕 위 왕자콴에게 소리쳤다.

"이봐, 전구알! 어두워졌어, 그만하지 그래?"

왕자콴은 당연히 아래에서 울려 퍼지는 그들의 고함소리를 듣지 못했다. 하지만 옆에서 그 소리를 똑똑히 듣고 있던 주 씨 영감이 그들을 향해 기와 파편을 던졌다. 기와조각이 거우즈의 머리카락을 스쳐 날아오자 그들은 잽싸게 줄행랑을 쳤다.

• • •

주 씨 영감은 빗물 때문에 밤중에 잠에서 깼다. 아직 기와를 덮지 않은 지붕 사이로 빗물이 뚝뚝 떨어지고 있었다. 빗물은 한밤의 잠행자처럼 집의 어두운 귀퉁이를 비집고 꾸역꾸역 새어 들었다. 주 씨 영감이 걱정하던 일이 드디어 벌어진 것이다. 그가 위를 올려다보니 하늘은 검게 탄 솥 밑동처럼 새까맸고, 그 사이로 빗물이 후두둑 떨어졌다. 그때 지붕 위에서 비닐포대를 올려달라는 목소리가 들려왔다. 빗줄기에 섞여 희미하게 들리긴 했지만 누군가 구세주처럼 그들을 돕기 위해 나타난 것이 분명했다.

주 씨 영감은 가족과 동네 이웃들에게 비바람을 막을 수 있는 비닐포대를 모아 오라고 지시했다. 그는 온 구석을 다 뒤져 찾아 낸 비밀포대들을 지붕에 있는 누군가에게 건넸다. 사람들의 손전 등이 모두 그 사람에게로 모아졌다. 그는 마치 옷에 천을 덧대듯 비닐로 지붕을 덮고 있었다.

그 덕분에 주 씨 영감의 가족들은 다행히 빗물 세례를 모면하 게 되었다. 비 맞은 생쥐 꼴이 된 그 남자는 알고 보니 왕자콴이 었다. 그는 계단을 따라 뒷걸음치며 조심스럽게 내려왔다. 주 씨 영감은 그를 난로가로 끌어 당겼고, 잠시 후 그의 온 몸에서 김이 모락모락 나기 시작했다. 굴뚝에서 나오는 연기처럼 그의 콧구멍 에서도 김이 새어 나왔다.

왕자콴은 비닐포대를 건네주던 사람들 무리에서 장푸바오를 발견했다. 라오헤이는 왕자콴의 머리를 건성으로 쓰다듬으며 장 푸바오와 주링의 관계가 심상치 않은 것 같다고 넌지시 얘기했 다. 왕자콴은 강하게 부정하며 고개를 저었다.

"그럴 리가 없어."

주 씨 집에 모였던 사람들이 하나 둘 물러가고 왕자콴만이 화 롯가에 우두망찰하게 앉아 있었다. 젖은 옷을 불에 완전히 말리 고 갈 생각이었다. 그는 주링의 오른쪽 눈이 막 울고 난 것처럼 충혈 되어 있는 것을 보았다. 그녀는 뭔가 은밀한 신호를 보내듯 이 눈을 계속 깜빡였다.

눈을 깜빡이던 주링은 잠시 후 슬그머니 일어나 문밖으로 나갔 다. 왕자콴은 그 뒤를 몰래 밟았다. 주링이 무슨 말을 하는지 들 을 수는 없지만 그는 그녀가 으레 자신을 불러내는 줄로만 생각 했다.

그런데 그때 왕자콴은 누군가 구석에서 주링을 기다리고 있는 것을 발견했다. 전등으로 비쳐보니 분명 장푸바오였다. 그들은 빗속을 헤치며 잠시 걸어 가다가 외양간 안으로 들어갔다. 장푸바오는 한 손에 손전등을 들고 다른 한 손으로 주링의 오른쪽 눈꺼풀을 살짝 들어 입으로 후후 불어주었다. 왕자콴은 장푸바오의 입술이 주링의 눈에 바짝 다가가는 것을 숨죽여 지켜보고 있었다. 아니 거의 밀착되었다는 표현이 더욱 옳을 것 같았다. 그 순간 갑자기 숨이 멈추듯 손전등의 불빛이 나가버렸고, 왕자콴의 눈앞은 온통 까맣게 변했다. 왕자콴은 눈앞에 벌어진 현실이 믿기지 않았다.

'주링이 눈을 깜빡인 건 분명 나를 불러낸 건데. 일부러 나를 골탕 먹이려고 한 건가?'

비가 그치고 하늘이 맑게 개자 엎어놓은 표주박을 연상케 하는 왕자콴의 빡빡머리는 뜨거운 태양 아래 그대로 노출되었다. 그날 이후 그는 자신이 미워지기 시작했다. 남들은 다 잘 들리기만 한다는데 왜 하필 자신의 귀만 이리도 제 구실을 못하는지 원망스러울 따름이었다. 자기증오와 충동에 사로잡힌 그는 뭔가에 이끌리듯 면도칼을 들어 오른쪽 귀를 미련 없이 잘라냈다.

'내 귀는 아무짝에도 쓸모없어. 이런 건 잘라서 개밥이나 하면 딱 이지.'

. . .

가을이 되자 손바닥만한 단풍잎들이 사락사락 떨어져 내렸다. 손 모양을 닮은 잎사귀들이 마을 곳곳을 뒤덮고 있었다. 한 번 저버린 낙엽은 그걸로 끝이다. 잎을 떨구어 낸 나뭇가지는 이듬해 봄이 되어야 새순을 틔울 것이다. 왕자콴은 낙엽을 보며 속으로 생각했다.

'떨어진 잎이야 내년에 또 자랄 테지만, 잘려나간 내 귀는 어쩌지?'

귀를 잘라낸 후 그는 이른 아침 댓바람부터 마을 어귀 단풍나무 아래 쪼그리고 앉아 있는 날이 잦아졌다. 그가 앉아 있는 주변에는 아직 붉은 기가 도는 단풍잎들이 여기저기 흩어져 있었다. 그는 손을 갈퀴모양으로 구부려 낙엽더미 사이를 이리저리 파헤쳤다. 그의 눈동자도 손끝 방향을 따라 분주히 움직이고 있었다.

'도대체 뭘 저렇게 찾는 거지?'

멀찍이서 장푸바오가 그 모습을 의아하게 지켜봤다.

바로 그때 마을 쪽으로 들어오는 누군가의 모습이 장푸바오의 눈에 들어왔다. 가까이 다가오는 품새를 보아하니, 이웃 마을 왕꾸이린(王桂林)이었다. 그는 단풍나무 아래 있던 왕자콴에 다가가 말을 걸었다.

"무엇을 그리 열심히 찾는가?"

"귀요."

왕꾸이린은 기가 막혀서 웃음을 터트렸다.

"여기서 찾는다고 나오겠나? 자네 귀는 벌써 개한테 물어 뜯겨서 찾을 수도 없을 걸."

왕꾸이린은 휙 돌아서서 다시 마을 안쪽으로 성큼성큼 걸어 들어왔다. 이를 본 장푸바오는 잽싸게 길 옆 가로수 뒤로 가서 몸을 숨겼다.

'온 김에 여기서 소변이나 해결하자. 다 누고 나면 지나가고 없겠지.'

장푸바오가 바지춤을 추스르며 가로수 숲 사이에서 나왔을 때도, 왕자콴은 여전히 그 자리에 붙박이처럼 앉아서 두리번거리고 있었다. 금방 자리를 뜰 것 같지는 않았다. 장푸바오의 입에서 욕이 새어 나왔다.

"한심한 녀석!"

마을 쪽으로 돌아보니 저 멀리 사라지는 주링의 뒷모습이 눈에 들어왔다.

'젠장, 되는 일이 없어. 잠깐 일 보는 사이에 벌써 왔다 갔나 보군. 약속장소에 엉뚱한 녀석이 나와 있으니까 그냥 되돌아 간 거겠지. 삼십 분 내로 다시 안 오면 현으로 나가는 버스를 놓칠 게 뻔한데.'

한 오 분쯤 지났을까. 장푸바오는 제자 류궈팡(劉國芳)이 큰길가에서 후다닥 뛰어오는 것을 보았다. 류궈팡은 나무 아래 잠깐 멈춰 서더니 낙엽 몇 장을 주워 들고는 다시 마을로 뛰어 들어갔다. 잰 걸음으로 달려가는 류궈팡의 발소리에 장푸바오의 가슴이 심하게 뛰었고 긴장한 탓인지 몸도 제대로 말을 듣지 않았다.

주링은 류궈팡에게서 나무 근처에 왕자콴 혼자 있더란 얘기를 전해 듣고 바로 마음을 바꿔 돌아선 모양이었다. 두 사람은 오전 아홉 시에 단풍나무 아래서 만나 함께 현에 있는 병원에 가기로 약속했었다. 그런데 마을 초입으로 나오던 그녀도 저 멀리 왕꾸이린이 걸어오고 있는 것을 발견하고 잠시 망설였다.

'저 사람 분명 나무 아래에서 장푸바오를 봤겠지? 안 그래도 우리 둘에 관한 소문이 마을 전체에 파다한데 일단은 피하는 게 상책일거야. 우리가 함께 있는 것을 보면 또 무슨 억측을 해댈지 몰라.'

결국 그녀는 발걸음을 돌리는 게 낫겠다고 판단했다.

대신 마침 집 앞을 지나가던 류궈팡을 불러 마을 입구 나무에 가서 단풍잎 세 장만 주워다 달라고 부탁한 것이었다. 잠시 후 빛바랜 단풍잎을 들고 온 류궈팡은 나무 아래서 귀머거리 왕자콴이 무언가를 찾고 있더라고 전해주었다. 주링이 다른 사람은 없었냐고 넌지시 묻자 그는 고개를 절레절레 흔들었다.

현에 못 나가게 될지도 모른다는 생각이 들자 주링은 초조해져 안절부절못했다. 눈치 빠른 그녀의 어머니 양펑츠(楊鳳池)는 문득 딸의 생리대 천을 빨지 않은 지 꽤 오래되었다는 사실을 떠올렸다. 직감적으로 딸의 배에 손을 뻗은 그녀는 꿈틀거리는 태동이 느껴지자 소스라치게 놀랐다. 주링의 임신 사실이 어머니에게 처음 들통 나는 순간이었다.

   · · ·

왕자콴은 매일같이 귀를 찾는다고 마을을 나섰지만 늘 허탕치고 빈손으로 돌아오기 일쑤였다. 그렇게 보름 가량이 지났을 무렵, 느닷없이 어여쁜 아가씨 하나를 데리고 마을 어귀로 들어선 그를 보고 마을 사람들의 눈이 휘둥그레졌다.

여자의 오른쪽 어깨에 둘러진 검은색 가죽가방 안에는 다양한 크기의 붓들이 가득했다. 막 마을 초입으로 들어설 즈음 왕자콴은 그녀의 어깨에서 가방을 빼서 자기 어깨 위에 둘렀다. 그러자 여자는 해사한 웃음을 지어 보이며 능숙한 손놀림으로 뭔가를 표현했다. 왕자콴은 그저 고맙다는 뜻이겠거니 추측했다.

마을 입구에는 어느새 울레줄레 구경 나온 사람들로 북적거렸다. 그들은 제멋대로 솟아나기 시작한 죽순마냥 키도 생김새도 제 각각이었다. 많은 사람들의 시선이 집중되어서인지 왕자콴의 어깨에도 힘이 좀 들어간 듯했다. 그러나 무엇보다 그의 어깨를 으쓱하게 한 것은 그녀의 의사표현방식이었다.

'내가 들을 수 없다는 것을 어떻게 알았을까? 가방을 대신 들어주겠다고 했을 때, 분명 수화로 고맙다고 표현했어. 그렇다면 처음 만날 때부터 내가 귀머거리라는 사실을 알았다는 건데, 도대체 어떻게 알았지?'

밖에서 웅성거리는 소리를 듣고 있던 왕라오빙은 아들이 낯선 아가씨를 데리고 집으로 돌아오고 있다고 짐작했다. 곧이어 낡은 대문짝이 삐걱 앓는 소리를 내며 열렸고, 이내 왕자콴의 목소리가 들려왔다.

"아버지, 제가 붓 파는 아가씨를 데려왔어요. 얼마나 예쁜지 몰라요. 주링과는 비교도 안 된다니까요."

왕라오빙이 양손으로 더듬더듬 벽을 만지며 일어나려고 하자,

왕자콴이 그를 부축해 의자에 앉혔다.

"그래, 어디서 온 처자라고?"

그러나 대답은 되돌아오지 않고 침묵만 잠시 흘렀다.

대신 여자는 가방에서 종이 한 장을 꺼내 펼쳐 보였다. 테두리가 이미 너덜너덜해진 종이 위에는 비뚤비뚤 검은 글씨가 빼곡히 적혀 있었다.

왕자콴이 들뜬 목소리로 재촉했다.

"아버지, 보세요, 이 종이에 뭔가 가득 적혀 있어요. 대체 뭐라고 쓰여 있는 건지 한번 보세요."

그런데 아버지가 별 반응이 없자 그는 그제야 앞을 보지 못한다는 사실을 깨닫고 아차 싶었다. 왕자콴은 멋쩍어서 얼른 말을 돌렸다.

"아버지, 함께 볼 수 없어 안타깝네요. 봄철 가지에 무성하게 돋아난 나뭇잎들처럼 글씨들이 정말 멋진걸요."

왕자콴이 문밖을 향해 손짓하자 여기저기 흩어져 쭈뼛쭈뼛 구경하던 사람들이 대문 쪽으로 우르르 몰려들었다. 수런대는 소리가 왕라오빙의 귓가에 정신없이 갈마들었다. 어른 목소리도 있었고, 아이들 목소리도 섞여 있었다. 그는 그들이 소리 내어 읽는 내용에 귀를 기울였다.

"저는 차이위전(蔡玉珍)이라고 합니다. 붓 장사를 하고 있어요. 큰 붓은 5위안이고, 작은 붓은 2.5위안, 중간 붓은 3.5위안입니다. 도시 사람들은 컴퓨터나 만년필을 사용하기 때문에 이제 붓을 거의 쓰지 않아요. 시골에서 장사를 해보려고 여기까지 왔습니다. 사실 저는 벙어리입니다. 자선 한 번 베푼다고 생각하시고, 아이들 붓글씨 연습용으로 붓 하나씩만 사 주시면 감사하겠습니다."

"이거 아가씨가 직접 쓴 건가?"

누군가의 질문에 여자는 고개를 저었다. 그녀가 빙 둘러싼 사람들에게 붓을 건네려고 다가서자, 사람들은 무슨 흉기라고 본 것 마냥 슬금슬금 뒷걸음질 쳤다. 왕라오빙은 사람들이 일제히 흩어지는 소리를 가만히 들으며 속으로 생각했다.

'보나마나 파리채 휘두르는 소리에 질겁하여 내빼는 파리들 같은 꼴이겠군.'

. . .

차이위전은 왕 씨 부자 집을 거점으로 인근 마을에서 붓을 팔기 시작했다. 그녀가 나타나면 사람들은 슬그머니 꽁무니를 뺐다. 여색에 빠진 대담한 남정네와 사춘기 아이들이나 그녀와 그녀의 붓에 관심을 가질 뿐이었다. 남자들은 한 손으로는 붓을 만지면서 다른 손으로는 차이위전의 발그레한 얼굴을 쓰다듬었다. 그들은 그녀 옆에 서 있는 왕자콴을 대놓고 무시하며 비아냥거렸다.

"저 자식은 뭐냐? 귀머거리 주제에. 볼썽사납게 여자 뒤만 줄 줄 따라다니는 꼴 하고는."

그들은 차이위전의 얼굴을 만지고 나면 볼 일 다 봤다는 듯이 쌩 하니 돌아서 가버렸다. 그들의 관심사는 붓이 아니었다. 왕자콴은 자신이 따라오지 않았다면 사람들이 그녀의 얼굴을 만지는 데 그치는 게 아니라 가슴을 더듬고 잠자리까지 강요했을지도 모른다고 생각했다.

왕자콴은 일주일 내내 차이위전을 따라다녔다. 고작해야 붓 열 개 팔아서 받은 반질반질한 지폐는 차이위전의 품 안에 고이 모셔져 있었다.

가을 햇살이 뉘엿뉘엿 기울어 가고 있었다. 왕자콴은 차이위전을 앞세우고 그녀의 뒤에서 따라 걸어갔다. 그녀의 몸에서 퍼져 나오는 땀내가 그를 훅 덮쳤다. 태양은 그들의 뒤꽁무니를 따라가며 그의 그림자를 그녀의 그림자 위에 겹쳐 놓았다. 그는 그녀의 바지 위에 황토 진흙이 묻어 있는 것을 발견했다. 진흙이 묻은 부위가 그녀의 몸놀림을 따라 실룩대고 있었다. 왕자콴은 시선을 어디다 둘지 몰라 얼굴이 화끈거렸다.

'언젠가는 저길 내 손으로 주무르고 말 거야. 남들 다 만지는데 나라고 못 하라는 법은 없지.'

그가 끝없는 사색의 늪으로 빠져 들어가려고 하는데 갑자기 요란한 소리가 들렸다. 사방을 둘러봐도 주변에는 인적이 전혀 없었다. 그 소리는 갈수록 격렬하고 급박하게 그의 가슴을 옥죄어 왔다. 그제서야 그는 그 소리가 자신의 가슴에서 나는 소리임을 알아차렸다. 심장이 쿵쾅거리며 뛰는 소리였다.

왕자콴이 용기를 내어 오른손을 뻗자 차이위전은 화들짝 놀라며 몸을 앞으로 뺐다.

"미꾸라지처럼 용케 빠져 나가는군."

총총걸음으로 바뀐 그녀의 발걸음에 속도가 실리자 그도 따라서 뛰기 시작했다. 그들은 길 위에서 앞서거니 뒤서거니 하며 어린아이들 마냥 까르르 웃었다.

길가에서 짝짓기를 하던 개 두 마리를 보자 그들은 웃음을 뚝 그쳤다. 행여 개들이 놀라기라도 할까 봐 아주 조심스럽게 발걸음을 옮겼다. 갑자기 피곤함을 느낀 차이위전은 다리가 묵직해져 잘 움직여지지 않았다. 그녀는 땅에 주저앉아 호기심에 찬 눈빛으로 개들을 빤히 쳐다보았다.

개들은 마치 능숙한 조교가 시범을 보이는 것처럼 태연하고 여유 있게 '정분 나누기'에 집중했다. 사위어가는 햇살이 개들의 누런 털에 내려앉았고, 산비탈에는 한없는 정적이 맴돌았다. 개들은 서서히 경계하는 듯하며 눈에 힘을 주더니 여덟 개 발을 동시에 움직여 천천히 이동했다. 그들의 발 아래로 나뭇잎이 서걱거렸다. 개들의 입에서 연이어 앓는 소리가 새어 나왔다. 차이위전은 흐느끼는 듯 구슬픈 신음소리를 들으며 자신도 모르게 몸이 찌릿찌릿 달아올랐다. 왕자콴은 정신이 몽롱해지려는 그녀를 끌어안고 숲속으로 들어갔다.

마른 나뭇가지와 시든 잎들이 차이위전의 몸에 눌려 꺾였다. 그녀의 몸에서 나뭇잎 썩은 냄새가 퍼져 나왔지만 왕자콴은 술 내음을 맡은 것처럼 그 냄새에 끌려들었다. 그는 차이위전이 입으로 뭐라고 하는 것을 보았다.

"날 가져요!"

차이위전은 자신이 내뱉은 말에 스스로 깜짝 놀랐다.

'내가 말을 하다니. 어떻게 된 거지?'

두 마리의 개는 벌써 일을 끝냈는지 두 사람이 있는 쪽으로 어슬렁거리며 다가오고 있었다. 차이위전은 개들이 혀로 서로의 입술을 핥아주는 것을 무덤덤한 눈빛으로 쳐다봤다. 개들은 멀지 않은 곳에 서서 그들을 멀뚱히 쳐다보고 있었다. 왕자쾬은 개들의 눈빛에 자극을 받았는지 점점 과감하고 격렬하게 변했다. 고통으로 일그러진 그녀의 달뜬 얼굴에서는 옅은 신음소리와 함께 눈물 두 줄기가 흘러내렸다.

그날 밤 왕자쾬은 왕라오빙의 침대로 돌아가지 않았다. 왕라오빙은 으레 그가 차이위전과 함께 잤을 거라고 생각했다.

· · ·

주링이 화장실에 갈 때도 어머니 양펑츠는 졸졸 뒤따라 왔다.

"도대체 누구 아이냐?"

어머니의 집요한 물음이 그녀의 귓가에서 따갑게 윙윙거렸다. 주링은 대나무 채찍으로 흠씬 얻어맞은 것처럼 온 몸이 잔뜩 긴장되어 꼼짝도 할 수가 없었다.

그녀는 입을 열기가 두려웠다.

'차라리 차이위전처럼 벙어리라면 엄마가 저렇게까지 따져 묻지도 않을 텐데. 어쨌든 벙어리는 말하기 싫으면 안 해도 되잖아.'

양펑츠는 어린 아이 옷 하나를 들어 보이며 물었다.

"어때? 괜찮니?"

주링은 묵묵부답이었다.

"멀쩡한 손자를 왜 지우려고 한다니? 모질기도 하지. 손 한번 대봐. 코도 입도 다리도, 심지어 고추도 다 만져지잖아. 애 아빠가 누군지만 말해. 당장 사위로 받아들일 테니까."

주링과는 달리 양펑츠는 아이를 인정하기로 마음을 굳힌 모양이었다.

어느덧 그녀는 누가 봐도 임신이라고 대번에 알아차릴 정도로 배가 불러 있었다. 오전 수업을 마친 몇몇 학생들이 주 씨 집을 지날 때면 대문 틈새에 얼굴을 대고 주링을 훔쳐보곤 했다. 그녀가 우리에 갇힌 미련한 곰 마냥 초조하게 왔다 갔다 하는 모습을 몰래 지켜보며 그들은 마냥 신기해했다. 훔쳐보는 은밀한 재미에 빠져 점심을 먹는 것도 까맣게 잊은 듯했다. 그때 왕자콴과 차이위전이 그곳을 지나가고 있었고, 학생들은 왕자콴을 발견하자 뭔가 꿍꿍이가 있는 듯 일제히 그를 둘러싸며 소리쳤다.

"왕자콴, 이 비열한 불한당 같은 놈. 여자와 놀아나고도 모른 척 입을 씻다니."

그들은 험악한 말들을 퍼부으며 팔짝팔짝 뛰고 있었다. 그런 줄도 모르고 왕자콴은 하얀 이를 드러내 씩 웃었고, 그것도 모자라 아예 그들과 장단을 맞춰 함께 뛰었다. 듣지 못하기 때문에 그들의 욕설은 그에게 전혀 상처가 되지 않았다. 아이들의 고함소리가 점점 커지자 왕자콴도 얼굴에 구슬땀이 송송 맺히도록 더 신나게 뛰었다. 보다 못한 차이위전이 종주먹을 흔들며 그들을 멀리 물리쳤다. 학생들이 슬슬 뒷걸음질 치자 왕자콴은 다시 그녀를 따라 걷기 시작했다. 그러나 그들이 몇 걸음 걷기도 전에 아이들이 또 우르르 몰려들며 떠들었다.

"벙어리 주제에. 귀머거리랑 결혼하면 귀머거리에 벙어리인 아이가 나온다네."

돌아선 차이위전은 주동자로 보이는 아이를 쫓아갔고, 몇 발자국 쫓아가다가 돌에 걸려 푹 꼬꾸라지고 말았다. 그 바람에 코가 깨져 걸쭉한 피가 몇 방울 떨어졌다. 땅에 엎드린 그녀는 뭐라고 악다구니라도 하고 싶었지만 아무런 소리도 나오지 않았다.

왕자콴은 손을 내밀어 그녀를 일으켰고 왜 괜히 오지랖 넓게 끼어드느냐는 표정으로 비웃었다. 그때 차이위전은 그래도 아예 들을 수 없는 왕자콴이 차라리 속 편하겠다고 생각했다. 적어도 남의 말에 상처받을 일은 없을 테니까. 귀 하나 멀쩡해서 마음은 상할 대로 다 상하고, 코까지 다친 자신보다야 낫겠지 싶었다.

몇몇 학생들의 주동으로 주링을 훔쳐보는 무리들은 더욱 불어났다. 주링의 집은 학교에서 불과 삼백 미터 정도 거리에 있었기 때문에 수업을 마치자마자 학생들은 그 집으로 쏜살같이 달려갔다. 장푸바오가 아이들을 저지하기 위해 길로 나왔지만 떼거지로 몰려나온 아이들과 부딪혀 길바닥에 나뒹굴었다. 잔뜩 화가 난 장푸바오는 선동한 학생 넷을 잡아들여 제적시켰다.

"다시는 학교 근처에 얼씬도 하지 마라."

겨울이 되자 주링은 슬슬 바깥활동을 시작했다. 화려한 겨울 외투로 감싼 그녀의 몸이 전보다 훨씬 둔하고 육중해보였다. 그녀는 이 집 저 집을 오가며 만나는 사람들마다 곧 결혼할거라고 떠벌리고 다녔다.

"누구랑 결혼하니?"

"왕자콴이요."

"그 사람은 차이위전과 결혼했잖아?"

누군가 의아해하며 물었다.

"그건 동거죠. 결혼한 건 아니에요. 사랑하지도 않는데 무슨 결혼이에요?”

기가 막힌 사람들은 그녀의 뒤에서 쑥덕거렸다.

“양심도 없군. 다행히 왕자콴이 귀머거리라 저 꼴을 그냥 두지. 다른 사람이었어 봐. 저러고 돌아다니는 걸 가만히 두겠어?”

간밤에 마을의 복숭아꽃들이 꽃망울을 터트렸다. 진한 핏빛의 꽃송이가 도발하듯 피어올랐는데, 가만히 보고 있으면 마치 피비린내가 날 것처럼 선명한 붉은색이었다. 왕라오빙은 대문가에 앉아 혼자 중얼거렸다.

“벌써 복숭아꽃 향기가 나는군. 올해는 왜 이렇게 일찍 피었을꼬? 아직 정초도 지나지 않았는데.”

유랑 사진사 자오카이잉(趙開應)이 왕라오빙 앞으로 다가와 사진을 찍겠냐고 물었다.

“목소리를 들으니 자오 선생이군. 또 왔소? 항상 연말 이맘때쯤이면 오더니, 올해도 어김없이 정확하구만. 사진 찍겠냐고 물었나? 지금 내가 사진을 찍으면 무슨 소용이겠나? 작년 겨울에야 자네 얼굴을 볼 수 있었지만 올 겨울엔 볼 수가 없다네. 찍어도 무용지물이야. 젊은 사람들에게나 가보게. 라오헤이나 거우즈, 주링 그 친구들은 매년 몇 장씩은 찍지 않나? 참, 앉게. 신세 한탄만 하고 앉으라는 소리도 못했네. 여보게, 간 거야?”

왕라오빙이 미주알고주알 이야기하는 동안 자오카이잉은 벌써 멀찍이 가버리고 없었다. 그의 뒤에는 동네 아이들과 사진을 찍으려고 새 옷을 갈아입고 나온 사람들이 따라가고 있었다.

복숭아꽃은 주링을 위해 피어난 것 같았다. 그녀는 자오카이잉을 데리고 복숭아꽃밭 사이를 휘젓고 다녔다. 선홍색의 꽃잎이 그녀의 머리와 옷 위로 눈처럼 떨어져 앉았다. 상기된 그녀의 얼굴도 복숭아꽃물이 든 것처럼 발긋발긋했다.

"주링, 똑바로 서 봐. 이 사진기는 입에서 나오는 입김까지 다 찍힌다고."

"자오 아저씨, 저 서른 장 넘게 찍을 거예요. 필름 한 통 다 찍어 주세요."

발그레하게 얼굴이 달아오른 그녀의 웃음소리가 온 종일 복숭아나무 밭을 떠나지 않았다. 오죽하면 그날 이후 사람들이 복숭아나무만 봐도 그녀를 가장 먼저 떠올렸을 정도다.

주링은 사진을 찍고 나서 왕자콴의 집으로 찾아갈 생각이었다. 그녀의 집이 폭우의 습격을 받았던 그날 밤 이후로 처음 찾아가는 것이었다. 주링은 약간 피곤한 기색을 보이며 문에 들어서자마자 왕자콴의 침대로 가서 드러누웠다. 자기 침대인양 아주 자연스럽게 다리를 뻗었고 잠깐 누워있나 싶더니 이내 코 고는 소리가 났다.

차이위전은 주링의 콧소리가 견디기 힘들었는지 그녀를 흔들어 깨웠다. 그녀가 주링에게 문밖으로 나가라는 손짓을 하자 주링이 되레 당당하게 말했다.

"이건 내 침대라고. 어디서 굴러 와서 가라 마라야?"

차이위전은 주링의 말에도 놀라지 않았다. 그녀는 침대 가장자리 헤드 위에 앉아 침대를 흔들며 계속해서 '어버버버' 소리를 냈다. 귀에 거슬리는 소리를 내서 주링을 밖으로 내보낼 생각이었다.

주링 딴에는 또 차이위전을 제압하려면 계속해서 말을 해야 한다고 생각했다. 그녀가 들을 수만 있을 뿐 말을 할 수는 없기 때문이었다.

　"난 왕자쾬의 아이를 가졌어. 2년 전에 왕자쾬과 이미 한 몸이 된 사이라고. 어디서 굴러왔는지는 모르겠지만 여기서 오래 뭉개고 있지는 못할걸."

　침대 곁에서 일어선 차이위전이 울음을 쏟아내며 달려 나갔다. 잠시 후 차이위전에게 떠밀려 왕자쾬이 방 안으로 들어갔다.

　"자쾬, 당신 좋은 사람이잖아. 내가 누구 아이를 뱄는지 알면서도 함묵해줬던 거 정말 머리 숙여 감사할게."

　왕자쾬은 주링이 머리를 조아리는 것을 보고 그녀가 아예 여기 눌러앉을 생각임을 알았다. 주링은 그가 당연히 자신을 받아들일 거라고 확신하고 있었다. 그 환상이 무참히 깨질 거라고는 전혀 생각지도 못했다.

　"당신 뱃속에 있는 아이의 아버지는 장푸바오인데, 왜 날 찾아왔죠? 당장 나가요. 나가지 않으면 모든 사실을 다 떠벌리고 다니겠어."

　"부탁이야. 비밀은 지켜줘. 엄마 귀에 들어가지 않게 해줘. 차라리 나 혼자 사라지면 모든 게 편안해 지겠지."

　주링은 이불 속에서 빼낸 두 발을 침대 아래로 내려 한참 뒤적이고서야 신발을 찾아 신었다. 왕자쾬의 냉정한 반응이 그녀에게 제대로 약발을 발휘한 듯했다. 주링은 몇 번이고 일어서려고 했지만 무거워진 몸을 쉽게 일으킬 수 없었다. 왕자쾬이 옆에서 부축해주자 그녀가 담담하게 말했다.

　"이젠 나도 귀에 아무 것도 들리지 않아. 더 이상 두려울 게 없다고."

• • •

"나 혼자 사라지면 모두 편안해 지겠지."

주링이 왕자콴 앞에서 내뱉은 그 말을 차이위전은 머릿속에서 지울 수가 없었다.

그녀는 주링이 새끼줄을 들고 마을 뒤 복숭아나무 숲으로 들어가는 것을 목격했다. 묵직한 어둠이 천지에 스멀스멀 내려앉고 있었고, 노을의 끝자락만 산꼭대기에 살짝 걸쳐 있었다. 주링의 손에 들려 있던 새끼줄에서 붉은 빛이 감돌았다. 지는 석양에 물든 것 같기도 하고, 복숭아꽃에 물든 것 같기도 했다. 차이위전은 그녀가 낮에 사진을 찍었던 곳에서 목을 맬지도 모른다는 불길한 생각이 들었다.

갑자기 고개를 돌린 주링은 자신의 뒤를 밟고 있는 차이위전을 발견했다. 주링은 돌멩이 하나를 주워 그녀에게 던졌다.

"왜 똥개처럼 졸졸 따라오고 그래? 따라와서 뭐하게? 내 똥이라도 핥아먹을 참이야?"

차이위전은 주링의 험한 욕설에 멈칫했다. 잠시 망설이던 그녀는 발길을 돌려 빠른 걸음으로 주 씨 집 쪽을 향했다.

주 씨 영감은 마당을 쓸고 있었다. 더께 앉았던 먼지가 그의 주변으로 뿌옇게 일어났다. 차이위전은 양손으로 원을 만들어 목을 감쌌다가 대들보를 가리켰다. 주 씨 영감은 그녀의 뜻을 이해하지 못했다. 오히려 자신의 일을 방해하는 그녀에게 짜증스런 기색을 노골적으로 드러냈다. 차이위전은 답답한 듯 가슴을 쥐어뜯더니 벽에 걸린 줄을 가져다가 자신의 목에 걸고 발꿈치를 땅에서 떼며 몸을 쭉 늘렸다.

"목을 매고 싶은 거냐? 죽고 싶거든 너희 집에 가서 죽든가!"

주 씨 영감은 빗자루로 차이위전의 엉덩이를 두들겨 패며 거의 먼지 쓸어내듯 그녀를 문밖으로 쫓아냈다.

양펑츠는 동네 여기저기를 돌아다니며 주링을 찾고 있었다. 양펑츠의 애타는 외침이 울려 퍼지자 차이위전도 초조해졌다. 그녀는 손으로 마을 뒤 복숭아밭을 가리키며 계속해서 원을 그리고 있었다. 마침내 주 씨 영감도 그녀의 방정스러운 동작을 떠올리며 사태가 뭔가 심상치 않게 돌아가고 있음을 눈치 챘다.

밤이 되자 뒷산에 횃불이 드문드문 밝혀졌고, 사람들이 주링의 이름을 부르는 소리가 메아리 쳤다.

그날로부터 닷새째 되는 새벽에 장푸바오는 여느 때처럼 학교 근처 우물가에 가서 물을 긷고 있었다. 그의 물통이 물 위에 떠오른 둔중한 물체에 부딪혔고 우물 입구에서는 참을 수 없이 역한 냄새가 밀려 올라왔다. 손전등을 가져다 우물 바닥을 비쳐본 순간 구역질이 목울대로 치솟아 올라왔다. 주링의 시체가 떠올라 있었다.

대개 마을 사람들은 좀 더 걷는 수고를 감수하고 하천의 물을 길러다 먹었다. 학교 옆에 있는 이 우물물은 장푸바오 가족들만의 특권이었다. 주링이 죽은 지 닷새가 지나는 동안 그들 가족은 시체가 담긴 그 물을 고스란히 먹었던 것이다.

그날 아침 학교 수업은 열리지 않았다. 그 이후로도 며칠간 장푸바오는 시체의 악몽에서 벗어나지 못했다. 수업을 하면서도 몇 번이고 속을 게워냈다. 노란 담즙을 토해낼 정도로 토악질을 해

댄 야오위핑도 거의 녹초가 되어 교단에 올라서지 못했다.

자오카이잉은 봄이 되어서야 지난 연말에 찍은 사진들을 마을에 가져왔다. 그는 주링의 사진을 들고 양펑츠에게 돈을 받으러 갔다.

"주링은 이미 죽었어. 그 애한테 가서 돈을 받든지 말든지 마음대로 하게."

문전박대를 당한 자오카이잉이 주링의 사진을 아궁이 속으로 집어 던지려고 했다. 바로 그때 왕자콴이 사진을 낚아채며 말했다.

"내가 줄게요. 내가 돈 낸다고요. 이 사진들 전부 사겠어요."

. . .

언젠가부터 왕 씨 부자 집의 지붕 위에서 귀에 거슬리는 소리가 자꾸 들려 왔다. 바람소리 같기도 하고, 쥐들이 지붕 위를 뛰어다니는 소리 같기도 했다. 정적이 감도는 깊은 밤만 되면 어김없이 찾아오는 그 소리에 차이위전은 벌써 며칠째 진저리를 치고 있었다. 마음 같아서는 당장이라도 올라가 그 괴로운 소리의 진원지를 캐고 싶었지만, 시커먼 어둠을 뚫고 나갈 용기가 차마 나지 않았다.

낮에 혹시나 하고 집 뒤꼍의 복숭아나무 위에 올라가 지붕 위를 꼼꼼히 살펴봐도 흐리터분한 기왓장만 햇살을 맞으며 녹작지근하게 늘어져 있을 뿐 별다른 단서는 찾아볼 수 없었다. 일단 안심하고 내려와 봐도 밤에 잠이 들라치면 어김없이 찾아와 그녀의 단잠을 흔들어 깨워놓곤 했다.

뒤척거리며 뜬눈으로 밤을 새운 그녀는 아침이면 또 다시 복숭아나무 위로 올라갔다. 그러기를 반복하다 보니 어느덧 지붕 위 기왓장이 몇 장인지도 다 셀 수 있을 정도가 되었다. 하지만 여전히 이상한 낌새를 발견하지 못했다. 심지어 자신의 귀가 이상해진 건 아닌지 의심하는 지경까지 이르렀다.

왕라오빙 역시 이상한 소리에 밤잠을 설치기는 마찬가지였다. 그는 날마다 찾아와 훼방을 놓는 그 소리에 나름의 대처법을 찾으려고 애썼다. 그러나 침대 가에 우두커니 앉아 밤새 줄담배를 피워대거나 화장실에 들락거리며 마렵지도 않은 소변을 보는 것만으로는 예민해진 신경을 달랠 수 없었다. 금속성의 날카로운 톱 소리는 밤새도록 그의 머릿속을 헤집고 들어왔다.

'이렇게 매번 날밤을 새다가는 정말 돌아버리겠군.'

그는 어떻게든 마음을 진정시키고 잠을 청해보려고 침대에 누웠다. 잠시 누워있는가 싶더니 다시 벌떡 일어나 이번에는 손으로 더듬더듬 침대 맡 스탠드를 찾아 땅바닥으로 세게 밀어 버렸다. 바닥으로 추락한 스탠드의 전구 등이 와장창 소리를 내며 산산조각 났다. 그 요란한 소리 때문인지 지붕 쪽에서 들려오던 요상한 소리도 잠시 잦아드는 듯했다. 그러나 그것도 아주 잠깐일 뿐 정체불명의 괴성은 또 다시 그의 귓가를 끈질기게 자극했다.

왕라오빙은 신경을 딴 데로 돌리기 위해 일부러 다른 소리들을 만들어 내기 시작했다. 그 중 하나가 나무를 쪼아대는 딱따구리처럼 담뱃대로 침대 헤드를 계속 내리찍는 것이었다. 그러나 그 소리는 안 그래도 잠을 잘 수 없었던 차이위전에게는 두 배의 고통이었다.

담뱃대를 휘두르다 지치면 그는 작전을 바꾸어 쉼 없이 입을 놀렸는데, 할 말이 없어도 무작정 떠들어대다가 겨우 곯아떨어지곤 했다.

한번은 지붕 위 소리가 사라지지 않자 차이위전이 손전등을 들고 위를 비춰보았다. 기와를 지탱하는 대들보와 나무판자만 있을 뿐 별 다른 흔적은 없었다. 그때 소리의 진원지가 지붕에서 궤짝 쪽으로 이동해 내려갔다. 그녀가 미친 듯이 궤짝을 뒤졌지만 안에는 역시 아무 것도 없었다. 요란하게 궤짝을 여닫는 소리에 막 겨우 잠들었던 왕라오빙이 놀라서 깼다.

"저것이 날 잡으려고 환장을 했구만. 어떻게 든 잠인데 또 깨워?"

순간 집 주변이 이상하리만큼 고요해졌다. 차이위전은 행여 작은 소리라도 낼까 봐 몸을 바싹 움츠렸다. 잠시 후 왕라오빙이 부르는 소리가 들렸다.

"위전, 이리 와서 날 좀 부축해 보거라. 도대체 어디서 나는 소리인지 알아봐야지 안 되겠다."

차이위전은 왕자콴을 흔들어 깨웠다. 그러나 그는 몸만 한번 뒤척일 뿐 세상모르고 잠에 푹 빠져 있었다. 겁이 나긴 했지만 그녀는 결국 왕라오빙을 부축해 대문 밖으로 나섰다. 짙은 어둠 사이로 꽤 차가운 바람이 불어오고 있었다.

그들은 일단 문 앞에 서서 소리가 나는 쪽으로 귀를 바싹 댔다. 그 이상한 소리는 집 뒤에서 들려오고 있었다. 그들은 뒤꼍으로 천천히 걸어가 마을 뒷산의 복숭아나무 숲으로 들어갔다. 그때 멀리서 한 여자의 그림자가 눈에 들어왔다. 양펑츠였다. 나무 아래 꿇어앉은 그녀는 채찍으로 엎어놓은 사발을 마구 후려치고 있었다. 사기 사발의 공허한 울림소리가 숲 속을 가득 메웠다. 차이위전이 손전등으로 양펑츠 쪽을 비췄지만 그녀는 두 눈을 감은 채 뭔가를 읊조리는 데만 열중할 뿐 전혀 눈치 채지 못했다. 좀 더 가까이 가 보니 그녀는 분명 왕자콴에게 저주를 퍼붓고 있었다.

"왕자콴, 그 놈이 내 딸을 죽였어. 가만 두지 않겠어. 왕 씨 가족의 씨를 말려 버릴 테다……."

차이위전이 달려가 그녀가 두드리던 사발을 발로 힘껏 걷어차자 사발이 멀리 날아가 나뒹굴었다. 눈을 뜨다가 손전등의 눈부신 빛을 보고 화들짝 놀란 양펑츠는 구른다 긴다 난리 법석을 떨며 허둥지둥 숲을 빠져 나갔다. 잠자코 있던 왕라오빙은 그때서야 뭔가 단단히 결심한 듯 입을 열었다.

"정신 나간 여편네. 죽은 사람 깨워서 누명을 벗겨달라고 할 수도 없고. 아무리 배고프고 가난해도 악착같이 버텼는데, 이러다가 저 사람들이 퍼붓는 더러운 똥물에 애꿎은 자콴만 만신창이가 되고 말겠어. 아무래도 이곳을 떠나야겠다."

• • •

왕자콴은 왕라오빙을 부축해 하천을 건너서 맞은편 기슭으로 올라갔다. 그 뒤로 차이위전이 호미와 삽을 들고 따라갔다. 마을 건너편, 하천을 사이에 둔 다른 한쪽은 묘지였다. 청명절 때 빼고는 그쪽으로 넘어가는 발길이 뜸했다. 하천을 건넌 왕라오빙은 희미한 옛 기억을 더듬어 할아버지 왕원장(王文章)의 묘지 앞까지 걸어갔다. 그는 앞을 볼 수 없는 장님이라고는 믿기지 않을 정도로 아주 차분히, 그것도 한 치의 오차도 없이 정확히 길을 찾아냈다. 영문도 모르고 얼떨결에 따라나선 왕자쾬은 아버지가 왜 이곳까지 왔는지 의아하기만 했다.

"아버지, 뭐 하시려고요?"

"증조할아버지 무덤을 파내고 여기다 새 집을 지어야겠다."

차이위전이 왕자쾬을 향해 땅을 파는 손짓을 해보이자 그는 그저 무덤의 잡초를 베려나 보다고 생각했다.

왕자쾬이 무덤 옆에 도랑을 내고 벌초를 하는 사이 차이위전은 호미로 무덤을 팠다. 잠시 후 고개를 든 그는 증조부 무덤의 반 이상이 파헤쳐진 것을 보고 아연실색했다. 그는 정색하며 그녀 손에서 호미를 낚아챈 후 삽으로 흙을 떠서 다시 덮기 시작했다.

흙 파는 소리가 뚝 끊긴 게 이상했는지 왕라오빙이 소리쳤다.

"위전, 어서 안 파고 뭐 하는 거냐? 이 자리가 명당 터라 집 짓고 살기에도 제격이야. 내 기억이 틀림없다면 할아버지께서 돌아가실 때 도자기 두 점을 함께 묻었을 거다. 꽤 값이 나가는 골동품이니, 그걸 꼭 찾아야 한다. 어서 파거라. 혹시 자쾬이 못 파게 막고 있니? 그럼 나 좀 보자고 해라."

그는 왕자쾬에게 땅을 파는 손짓을 해보였다. 그의 손동작은 명령을 하달하듯 꽤 절도 있고 단호했다.

"무덤을 파라고요?"

왕자쾬이 놀라며 묻자 왕라오빙이 고개를 끄덕였다.

“왜요?”

“일단 어서 파거라.”

차이위전이 바닥에 가로놓인 호미를 다시 집어 들어 건넸지만 왕자콴은 받지 않았다. 그는 강가 맞은편을 향해 웅크려 앉아 마을과 그의 집을 멍하니 바라보았다. 집집굴뚝마다 밥 짓는 연기가 새벽 찬 공기를 가르며 모락모락 피어오르고 있었고, 맑은 연기가 희뿌옇게 번져 새벽하늘을 푸르게 물들었다. 누군가 소떼를 몰고 마을을 나서고 있었다. 류순창의 집 지붕 위에서는 수탉 한 마리가 목을 길게 빼고 왔다 갔다 했다.

다시 돌아보니 무덤 한 구석이 그새 또 허물어져 있었다. 왕자콴은 차이위전이 커다란 파이를 힘겹게 갉아 먹는 개미 같다고 생각했다. 왕라오빙도 어떻게 찾았는지 호미를 들어 올려 무덤파기에 가세했다. 그러나 그가 무덤을 향해 내려 친 호미는 돌멩이에 부딪혀 다시 튕겨 나오고 말았다. 무덤을 파겠다는 그의 결심은 확고한 듯했다. 결국 왕자콴은 아버지에게 호미를 받아 들고 두 눈을 질끈 감은 채 무덤을 향해 내리쳤다. 내키지 않는 일을 억지로 해야 할 때 그는 두 눈을 감는 버릇이 있었다.

그들은 반나절 내내 무덤을 파는 일에 매달렸다. 봉분을 깎고 땅을 팠지만 정작 무덤 밑에는 관과 유골이 없었다.

“무덤 안에 아무 것도 없어요.”

왕자콴이 소리치자 왕라오빙은 의아한 표정을 지었다. 그는 무덤을 메워 평평하게 골라 놓은 땅을 매만지다가 흙 한 줌을 쥐어 코끝에 갖다 댔다.

‘하관할 때 내 눈으로 똑똑히 봤는데. 관 속에 분명 도자기도

함께 놓여있었어. 어째서 유골까지 감쪽같이 사라져버린 거지?'

그 해 여름이 끝물로 치달을 무렵, 왕자콴과 차이위전은 하천 건너편에 흙 집 두 채를 지었다. 그들은 원래 살던 집의 자재들을 뜯어 와 집을 짓는 데 재활용했고, 지붕 기와도 전부 떼어다가 새 집에 다시 얹었다. 그러다 보니 옛 집은 뼈대를 앙상하게 드러낸 흉물로 변해버렸다.

이사하면서 왕자콴은 오래된 물건들을 깡그리 내다 버리기로 했다. 반질반질하게 윤이 나는 단지도 모두 깨부수고, 무거운 나무 상자들도 쪼개서 버렸다. 옛날 물건들을 보면 자신도 모르게 증오와 원한이 울컥 치솟을 것 같았기 때문이다. 그는 과거의 기억을 훌훌 털어버리고 먼 길을 떠나는 사람처럼 꼭 필요한 물건들만 챙겼다.

그는 아버지의 침대를 정리하다가 침대 아래에서 고급스러운 화병 두 개를 발견했다. 별 거 아니겠거니 생각하고 그것들을 내던지려고 하는 순간 차이위전이 대뜸 그를 저지했다. 그녀는 수건으로 그 꽃병들을 광이 날 정도로 공들여 닦아서 왕라오빙에게 건네주었다. 꽃병을 이리저리 만져보던 그는 극도로 경직하며 얼굴색이 돌변했다.

"이거야. 내가 찾던 게 바로 이거라고. 분명 할아버지 관 속으로 들어가는 걸 봤는데, 이게 어디서 난 거냐?"

그러자 이사를 도와주던 한 짐꾼이 차이위전 대신 '왕자콴이 침대를 정리하다가 찾아냈다'고 그에게 귀띔해주었다.

"말도 안 돼."

왕라오빙은 꽃병을 꼭 쥔 채 양지 바른 곳에 나가 앉았다. 짐꾼

들은 식량을 짊어져 나르는 개미들 마냥 분주하게 집 안팎을 들락거렸다. 왕라오빙은 옆을 지나는 부산한 발자국 소리를 들으며 의미심장한 미소를 지었다.

그날 밤 왕라오빙의 가족은 살던 집을 완전히 비우고 떠날 채비를 했다. 집을 나서기 직전 왕자콴은 아궁이 속 남은 불씨로 횃불을 붙이면서 쏟아지는 눈물을 간신히 참고 있었다. 횃불을 든 왕자콴이 앞장서서 걷고, 왕라오빙과 차이위전이 그 뒤를 따라 갔다. 차이위전은 품 안에 꽃병 두 개를 꼭 품고 있는 왕라오빙을 조심스럽게 부축하고 있었다.

나무다리를 다 건너자 왕라오빙은 차이위전에게 왕자콴을 돌려 세우라고 한 다음 하천에서 발을 씻고 가자고 했다.

"어서 와서 씻거라. 더러운 때를 깨끗이 씻어내야 사악한 기운도 떨어져 나가는 법이다. 옛날 일들은 여기서 모두 씻어버리고 새로 시작하자꾸나."

세 사람은 희미한 횃불 아래 쪼르르 앉아 발을 물속에 담갔다. 왕자콴은 발에 밴 굳은살과 때들을 한 겹 한 겹 벗겨내려는 듯 발바닥을 꼼꼼하게 문질렀다.

그 시각 마을 사람들은 각자의 집 입구에서 조용히 떠나가는 그들을 눈으로 배웅했다. 고독해 보이는 횃불 하나가 소리 없이 강 맞은편 쪽으로 멀어져 갔다. 몇 십 년을 함께 한 마을 사람들은 마을을 뒤로 하고 떠나는 그들의 뒷모습을 아련하게 지켜보고 있었다.

· · ·

가을로 접어든 어느 날 오후 류순창은 산에서 캔 약초를 바구니 가득 지고 내려왔다. 그는 하천 변에 들러 약초들을 정성껏 씻었다. 시퍼런 하천은 길을 재촉하는 나그네처럼 하염없이 어디론가 흘러가고 있었고, 노랗게 빛바랜 나뭇잎과 시든 풀들이 물위를 둥둥 떠다녔다. 그의 시선이 어느새 강 건너 왕라오빙의 집 쪽으로 옮겨져 갔다.

왕라오빙 가족은 새로 지은 집 지붕 위에 기와를 올리고 있었다. 이사 가던 날 그들의 집은 삼분의 이정도만 완성된 상태였다. 류순창이 집을 다 지은 다음 떠나도 늦지 않는다고 왕라오빙을 뜯어 말렸지만 소용없었다. 그들은 빚쟁이에게 쫓기는 사람들처럼 급하게 저쪽으로 넘어가 버렸다. 그래서 아직도 못다 지은 집을 분주하게 마무리하는 모양이었다.

차이위전이 처마 밑에 서서 사다리 위의 왕라오빙에게 기와를 건네주면 왕자콴이 지붕 위에서 이를 받아 붙이고 있었다. 기왓장은 손에 손을 거쳐 지붕 위에 차곡차곡 쌓여갔다. 별다른 대화가 오가지는 않았지만 그들의 분업은 제법 죽이 잘 맞았다. 손발이 척척 맞는 것이, 멀리서 보기에는 그들이 장애인이라는 사실이 전혀 티 나지 않을 정도였다. 왕자콴은 아버지에게 건네받은 기왓장 중 깨진 것이 있으면 다시 아래로 떨어뜨리거나 하천 쪽으로 멀리 던졌다.

거리가 멀리 떨어져 있어서인지 류순창은 기왓장이 수면에 빠져들며 물보라가 이는 것만 보일 뿐 첨벙 들어가는 소리는 들을 수 없었다. 눈부신 햇살이 물결을 고요히 다독이는 고즈넉한 오후시간, 아무 소리 없이 기왓장을 나르고 붙이는 그들의 작업은 쉼 없이 이어지고 있었다. 건너편에 있는 류순창에게 그들은 현실과 동떨어진 세상 속의 등장인물들 같았다. 그는 마치 무성 영화의 한 장면을 보는 듯한 느낌이 들었다.

그때 지붕 위에 놓여 있던 기왓장 한 장이 떨어져 차이위전의 머리를 강타하면서 몇 개의 파편으로 부서져 튕겨나갔다. 차이위전은 두 손으로 머리를 감싸며 바닥에 주저앉았다. 그녀가 머리에 심한 충격을 입었을 거라고 직감한 류순창이 건너편을 향해 소리쳤다.

"라오빙, 차이위전이 머리를 많이 다쳤나? 내가 건너갈까? 약초라도 가져가서 좀 붙여 줄까?"

그러나 그의 소리를 듣지 못했는지 아무런 대답도 되돌아오지 않았다.

왕자콴은 지붕 위에서 내려와 차이위전을 업고 하천까지 달려나왔다. 그는 강물로 피범벅이 된 그녀의 얼굴을 씻어주었다. 류순창이 다시 외쳤다.

"위전, 괜찮은 거야?"

왕자콴과 차이위전은 여전히 아무런 반응도 없었다. 류순창은 자갈 하나를 주워서 건너편을 향해 힘껏 내던졌다. 돌멩이가 물속으로 파고들면서 잔잔한 수면에 파문이 일었다. 왕자콴은 힐끔 보는 듯하더니 이내 돌아서 풀밭 쪽으로 가버렸다. 그는 직접 캐온 약초를 입에 담아 잘근잘근 씹은 다음 오른손에 뱉어내 차이위전의 상처 부위에 발라주었다.

그리고는 다시 차이위전을 들쳐 업고 집으로 되돌아갔다. 산 사이로 난 오솔길이 약간 경사지긴 했지만 그는 뛰거니 걷거니 하면서 여유 있게 올라갔다. 중간에 왕자콴이 차이위전을 내려놓자 그녀는 그의 겨드랑이를 장난스럽게 간질이며 앞질러 가려고 애를 썼다. 그러나 왕자콴은 호락호락하게 길을 내주지 않았고, 결국 그녀는 그의 어깨에 손을 짚고 뒤에서 졸졸 따라갔다.

집에 거의 다 도착했을 때쯤 왕자콴이 몸을 돌려 차이위전을 와락 껴안자 그녀는 가볍게 품 안으로 쏙 들어갔다. 그들은 꼭 껴안은 채 나란히 집 안으로 들어섰고, 그 뒤에서 왕라오빙이 더듬거리며 대문을 닫았다. 류순창은 그들 집의 대문이 소리 없이 닫히는 것을 보며 생각했다.

'저들의 하루가 이렇게 끝나는군. 편안하고 행복해 보여서 다행이야.'

· · ·

살천스러운 가을바람이 밤길 떠나는 나그네처럼 하천 주변과 집 주위를 '쏴아' 훑고 지나갔다. 왕라오빙과 왕자콴은 곤히 잠들어 있었다. 차이위전은 뭔가가 바람에 날려 떨어지는 소리에 선잠을 깼다. 다른 때였다면 문 밖에서 소리가 나도 별로 신경 쓰지 않고 넘겼을 것이다. 기와도 다 올렸고 집도 어느 정도 집다운 모양새를 갖추었으니 자다가 봉변을 당할 염려는 없었기 때문이다. 하지만 그날따라 그 소리가 자꾸 신경 쓰였다. 그녀는 혹시

대나무 장대에 널어놓았던 옷이 바람에 떨어지지는 않았을까 하는 마음으로 침대에서 슬그머니 일어났다.

문을 열자 찬바람이 그녀의 목을 휘감았다. 그녀가 손전등 전원을 눌러 켜자 손전등의 불빛이 무한대로 늘어나는 막대기처럼 시커먼 허공 속에 걸쳐졌다. 그녀는 그 빛에 의지해 문 밖으로 나와 마당 한쪽에 널어놓은 빨래 쪽으로 돌아갔다. 옷들은 그 자리에 그대로 있었다. 거센 바람은 아래로 늘어진 빨래의 옷소매들을 휘휘 비틀어 짜고 있었다.

차이위전은 손전등을 입에 물고서 빨래를 걷으려고 두 손을 뻗었다. 그런데 손이 장대에 채 닿기도 전에 누군가 뭉툭하고 거친 손으로 그녀의 손목을 붙잡았다. 정체를 알 수 없는 그 사람은 그녀를 하천 근처까지 질질 끌고 가서 풀숲 바닥에 패대기쳤다. 그녀의 입에 물고 있던 손전등이 떨어지며 전구가 산산조각 났다. 유일한 빛이 사라지면서 풀숲 주변은 순식간에 칠흑처럼 변했다.

그자는 차이위전의 옷을 갈기갈기 찢어 굶주린 강아지처럼 가슴팍에 머리를 묻고 젖가슴을 거칠게 빨아댔다. 그녀가 발버둥치며 소리치려고 발악했지만 이미 오래전 막혀 버린 목구멍에서는 아무런 소리도 나오지 않았다. 거칠게 빨리는 유두가 홧홧해지며 쓰려오기 시작했고, 까칠까칠한 남자의 수염이 살갗을 훑고 갈 때마다 긁히는 것처럼 따끔거렸다. 남자의 손이 아랫도리까지 내려오자 차이위전은 바지춤을 움켜쥐고 필사적으로 저항했다. 약간 당황한 듯한 남자는 급기야 주머니를 만지작거리며 날이 시퍼렇게 선 칼을 꺼내 그녀의 얼굴에 바짝 갖다 댔다. 싸늘한 금속이 피부에 닿는 순간 잔뜩 얼어붙은 그녀는 사시나무 떨 듯 벌벌 떨었다. 잠시 후 아래쪽이 선득해지며 바짓가랑이가 칼에 의해 무참히 찢겨나가는 소리가 들려 왔다.

남자는 아예 기마자세로 그녀의 몸 위에 강제로 올라탔다. 차이위전이 끝까지 바지를 움켜쥐고 버티려 했지만 그녀의 바지는 순식간에 너덜너덜하게 찢어져 버렸다. 더 이상 발악해도 소용없다는 것을 감지한 그녀는 양손 손가락을 쫙 벌려 남자의 얼굴을 죽기 살기로 할퀴기 시작했다. 그래야 날이 밝았을 때 얼굴에 할퀸 자국이 남아 있는 남자를 찾아 낼 수 있다는 생각을 그 와중에도 했던 것이다.

그렇게 한참 동안 실랑이를 벌이다가 차이위전이 갑자기 그의 면전에 대고 '죽어버리겠어' 라는 살벌한 한 마디를 툭 내뱉었다. 화들짝 놀란 남자는 그녀의 몸에서 반사적으로 튕겨져 나와 줄행랑 쳤다.

"귀신이다! 벙어리가 말을 하다니!"

질겁한 남자는 도망가는 내내 호들갑을 떨었지만 목소리가 워낙 희미해서 누구의 목소리인지는 알 수 없었다.

차이위전이 다시 방으로 돌아왔을 때 왕자콴은 깨어 있었다. 상처투성이인 그녀의 젖가슴과 갈기갈기 찢긴 바지를 보고 기겁한 그는 왕라오빙을 흔들어 깨웠다.

"아버지, 위전이 무슨 일을 당했나 봐요. 옷도 다 찢어지고 몰골이 말이 아니에요."

"어서 물어봐라. 어떤 놈이었는지."

하지만 말해 놓고 보니 귀머거리인 아들이 말을 알아들을 리가 없었다. 그는 한숨을 깊게 내 쉬더니 위전을 불렀다.

“위전, 이리 좀 가까이 와라. 겁 낼 필요 없단다. 어차피 난 아무 것도 안 보이잖니?”

차이위전이 왕라오빙의 침대 곁으로 다가갔다.

“누구인지 정확히 봤니?”

차이위전은 고개를 저었다.

왕자콴이 끼어들어 그녀의 행동을 묘사했다.

“아버지, 위전이 고개를 흔들었어요.”

“얼굴을 제대로 못 봤다고 한다면, 혹시 그 놈 몸에도 상처가 남았어?”

이번에는 차이위전이 끄덕거렸다.

왕자콴이 중간에서 통역하듯 말했다.

“끄덕거렸어요.”

“상처가 어디에 났니?

차이위전은 두 손으로 얼굴을 할퀴는 시늉을 하고 나서 손으로 턱을 만지작거렸다.

“이번에는 손으로 얼굴을 할퀴었다가 턱을 만졌어요.”

“얼굴하고 턱에 상처를 냈어?”

그녀는 고개를 몇 번 끄덕거리다가 다시 양 옆으로 저었다.

“끄덕거리다가 다시 고개를 흔드는데요.”

왕라오빙은 추임새처럼 이어지는 왕자콴의 상황설명을 들으며 물었다.

“그 놈 얼굴을 할퀸 거야?”

위전이 그렇다고 고개를 끄덕였다.

“또 끄덕거렸어요.”

"그리고 턱도 할퀴었니?"

위전은 완강하게 고개를 가로저었다.

"고개를 흔들었어요."

사실 차이위전은 그 사람이 수염이 있다는 말을 하고 싶었다. 답답한 마음에 턱을 주억거려 봐도 그녀의 입에서는 아무런 소리가 나오지 않았다. 울상을 짓던 그녀가 왕라오빙의 입 위 아래로 자라난 거뭇거뭇한 수염을 발견하자 손을 뻗어 그의 뻣뻣한 수염을 어루만졌다.

"아버지 수염을 만지는데요."

"위전, 그 남자 얼굴에 수염이 있었다는 거냐?"

위전이 그때서야 고개를 끄덕거렸다.

"끄덕거리고 있어요."

"휴, 그 놈 얼굴에 할퀸 상처와 수염이 있다는 걸 알아내도 자콴이 내 말을 알아듣지 못하니 신고할 방법이 없구나. 내 눈이 이렇게 되지만 않았다면 지구 끝까지라도 쫓아가서 그 자식을 잡아오고 싶다만. 어쩌겠니? 액땜한 셈 치자꾸나."

차이위전은 결국 서러운 울음을 꺽꺽 쏟아냈다. 왕라오빙의 눈언저리에서도 눈물줄기가 흘러 나왔다. 굵은 눈물은 주름이 깊게 팬 뺨을 타고 내려와 입가의 수염을 적시고 있었다.

· · ·

왕자콴은 낮이고 밤이고 하천 일대를 지나는 사람들을 뚫어져라 살폈다. 그의 손에는 나무 몽둥이가 하나 들려져 있었는데 누가 그의 집을 몰래 훔쳐보기라도 하면 바로 휘둘러댔다. 그는 모든 남자들을 의심의 눈초리로 바라보기 시작했고, 심지어 매일 하천에 나와 약초를 씻는 류순창까지도 용의선상에 올려놓았다.

왕라오빙은 차이위전에게 아예 하천 위 나무다리를 뜯어버리라고 했지만 왕자콴이 이를 극구 반대했다. 그는 차이위전이 다리를 뜯으려고 하자 그녀에게도 몽둥이를 휘둘렀다. 그는 욕정에 굶주린 그자가 언젠가는 다시 건너올 것이라고 확신하는 듯했다.

"두고 봐. 끝까지 기다릴 테니."

보름 가까이를 그렇게 꿋꿋이 기다리던 왕자콴에게 드디어 복수의 기회가 왔다. 그는 누군가 다리를 달려와 어둠을 헤치며 그의 집 쪽으로 어슬렁거리며 다가오고 있는 것을 똑똑히 보았다. 얼굴은 제대로 보이지 않았지만 달빛을 받은 흰색 옷이 더욱 환하게 빛나고 있었다. 왕자콴은 몽둥이로 창가를 세 번 툭툭 쳤다. 차이위전에게 보내는 신호였다.

흰색 옷의 사나이는 그의 집 대문에 다다르자 주변을 흘끗 살펴보더니 문 틈새로 안쪽을 훔쳐봤다. 아무 것도 보이지 않자 그는 왕자콴의 침실 창가 쪽으로 천천히 다가가 까치발을 한 채 목을 길게 빼고 창문 안쪽을 몰래 들여다봤다. 어둠 속에 숨어 있던 왕자콴이 순식간에 달려들어 몽둥이로 사내의 종아리를 후려쳤다. 남자는 철 지난 메뚜기처럼 휘청거리더니 땅에 발도 제대로 못 짚고 그대로 풀썩 주저앉았다가 후다닥 도망을 쳤다. 그러나 그가 모퉁이를 돌려고 할 때 왕자콴이 소리쳤다.

"아버지, 지금이에요. 어서 내려쳐요!"

구석에서 대기 중이던 왕라오빙이 힘껏 각목을 내리쳤고, 각목은 정확하게 남자의 머리 위를 강타했다. 남자는 머리를 움켜쥐고 땅바닥을 데굴데굴 구르다가 다시 일어났다. 손에 돌멩이를 들고 있었다. 남자가 돌을 들어 왕자콴을 내리 찧으려는 순간 땔감 더미에 숨어 있던 차이위전이 튀어나와 손에 들린 돌을 몽둥이로 내려쳤다. 남자는 놀라서 손을 움츠렸고, 돌은 그대로 땅바닥에 떨어졌다.

정체불명의 사내가 땅에 푹 엎드려 꼼짝도 하지 않자 그들은 그때서야 손전등으로 얼굴을 비춰 보았다. 다름 아닌 셰시주였다.

"당신이었군. 마작이나 더 즐기시지 여긴 무슨 일이요?"

셰시주가 입을 놀리며 뭐라고 이야기했지만 우물거리는 소리만 들렸다. 왕라오빙도, 차이위전도 도무지 알아들을 수 없었다.

차이위전은 셰시주의 턱에 자란 수염 몇 가닥을 발견했다. 그러나 그의 수염은 듬성듬성하게 나 있었고, 뻣뻣한 느낌이 아니었다. 얼굴에는 할퀸 자국도 없었다.

왕자콴이 위전에게 물었다.

"이 놈 맞아?"

위전이 고개를 저었다. 자신도 잘 모르겠다는 의미였다.

그러자 왕자콴의 눈이 금방이라도 눈알이 튀어나올 것처럼 휘둥그레졌다. 그 모습에 위전은 얼떨결에 다시 고개를 끄덕였다.

차이위전과 왕자콴은 셰시주를 하천 건너편으로 옮겨 모래톱 위에 내동댕이쳤고, 다시 뒷걸음질 치며 돌아갔다. 그들은 집 쪽으로 되돌아가면서 나무다리를 뜯어내 나무판들을 물속으로 던

저버렸다. 나무판들은 첨벙첨벙 물속 깊이 가라앉으며 하나 둘 '익사' 해 갔다.

• • •

차이위전이 강간 당할 뻔한 그날 저녁 이후 왕라오빙은 자신과 왕자콴, 차이위전이 마치 한 사람으로 합체한 것 같다는 생각이 들었다. 특히 그날 밤 침대 곁에서 나눴던 대화는 절대 떨쳐버릴 수 없는 기억으로 그를 지배하고 있었다. 그가 질문하면 차이위전이 고개를 끄덕거리거나 가로저었고, 왕자콴이 옆에서 동작을 말로 묘사하며 의사소통을 했었다. 세시주를 잡을 때도 듣지 못하는 왕자콴과 보지 못하는 그, 말하지 못하는 차이위전 세 사람이 손발을 척척 맞춰 그를 때려잡지 않았던가. 이 정도면 정상인 부럽지 않은 환상의 트리오였던 것이다.

'우리는 이제 한 사람이나 다름없어. 서로 욕하고 때리면 결국 스스로에게 매질을 하는 거고, 서로 어루만져 주면 결국 스스로를 위안하는 거야. 이왕 나무다리까지 없애버렸으니 다시는 저쪽 사람들과 왕래하지 말자.'

무료해질 때마다 왕라오빙은 집 앞 대문가에 앉아 이런 저런 생각을 하며 차이위전에게 입버릇처럼 말했다.

"사람들 방해 받지 않고 이렇게 편안하게 앉아있을 수만 있어도 좋겠구나."

언젠가부터 마을사람들은 그들과 거의 왕래하지 않았다. 왕자콴과 차이위전도 하천 건너편으로 갈 일이 없었다. 하천 하나 사이에 둔 지척의 거리에 있지만 마음은 벌써 구만리 밖으로 떨어져 나간 듯했다. 차이위전은 사람들의 따갑고 야멸친 시선에서 벗어났다는 것만으로도 살 것 같았다. 그러나 왕자콴은 아직 미련이 가시지 않은 듯했다. 그는 여름이 되자 바짓단을 걷어 하천을 건너가서 복숭아를 따다 먹었다. 물론 사람들 눈에 띄지 않게 밤 시간을 주로 이용했다. 그가 가장 즐겨먹는 건 주링이 사진을 찍을 때 기대섰던 나무에 열리는 복숭아였다.

"이 나무에 열리는 복숭아가 유난히 달고 맛있어."

일 년 후 차이위전은 건강한 사내아이를 출산했다. 아기의 쩌렁쩌렁한 울음소리가 들리자 왕라오빙은 좌불안석이 되었다.

"위전, 아들이냐? 딸이냐?"

차이위전은 굳은살 투성인 왕라오빙의 오른손을 잡고 조심스럽게 아기의 사타구니 쪽으로 갖다 대 주었다. 보드랍고 말랑한 무언가가 그의 손에 잡혔다. 그가 제일 아끼는 담뱃대의 꽁무니마냥 몽톡했다.

"세상에서 제일 멋진 이름을 지어주마."

왕라오빙은 손자의 이름을 짓느라 꼬박 사흘 밤낮을 밥도 안 먹고 고민했다. 그가 가장 먼저 떠올린 이름은 '왕전구어(王振國)'와 '왕구어칭(王國慶)'이었고, 나중에는 '왕톈샤(王天下)'나 '왕저둥(王澤東)'도 괜찮겠다 싶어 후보로 올렸다. '왕' 자 뒤에다 있는 한자 없는 한자 다 갖다 붙이다 보니 심지어 '왕바단(王八蛋: '멍청이'를 뜻하는 속된 표현 ─ 옮긴이)'도 생각났다. 고민에 고민을 거듭한 끝에 그가 결정한 이름은 '왕셩리(王勝利: '셩리'는 '승리'를 뜻하는 중국어 발음 ─옮긴이)' 였다. 자콴과 위전 사이에서 태어난 아기는 우려와는 달리 건강했다. 멀쩡한 귀와 눈하며 오물조물 놀리는 입까지 이대로라면 탈 없이 잘 자라줄 것 같았다. 그래서 왕라오빙은 어렵사리 태어난 손자가 모든 것을 극복하고 당당하게 살아주기를 바라는 마음을 담아 그렇게 짓기로 했다.

날씨가 맑은 날이면 왕라오빙은 어린 손자를 목말 태우고 나와서 함께 놀아주곤 했다. 간혹 아이가 그의 머리 위에 오줌을 지르기도 했지만 마냥 기분이 좋아 보였다. 그는 자신이 지어준 손자 이름을 부르며 어르고 장난치느라 시간 가는 줄 몰랐다. 언젠가부터 왕 씨 집안에서도 드문드문 웃음소리가 들려오기 시작했다.

그러나 왕자콴은 여전히 아버지가 아들에게 어떤 이름을 지어주었는지 모르고 있었다. 그가 아들과 대화할 수 있는 유일한 수단은 눈빛이었다. 그에게 가족의 웃음소리는 영원히 가질 수 없는 사치품이었다. 아들이 해맑은 표정을 지으며 입을 벌릴 때마다 그는 '뭔가를 이야기하고 있구나' 라고 짐작만 할 뿐이었다. 그 소리를 들을 수 있다면 주머니 속에 돈이 두둑하게 채워진 것마냥 행복하고 기쁠 것 같았다. 그래서 왕자콴은 아들에게 따로 '왕요우첸(王有錢: '요우첸' 은 '돈이 있다' 라는 뜻의 중국어 발음 ─옮긴이)' 이라는 이름을 붙여 주었다. 왕라오빙이 그렇게 부르지 말라고 몇 번이나 주의를 줬지만 그는 끝내 '왕성리' 라는 이름을 알아듣지 못했고, 그냥 자기식대로 불렀다.

왕성리는 자라면서 매일 두 가지 다른 호칭법에 익숙해져 갔다. 아이는 왕라오빙이 '왕성리' 라고 부를 때도, 왕자콴이 '왕요우첸' 이라고 부를 때도 꼬박꼬박 대답해야 했다. 어느 날 성리가 왕라오빙에게 물었다.

"할아버지는 왜 절 셩리라고 불러요? 아버지는 요우첸이라고 부른단 말이에요. 제가 꼭 두 사람인 것 같잖아요."

"이름이 두 개라서 그렇단다. 셩리도, 요우첸도 모두 네 이름이란다."

"하나만 있으면 돼요. 아빠한테 요우첸이라고 부르지 말라고 해주세요. 그 이름 싫어요."

왕셩리는 아버지를 향해 종주먹을 을러대며 말했다.

"요우첸이라는 이름 싫어요. 그렇게 부르지 마세요."

왕자콴은 어안이 벙벙한 표정을 지으며 말했다.

"요우첸, 왜 주먹을 휘두르는 거지? 아빠랑 한번 겨루어 볼테야?"

그때 갑자기 왕셩리가 왕자콴에게 달려들어 입으로 팔을 꽉 물으며 대들었다.

"그렇게 부르지 말래도요? 또 그러면 가만 안 둬."

비명 소리가 들리자 왕라오빙은 소리가 나는 쪽으로 냉큼 달려가 왕셩리를 나무랐다.

"셩리, 네 아버지는 귀머거리야."

"귀머거리가 뭔데요?"

"네가 하는 이야기를 들을 수가 없단다."

"그럼 엄마는요? 엄마는 왜 한 번도 내 이름 안 불러요?"

"엄마는 벙어리거든."

"벙어리는 또 뭐예요?"

"말을 할 수가 없어. 말하고 싶어도 소리가 안 나오는 거야. 네

엄마도 너와 이야기하고 싶지만 입이 고장 나버려서 어쩔 수 없
는 거야."

그때 차이위전이 다가와 손을 놀리며 왕자콴에게 수화로 뭔가
를 이야기했다. 왕자콴은 고개를 끄덕거리더니 왕라오빙에게 다
시 그녀의 말을 전했다.

"아버지, 요우첸도 이제 학교에 다녀야죠."

입을 꾹 다물고 있던 왕라오빙은 한숨을 길게 내쉬었다.

"그래야지. 성리 책가방 하나 만들거라. 여름이 되면 학교에
보내야겠구나."

왕성리는 자신을 둘러싼 가족들이 이상한 동작과 소리로 대화
하자 놀란 아기 새 같은 표정이 되었다. 처음으로 두려움이라는
감정을 느낀 성리는 몸을 벌벌 떨다가 끝내 울음을 터트리고 말
았다.

여름이 되자 차이위전은 왕성리를 학교에 데리고 갔다. 등교
첫날 학교가 파하고 돌아오던 그는 노래를 흥얼거리며 집 안으로
들어섰다.

"차이위전은 벙어리. 귀머거리랑 한 집에 산다네. 둘이 낳은
아이는 벙어리에다 귀머거리라네."

차이위전은 심장이 요동쳤고, 실망스러운 표정으로 고개를 돌
려 큰 소리로 흐느껴 울었다. 학교에 입학한 아들이 가장 먼저 배
워온 것이 이 따위 형편없는 노래일 줄은 상상조차 못했다. 그녀
는 그런 학교라면 차라리 못 다니게 하는 게 낫겠다고 생각했다.
이제 겨우 사람들의 편견에서 벗어나 안정기에 접어들었다고 믿
었는데 아직도 진행 중이라는 현실이 절망스러웠다.

왕라오빙은 손에 쥐고 있던 담뱃대를 들어 왕성리 쪽으로 내려쳤다. 손이 계속 헛도는 통에 몇 번 만에 겨우 왕성리의 머리를 제대로 때렸다.

"할아버지가 뭔데 절 때려요?"

"내가 널 완전히 헛키웠구나. 넌 장님, 귀머거리, 벙어리보다 못하다. 왕성리는 얼어 죽을. 왕바단이라고 부르는 게 낫겠어."

"할아버지야말로 왕바단인걸요."

"차이위전이 누군지 알기나 하느냐?"

"몰라요."

"네 어머니야. 왕자콴은 네 아버지고."

"그럼 아까 그 노래가 우리 가족을 욕하는 노래였어요? 할아버지, 정말 그런 거예요?"

그날 이후 충격에서 헤어 나오지 못한 왕성리는 눈과 귀, 입을 모두 굳게 닫아버렸다. 그 역시 장님, 벙어리, 귀머거리와 별로 다를 바 없어 보였다.

느리게 성장하기

· · ·

내가 마슝(馬雄)을 알게 된 건 십 년 전 일이다. 당시 그는 살인범을 체포하기 위해 공안들을 끌고 마을에 잠입했다. 적막이 내려앉은 어느 여름 밤 나는 멀리서 다가오는 마슝 일행의 발소리를 들었다. 그들의 발소리는 나무에 기생하는 벌레처럼 나의 잠을 야금야금 갉아먹었다. 귓가에 쟁쟁거리는 시끄러운 발소리와 함께 나는 방광에 묵직하게 내려앉은 요의를 느끼며 잠에서 깼다. 적막에 둘러싸인 창 밖에는 달빛만이 밤바람에 어룽대고 있었다.

바람이 새어 들어오는 벽 사이로 아버지를 불렀지만 대답은커녕 코 고는 소리만 되돌아 왔다. 다시 어머니를 부르자 드르렁대는 아버지의 콧소리 사이로 어머니의 늘어진 하품 소리가 들렸다.

“무슨 일이니?”

“웬 낯선 사람들이 우리 마을을 둘러싸고 있어요.”

어머니는 하품하던 입을 닫고 주변의 소리에 귀를 기울였다.

“바람 소리만 들리는 걸. 사람이 어디 있어?”

“있다니까요.”

“없어. 얼른 자거라.”

“오줌 누고 싶어요.”

“가서 누면 되지. 엄마는 왜 불러?”

“혼자 가기 무서워요.”

어머니는 게슴츠레한 눈으로 내 방문을 열었다.

"이제 너도 열세 살이야. 그렇게 겁이 많아서 어디다 써? 엄마는 네 나이 때 시집 왔어."

어머니가 지켜보는 가운데 나는 밝은 곳으로 나가 달빛이 비치는 쪽을 향해 오줌발을 뿌렸다. 그때 건너편 가풀막진 둔덕 위에서 한 무리의 사람들이 바닥에 납작하게 엎드려 기어오는 것을 똑똑히 보았다. 그들은 등에 보병총을 메고 있었다. 질겁하여 대문 안으로 뛰어 들어온 나는 어머니에게 더듬더듬 말했다.

"분명 저기 사람들이 있어요. 총까지 메고 있다니까요."

못미더운 표정을 짓던 어머니가 달빛이 잘 드는 곳으로 나가 마을 어귀 쪽을 내다보더니 이내 사색이 되어 비틀거리며 되돌아왔다.

"정말 무슨 일이 터졌나 보구나."

어머니는 대문 빗장을 단단히 비끄러맸다. 미처 나오지 못하고 억눌려 있던 오줌이 폭발하듯 분출해 내 바짓가랑이를 흥건히 적셨다.

나는 바지에 오줌을 지렸던 그날 밤의 기억이 아직도 생생하다. 톈어(天峨) 현 바라마을 중학교에 다니고 있었던 나는 당시만 해도 공부는 잘 했지만 늘 소심하고 겁 많은 아이였다.

그날 밤 나와 어머니는 식탁을 옮겨다가 대문을 덧대어 막고 그 뒤에 쪼그리고 앉아 밤을 지새웠다. 나는 위아래 이빨이 딱딱거리며 맞부딪칠 정도로 부들부들 떨었다. 문틈으로 푸르스름한 새벽빛이 비껴 들어올 때쯤 맞은편 둔덕에서 쩌렁쩌렁한 소리가 울려 퍼졌다.

"이 마을은 지금 완전히 포위되었다. 모두 일어나 마을 입구로 모여라. 살인범 친스제(秦卋杰)가 어젯밤 이 마을로 몰래 잠입했으니 주의 바란다. 친스제는 지금 총을 다섯 자루나 지니고 있다. 친스제, 듣고 있나? 총을 돌려주면 목숨만은 살려 주겠다."

나는 대문을 박차고 나가 마을 어귀의 풀밭 쪽으로 뛰쳐나갔다. 뛰느라 정신이 없어 슬리퍼가 벗겨진 것도 몰랐다. 눅눅하고 차가운 흙의 느낌이 발바닥에 그대로 전해졌고 뾰족한 돌에 찔렸는지 알싸한 통증이 올라왔다. 풀밭에는 벌써 많은 사람들이 나와 벌벌 떨고 있었다. 대부분 손에 잡히는 대로 아무거나 걸치고 나온 듯한 부스스한 차림이었다. 마치 친스제가 어디선가 그들을 향해 총을 겨누고 있는 것 같았다. 바로 그때 언덕에서 고음의 나팔소리가 울려 퍼졌고, 공안들이 실탄이 장착된 총을 들고 주변을 에워쌌다. 어둠에 갇혀 있다가 새벽빛에 막 본새를 드러내는 나무처럼 그들의 형체가 서서히 선명해졌다. 그들의 옷에 달린 견장이 아침 이슬보다 더 투명하게 빛났다. 고음조의 나팔소리가 뿌옇게 드리워진 안개를 뚫고 퍼져나갔고 까마귀 떼는 이른 새벽 하늘을 가르며 날아올랐다.

잠시 후 시뻘건 태양이 불끈 고개를 내밀었다. 공안대원들은 친스제의 집을 수색하기 시작했다. 마을 파출소장 마자쥔(馬家軍)이 대원의 선봉에 섰고, 그의 아들 마슝도 대원들 사이에 섞여 있었다. 마슝은 고등학교를 막 졸업해서 나보다 네다섯 살 많았다. 절름발이인 그는 걸을 때마다 발이 제대로 맞지 않아서 평지를 걷는 데도 오르막을 오르는 것처럼 힘겹게 발을 놀려야 했다. 멀리서 보고 있으면 거친 파도에 위태롭게 휩쓸리는 배처럼 애처롭게 보였다. 공안대원들은 모두 다부진 몸매에 엄숙하고 굳은 표정을 하고 있었다. 그러나 마슝의 존재는 그들 사이를 갈라놓는 어색한 '문장부호' 같았다. 반듯하게 정렬되어 오던 대열이 그가 끼어든 뒷줄부터 기형적으로 일그러져 있었다. 그 우스꽝스러운 모습에 겁에 질려 서 있던 사람들도 갑자기 웃음을 터트리고 말았다. 마을 사람들은 물론 나 역시도, 그가 그런 다리로 살인범을 잡을 수 있으리라고 믿지 않았다. 심지어 나는 친스제가 총을 들고 나타나면 제일 먼저 희생될 사람이 바로 마슝일 거라고 생각했다.

그때 갑자기 친스제의 집 앞 풀 더미 속에서 누군가가 튀어 나왔다. 번쩍번쩍 광이 나는 그 자의 머리에는 누르스름한 볏짚 하나가 묻어 있었다. 그는 도끼를 휘두르며 살기등등한 기세로 공안들과 대적했다.

"사람을 죽인 건 내가 아니잖아. 근데 왜 남의 집까지 뒤지려는 거야?"

그는 친스제의 남동생 친스젠이었다. 그는 마자쥔과 겨우 한 걸음 정도를 사이에 두고 서 있었다. 그가 휘두른 도끼가 마자쥔의 왼쪽 어깨 위를 꽂히려는 찰나 마슝이 잽싸게 나타나 아버지의 허리춤에서 권총을 꺼내 방아쇠를 당겼다. 총알은 한 치의 오차 없이 정확하게 친스젠의 도끼에 꽂혀 들어갔다. 푸르른 연기가 총구에서 뿜어져 나왔고 폭발음에 천지가 뒤흔들렸다. 친스젠이 들고 있던 도끼는 여지없이 두 동강나고 말았다. 반쪽은 땅에 떨어졌고, 나머지 반은 그의 손에 그대로 쥐어져 있었다. 시퍼런 빛이 번쩍 지나가자 친스젠은 후다닥 무릎을 꿇고 앉아 마슝에게 살려달라고 빌었다. 눈앞에 펼쳐진 믿을 수 없는 광경에 나는 말문이 막혔다. 순식간에 수세에 몰린 친스젠은 체면과 자존심을 집어 던지고 비굴하게 무릎을 꿇었다. 그 일을 계기로 나는 마슝이 전혀 다르게 보이기 시작했다. 그의 손에서 뿜어져 나오던 푸르스름한 빛의 잔영이 내 머리 속에서 떠나지 않았다. 그 장면만 생각하면 이상하게 피가 끓어오르고 정체를 알 수 없는 기운이 치솟곤 했다.

마슝은 친스젠의 뒤에서 휘어진 오른 다리를 들어 그의 등을 거세게 걸어찼다. 하지만 구부러진 오른쪽 다리는 친스젠의 등에 잘 닿지 않았다. 아니 걸어찬다는 표현보다 내리찍는다는 표현이 더 적절할 것 같다. 아무리 발로 내리찍어도 친스젠은 꿈쩍도 하지 않았고 오히려 마슝이 휘청하며 바닥으로 나가떨어졌다. 가까스로 일어난 마슝은 아버지의 권총으로 친스젠의 대머리를 힘껏 내리쳤다. 그는 친스젠의 정수리에서 시뻘건 피가 치솟는 것을 보고서야 분이 풀리는 듯한 표정을 지었다.

"다시는 내 앞에서 까불지 마. 얕봤다가 작살나는 수가 있어."

그는 '작살난다' 는 글자에 특별히 악센트를 주었다. 친스젠은 머리에서 철철 흘러내리는 피를 차마 닦아내지 못했다. 피가 멈추지 않는 상처부위는 점점 벌어져 선홍색 장미처럼 몽글게 부풀어 올랐다.

· · ·

마슝은 원래 본명이 따로 있었다. 그는 겨울날 아침에 태어났다고 한다. 당시 마자췬은 파출소 소장이 아니라 평범한 소학교 교사였다. 마슝이 뱃속에서 세상 밖으로 나오기 한 달 전부터 마을에는 연일 궂은 날씨만 계속되었다고 한다. 한 달이 넘도록 해가 비치지 않고 비와 눈만 번갈아 내려 마을 전체가 음울하고 어두운 기운으로 가득했는데, 마슝이 태어나는 날 아침에는 하늘이 언제 그랬냐는 듯 파랗게 갰다는 것이다. 그날 마자췬은 우렁찬 아기 울음소리와 사타구니 사이에 달고 나온 야무진 '물건'을 보고 뛸 듯이 기뻐하며 어두운 병원을 뛰쳐 나왔다. 그때 본 하늘이 너무나 맑고 청량해서 그는 그 자리에서 아이의 이름을 '마잔란(馬湛藍: '짙은 푸른색'이라는 뜻─옮긴이)'이라고 지었다.

그렇게 해서 마슝은 '마잔란'이라는 이름으로 불리며 어린 시절을 보냈다. 그러나 주변사람들은 그의 이름을 멋대로 바꿔 불렀다. 한자가 너무 쓰기 어렵다는 이유로 '마잔란'을 '마단란(馬淡藍: '옅은 푸른색'이라는 뜻─옮긴이)'이라고 불러 푸른색의 채도를 낮춰버리는가 하면, '마단란(馬蛋藍: 상대방을 비하하는 욕설에 쓰는 글자를 사용한 동음이의어─옮긴이)', 심지어 '마단(馬蛋: '모자란 놈'이라는 뜻의 욕설─옮긴이)'이라고 줄여서 부르기도 했다. 마자췬은 아들의 이름이 남들 편한 대로 제멋대로 불리는 게 영 못마땅했다. 마슝은 다섯 살이 되던 해부터 소아마비를 앓기 시작했다. 다리가 눈에 띄게 확연히 휘어지기 시작한 것도 그때부터였다. 불안해진 마자췬은 주역 전문 역술가를 찾아가 마슝의 점괘를 물어봤다. 역술가는 마슝의 운명에 '불' 기운이 부족하니 작명할 때 반드시 불과 관련한 한자가 들어가야 한다고 충고했다. 평소 미신을 믿지 않는 마자췬이지만 그런 소리를 들은 이상 그냥 넘어갈 수는 없었다. 그는 옥편을 뒤지며 고민에 고민을 거듭한 끝에 '옌(炎)' 자를 골랐다.

마숭의 이름이 마옌으로 바뀐 후 마자쥔은 학교를 관두고 마을 파출소에서 일하게 되었다. 전보다 훨씬 번듯한 직장으로 옮긴 만큼 명예와 지위가 뒤따라왔지만 가슴 한편에는 왠지 모를 공허감이 들어섰다. '문인' 신분에서 갑자기 '무관'으로 변신한 그의 손에는 이제 분필 대신 권총이 들려 있었다. 환경이 사람을 바꾼다고 했듯이 그도 시간이 갈수록 문자보다는 총에 더 길들여져 갔다. 하지만 겉보기에 당당하고 위엄 있어 보이는 그도 가슴 속에는 늘 묵직한 돌 하나를 담고 살아야 했다. 아들의 불편한 다리 때문이었다. 파출소장 신분으로서 기공 수련과 《주역周易》은 가장 기피해야 할 대상이었지만 삶의 유일한 출로였던 성생활이 여의치 않게 된 후로 그는 이 두 가지에 심취하기 시작했다.

한때 바라마을 파출소의 단출한 사무실 위층에는 은밀한 방 하나가 있었다. 마자쥔은 틈만 나면 이 어두운 방에 숨어서 지나가는 행인들을 훔쳐봤고 방탕한 여인들을 꾀어 방 안으로 불러들였다. 어렸을 때 우리는 그 방을 '공포의 방'이라고 부르곤 했다. 정오나 심야시간만 되면 그 곳에서 귀신이 우는 것 같은 야릇한 신음소리가 들려왔다. 나도 파출소를 지나면서 그 방을 올려다보다가 소문으로만 듣던 그 소리를 직접 듣고 섬뜩해진 적이 한 두 번이 아니었다. 심지어 수업 시간에 작문 선생님이 '귀신'이라는 단어로 작문을 해보라고 했을 때도 나는 서슴없이 '마 소장의 방에서는 귀신 소리가 납니다'라고 대답했던 기억이 난다. 그날 무작정 그 대답을 하고 나서 혹시 무슨 일이 생기는 건 아닐까 마음을 졸이긴 했지만 다행히 별 탈 없이 지나갔다. 나중에야 알아본 바로는 두 가지 이유가 있었다. 마 소장의 그 은밀한 방에 대해서는 웬만한 마을 사람들이 다 알고 있었기 때문에 들어도 그냥 무덤덤하게 받아 넘겼다는 게 첫 번째 이유였고, 당시 우리 마을은 의사표현에 있어서 꽤나 자유로운 곳이었다는 것이 두 번째 이유였다.

물론 그 방에 관한 소문 하나 때문에 마자쥔을 나쁜 사람으로 매도할 수는 없었다. 그 이후에 보여준 행동을 보면 그 역시 아들 앞에서 한없이 작아지는 전형적인 아버지의 한 사람이었기 때문이다. 한때 그는 주변 친구들에게 여자들이 먼저 자신을 유혹하는 거라며 자신의 행동을 두둔하며 발뺌하기에 바빴다.

그러던 그가 여자들에게 한 눈을 팔지 않기로 결심한 결정적인 이유는 바로 마옌 때문이었다. 그는 언젠가부터 자신이 그런 불순한 행동을 할 때마다 마옌의 증상이 더 심해지는 것을 느꼈다. 마옌의 다리가 완전히 마비되었을 때까지도 마자쥔은 자신의 책임이 아니라는 식으로 줄기차게 핑계를 댔다.

"위에서 손만 살짝 흔드는 데도 여자들이 숨을 헐떡거리며 뛰어 올라 온다니까. 얼굴이 잔뜩 상기돼서 간절한 눈빛으로 달려드는데 어떤 남자가 그걸 거부할 수 있겠어?"

그의 그런 여성 편력을 싹 사라지게 만든 사건이 일어난 건 어느 여름 날 정오쯤이었다. 그날 간호사 샤오왕(小汪)은 전근 통지서를 들고 마자쥔의 사무실로 걸어 들어갔다. 병원에서 파출소까지 오는 길에 그녀는 친구 세 명과 마주쳤다. 그들과 기쁨을 나누고 싶었지만 그녀를 본 친구들은 형식적인 인사만 남긴 후 가던 길을 재촉하며 총총히 사라졌다. 그녀의 손에 전근 통지서가 들려 있다는 것을 아무도 눈치 채지 못했다. 샤오왕이 통지서를 받아 들고 맨 처음 대화를 나눈 사람은 바로 마자쥔이었다. 그녀는 책상에 엎드려 코를 골며 자고 있는 마자쥔을 흔들어 깨웠다.

"제 전근 통지서가 도착했어요."

마자쥔이 두 팔 사이에 파묻었던 얼굴을 들며 잠기운을 떨쳐냈다.

"무슨 전근 통지서?"

"제가 전근 명령을 받았다고요."

연지 곤지를 찍어 바른 새색시마냥 볼이 발그레해진 샤오왕은 땀으로 범벅이 된 마자쥔을 보며 측은한 마음이 들었다. 나중에 그녀는 친구들에게 그날의 느낌을 이렇게 설명했다고 한다.

'그날은 마자쥔이 어찌나 불쌍해 보이던지. 정말 그런 느낌은 난생 처음이었어. 물론 그 이후로도 없었고. 그날따라 유독 그가 가엾다는 생각이 들더라니까.'

샤오왕은 우선 마자쥔을 위로해주고 싶었다. 전입문제는 그 다음에 얘기해도 늦지 않았다. 그 시각 거리는 조용하다 못해 적막에 잠겨 있었다. 여름 햇살만이 뜨거운 열기를 뿜어내며 나무와 지붕 위에 출렁이고 있었다. 마을 사람들이 모두 어디론가 사라져 버린 것처럼 사방은 쥐 죽은 듯 고요했다. 지구상에 그들 두 사람만 존재하는 것 같았다. 마자쥔은 오른손으로 얼굴의 땀을 닦아내며 능청스럽게 말했다.

"전입신고를 하려는 건가? 그럼 나랑 자야 하는데."

샤오왕은 무덤덤한 표정으로 나직하게 물었다.

“꼭 그래야 하나요?”

마자쥔은 단호하게 쐐기를 박으며 대답했다.

“꼭 그래야 해.”

마자쥔에 대한 소문을 익히 들어서 그런지 샤오왕도 그다지 놀라는 기색이 없었다. 전근 통지서를 받은 경사스러운 날 그녀는 마자쥔의 손에 이끌려 삐걱거리는 파출소 나무계단을 못 이기는 척 따라 올라갔다. 올라가면서도 내내 ‘꼭 이렇게까지 해야 해요?’라며 되물었다. 불볕 같은 태양이 숨 막힐 듯 끓어오르는 고요한 정오, 그녀의 목소리는 절절한 신음소리 같기도 했고 앵앵거리는 파리 소리 같기도 했다. 그 절묘한 순간에 하필이면 마자쥔은 자신도 모르게 아래층을 흘끗 내려다보았다. 그런데 저 멀리서 마옌이 절룩거리며 파출소 쪽으로 걸어오고 있었다. 태양은 하늘 한 가운데 걸려있었고 마옌의 발뒤축에는 바짝 찌그러진 뒷그림자가 졸졸 따라오고 있었다. 위에서 내려다보니 사람이라기보다 영락없는 괴물의 모습이었다. 거리에 지나다니는 행인들이 더 있었다면 그의 모습이 그렇게까지 확연히 눈에 띄지는 않았을 것이다. 그 널찍한 거리를 마옌 혼자 덩그러니 활보하는 것을 보면서 마자쥔은 등줄기가 식은땀으로 척척해졌다. 결국 그는 샤오왕을 뿌리치며 말했다.

“안 되겠어. 그냥 가 봐.”

맥 빠진 표정으로 침대에서 일어선 샤오왕은 마자쥔의 따귀를 철썩 때리고 그 자리를 미끄러지듯 빠져나갔다.

그날 이후로 마자쥔은 매일 아침 기공 수련에 몰두했고 틈 날 때마다 《주역》도 꼼꼼히 들여다봤다. 그가 찾아 본 마옌의 사주에는 역술가의 말과는 달리 '물'이 부족하다고 나왔다. 고민 끝에 그는 또 다시 마옌의 이름을 '마먀오(馬淼)'로 개명하기로 했다. 마자쥔은 호적상의 아들 이름을 바꾸는 순간 살생부를 관장하는 염라대왕이 된 것 같은 뿌듯한 쾌감에 휩싸였다. 이름을 바꾸는 것이 손바닥 뒤집듯 이렇게 간단하다니 그는 이참에 자신의 이름도 좀 더 멋들어지게 바꿔버릴까 하는 생각을 했다.

하지만 마옌일 때나 마먀오일 때나 마슝의 병은 호전의 기미가 없었다. 마슝은 절룩거리는 다리를 이끌고 힘겹게 학교에 다녔다. 선생님들은 그를 '마잔란'이라고 부르기도 했다가, 어떤 때는 '마옌'이나 '마먀오'라고 대중없이 불렀다. 마슝은 어떤 이름으로 불리든지 간에 일일이 대답을 해야 했다. 마슝도 어느 순간부터 자신의 이름을 바꾸는 데 재미를 붙인 듯 했다. 저녁까지 '마먀오'이던 이름이 자고 나면 '마밍양(馬名揚)'으로 바뀌어 있었다. 내 기억으로 마슝이 직접 지은 이름은 늘 풀이나 안개, 새벽과 관련이 있었던 것 같다. 그는 저녁에 이름을 바꿔서 다음날 아침 친구들에게 바뀐 이름을 '선포'했다. 우리는 원하는 대로 이름을 바꿀 수 있는 그의 자유가 부러울 따름이었다. 친구들의 부러운 시선이 느껴질 때마다 그는 해맑간 태양처럼 희망에 부푼 표정을 짓곤 했다.

더 좋은 이름을 생각해내기 위해 마슝은 가끔 비상식적인 행동도 불사했다. 한번은 체육시간이었는데 그가 농구골대 위에 올라가 걸터앉아 있었다. 반 학생들이 그를 보며 환호하자 그 소리에 자극된 마슝은 골대 위에서 훌쩍 뛰어내렸다. 거듭 말하지만 마슝은 절름발이였다. 그런데 그 높은 곳에서 뛰어내리고도 상처

하나 없이 멀쩡했다. 그때부터 친구들은 그를 '영웅'처럼 여겨 '마잉슝(馬英雄)'이라고 부르기 시작했다. 처음에 그는 그 이름을 별로 탐탁해하지 않았다. 그러나 선생님과 친구들이 그의 이름이 너무 자주 바뀌는 게 불만이라며 '마잉슝' 외에는 더 이상 다른 이름을 접수하지 않았다.

"이름을 바꾸는 건 네 자유지만, 이제부터는 우리가 받아들이지 않겠어."

그 후로 그의 이름은 '마잉슝'으로 거의 굳어졌고 우리는 그것마저 줄여서 '마슝'으로 부르기 시작했다.

• • •

마슝 일행이 갑자기 마을로 출격했던 그날, 그들은 결국 살인범 친스제를 잡지 못했다. 밤이 되면 아이든 어른이든 일절 바깥출입을 꺼려서, 안 그래도 어두컴컴한 밤이 더욱 메마르고 음울해졌다. 우리는 개 짖는 소리나 낯선 발자국 소리만 들려도 혹시 친스제가 나타날까 봐 두려움에 떨어야 했다. 향(鄕) 정부로 돌아간 마슝은 별로 할 일이 없는지 하루 종일 철로 주변에 나와 어슬렁거렸다.

바라마을 중학교 1학년 교실에 앉아 있으면 산기슭을 훑고 지나다니는 기차의 모습이 그대로 눈에 들어왔다. 산기슭 주변에는 종종 자욱한 안개가 깔려 있었다. 그래서 마을을 오가는 두 줄의 기차가 부유스름한 우윳빛 안개 속에 가려 잘 보이지 않을 때가 많았다. 어떤 때는 기차의 모습은 아예 보이지 않고 철거덩대는 소리만 안개 속을 휘젓고 지나갔다. 아련하게 멀어져 가는 그 소리는 현실과 무관하게 느껴지곤 했다. 하늘이 말갛게 개면 마슝이 철로를 따라 왔다 갔다 하는 모습까지 눈에 들어왔는데 그의 절뚝거리는 다리와 곧게 뻗은 레일이 기이한 대조를 이루었다. 그가 거기서 무엇을 하는지는 알 수 없었지만 멀리서 보기에는 걷기 연습을 하고 있는 것 같기도 했다. 기차 창밖으로 버려지는 오물, 과일껍질, 일회용 도시락 통 등이 그의 머리 위에 떨어져도 그는 욕설 한 마디 내뱉지 않았다. 하긴 그가 욕을 했어도 너무 멀리 떨어져 있어서 알아들을 수 없었을 것이다.

마슝은 온갖 쓰레기를 뒤집어써 엉망이 된 머리를 한 채 우리가 다니는 학교를 지나 집으로 가곤 했다. 집으로 가자마자 수돗가에 들어앉아 머리를 씻어냈다. 몇 번 하더니 그것조차 귀찮아졌는지 아예 머리를 빡빡 밀어버렸다. 마슝의 민숭민숭한 머리는 햇빛을 받으면 사방으로 광이 났고 해가 없는 날에도 물 위에 떠다니는 표주박처럼 도드라져 보였다.

마슝의 얼룩덜룩한 머리를 볼 때마다 마자쥔은 기가 막혔다. 한번은 머리 위에 콩나물이며 콧물을 대롱대롱 묻히고 오는 걸 보고 인내심에 한계를 느꼈는지 마슝을 끌고 학교로 왔다. 학생들이 운동장으로 우르르 몰려나와 펑(馮) 교장과 마슝, 마자쥔을 둘러쌌다. 마자쥔은 오른손으로 마슝의 왼쪽 귀를 비틀며 물었다.

"학교에 나와서 공부 할 거야, 말 거야?"

"싫어요. 안 해요."

마자쥔이 마슝의 멀쩡한 왼쪽 다리를 걸어차자 마슝이 그대로 땅바닥에 나동그라졌다.

"이래도 안 해?"

"안 한다면 안 해요."

마숭은 지조를 지키는 열사처럼 단호하게 잘라 말했다. 마자쥔이 또 다시 걷어찰 기세로 다리를 들어 올리려는데 펑 교장이 재빨리 선수를 치며 그의 오른 다리를 붙잡았다.

"마 소장, 이렇게까지 할 필요 있나? 마숭이 굳이 공부하기 싫다면 마침 수위 자리가 하나 비었으니 와서 일해 보도록 하면 어떤가?"

마자쥔은 오른쪽 다리를 도로 빼더니 쌩 하니 가버렸다. 마숭도 바닥에서 한참 버둥거리다가 겨우 몸을 일으켰다.

마숭은 두 줄로 이어진 철도 레일에 본능적인 호감을 느꼈다. 학교에서의 보충학습도 중학교 수위자리도 마다하고, 하루 종일 발정 난 수캐마냥 철로 주변만 배회했다. 어느 날 정오 허우바오더(侯寶德) 역장은 침목 위에 앉아 식은땀을 뻘뻘 흘리며 졸고 있는 마숭을 발견했다. 기차가 기적소리를 내며 달려오는 데도 그는 꿈쩍도 하지 않았다. 덩치가 우람한 허우 역장은 철로로 달려들어 마숭을 안고 밖으로 빠져 나왔다. 그런데 마숭이 갑자기 허우바오더의 오른손을 붙잡고 사납게 물어뜯었다. 허우바오더는 양손을 뿌리치며 그 자리에서 펄펄 날뛰었고 마숭은 바닥으로 나뒹굴며 떨어져 나갔다. 허우바오더가 오른팔의 물린 상처를 감싸쥐며 마숭에게 욕설을 퍼붓자 마숭은 울음을 터트렸다.

"울긴, 뭘 잘 했다고 울어? 기껏 살려줬더니 이런 식으로 은혜를 갚아?"

마슝이 훌쩍거리며 말했다.

"누가 구해달라고 했어요? 누가 구해달랬냐고요? 죽을 작정이었는데 왜 살려냈어요? 아저씨가 절 구해줬으니까 일자리 하나 주세요. 제가 이렇게 빌게요. 제발요."

마슝은 무릎을 꿇고 앉아 그를 향해 머리를 조아렸다. 자갈에 머리를 하도 찍어 대서 그의 이마 위는 돌 부스러기와 선홍색 핏자국으로 뒤범벅되었다.

"단단히 미쳤군."

허우바오더는 이 한 마디만 남기고 자리를 떴다. 마슝은 계속 머리를 조아리며 그의 뒤를 쫓아갔다. 허우바오더는 기차역 안으로 들어갈 때까지 뒤 한 번 안 돌아보고 걸어갔다. 그런데도 마슝은 여전히 멀찍이서 강아지처럼 그를 졸졸 따라갔다.

그 후로 마슝은 허우 역장을 끈질기게 따라다녔다. 그가 밥을 먹거나 잠을 자러 집에 가면 그의 집 문 앞에 쪼그리고 앉아 나올 때까지 기다렸다. 허우바오더는 대문을 열 때마다 언죽번죽 천덕스러운 표정으로 앉아 있는 마슝과 마주쳐야 했다. 허우바오더의 손에 쓰레기라도 들려 있으면 마슝은 재깍 낚아채서 쓰레기통에 버렸고 바구니가 들려 있으면 얼른 받아 대신 들어주었다. 비록 걸음은 불편했지만 과일과 채소가 가득 담긴 바구니를 한 번도 쏟는 일이 없었다. 처음에 영 어색해하던 허우바오더도 시간이 좀 지나고나니 으레 그랬던 것처럼 익숙하게 받아들였다. 마슝은 그에게 간절하게 부탁했다.

"제가 할 수 있는 일이라면 다 하겠어요. 분부만 내리세요. 대신 저한테 일자리 하나만 마련해 주세요."

"내가 엉덩이를 핥으라고 해도 말이냐?"

"일자리만 얻을 수 있다면 뭐든지 할 수 있어요."

여름 햇살의 열기가 바래면서 날씨가 제법 쌀쌀해지고 있었다. 철로 양쪽에는 숲속 나무들이 떨구어 낸 노란 낙엽들이 너즈러져 있었다. 허우바오더는 늘 점심을 먹고 나면 철로 건너 숲속에 들어가서 낮잠을 한숨 자고 나오곤 했다. 이러한 습관은 몇 년 전 철로 보수공사를 할 때부터 생긴 것이었다. 한번은 해사한 가을볕에 눅눅한 공기가 바짝 마르면서 낙엽과 시든 풀들이 들큼한 알코올 향을 뿜어냈다. 잔잔한 햇살을 받으며 드러누운 허우바오더의 얼굴이 불에 익어 꾸덕꾸덕해진 베이컨마냥 발그스름하게 변해가고 있었다. 그런데 갑자기 벌떡 일어나 앉은 그가 목에 뭔가가 걸린 것처럼 목젖을 꿈틀대며 거친 호흡을 내뱉었다. 그는 목을 한바탕 껄떡대다가 겨우 목을 가다듬고 소리쳤다.

"마숭, 이리 와서 등 좀 긁어줘. 등이 간지러워 죽겠어."

"어디요?"

허우바오더가 상의를 걷어 올리자 옹골차고 다부진 상체 근육이 드러났다.

"왼쪽 어깻죽지 부분을 긁어봐."

마숭이 손을 뻗어 왼쪽 어깻죽지 부분을 긁자 뽈긋뽈긋한 손톱 자국이 길게 남았다.

"좀 더 밑으로."

마숭의 손이 아래쪽으로 내려왔다.

"거기서 오른쪽."

마숭은 다시 오른쪽으로 비껴서 긁었다. 손톱 끝과 살갗이 마찰되어 복복 긁히는 소리가 들려왔다. 마슝이 손가락을 움직일 때마다 허우바오더의 입에서 기분 좋은 신음이 새어 나왔다. 한참 등을 긁어대던 마슝은 향 정부 입구 쪽 길가로 시선을 돌렸다. 그때 그의 눈에 빨간색 옷을 입은 한 여자가 눈에 들어왔다.

허우바오더도 엉거주춤 일어서다가 길을 걸어가는 빨간 옷의 그 여자를 발견했다. 그는 야릇한 표정을 지으며 마슝에게 제안했다.

"저 여자를 자네 여자로 만들어 오면 내가 역에서 일자리를 하나 주지."

그 말에 흥분한 마슝은 다짜고짜 숲속을 뛰쳐나갔다. 몇 발자국 나가다가 다리 꺾인 새처럼 폭 고꾸라지긴 했지만 금세 벌떡 일어나 악착같이 길가로 달려갔다.

마슝의 눈앞에 여자의 빨간색 옷이 강렬한 불꽃처럼 아른거렸다. 그녀는 머리를 양 갈래로 묶어 내리고 해바라기 씨를 먹으며 걸어가고 있었다. 알맹이를 뽑아 먹고 난 씨앗 껍질이 휙휙 땅으로 떨어졌다. 마슝은 한참 동안 여자의 뒤를 밟다가 용기를 내어 이름을 불렀다.

"리한(李寒)!"

멈칫하던 여자가 뒤로 돌아봤다.

"왜 불렀어?"

"아니야. 그냥 장난 한 번 쳐 본거니까 신경 쓰지 말고 가던 길 계속 가."

여자는 새치름한 표정으로 휙 돌아서 가버렸다. 그녀는 한때 자신을 '아가씨'라고 불렀던 마슝이 '리한'이라는 이름을 직접 부른 것에 그다지 의미를 두지 않는 것 같았다.

가을바람을 맞으며 혼자 멀뚱히 서 있던 마슝은 문득 그녀를 이대로 보낼 수 없다는 생각이 들어 땅에 떨어진 해바라기 씨 껍질을 따라 리한의 뒤를 다시 쫓아갔다. 그녀는 백화점, 수선점, 재래시장, 세무국을 차례로 들렀다. 마슝이 뒤따라 왔다는 건 눈치 채지 못한 듯했다. 백화점에서 그녀는 막 출시된 실크를 만져보다가 두루마리로 된 비닐 천도 이리저리 둘러보았다. 수선점에 가서는 저장(浙江) 출신의 사장과 수다를 떨다가 시장에서 채소를 산 다음 세무국에 가서 전화를 걸었다. 볼일을 다 보고 집 앞까지 거의 다 와서야 그녀는 누군가 뒤따라오고 있다는 낌새를 채고 뒤돌아 봤다. 마슝이 뒤에 있는 것을 발견한 그녀가 차갑게 몰아부쳤다.

"왜 이렇게 졸졸 따라다녀?"

마슝은 머뭇거리다가 말문을 열었다.

"일을 해야 해서……."

"그게 나랑 무슨 상관인데?"

"허우 역장님이 너를 꼬셔오면 일자리를 준다고 했거든."

"순 저질들! 거기에 왜 날 끌어들여. 당장 꺼져. 정말 인간 말종이 따로 없네."

리한은 팩 토라져서 대문 안으로 들어가 버린 후 포악스럽게 대문을 걸어 잠갔다.

마슝은 그녀 집 앞 문간에 앉아 서쪽으로 기우는 석양을 바라보았다. 태양빛이 점점 사위어가면서 주변이 서서히 어두운 채도로 번져 갔다. 마슝은 대문가에 기대어 잠이 들었다. 그는 저물어가는 나른한 햇빛 아래서 꿈을 꾸었다. 꿈속에서 살인범 친스제가 그에게 총을 쏘았고 총알이 그의 귓가를 훅 스쳐 지나갔다.

"리한, 조심해. 친스제는 아직 잡히지 않았어."

마슝은 자신의 잠꼬대 소리에 놀라 번쩍 눈을 떴다. 석양은 이미 가물가물해져서 마을에는 먹물을 푼 듯한 시꺼먼 어둠이 배어들고 있었다.

리한은 매일 아침 향 정부 옆쪽의 우물가에 물을 길러 다녔다. 마슝은 우물가에 앉아 그녀가 오기를 기다렸다. 동이 트자 푸르스름한 하늘과 향 정부 건물의 기와가 우물물 수면 위에 비춰 떠올랐다. 리한의 모습은 아직 보이지 않았다. 마슝은 만반의 준비를 하고 그녀가 오기만을 기다리고 있었다. 그는 머릿속으로 상상하기 시작했다. 막 일어난 그녀가 하품을 하고 기지개를 펴며 어제 입었던 빨간색 옷을 들어 냄새를 맡아본다. 별로 더럽지도 않고 하루쯤 더 입어도 괜찮을 것 같아 셔츠를 걸친다. 셔츠를 입고 난 그녀는 바지를 입기 시작한다. 어떤 바지를 입을까? 마슝은 창가에 걸어놓은 물 빠진 청바지가 낫겠다고 생각했다. 아침부터 빳빳하고 차가운 청바지를 껴입으면 살이 짓눌려 불편할 수도 있겠다 싶지만 리한은 그래도 결정을 바꾸지 않는다. 리한이 창가로 걸어와 초록색 빗을 들고 창밖을 응시하며 머리를 빗기 시작한다. 그녀는 머리를 붙잡고 한참 동안 차분하게 손질한다. 누군가 우물가에 자신을 기다리고 있으리라고는 전혀 생각하지 못한 채. 머리를 다 빗고 나자 이제 양동이를 지고 비누와 수건을 집어들고 대문을 나선다. 대문을 빠져 나온 리한은 차가운 아침바람

의 냉기가 오스스하게 살을 파고들자 외투를 걸치지 않은 걸 후
회한다. 그래도 다시 집으로 돌아가지 않고 구불구불한 골목길을
돌아 대로로 걸어 나온다.

마슝이 상상하는 사이 정말 빨간 티셔츠와 청바지 차림을 한
리한이 양동이를 뒤로 비끄러맨 채 길가에 나타났다. 그녀는 고
개를 수그리고 터벅터벅 걸어왔다. 그러나 우물가 근처에서 마슝
을 보고는 깜짝 놀라 비명을 지르며 도망쳤다. 마슝은 '귀신을 본
것도 아닌데 저렇게까지 질겁할 필요가 있을까' 하는 생각을 하
며 머쓱해졌다.

그날 이후로 리한은 다른 우물에 가서 물을 긷기 시작했다. 마
슝 때문에 몇 년 동안 지켜오던 습관이 단숨에 바뀐 것이다. 그래
도 마슝은 그녀가 가는 곳이면 어김없이 따라다녔다. 하지만 절
뚝거리는 다리로는 그녀의 속도를 따라잡는 데 아무래도 무리가
있었다. 리한이 물이 가득 찬 양동이를 지고 가는데도 마슝은 그
녀를 따라잡지 못했다.

밤이 되어 그녀가 집 안으로 들어가 버리면 그는 대문간에 앉
아 문을 열어 달라고 소리쳤다. 리한은 빗장 두 개를 덧대어 대문
을 단단히 채웠다. 하지만 마슝이 밤새도록 소리를 질러대는 통
에 잠을 제대로 잘 수 없었다. 심지어 어떤 때는 뒷문으로 몰래
빠져나가 친구 집에서 자고 오기도 했다. 그 사실을 알 리 없는
마슝은 텅 빈 집을 향해 집요하게 소리쳤다.

"문 좀 열어! 문 열어달란 말이야. 리한!"

그러는 사이 열 댓 명이 넘는 남자들이 리한에게 청혼을 했다.

"나랑 결혼해줘. 결혼하면 마슝 그 자식도 마음을 접을 거야.

내가 널 보호해줄게. 나와 결혼하면 다시는 친구들 집 전전하며 피신하는 일도 없잖아."

리한은 혼기 찬 총각들의 끈덕진 구애에 시달리며 열흘을 보내야 했다.

누구보다 마슝을 말리고 싶었던 건 아버지 마자쥔이었다. 매일 밤 열 시만 되면 마자쥔은 손전등을 들고 리한의 집 앞으로 갔다. 그는 오른손에 손전등을 든 채 왼손으로 마슝의 오른쪽 귀를 비틀어 끌어내리려고 했다. 마자쥔의 왼손이 위로 들릴 때마다 마슝은 찢어지는 비명 소리를 내며 몸을 뻗었다. 도저히 버틸 수 없을 정도가 되면 까치발을 해가며 두 손으로 마자쥔의 왼손을 떠 받쳤다. 마자쥔은 무거운 소를 끌듯이 천천히 마슝을 끌고 집으로 돌아갔다.

"아버지, 좀 살살 잡아요. 귀 빠지겠어요."

"누가 이런 데서 아비 망신 시키라든? 고등학교까지 나왔다는 아이가 행동하는 꼬라지하고는."

마슝은 두 손으로 귀를 틀어막으며 대들었다.

"난 일할 거라고요."

"그 일, 내가 알아봐 준다니까."

"필요 없어요. 리한을 사랑해요. 결혼하고 싶어요."

"넌 그 아이와 사랑할 수 없는 사이야."

"왜 안 되는데요?"

마자쥔은 마슝의 손에 거울을 건네며 말했다.

"눈 있으면 네가 직접 보거라. 그 아이를 사랑할 수 있을지."

"머리카락 까맣고, 이는 하얗고, 눈도 크고 귀도 이만하면 잘 생겼잖아요. 코와 입도 제 자리에 잘 붙어 있는데 왜 안 돼요?"

마자쿤은 그를 전신 거울 앞으로 밀었다.

"다시 자세히 보거라. 지금 네 모습을 말이다."

거울 속에 비친 구부정한 다리, 비딱하게 기울어진 어깨, 공허하게 나풀거리는 바짓단을 보던 마슝의 얼굴이 백짓장처럼 창백해졌다.

"다 아버지 때문이잖아요. 엄마가 그랬어요. 아버지가 술 안 마시고 담배만 안 폈어도 지금 제 다리가 이 꼴이 되지는 않았을 거라고."

"억지 부리지 마."

"억지 아니에요. 아버지 책임이라고요."

마슝이 홧김에 머리로 거울을 들이받자 거울은 요란한 소리를 내며 산산조각으로 갈라졌다. 박살난 유리파편들 사이로 피로 범벅 된 마슝의 얼굴이 뭉개져서 비치고 있었다.

마자쿤은 마슝의 따귀를 후려치며 호통 쳤다.

"전생에 얼마나 몹쓸 죄를 많이 졌으면 이 몰골로 태어나 그래?"

"아버지도 평생 죄를 많이 졌으니까 다음 생애에는 멀쩡하지 못할 걸요."

"어디서 그런 악담을 하는 게냐? 감히 아버지를 저주해?"

마자쿤은 마슝을 문밖으로 몰아내며 소리쳤다.

"네 멋대로 살아봐. 난 더 이상 간섭하지 않을 테니."

상처를 감싸고 텅 빈 대로를 걸어가던 마슝은 먼저 간 할아버지와 어머니를 떠올리며 계속해서 혼잣말을 되뇌었다.

'왜 난 리한을 사랑하면 안 돼요? 아버지는 이 여자 저 여자 바

뭐가며 잘도 사랑하는데, 왜 난 그러면 안 되는 거죠? 할아버지, 엄마! 대답 좀 해주세요.'

걷다 보니 그는 어느새 또 리한의 집 앞까지 와 있었다. 대문가에 앉아 어둠이 고인 마을을 넋 놓고 바라보고 있는데, 뒤쫓아 온 마쥔이 그의 오른쪽 귀를 잡아 당겼다. 마슝은 아등바등 버티며 꿈쩍도 하지 않았다. 그래도 마쥔은 악착스럽게 잡아끌었다. 섬뜩한 비명소리와 함께 마슝의 귀가 찢겨나갔고 귀뿌리에서 피가 줄줄 흘러내렸다. 검붉은 핏줄기가 그의 턱을 타고 내려와 발등 위까지 떨어졌다. 그 와중에도 마슝은 막무가내로 버티기만 할 뿐 용서해 달라고 애원하지도, 소리를 지르지도 않았다. 결국 마쥔은 질렸다는 표정으로 손을 풀었다.

다음날 저녁에도 마쥔은 마슝을 끌어내리려고 찾아갔다. 아들의 귀를 비틀고 끌고 오는 실랑이는 이제 그에게 매일 저녁 치러야 하는 필수 일과가 되었다. 낮에 좀 아물었나 싶었던 마슝의 귀는 저녁만 되면 다시 여지없이 찢겨 나갔다. 한번은 참다못한 마슝이 도살장에서 칼 맞은 돼지처럼 찢어지는 비명을 내지르며 울부짖었다.

"차라리 절 죽이세요. 너무 아파서 온 몸이 마비될 지경이라고요. 숨 막히니까 이 손 좀 잠깐 놔 줘요. 숨이라도 좀 돌리고 나면 그때 쥐어뜯든가 해요."

"그러니까 집으로 가자니까. 여기서 이렇게 궁상떨지 말고. 다시는 이모 괴롭히지 않겠다고 약속만 하면 놔 주마."

"난 리한을 원한단 말이에요. 나보다 겨우 네 살 위인데 이모는 무슨 이모예요? 마르크스도 네 살 많은 여자와 결혼했는데, 나라고 못 하라는 법이 어디 있어요?”

마자쥔은 다시 마슝의 귀를 거칠게 잡아 당겼고 마슝은 발악하며 소리를 질러댔다.

“넌 그 애를 사랑할 수 없다. 주제를 알아야지, 언감생심 누구를 넘보는 거냐? 네 엄마도 살아있었다면 뜯어 말렸을 거다. 설령 리한이 마 씨 집에 시집올 의향이 있다고 해도 그 상대가 절대 너는 아닐 거다. 어서 일어나지 못해!”

그때 대문이 삐걱 열리며 리한이 밖으로 나왔다.

“마 소장님, 그렇게 구박하실 필요 없어요. 그만 돌아가세요.”

“이 자식이 귀찮게 할까 봐 그러지.”

“마슝이 매일 소리쳐도 이젠 습관이 돼서 괜찮아요. 그 소리가 없으면 잠이 안 올 정도예요.”

“그렇다면 다행이네만…….”

마자쥔은 마슝의 귀에서 손을 떼고 홱 돌아서 가버렸다. 손전등 불빛이 어둠 속에 흔들거렸고 휘파람 소리가 적막을 휘젓고 있었다. 리한은 멀어져 가는 그의 뒷모습을 바라보며 입을 열었다.

“친스제가 아직 잡히지 않았다고 들었어. 마을 근처를 배회하면서 밤마다 음식을 훔쳐가거나 여자들을 강간하고 다닌다는 소문이 있던데.”

마슝은 얼얼해진 귀를 붙잡고 차가운 밤공기를 훅 들이마셨다. 싸한 통증을 동반한 섬뜩함이 가슴을 파고들었다.

“친스제가 이 근처에 왔다 갔어?”

“어젯밤에 봤어. 손에 총을 들고, 들고양이처럼 지붕 위로 올라가던걸.”

“거짓말!”

대낮에 마승은 지팡이를 휘두르고 다니며 우리에게 자랑스럽게 떠벌렸다.

“이게 바로 내 바퀴이자 듬직한 다리야. 이걸로 리한을 손에 넣고 말테니 두고 보라고.”

어느 날 마승에게 쫓기다 막다른 골목에 다다른 리한은 향 정부 입구의 감나무 위로 올라갔다. 뒤쫓아 오던 마승은 감나무 밑을 맴돌며 어깃장을 놓았다.

“내려오기만 해. 내려오면 꼼짝없이 나한테 잡힐 테니까. 내가 평생 쫓아다녀도 못 따라잡을 거라고 단언했었지? 어때, 이제 내 손안에 있다고. 이젠 더 이상 빠져 나갈 구멍도 없을 걸.”

“그럼 어디 한번 올라와 보시지.”

마승은 ‘흥’ 하고 콧방귀를 뀌더니 감나무 주위를 뱅글뱅글 돌며 리한을 올려다보았다. 그러나 그녀는 고개를 하늘로 쳐들고 그에게 얼굴을 보여주지 않았다.

“안 내려오면 이 나무를 베어 버리겠어.”

리한은 그의 협박에도 전혀 거들떠보지 않고 더 위로 올라가 나뭇잎을 따면서 노래만 흥얼거릴 뿐이었다.

마승은 집에 가서 도끼를 가져오려고 몇 걸음 옮기다가 그녀가 그 사이 도망가려고 꼼수를 쓰고 있다는 생각이 번뜩 들었다. 그는 제자리로 돌아와 주변을 둘러싼 사람들을 향해 외쳤다.

“도끼 가지러 가면 그 사이 도망 칠 게 뻔하잖아요.”

사람들이 한바탕 웃자 마승은 득의양양한 표정으로 리한을 올려다보며 말했다.

"도끼는 없어도 되겠네. 여기서 한 발짝도 움직이지 않을 테니까 그렇게 알라고."

"개도 아니고 왜 그렇게 바득바득 날 쫓아다니는 거야? 네 아버지가 쫓아다닐 때도 퇴짜를 놨는데, 너는 오죽하겠어? 손에 든 그 지팡이 꼴 좀 봐. 나무껍질도 제대로 깎아내지 않고 조잡스럽기 짝이 없잖아. 그 지팡이가 금속으로 변하면 그때 결혼 생각 한번 해보지."

말하는 동안에도 리한은 못 볼 거라도 본 사람처럼 꼿꼿이 고개를 위로 쳐들고 있었다.

둘러싼 사람들이 일제히 그를 부추기며 바람을 잡았다.

"마슝, 어서 가. 어서 가서 금속 지팡이로 바꿔 와. 녹이 안 스는 거면 더 좋고. 금속으로 바뀌면 결혼해 준다잖아."

"어서 안 가고 뭐 해? 뭘 기다리는 거야?"

마슝은 손을 뻗어 머리를 긁적거렸다.

"네 아버지도 눈독 들이고 있다잖아. 리한이 네 아버지한테 시집가겠다고 하면 네 엄마가 되는 거라고."

여전히 머리만 긁어대는 그의 얼굴이 발그스름하게 번져갔다. 웅성거리는 소리를 듣고 있던 그는 갑자기 지팡이를 휙 내팽개치며 말했다.

"이쯤에서 허우 역장과 담판을 지어야겠어."

마슝의 몸에서 분리되어 떨어진 볼품없는 나무 지팡이가 땅바닥에서 데구루 굴러 다녔다.

마슝은 허우바오더를 찾으러 철길 맞은편 숲으로 건너갔다. 햇살이 따뜻해지는 낮 시간이 되면 허우바오더는 으레 숲속으로 들어가 낮잠을 청했다. 허우바오더가 마슝에게 리한을 꾀어 보라고 부추겼던 날로부터 보름이 지났다. 허우바오더는 그날도 단잠에 빠져 있었다. 보름 전부터 한 번도 깨어나지 않고 쭉 잠에 취해있는 사람 같았다. 마슝이 일자리 하나 때문에 귀까지 뜯기며 리한을 쫓아다닌 그 시간에 그는 잠과 더불어 한가한 시간을 보내고 있었다.

마슝이 부르는 소리에 허우 역장이 무거운 눈꺼풀을 올리며 잠에서 깨어났다. 그 옆에서 함께 자고 있던 딸과 아들도 희미하게 눈을 떴다. 눈동자 여섯 개가 그에게 모아졌다.

"역장님, 도저히 안 되겠어요. 저희 아버지도 눈에 안 차 하는데, 저라고 별 수 있나요?"

허우바오더가 천천히 몸을 일으켜 앉았고, 옆에 있던 그의 아이들도 제 아버지를 따라 상체를 일으켰다. 그는 어리둥절한 표정으로 되물었다.

"뭐가 안 되겠다는 거야? 도대체 무슨 말을 하고 있는 건가?"

"리한말이에요. 쫓아가서 꼬셔오면 일을 주겠다고 약속했잖아요. 그런데 제 아버지한테도 안 넘어온 여자의 마음을 제가 무슨 수로 뺏냐고요?"

별안간 허우바오더가 뒤로 넘어갈 듯 크게 웃기 시작했다.

"농담으로 해본 소린데, 진짜 쫓아간단 말이야?"

"그럼요. 진짜로 쫓아갔죠. 제 귀 좀 보세요. 미친놈처럼 여자 꽁무니만 쫓아다닌다고 아버지한테 몇 번이나 잡아 뜯겼는지 모른다고요. 그런데 지금 농담이란 말이 나와요? 어서 일자리나 하나 달란 말이에요.”

“내가 뭘 믿고 너한테 일을 준단 말이야?”

“한번 한 약속을 이렇게 막 번복해도 되는 겁니까? 죽겠다고 할 때는 기를 쓰고 살려 내더니. 하라는 대로 다 했는데 왜 이제 와서 딴소리예요?”

“물에 빠진 사람 구해냈더니 보따리 내 놓으라 이거구만. 내가 왜 쓸데없는 짓을 해가지곤. 이제 곧 기차가 들어올 거야. 죽고 싶으면 다시 뛰어들든가. 이번엔 절대 안 구해줄 테니까. 절대로.”

“하지만 지금은 제가 죽고 싶지 않은걸요. 어떻게든 일을 받아 내야겠어요. 죽고 싶다고 할 때는 말리더니, 죽기 싫다니까 다시 죽으라고 떠미는 건 무슨 심보래요?”

그들이 티격태격하는 사이에 기차가 몸을 길게 뻗으며 빠르게 지나갔다. 열차 마지막 칸에 서 있던 사람이 언덕에 있는 그들을 향해 손을 흔들었다. 허우바오더가 엉덩이를 툭툭 털며 풀밭에서 일어서자 아이들도 그를 따라 일어났다. 마슝은 숲길을 내려가는 그들을 행여 놓칠세라 부지런히 쫓아갔다. 철로에 이르자 허우바오더가 그를 돌아보며 제안했다.

“마슝, 허우웬팡(侯遠方)과 달리기 시합 한번 해보겠나? 누가 빨리 달리는지 말이야. 자네가 내 아들을 이기면 이번에는 정말 일자리를 만들어주지.”

“안 속아요.”

“이번엔 정말 약속하지.”

두 사람을 침목 위에 나란히 세워 놓고 보니 마슝이 허우웬팡보다 머리 하나 크기만큼 더 컸다. 허우바오더의 출발 신호가 떨

어지자 그들의 몸이 쏜살같이 튕겨나갔고 뒷모습이 점점 작아지
기 시작했다. 마슝은 쓰러질 듯 휘우뚱대면서도 허우웬팡과의 거
리를 넓히며 앞을 향해 내달렸다. 그의 위태로운 몸부림에서 일
자리를 얻어야 한다는 간절함과 필사의 각오가 그대로 전해지는
듯했다. 그런데 뒤쳐졌던 허우웬팡이 갑자기 멈춰서며 소리쳤다.

"이번 판은 무효야."

마슝이 돌아보며 물었다.

"왜 무효야?"

"무효라면 무효야."

그는 원망스러운 눈빛으로 허우바오더를 쳐다봤다.

"그래. 다시 시작하지. 이번에는 내가 있는 쪽에 먼저 도착하
는 사람이 이기는 거야."

다시 출발선에 나란히 선 두 사람은 허우바오더의 출발신호와
함께 일제히 달려 나왔다. 이번에도 마슝은 허우웬팡을 앞질러가
기 시작했다. 그러나 한창 달리다가 발목을 접질려 휘청 넘어지
고 말았고 철길 침목에 턱이 부딪쳐 앞니가 부러졌다.

"네가 졌으니까 이제 일자리는 물 건너갔어. 정 궁하면 네 아
버지한테나 가서 사정해봐."

멀리서 허우바오더가 야살스러운 표정으로 그를 비웃었다. 입
을 틀어막은 채 천천히 일어난 마슝은 속으로 온갖 욕설과 저주
를 퍼부었다. 맵싸한 가을바람까지 불어와 눈물과 콧물이 엉겨
붙은 그의 얼굴이 더욱 시리고 처량하게 느껴졌다.

집으로 돌아온 그는 부서져 나온 앞니 두 개를 마자쥔의 손 위
에 툭 떨어뜨렸다. 마자쥔은 아직 채 온기가 가시지 않은, 선홍색

피가 덕지덕지 묻은 이를 내려다보았다.

"허우바오더가 작정하고 날 가지고 놀았다고요. 웬팡하고 달리기 시합하면 내가 불리하다는 걸 뻔히 알면서 일자리를 미끼로 기어이 시합을 붙였어요. 결국 달리다가 넘어져서 이렇게 이가 부러졌잖아요. 전에는 리한을 꼬셔 오면 취직시켜준다고 구슬리지를 않나. 꼭 내가 못할 것 같은 일들만 골라서 시킨다고요……. 게다가 내가 리한을 못 꼬셔도 아버지가 그 여자를 내 새엄마로 데려오면 되지 않느냐고 빈정거리기까지 했다니까요."

마자쥔의 낯빛이 먹구름 몰려드는 하늘처럼 어두워졌다.

"먀슝, 허우바오더를 따라다니면서 잘 감시해. 철로 근처 여인숙에 들어가거든 바로 나한테 알리거라. 그 녀석이 여자를 데리고 있을 거다."

마슝은 끈질기게 허우 역장의 집 앞을 지키기 시작했다. 허우바오더는 매일 저녁 외출할 때마다 마슝과 어김없이 마주쳤다.

"동네 똥개마냥 졸졸 따라다니는 꼬라지하고는."

"똥개라고 해도 좋아요."

"어디 똥이나 있으면 찾아 먹지 그러냐."

"그러게요. 어디 한번 찾아볼까요?"

허우바오더가 웃음을 터트리자 마슝도 따라서 웃었다.

"웃긴 뭘 웃나?"

"이제 막장으로 들어설 역장님 때문에 웃습니다."

"날 구워삶아 보시겠다?"

"그 여인숙으로 들어서는 순간 모든 게 끝장이라고요."

"내가 거기 들어가면 네 놈이 어쩔 건데? 철로가 지방정부 소관이 아닌 이상 네 아버지도 날 마음대로 건드리지 못한다고."

마슝은 허우바오더가 일주일에 세 번이나 여인숙에 들락거린다는 것을 알아냈다. 그가 안으로 들어갈 때마다 마슝은 마자쥔에게 빠짐없이 보고했다. 그러나 마자쥔은 '알겠다'라는 짤막한 대답만 남길 뿐 별다른 행동을 취하지 않았다. 같은 반응만 연거푸 돌아오자 마슝도 점점 실망감을 느끼고 있었다.

그 다음 주 수요일 저녁 허우바오더는 또 다시 여인숙을 찾았다. 그날 결국 그는 타지 여인과 함께 마자쥔과 공안 두 명에게 체포되어 끌려갔다. 체포 당시 그는 낯선 여인과 벌거벗고 침대에 드러누워 있었다. 방 안 전등불이 번개처럼 번쩍 환해졌다가 바로 꺼졌다. 마자쥔과 마슝, 공안경찰들의 시선이 일제히 그들의 몸을 빠르게 훑고 지나갔다. 그들은 육감적이고 뇌쇄적이기까지한 여체의 적나라함에 침까지 흘려가며 잠시 넋을 놓고 말았다. 허우바오더는 애써 태연한 척하며 되레 역정을 냈다.

"경찰이 이렇게 무능해서야 쓰나? 정작 잡으라는 살인범은 안 잡고 무고한 시민을 잡아넣을 궁리만 하다니."

마자쥔이 기다렸다는 듯 호통 쳤다.

"역을 관리하는 국가간부라는 자가 감히 계집질이나 하고 있는데 무고해? 처자식이 시퍼렇게 살아 있는 놈이 오입질에 맛을 들여? 너 같은 놈 안 잡아들이면 누굴 잡아야 하나?"

결국 자백을 받아낸 마자쥔은 그에게 선심 쓰듯 물었다.

"무슨 요구사항 있나? 가족들 한번 만나볼 텐가? 너무 억울하게 생각하지는 말게."

허우바오더는 회한의 눈물을 훔쳤다.

“자네한테 이렇게 당할 줄은 몰랐네. 다시 역장 일을 할 수 있으면 자네 아들에게 제일 좋은 일자리를 마련해 주겠네.”

“지금도 역장이지 않나.”

“그래, 도대체 무슨 일이 하고 싶다고 하던가?”

마자쥔이 손을 흔들자 마승이 파출소 안으로 걸어 들어왔다.

“무슨 일을 하고 싶은지 말해봐.”

“철로를 순찰하게 해주세요.”

“걷는 것도 불편한데 왜 하필이면 그런 일이야?”

“철로 레일 위를 마음껏 왔다 갔다 하고 싶어요. 절 무시했던 사람들 보란 듯이 다닐 거예요. 철길 따라서 현까지도 걸어갈 수 있다고요.”

마자쥔은 그의 어깨를 툭툭 치며 말했다.

“그 정도 마음가짐이라면 어디 한번 해봐라.”

그날 저녁부터 마승은 다시 영웅다운 본색을 회복했다. 허리를 꼿꼿이 펴고 철길 주변을 걸어 다니는 그의 모습은 전보다 훨씬 자신감에 넘쳤다.

. . .

이듬해 여름 거대한 홍수가 바라마을을 덮쳤다. 빠르고 흉포한 물살이 속절없이 마을로 쏟아져 들어와 기찻길 주변까지 집어 삼켜 버렸다. 곰보자국처럼 군데군데 패였던 고랑과 웅덩이에 가랑 가랑하게 물이 차올라 평평한 수면을 이루었다. 물살에 혼이 난

희끄무레한 철도 레일은 곧게 뻗은 두 줄기 빛처럼 하늘 끝까지 닿아 있었다. 이 빛의 줄기를 따라 스쳐 지나가는 기차들이 거친 물보라를 사방으로 튕겨냈다. 기차라기보다는 차라리 바다를 항해하는 배와 더 흡사했다.

마슝은 빗발 사이에 서서 오가는 기차를 향해 소리쳤다.

"정말 보고 싶었어!"

그때 기차가 그의 말꼬리를 자르듯 혼탁한 물세례를 퍼부으며 옆으로 휙 지나갔다. 얼마 후 멀리서 또 다른 기적소리가 들려오자 그는 또 다시 소리 지를 준비를 했다. 작은 원 모양의 기차 머리가 모습을 드러내는 순간 기다렸다는 듯이 기차를 향해 소리치기 시작했다.

"반갑다, 기차야……."

그런데 그때 그의 발밑에 있던 흙이 무너져 내리면서 지반에 금이 쫙 갔다. 그는 무너져 내리는 흙을 보며 나직하게 욕설을 내뱉었다.

"빌어먹을."

욕설이 떨어지기 무섭게 발 언저리의 흙이 또 뭉텅이로 후두둑 무너지면서 그 주변이 빠르게 함몰되었다. 마슝은 마주 달려오는 기차를 향해 필사적으로 붉은 기를 흔들며 철길 위로 뛰어들었다. 그의 머릿속에는 기차가 이대로 지나가면 승객들의 목숨이 위험해진다는 생각뿐이었다. 두 다리가 통나무처럼 딱딱하게 굳어버린 그는 아무 소리도 내지 못한 채 꺼이꺼이하는 울음소리만 입 밖으로 겨우 밀어내고 있었다.

기차는 그와 불과 몇 십 미터 사이를 두고 급정차했다. 기차의 급작스런 정차로 물보라를 된통 뒤집어쓴 그는 온 몸이 마비된 듯 얼얼해졌다. 승객들은 물속에 얼어붙은 듯 앉아 있는 절름발이가 자신들을 구했다는 것을 알고 창문으로 기어 나와 사과며 포도며 온갖 음식들을 그에게 쥐어주었다. 그들은 그의 품에 더 이상 쑤셔 넣을 공간이 없자 주섬주섬 싸온 음식들을 바닥에다 어지럽게 쌓아 놓고 갔다. 그러면서 '수해 지원물자라고 생각하라'며 한마디씩 했다.

자칫 대형피해를 낼 수도 있었던 사고를 용감하게 막아낸 덕분에 마슝은 매스컴을 타는 영광도 누렸다. 바라마을을 지나던 기차 승객들은 마슝만 보면 차 안에서 과일이나 물 같은 것들을 그에게 던져 주었다. 그는 여전히 지나가는 기차만 보면 신바람이 나서 소리쳤다. 자신의 외침이 기차를 따라 멀리까지 메아리치기를 바라는 것 같았다.

마슝이 그 일을 까마득히 잊어갈 무렵 철도국에서 수해 복구에 기여한 모범 단체와 개인들에게 표창장을 내렸고 마슝도 그중에 끼어있었다. 마슝은 커다란 꽃을 가슴에 달고 상을 받으러 류저우(柳州)로 갔다. 그런데 상을 받고 난 뒤 그는 아무런 말없이 철도국 사무실에 묵묵히 앉아 있었다. 철도국 직원이 의아해하며 그에게 다가갔다.

"마슝, 날씨도 더운데 그 꽃은 이제 좀 떼도 되겠어."

마슝은 말없이 고개만 저었다.

"상금이 너무 적어서 실망했나?"

그는 또 고개를 저었다.

"무슨 할 말이 있으면 어서 해보게."

마슝이 그제야 고개를 들며 자초지종을 털어놨다.

"다른 사람들은 다 차가 와서 데려가는데, 전 아무 것도 없잖아요. 저도 나름 자존심과 격이라는 게 있는데 이렇게 조용히 돌아갈 수 있나요? 도둑질을 한 것도 아닌데."

전화로 그 소식을 들은 허우바오더는 다음날 지프차를 빌려 한옌원(韓延文)에게 부탁해 마슝을 데려 오라고 했다. 한옌원은 마슝을 차 밖으로 내몰아야 속이 시원할 것처럼 험하게 차를 몰며 언짢은 티를 냈다. 차 안에 앉은 마슝은 가는 내내 입을 꾹 닫고 있었다. 하지만 한옌원은 입을 쉬지 않고 놀렸다.

"내가 자네 아버지랑 나이가 비슷하네. 내 앞에서 그렇게 우쭐대지 말게. 기차 타고 와도 될 걸 왜 생고생을 시키는 거야? 모범 표창 받은 게 뭐 그리 대수라고. 그 정도는 나도 소싯적에 다 받아 봤다고. 그 때 그렇게 잘 나가도 지금 운전대나 돌리고 있는 걸 봐. 상 한번 탔다고 지나치게 자만하는 건 금물이라고."

그들이 바라마을에 도착한 시각은 오후 다섯 시 무렵이었다. 마슝의 머리카락과 가슴 앞 꽃이 흙먼지를 잔뜩 뒤집어쓰고 있었다. 그의 검은 머리칼은 잿빛으로 변해있었고 가슴 앞 꽃잎은 칙칙한 먼지에 엉겨 힘없이 고개를 떨어뜨리고 있었다. 한옌원은 차를 향 정부 앞에 세우며 말했다.

"다 왔네, 모범 군. 어서 내리게."

"허우바오더에게 나 마슝이 돌아왔다고 전해줘요. 쥐도 새도 모르게 집에 들어갈 수야 없지요. 의장대 불러서 거하게 환영행사를 열어주면 내리겠어요."

"그렇게 소원이면 자네가 가서 말해 보든가. 난 이만 들어가서 좀 씻어야겠네."

한옌원은 차에서 뛰어내려 문을 쾅 닫고는 향 정부 안으로 휘적휘적 들어가 버렸다.

마슝은 끝까지 혼자 지프차 안에 앉아 있었다. 그때 차 곁을 지나가던 사람들이 고개를 빠끔히 들이밀고 차 안을 흘끔 보며 수런거렸다.

"마슝이네. 어째서 혼자 차 안에 앉아 있지?"

마을 사람들은 마슝이 모범표창을 받으러 다녀왔다는 걸 전혀 모르는 눈치였다. 그러니 그가 차 안에서 의장대를 대동한 환영식을 기다리고 있다는 사실은 더더욱 알 리가 없었다. 마슝은 그들을 보며 소리쳤다.

"가서 허우바오더를 불러다 주시오. 다른 사람들은 상 받고 고향으로 돌아가면 의장대가 나와서 거창하게 환영해 준다는데 난 왜 이런 푸대접을 받아야 합니까?"

난데없이 마슝의 표적이 된 그들은 꽁무니를 빼며 흩어졌다. 마슝이 의장대 없이는 차에서 꿈쩍도 안 하겠다며 버틴다는 소문이 순식간에 마을에 퍼졌다. 어느새 지프차 주변은 마을 사람들로 가득 에워싸였다.

샤워를 마치고 향 정부에서 나오던 한옌원은 웅성거리며 몰려 있는 사람들을 보더니 양손을 휘휘 내저으며 말했다.

"비켜요. 마슝이 무슨 동물원 곰도 아니고. 뭐 볼 게 있다고 이렇게 몰려 있어요. 어서 비키라니까요."

그는 마치 귀찮은 파리를 쫓아내는 것처럼 퉁명스럽게 사람들을 물리치며 차 안으로 올라갔다.

112

"정말 안 내릴 건가? 이대로 차고 안에 갇히고 싶어?"

"절대 못 내려요."

"진심인가?"

"진짜 안 내린다니까요."

한옌원은 차를 기차역까지 몰고 간 다음 아래층에서 허우바오더를 불렀다. 허우바오더가 소리를 듣고 창밖으로 고개를 쑥 내밀었다.

"무슨 일인가?"

"자네의 잘난 모범 직원 모셔 왔네. 환영식을 안 해주면 차에서 한 발짝도 안 움직이겠다고 저러고 버티고 있다니까. 아주 상전이 따로 없어."

허우바오더는 손목시계를 흘끔 쳐다보며 난감한 표정을 지었다.

"학생들도 수업 마치고 다 집에 갔을 텐데, 이 시간에 어딜 가서 의장대를 부르란 소리야? 일단 저녁부터 먹고 생각해 보자고. 자네도 올라와서 술 한 잔 하게."

"됐어. 그럼 차 여기 그냥 세워 두겠네. 난 가서 마작이나 한 판 둬야겠어."

"아니 잠깐만. 이왕 도와주는 김에 끝까지 좀 도와주게. 지금 바로 내려갈 테니까 소학교까지 데려다 줘."

허우바오더가 통탕거리며 계단을 뛰어내려와 지프차 앞좌석에 잽싸게 올라탔다. 그는 마승을 돌아보며 말했다.

"잘 다녀왔나?"

"네, 잘 다녀왔습니다."

"꼭 이렇게까지 해야겠나?"

"다들 그렇게 한다고 들었어요."

"학생들 모두 수업 마치고 집에서 쉬고 있을 시간이라고. 야식으로 간소하게 하면 안 되겠나?"

"안 됩니다. 이래봬도 전 기차 승객들의 목숨을 구해준 영웅이라고요. 역장님 체면에 의장대 하나 부르지 못하면 쓰나요?"

지프차는 허우바오더와 마숭을 태우고 소학교 쪽으로 달렸다. 한옌원이 마숭을 슬쩍 뜨며 물었다.

"이봐, 일단 차에서 내렸다가 의장대가 모인 후에 다시 타면 안 되겠나?"

마숭은 끝끝내 묵묵부답이었다.

학교에 도착한 허우바오더가 펑 교장을 불러내자, 펑 교장이 의아한 표정으로 물었다.

"도대체 얼마나 대단한 위인이 오길래 다 늦은 저녁에 의장대까지 부른다고 이 난리법석인가?"

차 안을 슬쩍 들여다보던 그는 안에 마숭이 앉아 있는 것을 보더니 말문이 턱 막혔다.

"자넨가?"

마숭이 고개를 끄덕거렸다.

"맞아요."

"이봐, 마숭! 난 한때 자네 선생님이었어. 어릴 적부터 어떻게 자라왔는지 쭉 지켜봐 온 사람이기도 하고. 그러니 내 얼굴을 봐서라도 차에서 내리게."

"교장선생님, 제자의 출세 길을 그렇게 막으셔야 합니까? 제자가 잘 나가게 길을 더 열어줘야 하는 거 아닌가요? 제자의 영광이 곧 스승의 영광이기도 하니까요."

결국 펑 교장은 그들과 함께 지프차를 타고 집집마다 돌아다니며 의장대원들을 일일이 불러 모았다. 펑 교장의 아들 펑샤오바오(馮小寶)를 포함한 열여섯 명의 학생 의장대가 향 정부 문 앞에 나란히 모여 섰다. 그리고 일제히 마슝이 탄 지프차를 향해서 음악을 연주하기 시작했다. 늦은 저녁시간이다 보니 의장대원들의 모습은 시커먼 어둠에 가려 보이지 않았다. 경쾌한 악기 소리만이 어둠의 틈새를 가르며 울려 퍼졌다. 마슝은 그때서야 차에서 내려왔고 허우바오더와 한옌원도 길게 안도의 한숨을 내쉬었다.

"지독한 녀석. 이제야 기어 나오네. 묵은 변을 내려 보낸 것 같은 기분인걸. 저 녀석 차에서 끌어내리는 게 여자 속옷 끌어내리는 것보다 더 힘들군."

그날 이후 바라마을의 할 일 없는 젊은이들이 철도로 나와 어슬렁거리기 시작했다. 모래밭에서 바늘 찾는 심정으로 혹시 자신도 그런 기회를 건질 수 있지는 않을까 하는 일말의 희망을 품고 말이다. 마슝은 그런 그들을 지켜보며 고개만 절레절레 흔들고 있다가 큰 소리로 외쳤다.

"공연한 짓 말라고. 그런 기회가 어디 자주 오는 줄 알아?"

· · ·

복숭아마을을 지날 때마다 마슝은 머리와 수염이 온통 백발인 노인과 마주 쳤다. 노인은 먼지가 흩날리는 마을 골목에 나와 앉아 햇볕을 쬐고 있었다. 가끔은 의자에 누워 잠들어 있기도 했는데, 누렇게 번하다 만 낙엽들이 하얗게 샌 머리카락 위로 너푼너푼 떨어지고 의자 주변에는 암탉들이 요란한 소리를 내며 몰려 있었다. 그럴 때마다 마슝은 혹시 노인이 잘못된 건 아닌지 슬며시 걱정이 되기도 했지만, 다음날 가보면 또 멀쩡하게 앉아 있었다. 그 노인은 철로 쪽으로 시선을 두고 멀리서 기차와 마슝을 멍하니 응시하고 있을 때가 많았다. 그는 자꾸만 노인이 뒤뚝거리는 자신의 걸음걸이를 빤히 쳐다보는 것만 같아 신경이 쓰였다.

언젠가 그 이상한 노인을 직접 만나러 가봐야겠다고 마음을 먹은 지 거의 한 달이 다 되어 가고 있었다. 어느 날 복숭아마을 근처를 지나다가 갈증을 느낀 마슝은 물을 얻어 마시러 마을 안으로 들어섰다. 마을 입구에 들어서자마자 그 노인이 일어나며 물었다.

"목이 마른가 보군."

"어떻게 아셨어요?"

"두세 달 동안 매일 같이 자넬 지켜봤거든. 자네 머리카락이 몇 올인지까지도 훤히 아는데 그 정도 알아내는 것쯤이야 식은 죽 먹기지."

노인의 집으로 들어간 마슝은 차 한 잔 얻어 마시며 그가 늘어놓는 넋두리를 들어 주었다.

"난 셰신민(謝新民)이라고 하네. 머리와 수염이 이렇게 백발이긴 하네만 이제 겨우 쉰 살에 접어들었어. 날 때부터 선천적으로 내 몸에 돋아나는 털은 다 하얀 색이었거든. 내가 왜 매일 저기 앉아 기차를 보고 있었는지 아나?"

마숭은 고개를 흔들며 "아뇨"라고 짧게 대답했다.

"아들이 하나 있었지. 이름은 세둥(謝東)이었어. 여섯 살 때 기차에 깔려 죽었어. 바로 방금 자네가 들어왔던 마을 초입에서 말이야. 다른 아들이나 손자들도 있지만 그 아이가 가장 똑똑했지. 그 아이가 기차에 깔려 죽을 때 마지막에 뭐라고 소리 질렀는지 아나?"

"저야 모르죠."

노인은 눈물을 훔치며 어렵사리 다시 입을 열었다.

"아빠를 부르더군. '아빠' 라고 소리쳤어. 다른 아이들은 아프거나 힘들면 으레 제 어미를 찾는데, 세둥은 아빠를 애타게 불렀다네. 20년이 넘도록 틈만 나면 문가에 앉아 그쪽을 보고 있었어. 사고가 났던 그 자리에서 그 아이가 벌떡 일어나 달려올 것만 같아서 말이야. 그렇게 목이 빠져라 기다렸는데 마침내 그 아이가 돌아왔어."

"어디 있는데요?"

"바로 자네야. 그 아이와 정말 많이 닮았어. 자네 다리가 불편한 걸 보고, 난 내 아들이 그 때 죽은 게 아니라 기차에 치여 다리 한 쪽을 절게 된 건 아닐까 착각할 정도였으니까. 처음에 자네를 봤을 때 내 눈을 의심했어. 환영이 나타난 게 아닐까 해서. 하지만 서서히 현실이라는 걸 인정하게 됐고, 어느새 자네가 내 아들처럼 느껴지더군."

그날 이후 마숭은 그 마을을 지나갈 때마다 멀리서 셰신민이 보이면 반갑게 소리쳤다.

"아버지, 뭐 하세요? 몸은 괜찮으시죠?"

"그래, 아주 좋다. 아들아, 너도 조심하거라."

두 사람은 뭔가 의미심장한 웃음을 주고받았고 웃음 속에는 애틋한 눈물도 섞여 있었다.

그렇게 친해진 다음부터 마슝은 세신민의 집에 들러 점심을 먹기 시작했다. 한번은 상에 고기가 올라오지 않는 것을 의아하게 생각한 마슝이 물었다.

"아버지, 왜 항상 채소반찬만 해 드세요? 고기라도 좀 볶아 드시지."

"고기 구경 못 해본 지 석 달이 넘었다."

"지난 번 수해 이후로요?"

"그렇지."

"이 마을에서 고기를 못 먹는 집이 얼마나 되나요?"

"석 달 동안 고기 한 번 못 먹은 집만 못 되도 예순 집은 될 걸."

마슝은 가슴을 치며 말했다.

"조금만 기다리세요. 제가 조만간 먹게 해드릴게요."

집으로 돌아오자마자 마슝은 보고서 자료를 만들어 인민정부 사무실로 보냈다. 보고서 제목은 「수해 이후 석 달 간 고기 구경도 못한 복숭아마을 주민들」이었다. 그는 홍수가 난 이후 고기 구경조차 못하고 있는 복숭아마을 농민들의 참담한 실상을 구구절절하고 장황하게 묘사해서 올려 보냈다.

현 정부에서는 그가 보낸 장문의 편지에 관심을 보이며 전화를 걸어 사실인지 확인했다.

"사실입니다. 제 목숨을 걸고, 제가 받은 모범표창을 걸고 말씀드릴 수 있습니다. 못 믿겠으면 직접 와서 한번 보십시오."

전화를 끊고 마숭은 바로 셰신민에게 달려갔다.

"이 마을사람들이 고기를 못 먹고 있는 게 확실하죠?"

"그렇다니까."

"현에서 조사를 하러 나올 거예요. 마을 사람들한테 조사원들이 와서 물으면 지난 석 달 동안 고기는커녕 입에 기름칠도 제대로 못했다고 말하라고 하세요. 그래야 돼지고기를 얻어먹을 수 있어요."

"따로 꾸며낼 것도 없다니까. 못 먹은 고기를 먹었다고 말할 사람이 어디 있겠니?"

"어쨌든 꼭 그렇게 말해야 해요. 그래야 현에서 나온 사람들이 뭐라도 더 얹어주고, 관심을 보일 거 아니겠어요?"

결국 셰신민의 안내로 마숭은 마을을 돌아다니며 사람들에게 외쳤다.

"여러분, 잘 들으세요! 조만간 현에서 파견 나온 사람들이 수해가 난 후 석 달 동안 고기를 먹은 적이 있냐고 물어볼 겁니다. 먹었다고 하면 현에서 돼지고기를 나눠주지 않을 거고, 못 먹었다고 하면 일이십 근, 아니 삼십 근까지 나눠 줄 겁니다. 혹시 근 석 달 이내에 고기를 먹은 분이 있습니까? 한 덩어리나 한 근 정도는 먹은 게 아닙니다. 석 달 동안 열 근 이상 먹어야 먹은 것으로 치는 겁니다. 꼭 기억하시기 바랍니다."

그의 말을 들은 복숭아마을 사람들은 왕성한 식욕이 되살아나는 듯했다. 침이 꼴깍꼴깍 넘어가고 벌써부터 위액이 분비되어 나왔다. 누군가 마숭을 향해 말했다.

"억지로 고문만 하지 않는다면 절대 먹었다고 할 일 없지."

잠시 후 현 정부 직원 세 명이 조사를 나왔고 조사 결과 이 마을 백일곱 개 가구의 농민들이 석 달 동안 고기를 못 먹은 것으로 나왔다. 그들은 서로 상의를 하더니 '백여덟'이라는 숫자가 좀 더 호소력이 있을 것 같다며 한 가구를 올려서 적었다.

며칠이 지나자 현 정부가 보낸 트럭이 통통하게 살이 오른 희멀건 돼지 열댓 마리를 싣고 마을로 들어왔다. 모처럼 희색을 띤 마을사람들은 제각각 돼지고기를 할당 받고 나서 마슝에게도 일부 나눠주고 덤으로 돼지머리까지 얹어 주었다. 마슝은 돼지 머리와 살덩어리를 든 채 엉거주춤 서서, 덜컹거리며 떠나는 트럭과 고기를 한 아름 받아 들고 서둘러 흩어지는 사람들을 멍하니 바라보았다.

'그냥 저렇게 가버리는 건가. 나한테는 한 마디 말도 없이 저렇게들 돌아가 버리다니.'

마슝은 마을 사람들에게서 알 수 없는 서운함 같은 걸 느끼며 썰렁한 고샅길을 물끄러미 쳐다보고 있었다. 양손 가득 돼지고기를 들고 있었지만 가슴 한 켠은 텅 빈 듯 허전했다.

그가 식탁 위에 돼지고기와 돼지머리를 올려놓자 마자쥔이 놀라며 물었다.

"이렇게나 많은 게 어디서 났어?"

"이 정도야 많은 것도 아니죠."

마자쥔은 옷을 갈아입고 나와 직접 돼지고기를 손질하며 요리를 시작했다. 살짝 눌은 듯 엇구수하고 향긋한 냄새가 부엌에서 풍겨 나왔다. 마슝은 코를 킁킁거리며 부엌 안으로 들어섰다.

"냄새가 정말 환상적인데요? 숫처녀 살점처럼 야들야들하니."

"냄새가 끝내 주지?"

"돼지머리가 엄청 크지요?"

"그래, 아주 크더구나. 이렇게 큰 건 난생 처음 본다."

"아버지 이름은 왜 '마자쥔'이에요?"

매운 연기를 뒤집어 쓴 마자쥔의 두 눈에서 눈물이 질금거렸다. 눈이 따끔거리는지 그의 표정이 약간 일그러졌다.

"방금 뭐라고 했냐?"

"그럼 이 많은 돼지고기가 제 원고료인 셈인가요?"

"그렇다고 할 수 있겠지. 하지만 날고기를 그냥 먹을 수는 없으니 네 원고료지만 굽고 삶아서 포식 좀 해야겠다. 별 일 없으면 다른 데로 나가 있어라. 몇 십 년 동안 너도 내가 벌어온 돈으로 먹고 살았으니 내가 네 원고료에 손 좀 댔다고 억울해하지는 않겠지?"

마슝은 고분고분한 강아지처럼 고기냄새가 진동하는 부엌을 빠져 나왔다.

그해 9월 현에 있는 고등학교에 합격한 나는 마호가니 상자와 침낭을 들고 기차역으로 갔다. 바라마을의 기차역은 아담했지만 기차를 타는 승객들이 꽤 많아서 늘 북적거렸다. 아버지는 페인트가 덜 마른 나무 상자를 이고서 수많은 인파를 뚫어가며 길을 만들었다. 아버지의 목과 얼굴은 이미 붉은 페인트로 물들어 있었다. 페인트와 땀으로 범벅된 누런 피부가 벌겋게 번져 갔고, 몇 잔 걸쳐서 안 그래도 벌개졌던 얼굴은 더욱 불타올랐다.

마슝도 어디 여행이라도 가는지 단출한 짐 가방을 싸 들고 기차에 올라타 있었다. 그의 배낭에는 작은 컵 하나와 젖은 수건이

대롱대롱 매달려 있었다. 먼저 기차에 올라 있던 그가 우리를 보더니 손을 흔들었다.

우리는 마슝과 같은 칸으로 들어갔다. 기차는 육중한 몸체를 덜컹거리며 서서히 바라마을과 멀어졌다. 기차 안은 입석 승객들로 꽉 차 있었다. 옆 사람의 엉덩이와 가슴이 양 옆에서 거치적거렸고 차 안을 가득 메운 텁텁한 공기와 꿉꿉한 냄새 때문에 금방이라도 욕지기가 솟구칠 것 같았다. 자리는 쉽사리 나지 않았다. 기차가 하도 덜컹대는 바람에 마슝이 몇 번이나 휘청거리며 넘어지려고 하는 걸 우리가 겨우 부축해 잡아 주었다. 그때마다 그는 복잡 미묘한 눈빛으로 나를 위아래로 훑어보았다.

"자리 팔아요. 십오 위안이요. 누구 살 사람 없소?"

누군가 외치는 소리가 발밑에서 올라왔다. 사람들의 허벅지 사이로 웃통을 벗어젖힌 뚱뚱한 체구의 남자가 표를 들고 외치는 모습이 보였다. 그의 살집 풍만한 등줄기로 땀이 비 오듯 흘러내렸고, 짙은 녹색 바지는 땀에 절어 후줄근하고 눅눅해져 있었다.

"내가 사겠소. 그 자리 내게 줘요."

마슝이 대뜸 대답했다.

"돈 주시오."

뚱뚱한 사내가 자리에서 일어나며 말했다.

마슝이 자리에 앉고 그 사내가 일어서니 안 그래도 비좁은 우리 자리가 더욱 협소해졌다.

"돈 달라니까."

"없습니다."

"돈 없으면 당장 일어나."

"지금 이 다리가 안 보이쇼? 난 장애인이란 말입니다. 기본 도덕도 몰라요?"

"눈 있으면 똑바로 보시지. 그렇게 따지면 나도 비만이라 장애인에 속한다고."

"그렇게 서서 가면 다이어트에 꽤 도움이 될 거요."

사내가 손을 뻗어 마슝의 머리카락을 잡아 당겼다. 그러자 마슝이 좌석 위에 벌떡 올라서며 고함쳤다.

"난 승무원이라고!"

"승무원이라도 낼 돈은 내서야지."

"기자이기도 해."

"아, 글쎄 그런 건 모르겠고, 돈만 달라니까."

"난 지도자야!"

"당신이나 잘 지도하시지."

뚱뚱한 사내의 오른손에 멱살을 잡힌 마슝은 맥주병을 들어 탁자를 내리쳤다. 맥주병이 박살나면서 유리파편과 맥주거품이 사방으로 튀었다. 마슝의 오른손에는 처참하게 부서진 맥주병이 날카로운 이를 드러내며 번뜩이고 있었다.

"이 손 안 놓으면 이 병을 네 놈 배때기 속에다 쑤셔 넣겠어."

사내는 그제야 손을 풀었다.

"두고 보자!"

"그래, 두고 보든가."

사내는 씩씩거리며 사람들 틈 사이로 빠져나갔다.

마슝은 태연하게 자리에 앉아서 손에 쥔 깨진 맥주병을 휘휘 흔들어댔다.

"내 아버지가 파출소 소장인데 두려울 게 뭐 있어? 이래봬도 내가 현 위원회 사무실 통신원이라고, 제까짓 게 나댄다고 눈 하나 깜짝할 줄 아나?"

나는 그때서야 마승이 현 위원회 사무실로 발령받았다는 사실을 알았다. 그의 말에 따르면 벌써 며칠 전에 발령 통지를 받았는데 가야 하나 말아야 하나 한참 고민했다고 한다. 그는 혹시나 우리가 자신의 말을 안 믿을까 봐 주머니에서 발령통지서까지 꺼내서 보여주었다. 통지서 위에 적힌 발송날짜를 보니 정말 시일이 꽤 지나 있었다.

마승은 내 아버지를 향해 장담하듯 말했다.

"내가 서기가 되면 도로도 뚫고 학교도 세울 겁니다. 널찍하게 쭉 뻗은 도로도 만들고, 학교는 최대한 화려하게 지을 거예요. 공사요? 제가 다 책임질 테니 두고 보세요."

아버지는 꼿꼿이 서서 고개만 끄덕거렸다. 허리를 좀 굽실거리며 비위를 맞추고 싶어도 사람들 사이에 꽉 끼어 있다 보니 그럴 공간조차 허용되지 않았다. 여건은 안 되지만 그래도 아버지는 허리 굽혀 수긍하고 싶은 마음이 굴뚝같다는 표정을 최대한 내보였고, 벌써 뭐라도 이뤄진 것처럼 기쁜 내색을 했다.

기차는 저녁 일곱 시가 되어서야 현에 도착했다. 헤어지기 직전에 마승은 직원들이 다 퇴근했을 테니 현 위원회 숙직실로 가봐야겠다고 했다. 내가 그에게 물었다.

"그 사람들이 재워 준대요?"

"왜 안 재워 줘? 발령통지서도 있는데."

그는 배낭 아래 컵을 달랑거리며 총총히 발길을 재촉했다. 앞으로 걸어가던 그는 잠시 후 갑자기 우리 쪽을 돌아보며 말했다.

"무슨 어려운 일 생기면 찾아와."

"네."

다음날 장 서기는 사무실로 들어서는 마슝을 불러 업무를 할당해줬다.

"자네가 할 일은 정보를 수집해서 보고기사를 작성해주는 거야. 우리 현이 보고서 채택률이 전국에서 제일 꼴찌거든. 지난번 복숭아마을 주민들 이야기처럼 사정이 딱한 사례들을 찾아서 호소문을 써 주면 돼. 보고서가 채택되어서 보조금을 지원받게 되면 자넬 승진 시켜줄 용의도 있네."

"얼마나 걸리는 데요?"

"운만 따라주면 반년 안에도 가능하겠지."

그러나 반년이 지나도 마슝은 그럴듯한 보고서를 써내지 못했다. 신문사나 방송국에 투고한 원고들도 매번 빛도 못 보고 사장됐다. 반년 동안 고개를 들고 다닐 수가 없었던 그는 퇴근하고 기숙사에 돌아오면 주저앉아 꺽꺽 울어대며 영웅대접을 받던 지난날을 회상했다.

현 위원회 건물 일층에 위치한 마슝의 기숙사는 그야말로 코딱지만 했다. 실내는 낮인지 밤인지 분간하기 어려울 정도로 늘 어두웠다. 침대 살 돈이 없어서 조잡한 나무판자들을 바닥에 깔아놓고 돗자리를 덮어 그 위에서 옷을 입은 채로 잤다. 구차한 모습을 들킬까 봐 그는 아무도 방 안에 들어오지 못하게 했다. 그러다 한번은 같은 사무실 여직원인 허즈리(何志麗)와 당시 유행하는 책에 관한 이야기를 나누다가 자신이 그 책을 가지고 있다고 덜컥

이야기해 버렸다. 그는 허즈리를 데리고 기숙사까지 걸어왔다. 그때까지만 해도 그의 머릿속에는 그 책의 표지와 삽화, 내용에 대한 생각뿐 기숙사에 아무도 들이지 않겠다는 그만의 규칙을 까맣게 잊고 있었다. 문을 열고 불을 켜는 순간 그는 낯선 사람의 방에 들어온 것처럼 화들짝 놀라며 그녀가 들어오지 못하도록 황급히 몸으로 문 입구를 막아섰다.

"사실은 그 책 없어요. 아까 거짓말 한 겁니다."

"그래도 이왕 왔으니까 잠깐 앉아 있다 가죠 뭐."

"아니요. 그냥 가는 게 좋겠어요."

그는 방문을 걸어 잠그고 허즈리를 문밖에 그냥 세워두었다. 결국 마슝의 기숙사 방이 그렇게 엉망이라는 것은 맨 처음 허즈리의 입을 통해 알려졌다.

날씨가 점점 추워지자 혼자 기숙사에 있는 것이 곤욕이었던 그는 보위간사(保衛幹事) 쉐융(薛勇)과 함께 호텔 이곳저곳을 돌아다녔다. 그는 어느 부서가 어디서 회의를 하고 어디서 회식을 하는지 훤히 꿰고 있었고, 식사가 시작되기 전에 칼 같이 그 장소에 도착했다. 먼저 밥을 챙겨 먹은 다음 기름기가 번들거리는 입술을 쓱 닦으며 부서 책임자에게 능글맞게 둘러댔다.

"오늘 회의하시는 내용을 기사로 작성해서 현 방송국에 보낼 참이었습니다."

식사를 마친 부서 사람들이 모두 돌아가고 난 뒤에도 마슝은 혼자 남아 식당 탁자 위에서 세상모르게 뻗어 자기도 했다. 그는 직원이 와서 그릇을 치우고 청소하는 소리를 듣고서야 깨어나 집으로 돌아가곤 했다.

겨울에 접어들고 연말이 다가오면서 사람들의 화제는 단연 보너스에 집중되었다. 누가 얼마를 받느니, 올해는 각자에게 얼마씩 돌아온다느니, 보너스를 받으면 어떻게 쓴다느니, 새해 인사용으로 얼마나 나가야 한다느니 하는 이야기들이 주를 이뤘다. 마승은 입만 열었다 하면 나오는 직원들의 보너스 타령을 듣다가 갑자기 스치는 생각이 있어 장 서기를 찾아갔다. 장 서기는 전화를 받고 있는 중이었다. 그는 수화기를 내려놓으며 물었다.

"무슨 일인가?"

"그 분들한테 새해 인사라도 해야 하지 않을까요?"

"누구 말인가?

"지방위원회 사무실 정보관리 담당자들, 방송국, 신문사, 라디오 편집자, 기자들 말입니다. 제가 보기엔 우리 보고서가 제대로 먹히지 않는 게 그 쪽에 성의표시를 안 해서 그런 게 아닐까 싶은데요."

"그래 얼마나 필요한가?"

"식사 접대비까지 포함해서 적어도 오천 위안은 들지 않겠습니까?"

"팔천 위안을 할당해줄 테니 잘 성사시켜 보게."

"역시 화끈하십니다."

장 서기는 옅은 미소를 띠며 말했다.

"그럼 바로 나가서 시작하게. 새해가 되기 전까지 확실히 처리해야지."

"분부대로 하겠습니다."

마승은 자신 있게 장담하며 장 서기의 방을 빠져 나왔다. 그의 발걸음이 한결 경쾌하고 당당해 보였다.

그가 다시 장 서기의 사무실을 찾아간 건 그로부터 한 달 정도 지난 후였다. 장 서기는 그가 들어가도 눈길 한 번 주지 않고 신문만 뚫어져라 보고 있었다. 애매한 표정으로 밭은기침만 한두 번 할뿐 아무 말도 하지 않았다. 뭔가 큰 일이 터졌다고 직감한 마승은 그대로 문을 열고 도망가고 싶어졌다. 쥐구멍이라도 찾고 싶은 마음을 간신히 진정시키며 머쓱하게 서 있었다. 장 서기는 한참이 지나서야 신문에 파묻었던 고개를 들며 퉁을 주었다.

"이런 기사를 쓰면서 나한테는 한 마디 상의도 안했단 말인가?"

그가 손가락으로 쿡쿡 찔러대자 신문지가 힘없이 찢어졌다. 마승은 자신이 쓴 중학생 백여 명이 집단식중독에 걸렸다는 기사가 신문에 실린 것을 보고 내심 쾌재를 불렀다.

'드디어 내 글이 실렸어. 첫 번째 작품을 뭐라고 하더라? 그래 처녀작. 내 처녀작이 마침내 세상의 빛을 보는구나.'

마승은 장 서기의 분노도, 자신이 어디에 서 있는지도 까맣게 잊은 듯했다. 그의 눈에는 장 서기가 뭐라고 계속 입을 놀리는 것만 보일뿐 아무런 소리도 들리지 않았다. 장 서기는 더욱 언성을 높였다.

"이봐, 뭐라고 해명을 해보라고. 내 말 듣고 있는 거야?"

"뭘요?"

"잘 들어. 앞으로 자네가 외부로 보내는 편지들은 연애편지만 빼고 죄다 내가 먼저 검열해야겠네. 관심을 가지는 거라고 생각해. 나도 자네를 책임질 의무가 있으니까."

"원고를 모두 보시겠다고요?"

"그래, 모두."

"며칠 전에 산문 한 편 보낸 게 있는데, 그건 보여드릴 새가 없었는데 어쩌죠?"

"무슨 산문 말인가?"

"제목은 「어머니 전상서」입니다. 지금껏 어머니 얼굴을 한 번도 본 적이 없거든요. 봤어도 제 기억에 남아 있지 않은 건지도 모르죠. 어떻게 생기셨는지, 키가 어느 정도고, 혈액형은 뭔지, 어떤 음식을 좋아하는지, 화가 날 때 손부터 올라오는지 아니면 욕부터 내뱉는지, 어떤 취미를 가지고 계신지, 뭐 하나 아는 게 없어요."

"어머니가 안 계신가?"

"어머니에 대한 추억이 전혀 없습니다."

장 서기는 마숭에게 신문을 던져주며 말했다.

"이만 나가보게. 앞으로는 주의하도록 해."

마숭은 장 서기가 구멍을 뚫어 놓은 신문을 보며 계단을 내려가다가 아래층에서 천(陳) 현장과 마주쳤다.

"이것 좀 보세요. 제가 쓴 글인데 장 서기님이 이렇게 만들어 났다니까요."

"귀 좀 가까이 대봐. 내가 반년 내에 자네 승진을 보장하겠네."

"정말이요? 약속 지키시는 겁니다."

"그럼, 남아일언중천금인데."

마숭이 현 정부 사무실로 발령받을 무렵 도처에서는 천 현장이 곧 다른 곳으로 전근가게 될 거라는 소문이 무성했다. 의외의 소문을 듣고 놀란 그는 혼자 머리를 굴리며 생각했다.

'평생 후회할 일은 피하는 게 상책이지. 현장님이 딴 데로 가시면 나도 끝장이야. 지금 이 순간, 샹양(向陽) 마을 이주민들뿐만 아니라 나 마슝도 천 현장님이 절실히 필요하다고.'

홍쉐이(紅水) 하천 변에 위치한 샹양 현은 발전소가 생기면서 국고 지원 대상 마을이 되었다. 발전소를 짓게 되면서 칠만 명에 달하는 이곳 주민들은 고향을 등지고 타 지역으로 이주해야 했다. 집이 물에 잠기게 됐는데도 그들은 영원히 샹양마을과 현장인 천다광(陳大光)을 잊지 못했다고 한다. 이주민들의 편지가 하루가 멀다 하고 천다광의 책상 위에 쌓였다. 그만큼 그는 그들의 가족이자 버팀목 같은 존재였던 것이다. 마슝은 「천 현장이 필요한 주민들」이라는 제목으로 사연을 써서 상부기관에 보냈다. 마슝의 보고서가 약발을 발휘했는지의 여부는 확인할 길이 없으나 어쨌든 천 현장의 인사발령은 없었던 일로 무마되었다. 이로써 승진에 대한 마슝의 희망도 다시 불붙기 시작했다.

천 현장이 간염에 걸린 것은 마슝만 알고 있는 사실이었다. 언젠가 천 현장은 술을 마시다가 취기에 마슝에게 이 비밀을 털어놓고 말았다. 그 뒤로 회식이나 모임 때문에 술을 마실 때마다 마슝은 천 현장의 술잔을 대신 비워주곤 했다. 한 번은 천 현장이 마슝에게 물었다.

"내가 마시다 남긴 술을 먹으면 간염이 전염될 수도 있는데, 겁나지도 않는가?"

"의술이 발달해서 간을 서로 바꿀 수 있다면, 제 간과 기꺼이 바꿔드리고 싶은 심정인데요."

천 현장은 감격한 표정으로 마숭의 어깨를 토닥토닥 두드렸다.

"자넨 정말 좋은 아우야. 앞으로 자네 뒤를 확실히 봐주겠네. 지금 가장 하고 싶은 일이 뭔가?"

"운전을 해보고 싶어요."

마숭은 천 현장이 빌려 준 혼다자동차를 몰고 바라마을에 다녀오기로 했다. 오른쪽 발이 가속 페달에 닿지 않는 관계로 그는 짤막한 나무막대 하나를 들고 탔다. '나무막대를 가속 페달 위에 올려놓은 다음 속도를 낼 때는 오른 손으로 가볍게 눌러주고, 속도를 줄이고 싶을 때는 서서히 힘을 빼면 되겠지' 라는 게 처음 생각이었다. 어떻게 해서 차를 겨우 움직이긴 했지만 나무막대는 오히려 그와 차의 유대를 벌려놓는 거추장스러운 존재일 뿐이었다. 그는 운전대를 잡고 있으면서도 차와 동떨어져 있다는 생각을 지울 수 없었다. 감각 없는 나무막대에 의지하는 것은 아무래도 무리였다. 결국 차는 얼마 못가다가 길가 바위를 들이 받았다. 그 충격으로 차 앞부분이 꽈배기 꼬이듯 심하게 찌그러져 버렸다. 마숭은 차체가 그렇게 짓눌렸는데도 자신의 목숨이 멀쩡하게 붙어 있는 것이 신기할 따름이었다. 그는 식은땀을 흘리며 멍하니 있었다. 선득한 한기만 남기고 땀이 서서히 증발할 때서야 그는 사태 수습 방법을 생각했다.

그는 트럭을 불러 차를 수리점에 끌고 갔고, 이 사실을 알게 된 주변 사람들에게는 단단히 입단속을 시켰다. 다행히 천 현장은 다음날 차를 쓸 일이 생겨서야 마숭을 찾았다.

"차가 좀 망가져서요."

"지금 차 어디 있나? 굴러가기는 하는 거야?"

"수리 맡겨 놨습니다. 적어도 일주일은 걸릴 거예요."

"어떻게 몰았길래 그 모양이 됐어? 가서 한번 보자."

"가지 마십시오."

"누구한테 하라 마라 명령인가?"

마슝은 철퍼덕 무릎을 꿇고 앉았다.

"이게 무슨 짓인가?"

마슝은 아무런 대꾸도 하지 않고 지면에 닿을 정도로 고개를 푹 수그렸다.

"일어나게. 차야 고치면 되는 거고. 이렇게까지 비굴하게 굴 필요는 없네."

마슝은 그때서야 무릎의 흙을 털어 내며 슬며시 일어났다.

또 한 번은 마슝이 천 현장을 찾아와 진지하게 부탁했다.

"허췬(何群)을 해고시켜 주십시오."

"왜 그래야 하지?"

"해고시켜야 합니다."

"납득할 만한 이유를 대 보게."

"카센터에 가서 계산 좀 하고 오라고 했더니 싫다잖아요. 게다가 저더러 현장님 곁에 달라붙어서 앞잡이 노릇을 한다고 막말을 해댔다고요."

"차 수리비용은 얼마나 나왔나?"

"이만 위안 정도 나왔습니다."

"허췬은 내 오랜 친구이기도 하네. 갑자기 생돈 이만 위안을 내고 오라고 하면 당연히 당황스럽지 않겠나."

"그건 그렇다 쳐도 앞잡이라고 절 욕했다니까요."

두 달 후 허췬은 담배공사 부장자리에서 물러나 현 문화관으로 발령받았다. 그를 우연히 만난 마슝이 거만한 표정으로 물었다.

"누가 당신을 해고했는지 아십니까?"

"장 서기나 천 현장, 아니면 인사국에서 결정했겠지."

"다 틀렸습니다. 제가 했습니다."

허췬은 깔깔대고 그를 비웃었다.

"이런 당돌한 녀석 좀 보게. 여기 이 녀석 좀 봐요. 간부도 아닌 주제에 나를 부장에서 해고시켰다고? 그 정도로 입김이 세다면 어디서 간부 자리라도 하나 꿰차고 있어야 하는 거 아닌가?"

"내가 간부가 아니었으니 그 정도로 그쳤지, 간부씩이나 됐다면 모가지가 날라 갔을 거라고. 믿지 못하겠으면 똑바로 이거나 보시지."

그는 문서 하나를 던져 주고는 땅에 가래를 퉤 뱉고 가버렸다.

우리는 그때가 마슝의 최대 전성기였다고 생각한다. 먹구름의 연속이었던 그의 인생에 서서히 볕이 들어오고 있었다. 마치 긴 어둠이 잔잔한 서광으로 교체되는 순간과 같았다. 악몽에서 깨어나 맞이하는 아침이라고나 할까. 한번은 길가에서 우연히 마주친 그가 나에게 뿌듯한 표정으로 자랑을 늘어놓았다.

"다섯 달 동안 일만 위안이나 벌었어. 일만 위안이면 얼마나 되는 액수인지 알아? 컬러텔레비전 두 대나 오토바이 한 대, 혹은 돼지고기 이천 근을 살 수 있는 돈이라고. 우리 아버지도 평생 일하면서 못 만져본 돈을 난 겨우 다섯 달 만에 벌었다니까."

당시 그는 자신의 월급에 손댈 일이 별로 없었다. 술 담배도 선물 들어온 걸로 거의 해결했다. 게다가 다른 부서에 가서 돈을 요구하기도 했는데, 윗선에 드릴 선물을 산다느니, 손님 접대를 해야 한다느니, 홍보비용이라느니 돈 받아내는 명목도 다양했다. 심지어 자신의 금속 지팡이를 산 돈도 교묘하게 회사 지출로 올렸다. 돈을 내주지 않으면 천다광에게 부탁해 당장 해고시키게 하겠다며 협박까지 했다. 하지만 그렇게 떵떵거리던 시절도 그리 오래 가지는 못했다. 가을이 되면서 천 현장이 승진을 시켜주겠다는 마슝과의 약속을 지키지 못한 채 이웃 현의 서기로 발령받아 떠났기 때문이다.

천 현장이 훌쩍 가버린 후 마슝은 우리 반 담임선생님이기도 했던 친광저우(秦廣州)를 자주 찾아왔다. 갓 대학을 졸업한 후 바로 발령받아 온 그는 중문과 출신으로 마슝처럼 글 쓰는 것을 좋아했다. 그들의 대화 속에 등장하는 인물들은 아주 다양했다. 이백李白, 두보杜甫, 루쉰(魯迅), 위다푸(郁達夫), 조설근曹雪芹, 시내암施耐庵, 포송령蒲松齡은 물론, 천다광, 장숭양(張松陽), 마자쥔, 허우바오더, 리한, 청꾸이화(曾桂花), 황팅팅(黃婷婷) 등도 대화 주제에 끼어 있었다. 아주 가끔이지만 나와 내 친구들도 등장했다. 담임선생님은 나에게 여러 번 말했었다.

"마슝이 널 끔찍이 생각하더구나. 국어 숙제를 해오면 항상 백점을 주라고 하던걸. 백점 주는 거야 어렵지 않지만 그럼 너한테 좋을 게 하나도 없어. 시험 볼 때 선생님이 대신 답을 써줄 수 있는 것도 아닌데. 마슝은 어째서 그런 방식이 널 위한다고 생각할까? 아마 학교를 제대로 안 다녀서 어떤 게 진정으로 다른 사람을 위하는 건지 잘 모르는 것 같아."

그때 마슝은 이미 이빨 빠진 호랑이였다. 지난날의 당당하던 모습은 어디론가 가버리고 없었다. 그는 담임선생님에게 내 숙제 점수를 부탁하는 것 말고는 달리 영향력을 발휘할 만한 게 없었다. 그렇게 애쓴다고 내가 물질을 상납하는 것도 아니었는데 말이다. 어쨌든 나에게 그런 끔찍한 관심을 보여준다니 감동스럽긴 했다.

어느 날 마슝은 금속 지팡이를 짚고 쉐융의 기숙사로 갔다. 쉐융은 책상의 거울 앞에 바투 앉아 얼굴에 난 여드름을 짜내느라 정신이 없었다.

"얼굴 청소 좀 말끔히 하고 나가야지."

"빨리 좀 하지? 너무 오래 기다리게 하는 것도 실례지."

"뭐가 그리 급해? 나도 가만있는데 네가 급할 게 뭐 있어?"

마슝과 쉐융은 현 위원회 건물을 걸어 나왔다. 마슝은 금속 지팡이를 손에 들고 빙글빙글 돌렸다. 지나가는 사람들이 이상한 눈길로 그를 흘끔거리자 쉐융이 한마디 했다.

"거추장스럽게 그건 뭐 하러 들고 나왔어?"

"지팡이는 내 한쪽 다리나 마찬가지라고."

"그까짓 것 없어도 잘만 걸어 다니잖아."

"시력이 좋은데도 군이 안경을 쓰는 사람들도 있잖아. 안경을 쓰면 왠지 지적으로 보여서 남들에게 믿음직한 인상을 심어줄 수 있거든. 그런데 실제로는 안경을 쓴 사람들이 안 쓴 사람보다 더 영악한 법이지."

"지팡이를 짚어야 좀 있어 보인다 이건가? 괜히 건들거려 보이고 싶은 거군."

"그래, 나 날건달이다. 그래서 너처럼 결혼에 목매지도 않잖아."

쉐융은 웃으며 맞받아쳤다.

"솔직히 건달 아닌 사람이 어디 있어? 겉모습은 밉살맞아도 마음이 여린 사람이 얼마나 많은데."

두 사람은 이야기꽃을 피우며 왕자찻집으로 들어섰다. 그날은 쉐융이 처음 맞선을 보는 날이었다. 그 자리에 마슝을 대동해 간 것이었다. 자리를 잡고 앉은 뒤 쉐융은 무슨 말부터 해야 할지 몰라 여자에게 계속 음식만 권했다. 묵묵히 권하는 음식을 받아먹기만 하던 여자는 이건 아니다 싶었는지 냅킨으로 입을 찍어내며 새치름한 표정을 지었다.

"누굴 먹보로 알아요? 주는 대로 다 받아먹게."

"아니, 절대 그런 게 아닙니다. 오해하지 마세요. 그럼 나가서 좀 걸을까요?"

자리에서 일어나던 쉐융이 마슝에게 함께 산책이나 하겠냐고 했다.

"다리가 시원치 않으니 걷는 건 별로 내키지 않아. 여기서 술이나 마실란다."

쉐융은 백주 한 병을 추가로 주문해 주고 식당을 나갔다.

그 자리에서 술 한 병을 다 비운 마슝은 그대로 탁자에 엎드려 곯아 떨어졌다. 식당 종업원이 덜그럭거리며 탁자 위의 술병과 그릇들을 요란하게 치우는데도 그는 꿈쩍도 안 하고 잠에 빠져 있었다. 그는 잠결에 누군가 자신의 이름을 부르는 소리를 들었다. 어렴풋했지만 여자 목소리 같았다.

"지금 몇 시쯤 됐죠?"

방금 전 목소리가 대답했다.

"벌써 밤 열 한 시가 넘었어. 왜 여기서 이렇게 자는 거야?"

"여기가 어딥니까?"

"식당."

"지금 어디 가는 거죠?"

"집에 가야지."

술기운 탓에 아련한 기억만 남아 있긴 했지만 그는 분명 누군가에게 부축을 받으며 식당을 빠져나와 택시를 탄 것 같았다. 택시에서 내려 다시 계단을 올라갔고, 넓고 화려한 거실 안으로 들어갔다. 그 사람은 그의 얼굴과 발을 씻어 주었고, 옷을 갈아입혀 푹신한 침대에 눕혔다. 온 몸이 취기로 몽롱하게 젖은 상태에서 그가 혼잣말로 웅얼거렸다.

"엄마! 엄마 맞죠? 저 지금 집에 온 건가요?"

다음 날 아침 마슝은 지끈거리는 두통을 느끼며 눈을 떴다. 두툼하고 낙낙한 커튼, 화려하게 늘어진 샹들리에와 대리석 바닥이 눈에 들어왔다. 여기가 어디지? 꿈을 꾸고 있는 건가? 팔을 꼬집으니 통증이 교감신경을 타고 온 몸으로 퍼졌다. 후다닥 일어나 옷을 입은 그는 방문을 여는 순간 거실에 앉아 있는 주징잉(朱晶瑩)을 발견했다.

"사모님, 전 누군가 했어요. 난생 처음 엄마의 손길을 느꼈거든요."

"그럼 엄마라고 생각해."

"저 때문에 침대와 바닥이 더러워져서 어쩌죠?"

"그냥 집처럼 편하게 생각해."

"그럼 전 이만 가 볼게요."

“세수라도 하고 가지 그래.”

얼굴을 씻고 나온 마슝이 서둘러 돌아가려고 하자 주징잉이 잠시 앉았다 가라며 붙잡았다. 그녀는 천연 가죽소파에 몸을 기대어 앉은 그를 향해 나긋한 목소리로 다독거렸다.

“의기소침해서 다니지 마. 아직 젊고 미래도 창창하잖아. 정상양 현에서 지내기 힘들면 남편이 있는 곳으로 갈 수 있게 손 써볼 테니까.”

“천 현장님이 아직 절 기억하실까요?”

“어떻게 잊을 수 있겠어? 어제도 전화해서 네 안부를 묻더구나. 마슝, 어머니가 나랑 비슷한 연배니?”

“사실은 엄마 얼굴을 한 번도 본 적이 없어요. 저 어릴 때 돌아가셨대요. 돌아가실 때 나이가 겨우 스물 네 살이었다고 들었어요.”

“안 됐구나. 그럼 이제부터는 날 엄마라고 생각해.”

마슝은 뛸 듯이 기뻐하며 이층 계단을 뛰어 내려왔다. 모처럼 그의 마음속에 희망의 기운이 찾아들었다. 벅차오르는 기쁨에 다리도 벌써 싹 나은 것 같았다. 그러나 건물을 빠져나와 땅에 발을 내딛는 순간 그는 뭔가 허전한 느낌이 들었다. 지팡이, 지팡이가 보이지 않았다. 그는 바로 왕자찻집으로 발길을 돌려 종업원에게 가서 지팡이를 못 봤냐고 물어봤다. 종업원은 금시초문이라는 표정으로 고개를 흔들었다.

“못 봤습니다. 샹양 현에 그런 지팡이를 들고 다니는 사람이 어디 흔한가요? 식당에 두고 갔다면 손님들도 지팡이 주인이 누군지 뻔히 알고 있기 때문에 카운터에 맡겼을 겁니다. 저희는 결백해요. 더구나 멀쩡히 걸어 다니는 다리 두고 뭐하려고 그깟 지팡이를 훔쳐 가겠어요?”

마슝은 전날 밤 술을 마셨던 탁자 쪽으로 다가갔다.

“어제 여기에 지팡이를 두고 갔는데, 누구 본 사람 없어요?”

주변에 앉아 있는 사람들은 하나같이 못 봤다며 고개를 내저었다.

마슝은 지팡이가 없어 여간 불편한 게 아니었지만 또 없으니 없는 대로 그럭저럭 다니게 되었다. 한번은 주징잉의 집에 가스가 떨어지자 그가 재깍 달려가 혼자 가스통을 짊어지고 이층까지 날라주었다. 주징잉은 그의 땀을 닦아주며 이런 저런 이야기를 늘어놨다.

“마슝, 현장님 일이라면 어쩜 이렇게 꼼꼼하게 챙기는지. 우리 가족이 다 이사를 가더라도 꼭 같이 가자. 내가 벌써 남편한테 너도 같이 불러들이라고 언질을 줬어. 그런데 당장 급할 건 없고 천홍(陳紅)이 내년에 대학에 입학하고 나서 우리 가족을 다 부른다는구나. 천홍 알지? 우리 집 딸 말이야. 내년에 대학 시험 보거든. 마슝, 혹시 그이가 나를 안 부르는 이유가 다른 여자가 생겨서 그러는 건 아닐까?”

“그럴 리가요. 현장님은 그럴 분 아니세요.”

“그거야 모를 일이지. 남자들 마음을 도통 알 수가 없으니까.”

또 한 번은 그들 집에 쌀이 떨어졌다고 해서 그가 쌀 한 포대를 너끈히 이고 이층까지 옮겨주었다. 그때도 주징잉은 그의 땀을 닦아주면서 신세 한탄을 했다.

“이게 말이 된다고 생각해? 천홍이 공부할 게 너무 많다며 주말에도 집에 한 번 다녀갈 생각을 안 하는 거야. 저녁에 퇴근하고 나서 이 넓은 집에 나 혼자 덩그러니 있으면 자꾸 겁이나. 그러니까 시간나면 자주 와서 놀다 가. 원한다면 여기서 지내도 좋고. 내 집이다 생각하고, 날 엄마라고 여기면서 편하게 지내면 되잖아. 내가 너보다 열 몇 살이나 많으니 사람들이 괜히 쑥덕공론 펼칠 일도 없을 거야."

어느 날 저녁 천다광 서기는 뜬금없이 아내 생각이 간절해져 밤새 달려서 집으로 돌아왔다. 방문을 열고 불을 켜는 순간 그는 자신의 자리에 누워 있는 마숭을 발견했다. 그의 표정이 극도로 경직되었다. 그는 허리춤에서 권총을 꺼내 방아쇠를 만지작거리며 마숭을 겨눴다. 사색이 되어 침대에서 굴러 떨어진 마숭은 천다광 앞에 무릎을 꿇고 손발이 닳도록 빌었다. 그때도 주징잉은 침대에 꿈쩍도 안하고 누워 있었다.

"천 현장님, 용서해주세요. 제가 죽을죄를 졌습니다. 전 아무 짓도 안 했어요. 한 침대에 누워 있어도 보시다시피 멀리 떨어져서 잤어요. 전 그냥 사모님을 어머니라고 생각했을 뿐입니다. 못 믿으시겠다면 한번 여쭤 보세요."

마숭은 주징잉을 가리키며 주저리주저리 변명을 늘어놨다.

천다광은 허공을 향해 권총을 쏘았다. 마숭은 뜬금없이 살인범 친스제가 떠올랐다. 이제 곧 천다광의 총에 맞아 목숨을 잃겠구나 생각했다. 그러나 천다광은 그에게 총을 겨누지 않았다. 대신 있는 힘을 다해 마숭의 엉덩이를 걷어찼다. 걷어차는 발길에 배신감과 살기가 잔뜩 실렸다. 마숭은 엄마야, 비명을 내지르며 벽 구석 쪽으로 나뒹굴었고 이어서 서럽게 울기 시작했다. 고통으로 일그러진 얼굴이 하염없이 쏟아지는 눈물로 범벅이 되었다.

"어려서부터 어머니의 존재를 모르고 자라서……. 전 그냥 이곳을 집처럼 편하게 생각했을 뿐입니다……. 흑흑……. 사모님이 엄마 같아서요."

마승은 천다광에게 발길질을 당하며 대문 밖까지 내몰렸다. 곧이어 대문이 굳게 잠겼고 문 틈새로 주징잉의 울음소리가 새어나왔다.

쫓겨난 마승은 그 길로 쉐융의 집까지 정신없이 달려갔다. 그러나 한참 동안 문을 두드려도 안에서는 기척이 없었다. 그가 돌아서려고 하자 그때서야 쉐융이 문을 철컥 열어 밖을 내다봤다. 그는 문 입구를 막고 서서 용건을 물었다.

"무슨 일이야?"

"들어가서 이야기하자."

쉐융은 안으로 들어가려는 그를 저지했다.

"나 곧 결혼해."

쉐융은 문가에 세워둔 지팡이를 마승에게 건네주었다.

"지난 번 산책하고 나서 식당에 다시 갔더니 사람은 없고 이 지팡이만 있더라고. 계속 돌려준다 돌려준다 하던 것이 시간이 없어서 이렇게 됐네."

"누구랑 결혼하는데?"

"지난 번 그 아가씨. 같이 산책하면서 이야기하는데 딱 내 짝이다 싶더란 말이지."

마승은 쉐융에게 건네받은 차가운 지팡이를 짚고 어둠이 내리깔린 거리로 다시 나왔다. 소문에 의하면 그는 그 길로 바로 고향 가는 기차에 몸을 실었다고 했다. 바라마을로 돌아온 그는 매일 같이 그 지팡이를 짚고 마을을 쏘다녔다. 어쩌다가 리한과 마주치기라도 하면 다짜고짜 지팡이를 들이밀며 따졌다.

"어때요? 내 지팡이가 금속으로 바뀌면 결혼해 준다면서요? 그렇게 약속했잖아요."

그가 소리를 지를 때마다 리한은 질색하며 멀리 길을 베돌아갔다. 어떤 때는 그의 고함소리에 당황해 눈물을 쏟기도 했다. 마슝의 입과 리한의 눈이 하나로 연결되어 있기라도 한 듯 마슝이 소리를 지르면 리한의 눈에 금세 눈물이 그렁그렁하게 맺혔다.

· · ·

대학에 합격한 뒤로 나는 마슝을 만날 기회가 거의 없었다. 한 번은 여름방학 때 바라마을을 찾았다가 길목에서 마슝과 우연히 마주쳤다. 그는 뜨거운 여름 햇발 아래 뒤뚱거리며 내 쪽으로 다가오고 있었다. 햇빛을 받아서 그런지 그의 손에 쥔 지팡이가 유난히 번쩍거렸다. 그가 빠른 걸음으로 다가와 내 앞을 가로막아 섰다. 순간 나는 그의 이름이 떠오르지 않아 잠시 머뭇거리다가 반가운 표정을 지으며 인사했다.

"마잔란, 잘 지내지요?"

그가 나를 향해 배시시 웃었다.

"마잔란이 누구더라?"

그는 뭔가 골몰한 생각에 잠기는 듯 서서히 눈을 감았고 잠시 후 그의 얼굴에 환한 웃음이 번졌다.

살인자의 동굴

• • •

　모우즈(謀子)가 상대의 몸에 끌날을 쑤셔 박았다 뽑아내던 그 시각, 모든 소리가 잦아든 가을밤은 정적만이 꿈틀대고 있었다. 모우즈는 손에서 눅눅하고 뜨거운 액체의 촉감을 느꼈고, 끌은 손에서 미끄러져 마치 닭털이 수면 위로 내려앉는 것처럼 소리 없이 바닥으로 떨어졌다.

　그날 밤 벌어진 사건은 그의 감각 속에서 아무런 소리도 동반하지 않았다. 절망적인 비명소리도, 여자의 다급한 절규도, 낡은 기름등의 불꽃이 쟁쟁거리는 소리도 그에게는 들리지 않았다. 집 안팎으로 음산한 어둠과 적막만이 뒤엉켜 있었고, 으스스한 소슬바람만 문 틈새를 자꾸 핥고 지나갔다. 모우즈는 뻣뻣하게 말라버린 말뚝처럼 멍하니 서 있었다. 한참 후에야 따뜻한 손이 그의 어깨를 흔드는 것이 느껴졌다. 몸에 쌓여 있던 먼지가 후두둑 떨어지는 것처럼 그의 두 다리가 후들거리기 시작했다. 결국 그는 갑자기 풀리는 다리를 주체하지 못하고 땅에 털썩 주저앉아 울음을 터트렸다.

　그는 겁에 질린 자신의 울음소리 뒤로 쿵리(孔力)의 목소리를 들었다.

　"사람을 죽였으면 목숨으로 되갚아야지."

　모우즈는 고개를 들어 두리번거리다가 실오라기 하나 걸치지 않은 채 문가에 바짝 엎드려 악담을 퍼붓고 있는 쿵리를 어렴풋하게 보았다. 그 와중에 맨 몸으로 달려와 남편 대신 복수할 생각을 한다는 게 대단해 보였다. 그는 자리에서 벌떡 일어나 대문가 쪽으로 달려 나갔다. 대문을 확 밀어 열자 차가운 밤바람이 찬물 끼얹듯 그를 덮쳤다. 쿵리는 침대 위에 널려 있던 옷들을 집어 들어 도망가는 모우즈에게 내던졌다. 모우즈는 머리 위로 떨어진 옷들에서 갓 꺼낸 군고구마처럼 뜨끈한 온기를 느꼈다.

모우즈는 옷을 안고 정신없이 줄달음쳤다. 차디찬 바람 사이를 가르며 한참 달린 후에야 멀리서 쿵리의 절규소리가 들려 왔다. 그녀의 줄기찬 통곡은 온 마을을 뒤집어 놓고 있었다. 그는 황망한 마음을 간신히 부여잡고 산 뒤쪽의 은밀한 비밀동굴을 향해 허겁지겁 뛰어갔다.

모우즈가 샤오위량(蕭玉良)을 살해한 그날 밤 구리(谷里)마을에는 여러 가지 일들이 오버랩처럼 한꺼번에 펼쳐졌다. 그날 쉰 살 생일을 맞이한 모우즈의 어머니 친어(秦娥)는 낮 동안 자식들이 마련해준 생일상을 받고 있었다. 잔치 분위기가 시끌벅적하게 고조되는 가운데 그녀는 난데없는 죽음의 기운이 온 몸으로 번지는 것을 감지했다. 그녀는 필사적으로 병아리를 지키는 암탉 마냥 자식들을 하나하나 살피며 집 안 여기저기를 헤집고 다녔다. 별 탈 없이 웃으며 손님맞이에 한창인 자식들을 보고서도 마음이 쉽게 놓이지 않았다. 그녀는 분위기에 동화되지 못하고 심사가 내내 어지럽고 불편해서 온종일 밥 한 술 제대로 뜨지 못했다. 손님들이 썰물처럼 쑥 빠져나간 뒤에는 술잔 부서지는 소리만 남아 그녀의 기억을 쥐어흔들었다.

아내의 생일잔치가 피로연 못지않게 잘 치러진 것에 대해 남편 바궁(八窮)은 그 어느 때보다 감격했다. 요란했던 잔치의 여운이 여전히 집 안 곳곳에 도사리고 있었고, 시커멓고 싸늘한 밤기운에도 음식의 잔향은 오랫동안 희석될 줄 몰랐다. 바궁은 삼십 년 전 친어를 아내로 맞이했던 날이 새삼스럽게 떠올랐다. 결혼식이라고 하기엔 너무나 단출하고 초라했던 그때와는 달리 지금은 모든 게 풍요롭기만 했다. 친어도 이미 그때의 꽃다운 아가씨가 아니었다. 바궁은 침대에 누워있는 친어를 물끄러미 바라봤다. 그녀의 얼굴은 세월의 흔적이 패어놓은 거칠고 깊은 주름으로 그득해서 꼭 쭈글쭈글하게 구겨진 헝겊주머니 같았다. 바궁은 잔치의 여운이 사라지는 것이 아쉬웠던지, 집 안 곳곳의 기름등을 그대로 켜 놓았다. 그리고는 침대 곁에 앉아 담배 한 대를 물면서 깊어가는 가을밤의 고요함에 취해가고 있었다. 친어는 깜박거리는 기름 등불들이 마치 집 안 여기저기 어지럽게 날아다니는 반딧불 떼처럼 느껴졌다.

담뱃불을 비벼 끈 바궁은 누워 있는 친어를 와락 덮치며 몸을 더듬었다. 친어는 귀찮은 목소리로 심드렁하게 맥을 끊었다.

"이 나이에 아직도 그 타령이에요?"

"모처럼 분위기 좀 내 보자고."

친어는 바궁을 밀어내려고 했지만 묵직한 돌덩이처럼 내리누르는 그의 압박을 당해낼 재간이 없었다.

"몸이 다 으스러지겠네. 오늘 하루 종일 한 끼도 제대로 못 먹었다고요. 오늘은 좀 봐줘요. 별로 내키지 않아요."

바궁이 오른손으로 그녀의 입을 틀어막자, 두 사람의 동작은 동시에 일시 정지되었다. 집 안의 아이들은 모두 잠들어 있었고,

음산한 바람 소리만이 문을 스치고 지나갈 뿐 주변은 쥐 죽은 듯 고요했다.

"불 좀 꺼줄래요."

"오늘 아이들이 지 어미 생일이라고 살뜰히 챙기는 걸 보니까 어찌나 든든하던지. 다 젊었을 때 당신과 내가 바지런히 씨 뿌리면서 자식농사를 잘 지어놓은 덕분 아니겠나? 오늘 밤은 그냥 불을 켜두고 자지. 오늘 같은 날은 기름도 아깝지 않아."

그때 친어와 바궁은 쿵리의 찢어지는 비명소리를 들었다.

"사람이 죽어가요! 도와주세요! 사람 살려요!"

정적을 깨는 비명소리에 마을 전체가 술렁거렸다. 마을 사람들은 큰 불이라도 난 것 마냥 쿵리의 집으로 떼를 지어 달려갔다. 그 중의 한 사람이었던 친어는 핏물이 홍건한 바닥에 쓰러진 샤오위량이 오른손으로 침대 한 모서리를 꽉 움켜쥐고 신음하고 있는 것을 보았다. 그가 평소 가구를 만들 때 사용하던 끌의 날이 시뻘건 피에 얼룩져 바닥에 가로놓여 있고, 문 밖으로 후다닥 도망간 것으로 보이는 범인의 발자국도 선명하게 찍혀 있었다. 친어는 핏물에 찍힌 맨발의 발자국을 보고 셋째 아들 모우즈의 발임을 대번에 알아차렸다. 이렇게 추운 날씨에 신발도 신지 않고 도대체 어디로 간 걸까? 오후 내내 친어의 마음속에서 째각거리던 불안감의 초침이 이제야 뚝 멎었다. 뭔가 허전한 느낌을 떨쳐버릴 수 없었는데, 드디어 그 정체가 드러나는 듯했다. 모우즈가 내내 보이지 않았던 것이다. 삐걱거리며 문이 열리는 소리가 들릴 때만 해도 친어와 바궁 모두 크게 신경을 쓰지 않았다. 그런데 지금 와 생각하니 그때 모우즈가 몰래 빠져나간 게 틀림없었다.

친어의 가슴께를 먹먹하게 내리누르던 뭉텅한 덩어리가 목울대를 타고 넘어와 샤오위량의 머리 위로 쏟아졌다. 시큼한 냄새의 토사물에 엉겨 거뭇해진 콩나물이 시커먼 벌레처럼 샤오위량의 머리카락에 달라붙었다. 그녀는 안 그래도 텅 빈 속을 억지로 게워내며 웩웩 헛구역질을 하다가 결국 샤오위량 옆으로 쓰러지고 말았다.

어둠과 악몽이 지나가고 풀벌레와 새소리 속에 푸르스름한 하늘이 기지개를 펴며 나른하게 펼쳐지고 있었다. 희읍스름한 안개가 동굴 입구 주변에 고여 있고, 무성한 풀들이 동굴 입구의 반을 가리고 있었다. 어두운 고랑 속의 마른 덩굴이 얕은 물에 잠겨 있고, 홈에 고인 썩은 물 위에 누런 녹 얼룩이 둥둥 떠다녔다. 모우즈는 동굴 속에 움츠리고 앉아 점점 안정감을 찾아가고 있었다. 이 장소는 그의 어머니 외에는 아무도 찾을 수 없는 곳이었기 때문이다.

태양이 서서히 모습을 드러내며 산등성이에 걸쳐졌다. 모우즈는 동굴 입구의 뒤엉킨 풀덤불 틈새로 친어가 대나무 바구니를 안고 이리저리 에돌아서 걸어오는 것을 보았다. 어둡고 심란한 표정의 그녀는 아직 덜 여문 옥수수 밭으로 걸어오다가 다시 띠 밭으로 돌아갔다가 하며 조심스럽게 발걸음을 옮기고 있었다. 아침 이슬에 그녀의 옷이 축축하게 젖어 있었다. 모우즈는 어머니가 사람들을 따돌리며 자신에게 다가오고 있음을 직감했다.

'털썩' 소리와 함께 갑자기 친어의 모습이 눈앞에서 사라졌다. 우거진 넝쿨덤불이 그의 시선을 가리고 있었기 때문에 그녀가 고랑을 헛디뎌 사이로 넘어진 게 아닐까 추정만 할 뿐이었다. 한참 정적이 감돌더니 어디선가 갑자기 오줌줄기 떨어지는 소리가 났다. 모우즈는 어머니가 벌써 동굴 입구 근처까지 왔음을 감지했다. 동굴 입구 풀덤불 사이로 웅크리고 앉은 친어의 스카프가 바람에 날리는 것이 보였다. 사실 그녀가 뜬금없이 엉덩이를 까고 볼일을 본 것은 혹시 누군가 뒤를 밟았을 것을 우려한 눈속임 작전이었다. 제법 쌀쌀한 아침바람이 불어오자 그녀의 비릿한 오줌 냄새가 모우즈의 코에 와 닿았다.

잠시 후 친어는 광주리를 동굴 안으로 밀어 넣었다.

"어서 먹어라. 모우즈."

그녀의 눈은 잔뜩 불어 물컹해진 복숭아처럼 금방이라도 눈물을 짜낼 것 같았다.

"경찰이 깔렸나요?"

"아직. 아마 금방 도착할 거야. 샤오위량은 여전히 그 상태로 있다. 경찰들이 와서 현장 감식할 때까지는 그냥 둬야 한다면서."

그녀는 말하는 동시에 뒷걸음질 치며 다시 동굴 밖 고랑 쪽으로 내려갔다.

"이젠 가 봐야겠다. 경찰들이 이미 도착했을지도 몰라."

그녀의 목소리는 웅덩이 속 모깃소리처럼 맥없이 앵앵거렸고, 아무런 감각 없는 모우즈의 귓전을 무심하게 울렸다. 모우즈가 갑자기 입 안 가득 우걱우걱 씹고 있던 음식들을 바닥에 뿜어냈다. 바닥에 널브러진 새하얀 밥알들이 어두운 동굴 속에서 유난히 빛났다.

따가운 열기가 사위어진 잔잔한 가을햇살이 힘없이 사방으로 흩어졌다. 친어는 오랫동안 꽁꽁 닫아두었던 궤짝에서 옷들을 꺼내 널었다. 오래되어 푸석해진 오동나무의 퀴퀴한 냄새가 밀려오자 그녀는 또 헛구역질을 해대기 시작했다. 부쩍 잦아진 그녀의 헛구역질 소리에 애가 닳는 것은 바궁이었다. 삼십 년 전 첫 임신 때의 입덧과 비슷했기 때문이었다. 그는 자꾸만 불길한 예감에 사로잡혀 뜬 눈으로 밤을 지새우는 날이 많아졌다.

궤짝 안에 박혀 오랫동안 숨죽이고 있던 그녀의 옷들은 대나무 장대 위에 한가득 널려서 피 묻은 붕대마냥 늘어진 채로 가을바람에 펄럭거렸다. 친어는 한때 자신의 몸을 감싸던 옷들이 햇살 아래 나부끼는 모습에 문득 처량하고 구슬픈 마음이 들었다. 손에는 늘 집 뒤편 그늘에서 몰래 말리느라 햇볕 한 번 제대로 못 쪼이는 신세였던 생리대천 한 뭉치가 들려 있었다. 마지막 월경을 한 지 벌써 사십 여 일이 지나고 있었다. 갱년기로 접어든 그녀에게 이제 생리대는 더 이상 필요 없었다. 그녀는 가위로 생리대 천을 갈기갈기 잘라 형체를 알 수 없게 구겨버렸다. 누가 먼저 귀띔해주지 않는 한 그 천이 예전에 어떤 용도로 쓰였는지 전혀 알 수 없을 것 같았다. 그녀는 그 천을 걸레로 쓰기로 주저 없이 결정하고, 옷들과 함께 장대 끝에 높이 걸어놓았다.

. . .

가을이 깊어가면서 몸에 변화가 생기기 시작하자 쿵리는 불안감이 엄습해왔다. 매달 어김없이 잘 나오던 생리가 갑자기 멈춰

버렸고, 친어처럼 식욕부진과 구역질에 시달렸다. 그녀의 시어머니 류자(六甲)는 아들을 먼저 보낸 고통도 잊은 듯 부랴부랴 동네 의원인 진광(金光)을 불러왔다. 진광은 가늘게 실눈을 뜬 채 마른 손으로 쿵리의 맥박을 짚었다. 한참을 지그시 눌러본 그는 길게 호흡을 내쉬며 선언했다.

"임신입니다."

류자의 눈이 갑자기 휘둥그레졌다. 천천히 고개를 든 그녀는 대들보에 시선을 고정시키며 안도의 한숨을 내쉬었다.

"하늘이 우리를 도우셨구나."

류자는 쿵리가 덮고 있던 이불을 걷어내고 그녀를 침대 밑으로 잡아끌었다.

"어서 인사 드리거라. 우리 샤오 가문을 살려주신 은인이시잖니. 이대로 대가 끊기는 게 아니라니 얼마나 다행이야."

류자는 싱글벙글한 표정으로 진광에게 넙죽거렸고, 손으로는 쿵리의 뒷머리를 콕콕 찧듯이 내리 눌렀다. 쿵리의 머리가 벌써 몇 번째 땅바닥에 찧었는데도 류자의 손놀림은 그치지 않았다. 쿵리는 갈수록 곪아가는 자신의 속도 모르고 후사가 생겼다는 말에 그저 혼자 신이 난 시어머니가 원망스러웠다.

"안 그래도 애가 안 들어서 걱정했는데. 제가 이 날을 얼마나 손꼽아 기다렸는지 아세요? 선생님이 처방해준 약 덕분에 제대로 효과를 봤네요."

감격스럽고 달뜬 어조의 그녀는 표주박을 꾹꾹 눌러 물에 집어넣는 것처럼 쿵리의 머리를 기계적으로 내리 눌렀다. 진광은 빠진 이를 활짝 드러내며 뿌듯한 표정을 지었다.

“이제 그만 손 놓으시죠. 그러다 며느리 머리가 남아나지 않겠어요.”

그때서야 머쓱한 미소를 지으며 류자가 쿵리의 머리카락을 움켜쥐었던 손을 슬그머니 뺐다.

“난 이만 가보겠습니다.”

“뭘 그리 급하게 가세요. 한 잔 더 하고 가시지.”

진광이 사양한다는 의미로 손을 휘젓자 손에 걸린 술잔이 땅으로 떨어졌고, 구멍으로 새어 나온 술이 천천히 지면을 적셨다.

“취했나 봅니다. 그만 마셔야겠어요. 땅에 쏟아진 저 술들이 꼭 갓난아기 오줌 같지 않아요? 이제 손자 녀석이 집 안 곳곳에 진짜 오줌을 뿌리고 다닐 날도 머지않았군요.”

류자는 싫지 않은 표정을 지어 보이며 그를 문 밖까지 부축해 나갔다. 밖으로 나간 그녀는 맞은편 뜰에서 옷을 널고 있는 친어와 마주쳤다. 원수 집안에 널려 있는 알록달록한 옷들이 모처럼 말끔해진 류자의 기분을 얼기설기 흩트려놓았다. 그녀가 자신도 모르게 진광을 부축했던 손을 신경질적으로 놔버리자 그는 물고기가 물살을 가르듯 유유히 빠져 나갔다. 그녀도 몸을 홱 돌려 대문 안으로 들어왔다.

“쿵리, 이 계란을 의사 선생님에게 주고 와라.”

류자는 쿵리의 주머니 속에 계란을 넣어 주며 등을 세게 떠밀었다. 그때 그녀의 몸이 기우뚱하면서 문 옆으로 넘어졌고, 주머니 속에 있던 계란들은 이미 다 깨져서 그녀의 옷을 노랗게 물들이고 있었다.

“그 의사가 제 병을 고쳐 준 게 맞아요? 정말 그런 용한 재주가 있기나 해요?"

쿵리는 원망스러운 어조를 잔뜩 담아 따지기 시작했다. 그 사이 끈적끈적한 노란 액체가 옷 사이로 새어 나와 기괴한 형상으로 번져 갔다.

모우즈의 행방은 여전히 묘연했다. 경찰 룽핑(龍坪)은 구리마을을 뒤지고 다녔다. 마을 사람들과 친척들의 제보를 통해 모우즈가 마을 밖을 벗어나지 않고 어딘가에 숨어 있을 거라는 판단을 내렸기 때문이었다.

룽핑은 툭하면 침대에 앓아 누워있는 바궁의 방문 창밖에 서서 집요하게 대화를 시도했다.

"어르신, 아들 셋에 딸 둘을 두셨다고요? 아주 다복하시군요. 그런데 어쩌다가 셋째 아드님이 그렇게 어설프게 사고를 쳐가지고는. 자수하면 죄 값이 조금이나마 경감될 겁니다."

날이 잔뜩 선 룽핑의 비아냥거리는 소리가 바궁의 머리를 톱질하듯 날카롭게 쑤셔댔다. 룽핑은 된통 호통을 내지르며 협박을 했다가, 다시 작전을 바꿔 낮은 소리로 살살 얼러 보기도 했다. 바궁은 눈물과 콧물이 한데 엉겨 줄줄이 흘러내리자 아무런 거리낌도 없이 이불로 쓰윽 닦았다. 그는 아들 사건의 충격에서 헤어나지 못했는지 치매기를 보이며 어린 아이처럼 행동하고 있었다.

룽핑은 바궁과 대화를 시도하면서 한편으로는 친어를 유심히 감시했다. 이미 수확을 끝낸 마을의 논밭들은 맨땅을 횅하게 드러내고, 나뭇잎은 누렇게 바래가고 있었다. 어떠한 수상한 그림자도 룽핑의 시야를 벗어날 수 없었다. 시간이 지나면서 바궁의 이불 위에 묻었던 콧물자국들은 딱딱하게 굳어 번득거렸다. 창가 주변으로 빛이 어룽거릴 때마다 바궁은 탄식하듯 입을 열었다.

"모우즈 그 녀석이 아직 세상 물정을 잘 몰라서 그렇다네. 열여덟 살도 안 됐고, 장가도 아직 안 갔어."

그때면 친어가 늘 수건을 들고 와 바궁에게 건네주었다.

"콧물 이걸로 닦아요. 어린 아이도 아니고 이불에다 그렇게 문지르고 그래요? 역겨워 죽겠네."

부들부들한 연회색 수건을 받아 든 바궁은 코 밑을 스윽 훔치더니 코가 근질거렸는지 '으취' 하고 재채기를 터트렸다.

"가서 식사 준비라도 해. 룽핑이 배고프겠구만."

"쌀을 얼마나 안칠까요?"

"두 사발이면 되겠지. 그거면 충분할거야."

바궁은 매번 '쌀 두 사발'을 강조했다. 룽핑은 그의 이러한 행동이 자신들이 모우즈에게 몰래 가져다 줄 여분 식량도 없이 빠듯하게 살고 있고, 모우즈의 행방은 더더욱 모른다는 뜻을 넌지시 암시하기 위한 것임을 알고 있었다. 같이 식사할 때마다 밥솥에 남은 마지막 밥은 룽핑이 깨끗하게 긁어먹었다. 그들은 함께 밥을 먹는 것을 일종의 임무로 여겼고, 매번 빈틈없이 이를 완수해냈다.

룽핑은 깊은 밤중에도 주변의 움직임을 주시했다. 어느 날 바궁은 불면의 고통을 더 이상 견디기 힘들었는지 친어의 머리카락을 쥐어뜯으며 이리저리 흔들었다. 서럽게 울부짖는 여자의 비명소리가 적막을 휘저어 놓았다.

"어서 가서 그 녀석을 잡아오란 말이야. 이대로는 도저히 못 견디겠어. 낮에는 울다 지치고, 밤에는 뜬 눈으로 지새느라 지친다고. 그 자식 살리자고 내가 이대로 생고생하며 죽어가는 꼴을 봐야겠어?"

"어디 있는 줄 알아야 가서 데려 오죠. 낸들 어디 숨었는지 알게 뭐예요?"

"당신은 분명 알고 있어. 어디 동굴에 숨겨 놨을 거야. 지난번에 무슨 비밀동굴이 있다고 말했었잖아. 거기에 숨어 있는 게 틀림없어. 이렇게 마냥 감싸고도는 게 능사가 아니라는 걸 왜 몰라? 오히려 애를 망치는 거라고. 그 동굴은 당신만 알고 있으니까 내가 찾으러 갈 수는 없잖아."

"미쳤어요? 터진 입이라고 그렇게 막말하면 다예요? 무슨 근거로 그런 말도 안 되는 소리를 지껄여요? 이젠 마누라고 뭐고 눈에 뵈는 게 없나 봐요?"

친어는 콧물과 눈물자국이 누렇게 번진 이불을 당겨다가 바궁의 얼굴을 후다닥 덮어 입막음 했다. 이불 속에서 바궁이 낮게 중얼거리는 소리가 새어 나왔다. 잠시 후 물 밑에서 솟아오르는 기포처럼 중중거리던 소리가 갑자기 고함소리로 변했다.

"그 자식을 데리고 오는지 어디 한번 두고 보겠어."

친어는 다급히 그의 얼굴을 자신의 사타구니 안으로 밀어 넣었다. 사타구니 사이로 일어난 극심한 통증이 점점 온 몸으로 퍼져 나갔다.

하반신을 마비시킬 듯한 격렬한 통증을 느끼며 그녀는 간헐적으로 울어대는 귀뚜라미 소리를 들었다. 귀뚜라미의 애절한 울음소리는 끊어질 듯 질기게 이어지며 그녀의 가슴을 후벼 팠다. 그날따라 유난히 찬 기운의 밤바람이 거세게 창문을 뒤흔들었고, 귀뚜라미들도 밤새 서럽게 울어댔다. 동이 트고 친어가 방문을 열자 룽핑이 벌겋게 핏발 선 눈으로 그녀를 노려보고 있었다.

"모우즈가 어느 동굴에 숨어 있습니까? 사실대로 대시죠."

"남편한테 물어보게. 난 아무 것도 아는 게 없어."

"어젯밤에 다 들었습니다. 말씀하신 동굴이 어디 있습니까?"

"아, 어젯밤엔 그저 우리끼리 상스런 농지거리를 주고받았던 거라네. 동굴이라는 게 딴 게 아니고 내 몸의 그 부분을 말하는 거였다고. 직접 보여 줘야 속이 시원하겠나?"

룽핑의 얼굴이 갑자기 울긋불긋해졌다.

"어제도 잠 한 숨 못 잤나 보군. 눈은 왜 그렇게 충혈된 건가?"

"오늘부터는 제 밥까지 챙길 거 없습니다. 복숭아마을에 있다는 모우즈의 약혼녀 집에 가 볼 참입니다. 혹시 거기에 숨어있을지도 모르니까요."

"그러든가. 그래도 제발 그 아이를 죽여서 데려오지는 말아 주게. 남편이 보면 놀라서 신경이 터질지도 모르니까."

모우즈는 마지막 숨을 헐떡이며 힘겹게 울고 있는 귀뚜라미 한 마리를 손에 들고 있었다. 동굴 구석에 웅크리고 앉은 그의 표정은 숨을 거두려는 귀뚜라미만큼이나 처량하고 참혹했다.

"모우즈, 오늘은 엄마가 좀 늦었지? 감시하는 눈들이 워낙 많아서 말이야. 배 많이 고팠겠구나."

모우즈가 푸르르 떨리는 눈꺼풀을 들어 올리며 동굴 밖으로 부들거리는 손을 내밀자 귀뚜라미도 힘없이 떨어졌다.

“어머니, 나 좀 내보내 주세요. 배고프고 무서워요.”

친어는 못 들은 척하며 밥 한 숟가락을 가득 퍼서 모우즈의 입에 쑤셔 넣었다. 모우즈의 잇몸은 검게 변한 밥알을 오래되고 낡은 맷돌처럼 힘없이 짓어댔다.

“조금만 더 견뎌보자. 경찰도 이미 다른 데로 갔어. 다른 사건들도 많이 처리해야 할 테니 아마 너도 금방 잊어버릴 거다.”

밥 몇 숟가락을 꾸역꾸역 삼켜 넘기던 모우즈가 또 다시 음식들을 토해냈다.

“왜 이렇게 쉰내 나는 밥들만 가져오는 거에요?”

“네 아버지와 경찰이 쌀이 없어지지 않나 지키고 서 있는데 어쩌니? 아버지는 네가 배고프다 못 견디면 뛰쳐나와 자수할 거라고 저렇게 버티고 있고. 이것도 내 입에 넣었다가 뱉은 거야. 끼니때마다 한 입씩 몰래 뱉어놨다가 겨우 한 사발 만들어 온 거라고. 그래도 오기 전에 기름에 볶아서 이 정도라도 되는 줄 알아. 절대 밖으로 나올 생각 마. 나오면 바로 끝장이니까. 아버지는 네가 나타나기 전까지 매일 잠도 제대로 못 잘 거라고 엄포를 놓지만 그깟 잠 좀 못 자면 어때? 어찌됐든 너는 그냥 여기 가만히 있으면 되는 거야. 꼼짝 말고 숨어 있어.”

모우즈는 천천히 동굴 입구로 나가는 친어를 보며 물었다.

“좀만 더 있다 가면 안 돼요?”

“너무 오래 있으면 사람들이 의심한다.”

“라메이(臘妹)는 잘 있어요?”

“응. 사흘이 멀다 하고 찾아와서 네 소식을 묻더라. 그 애가 널 많이 사랑한다고 했어. 엄마가 꼭 그 아이를 잘 보살펴 주마. 앞으로 너한테 시집올 아이잖니.”

모우즈는 그녀가 자신을 안심시키려고 억지로 이야기를 지어내고 있음을 직감적으로 알았다. 그녀의 뒷모습이 바스락 소리와 함께 점점 멀어져 갔다.

“어머니, 다음에 올 때는 손목시계 하나 사다 주세요. 시간 감각이 없으니 답답해 죽겠어요.”

그러나 아무런 대답도 들려오지 않았다.

다음 날 이른 아침, 친어는 트랙터 한 대가 느릿느릿 마을 안으로 들어서는 것을 보았다. 앞쪽 운전석에는 두 사람이 바투 붙어 앉아 있었고, 트레일러 쪽은 텅 비어 있었다. 그녀는 트랙터가 가까이 다가오고서야 앞에 앉은 두 사람이 라메이와 복숭아마을의 트랙터 운전수 샹양(向陽)임을 알아봤다. 샹양의 뒤쪽에서 폴짝 뛰어내린 라메이는 트레일러 안에서 짐 보따리를 꺼내 친어의 발 밑으로 내던지며 앙칼지게 말했다.

“이거 지난번에 주신 예물이에요. 다 돌려 드리려고 왔어요. 이걸로 서로에게 빚진 거 없이 깔끔하게 정리했으면 해요. 사실 처음부터 모우즈의 성품을 그다지 믿지는 않았어요. 오늘 같이 현에 나가기로 약속했는데, 이젠 저랑 갈 일은 영원히 없겠네요. 첩 생기면 같이 나가라고 하세요.”

“너도 혹시 다른 남자 생긴 거 아니야?”

“맞아요. 남자 있어요. 하지만 살인범과는 차원이 다른 사람이에요.”

다시 운전석으로 날렵하게 올라탄 라메이는 샹양과 엉덩이를 맞대고 꼭 붙어 앉았다. 시동을 그냥 걸어 둔 트랙터는 문 앞에서 그녀를 재촉하듯 요란하게 툴툴대고 있었다. 샹양이 라메이를 툭 툭 치자 그녀는 또 뭔가 생각난 듯이 다시 뛰어내려 왼쪽 소매 아래서 은색 손목시계를 풀었다.

"이 시계도 있네요. 모우즈가 사준 건데 깜빡 하고 그냥 갈 뻔했네요."

그녀는 시계를 보따리 가운데에 얹어 놓았다. 시계 알이 마치 보따리 위에 달린 외눈처럼 투명하게 반짝거렸다.

아침부터 서둘러 장에 나가던 마을 사람들은 터덜대는 트랙터의 꿍음을 듣고 트랙터 뒤를 쫓아갔다. 그러나 샹양이 모는 트랙터는 뒤꽁무니로 검은 연기만 뿜어내며 유유자적하게 사라졌다. 사람들은 곱게 죽지는 못할 거라며 악담을 퍼부었고, 욕설 세례를 받으며 빠져나가던 트랙터는 정말 마을 입구를 벗어나자마자 전복되고 말았다. 이를 목격한 누군가가 황급히 친어에게 달려가 사고 소식을 알렸다.

"라메이와 샹양이 트랙터에 깔려 즉사했어."

"그 아이가 저승길을 달려왔구나."

친어는 라메이가 돌려준 보따리를 풀어봤다. 안에는 이년 전 그녀에게 보냈던 옷감들이 차곡차곡 개켜진 채 그대로 쌓여 있었다. 일말의 흐트러짐도 없이 처음 보낸 그대로 되돌아 왔다. 옷감 안에는 아직 미완성된 헝겊 신발이 놓여 있었는데, 라메이가 모우즈를 위해 만들다 만 것 같았다. 모우즈가 그 신발을 얻어 신는 호사를 누리기는 이제 영영 글렀다.

'왜 굳이 이걸 돌려주겠다고 여기까지 와서는. 이것만 아니었어도 트랙터도 안 타고, 죽지도 않았을 것을. 그렇게 허무하게 가

버릴 걸 알았다면 이 천으로 시신이나 감싸라고 돌려받지도 않았을 텐데.'

친어는 형태를 채 갖추지 못한 헝겊 신발을 보자 동굴 속 모우즈가 라메이에게 뭔가 큰 빚을 졌다는 죄책감이 몰려 왔다. 그녀는 큰 아들 장솽(張雙)의 방으로 달려가 문을 벌컥 열었다. 아들과 며느리가 화롯불 가에 둘러앉아 아침식사를 하고 있었다.

"무슨 일이세요? 어머니. 밥 다 먹으면 장에 갈 생각인데, 뭐 사다 드릴 거라도 있어요?"

"라메이가 죽었다는구나. 장단(張單)과 함께 가서 아버지 관을 주고 오너라."

"아버지 관을 왜요? 상의하고 결정하셨어요? 아버지도 몸이 불편하시잖아요."

"네 아버지는 그렇게 빨리 가지는 않을 거다. 그러니 관을 저쪽 집에 옮겨다 주고 와."

"그 아인 죽음을 자초한 거라고요. 아까 상양이랑 같이 온 거 보고도 그러세요? 운전대에 두 사람이 꼭 달라붙어 앉을 때부터 알아봤어요. 그것도 엄연한 불법이라고요. 지들이 죽건 말건 이제 우리 집과는 상관없는 일이에요. 엄밀히 말해서 우리 집에 정식으로 시집온 것도 아니고, 오늘 아침에도 파혼하겠다고 온 거였잖아요."

"그걸로 액땜했다고 생각하자꾸나. 어쨌든 오늘은 내 말대로 해. 그쪽 마을 사람들에게 잘 보여서 나쁠 건 없다."

장솽과 장단이 곁채에서 검은 관을 꺼내고 있을 때 친어는 갑자기 바궁이 '쿵' 하고 침대 아래로 떨어지는 소리를 들었다. 바

궁은 손으로 문틀을 부여잡고 힘겹게 문밖으로 걸어 나오며 호통
쳤다.

"천하의 불효자식들. 어디 제 아비 관에 함부로 손을 대는 거
야? 세 번씩이나 옻칠하고 매만지며 정성을 쏟아 부은 걸 남한테
주다니 그게 무슨 말이냐?"

두 아들은 관을 대문가에 그대로 둔 채 아버지와 어머니를 번
갈아 바라보기만 했다. 도대체 누구의 말을 들어야 할지 감이 오
지 않는 표정들이었다.

"내 말 들어라."

친어가 먼저 그들을 재촉했다. 결국 목재 관은 지면에서 떨어
져 두 아들의 어깨 위를 향해 서서히 올라갔다. 그때 바궁이 관
위를 덮치며 끝내 어깃장을 놓았다.

"그래도 이걸 라메이에게 보내야겠다면 날 먼저 죽이고 가거
라. 난 절대 줄 수 없다."

"모우즈가 잘못을 저지르지만 않았어도 우리 집 식구가 될 아
이였어요. 당신은 당장 죽을 병에 걸린 것도 아니잖아요. 나중에
더 크고 좋은 걸로 짜줄게요."

친어는 어린 아이 달래듯 관에 딱 달라붙어 떨어질 줄 모르는
바궁을 떼어냈다. 그는 장작처럼 마른 상체를 꼿꼿이 세우고 서
서 관이 마을 밖으로 나갈 때까지 한참을 바라보았다. 좀 전까지
만 해도 건조하게 말라 있던 그의 눈언저리에 눈물이 그렁그렁하
게 차 있었다.

그날 그녀는 라메이가 남기고 간 미완성 신발과 손목시계를 모
우즈에게 바로 전해주었다.

"라메이가 집에 다녀갔어. 이 신발과 시계를 전해달라고 하더구나."

"아직도 날 기억하고 있대요?"

"당연히 기억하고말고. 어떻게든 끝까지 살아남아 달라고 했는걸."

모우즈는 발그스름하게 상기된 얼굴로 시계를 만지작거렸다. 한참 매만지던 시계를 가슴에 품고 난 후 그는 훨씬 안정감을 되찾은 듯했다.

"제가 정말 어리석었어요. 사람을 죽이지만 않았어도 이렇게 살지 않는 건데."

친어는 문득 오늘 둘이 함께 현에 나가기로 약속했었다는 라메이의 말이 떠올랐다. 만일 모우즈가 살인을 하지 않고 라메이와 약속대로 현에 나갔다면 분명 트랙터를 타고 갔겠지? 그렇다면 내 아들도 샹양처럼 사고를 당해 깔려 죽었을지도 몰라. 아찔한 상상에 그녀의 등골이 오싹하게 떨렸다. 그녀는 주책없는 생각을 얼른 접었다. 눈앞에 모우즈가 살아 있다는 것만으로도 더 이상 여한이 없었다.

· · · ·

북쪽 창문으로 쌀쌀한 바람이 불어 들어올 무렵, 바궁은 모우즈의 이불을 가져다가 몸을 꽁꽁 여몄다. 사람의 온기가 가신 지 오래인 모우즈의 침대에는 암갈색 모기장만이 너덜해진 그물처

럼 바람에 흔들거리고 있었다. 그는 철없는 어린 아이처럼 하루
종일 두툼한 이불을 뒤집어쓰고 엄살 섞인 신음소리를 냈다.

친어는 솜옷 만들 요량으로 바궁이 잠들고 나면 이불 속에서
이불솜을 조금씩 빼냈다. 하지만 그는 그녀가 이불에 조금이라도
손댈라치면 번쩍 눈을 떴다.

“이불솜은 뭐 하게?”

“솜옷이나 만들까 해서요.”

“누구한테 입히려고?”

“누가 입으면 어때요? 집에 솜옷 한 벌 만들어 두면 유용하게
쓸 것 같아 그러죠. 날씨도 점점 추워지는데.”

“난 솜옷 필요 없어. 당신 그 잘난 자식이 제 발로 나타날 때까
지 이렇게 꼼짝없이 누워있을 거니까.”

“당신 아버지 맞아요? 양심이란 게 좀 있어 봐요.”

“그러는 당신은 어머니 자격이 있는 줄 알아? 아이를 더 망치
는 거야. 불로 종이를 쌀 수는 없는 법이라고.”

솜옷 한 벌 때문에 친어의 마음은 겨울 내내 가시방석이었다.
잎사귀가 죄다 떨어진 나무들은 성성한 맨몸을 초라하게 드러내
고 있었고, 논바닥의 베고 남은 벼 포기에는 아침마다 하얀 서리
꽃이 맺혔다. 진광은 더없이 인자한 표정을 지으며 류자의 집에
수시로 들락거렸다. 쿵리의 배는 날이 갈수록 불러오고 있었다.
친어는 쿵리를 볼 때마다 버릇처럼 자신의 배를 만지작거렸다.
손목시계의 초침 소리가 뱃속 깊은 곳에서 들려올 때마다 얼굴에
행복의 미소가 번졌다. 그녀는 시간이 모든 것을 해결해 주리라
고 굳게 믿었다. 모우즈는 누가 뭐래도 그녀의 혈육이었다. 배 아

파 난 자식을 사지로 몰아넣을 부모가 어디 있겠는가?

　류자는 진광이 쿵리의 불임을 고쳤다고 철석같이 믿고 있었다. 그래서 크고 작은 명절 때마다 선물을 싸 들고 진광을 찾아갔다. 한번은 친어가 진광의 집을 찾아갔다. 진광은 천산갑(穿山甲, 천산갑과에 속하는 포유류의 총칭으로 주로 껍질을 말려 약재로 사용－옮긴이)의 비늘을 벗기고 있었다. 옆에 놓인 대야의 뜨거운 물에서 뿜어져 올라오는 새하얀 김이 그를 신비롭게 감싸 돌았다. 천산갑의 비늘이 반쯤 벗겨지자 그는 조심스럽게 비늘을 쪼갰다. 입가의 한쪽 언저리에서는 어느새 침이 새어 나왔다. 진광의 집 앞에는 말린 약초와 젖은 식물들이 다양하게 뒤섞여 가득 걸려 있었고, 늘 약초 냄새로 진동했다. 친어는 문 옆에 서서 천산갑의 비늘을 벗기는 진광의 행동을 가만히 지켜보고 있었다. 어느 정도 비늘을 벗기고 나자 진광은 뭔가를 찾는 듯 이리 저리 둘러보았다. 그녀는 칼을 찾고 있을 거라고 예상하고 그의 엉덩이 뒤에 놓여 있던 날카로운 칼을 집어 건네주었다.

　“여긴 어쩐 일입니까?”

　“바궁의 병이 도통 나아질 기미가 보이지 않아서요. 약이나 한 첩 지어갈까 하고요.”

　“좀 일찍 찾아오지 그랬어요?”

　“류자와 절친하잖아요. 괜히 저한테 악감정 가지고 있을까 봐 겁나더라고요.”

　“다 같은 이웃인데 뭘 그런 생각을 하십니까?”

　진광이 칼로 천산갑의 배를 쿡 찌르자 걸쭉한 피가 칼을 타고 흘러내리면서 그의 손과 천산갑의 희멀건 가죽을 붉게 물들였다.

"천산갑, 이놈이 버릴 게 하나도 없어요. 다 약이라니까요."

반응이 없어 그가 고개를 들어보니 친어는 새하얗게 질린 얼굴로 피를 바라보며 멀찍이 물러나 있었다.

진광은 집 안에서 의자 하나를 가지고 나왔다.

"우선 좀 앉아 계세요. 금방 끝나니까. 참, 솜옷을 구한다고 들었는데. 저한테 군용 솜옷 한 벌이 여벌로 있거든요. 누가 주더라고요."

"얼마 드리면 되겠어요?"

"돈은 무슨. 필요하면 그냥 가져가세요."

"다 늙어서 무슨 농담을 그렇게 하세요?"

"누가 다 늙었답디까? 이래봬도 내가 쿵리의 병도 고쳐 냈다고요. 그 병은 약으로 치유되는 게 아니었어요. 사람 정성으로 고친 거지. 아시겠어요? 마음으로 병을 고친다 이겁니다."

"농담 수준이 너무 높아 제가 따라가지 못하겠네요. 이만 가봐야겠습니다."

의자에서 일어나 돌아가려는 친어를 보며 진광이 말했다.

"저녁에 약과 솜옷을 직접 가져다 드리죠. 인간은 감정의 동물이잖아요. 모우즈를 얼어 죽게 내버려두고 싶지 않으시겠죠. 제가 혼자 살긴 해도 애끓는 모정이란 게 뭔지 정도는 압니다."

친어는 나긋나긋하게 들려오는 진광의 목소리에 가슴이 울컥해졌다. 그가 사랑이 뭔지 제대로 아는 남자라는 확신이 들었다. 모우즈가 사고를 낸 그날 이후 이토록 감동적인 말은 처음 들었다. 그녀의 눈시울이 어느새 붉어져 있었다.

그날 저녁 진광은 약을 가져오지 않았다. 친어는 창문을 두드리는 매서운 겨울바람 소리를 들으며 그가 장난을 한 거라고 꽤 씸해하고 있었다. 바궁의 약도, 솜옷도 까맣게 잊어버리고 있는 게 분명했다. 장쇵과 장단은 바궁의 침실 옆방에서 또래 젊은이들과 둘러앉아 마작 판을 벌이고 있었다. 기름등의 불빛과 거친 욕설소리가 창문 사이로 새어 들어왔다. 오후 내내 벌어진 판은 아직도 파할 기미가 보이지 않았다. 시끌벅적 패 돌리는 소리에 바궁의 신경도 자꾸만 옆방으로 쏠렸다. 그는 이불을 뒤집어쓴 채 창문을 사이에 두고 장단에게 훈수를 두고 있었다. 그러나 장단은 아버지의 조언을 들은 체 만 체했다.

"그러다 지면 대신 돈 대줄 것도 아니잖아요. 그냥 조용히 구경만 하면 됐지, 뭘 또 거든다고 나서요?"

이번 판도 장단이 졌음을 보지 않아도 짐작할 수 있었다.

"집안 다 말아먹을 참이냐, 그러게 왜 내 말을 안 들어서."

그는 침대 밑을 더듬거리더니 결국 지폐 두 장을 꺼내 장단의 정수리 쪽으로 던져주었다.

"여기 있다. 내가 보태주마. 대신 내 말대로 두는 거다."

이를 보던 장쇵이 흘끔 시선을 옮기며 그를 떠보았다.

"아버지, 돈만 대시면 제가 대신 내기해 드릴게요."

"돈이 어디 있어? 이것도 약 사려고 남겨둔 거야. 약값까지 던져 줬으니 이번 판은 어떻게든 이겨야 한다."

그때 친어가 바궁을 힘껏 잡아끌자 그가 창가에서 침대 위로 미끄러져 내려왔다.

"이번 판만 보자고. 내 돈까지 걸었단 말이야."

"아직도 더 볼 게 남았어요? 아침부터 내내 보고 있었으면서.

어떻게 도박판만 벌어지면 병이 싹 도망가고 멀쩡해지실까? 저 못난 녀석들을 좀 봐요. 가을부터 겨울까지 집 안에만 처박혀서 하루 종일 도박에만 정신 팔려 있다고요. 싹수가 누렇다니까.”

“수확도 다 했겠다, 일 년 내내 돼지 튼실하게 잘 키워냈겠다, 그 정도면 됐지 또 뭘 더 해요?”

옆방에서 장단이 따져왔다.

“내일 나가서 소 좀 찾아와. 암소가 벌써 며칠 째 집에 돌아오지 않고 있다고. 임신도 했는데 못 찾으면 얼어 죽을지도 모른단 말이야.”

“알아서 집에 들어오겠죠.”

친어는 치미는 울화통을 꾸욱 누르며 그 자리를 박차고 나갔다. 창문 사이로 번져 들어온 불빛이 멀어져 가는 그녀의 뒷모습을 찬찬히 따라가다가 이내 놓치고 만다.

“내 훈수도 그냥 씹히는 판에 어떻게 저것들을 말로 다스려? 쟤들도 이제 머리가 다 컸다 이거야.”

친어는 바궁의 말을 귀담아 듣는 시늉도 하지 않고 문을 ‘쾅’ 닫고 나가버렸다. 어찌나 거칠게 닫았는지 그녀가 나간 뒤에도 문짝이 덜덜거렸다.

그들의 마작판은 다음날 새벽 친어가 대문을 열러 나갔을 때야 주섬주섬 거두어지기 시작했다. 그들은 늘어지게 하품을 하며 차갑고 축축한 아침공기를 들여 마셨다. 몇몇은 담장 옆에 나란히 열 지어 서서 밤새 억눌려 있던 오줌발을 쏘아대고 있었다. 담벼락에 부딪히는 거센 오줌줄기 소리가 합주하듯 길게 이어졌다.

친어는 그들이 소를 찾으러 가리라는 기대를 아예 접는 게 낫겠다고 생각했다.

아침 일찍부터 군용 솜옷을 들고 찾아 온 진광은 바궁의 침대로 가서 머리맡에 약을 놓아두었다. 바궁은 고른 숨소리를 내며 여전히 잠 속에 빠져 있었다.

“편안하게 잘 자고 있는 것 같군요.”

친어가 문턱을 넘어 들어오며 말했다.

“어제 밤새도록 마작 구경을 하다가 이제 막 눈을 붙여서 그래요.”

“솜옷 여기 있습니다. 돈이 없어도 너무 부담 갖지 말아요. 대신 돼지 잡을 때 한 반쪽 떼어주면 되잖아요.”

“그럼 일단 먼저 받아둘게요. 약도 지어다 주고, 옷도 챙겨주셨는데, 그깟 돼지고기 반쪽이 뭐가 아깝겠어요?”

친어가 솜옷을 끌어안고 나가려고 하자 좀 전까지 자고 있던 바궁이 갑자기 일어나 옷을 낚아챘다.

“어디 가져가려고? 이왕 돼지고기와 바꿨으면 내가 뒀다가 입어야겠어.”

“그럼 입으시든가. 대신 그 옷 입고 나가서 소 찾아와요. 이렇게 추운 날에 설마 나보고 이 차림으로 산을 뒤지고 다니라는 건 아니겠죠?”

바궁은 솜옷을 꽉 쥐고 있던 손을 슬그머니 놓으며 궁색하게 말했다.

“소 찾으러 간다고 진작 말을 하지 그랬어. 그럼 어서 입고 다녀와.”

친어는 누런 군용 외투를 입고 마른 가지와 썩은 낙엽 천지인 겨울 산을 헤매고 다녔다. 사람들은 그녀가 소를 찾는 게 아니라 아들을 찾고 다니는 거라고 여겼다.

닷새가 넘도록 돌아다녀도 끝내 소를 찾지 못한 그녀는 어두운 표정으로 집 대문을 들어섰다. 바궁은 그녀의 외투가 없어진 것을 보고 소스라치게 놀랐다.

"모우즈를 찾았어? 외투를 그 아이한테 벗어주고 온 거지?"

"산비탈에서 발을 헛디뎌서 굴러 떨어졌어요. 한참 후에 정신을 차려 보니 옷이 보이지 않았어요. 정 못 믿겠으면 내 얼굴에 이 상처들을 좀 봐요."

바궁은 그제야 친어의 얼굴이 온통 울긋불긋한 생채기와 딱딱한 피딱지로 가득한 것을 발견했다.

"그 자식이 아예 당신까지 잡으려고 작정을 했구면. 이제 신경 꺼버려. 집 나간 소보다도 못한 놈. 얼른 가서 소나 찾아오라고. 그래야 내년에 농사를 짓지."

친어는 절망적인 심정으로 일주일 넘게 헤매고 다니다가 마침내 암소를 발견했다. 정오 무렵이었다. 함박눈이 살포시 내려앉은 산 속을 모처럼 얼굴 내민 은은한 햇살이 살살 달래고 있었고, 산비탈 흙길은 암갈색과 황토색을 섞어 불규칙적으로 덧칠해 놓은 듯했다. 친어는 문득 아래를 내려 보다가 오른쪽 엄지발가락이 달창난 신발을 뚫고 빠끔히 나와 있는 것을 발견했다. 언뜻 보면 눈밭에 떨어진 자주색 생강 같았다. 소를 찾는다고 여기저기 미친 듯이 뒤지고 다니느라 질기디 질겼던 검은색 신발이 다 헤져 있었다. 아깝다는 생각을 하며 고개를 드는 순간 구릉 사이에 가로누워있는 암소가 눈에 들어왔다. 그녀는 그때서야 발가락이 곱아 아파왔고, 발바닥에 닿은 냉기와 살을 에는 듯한 통증이 온 몸으로 퍼지는 것을 느꼈다. 그 순간 그녀는 소에게 다가갈 엄두가 나지 않았다.

한참을 그대로 서 있던 그녀는 암소가 덮어놓은 풀 더미 안에서 뭔가가 꿈틀거리는 것을 보았다. 그녀의 마음속에 '희망'이라는 단어가 바닥을 치고 숫아올랐다. 달려가 보니 간신히 고개를 가눈 송아지 한 마리가 있었다. 그녀는 암소의 콧구멍 가까이 손을 갖다 댔다. 몸통이 하얀 눈으로 덮인 소는 이미 숨이 끊어진 상태였다. 그러나 아직 온기가 남아있는 것으로 미루어 죽은 지 얼마 되지 않은 것 같았다. 송아지를 지키기 위해 온 몸으로 추위를 막아 낸 것이었다.

친어는 송아지의 뒷다리를 벌려 수송아지임을 확인했다. 그녀는 자식 품듯 송아지를 꼭 껴안고 조심스럽게 산을 내려왔다. 하중을 건디지 못한 그녀의 신발은 최후의 발악을 하다가 끝내 완전히 찢어지고 말았다. 결국 맨발로 눈길을 걸어 해가 서쪽으로 뉘엿뉘엿 기울어서야 마을에 도착했다. 마작을 손에 놓고 대문 밖으로 나온 장쌍과 장단은 올 겨울 들어 처음으로 바깥바람을 쐬는 사람들처럼 덜덜 떨고 있었다. 장단은 새까맣게 변한 친어의 맨발을 보더니 기가 막힌다는 표정을 지었다.

"어머니, 송아지가 아니라 동생을 데리고 들어와도 이 정도는 아닐 거예요."

바궁은 금방이라도 창문을 박차고 나올 것 같이 초조한 표정으로 창가에 매달려 있었다. 친어가 그를 향해 보란 듯이 말했다.

"똑똑히 봐요. 솜옷은 잃어버렸지만, 대신 송아지를 찾아왔으니까."

"어미 소는?"

"죽었어요."

바궁은 다리가 풀리는지 창문 아래로 점점 무너져 내려갔다.

장쑹과 장단은 잽싸게 안에 들어가더니 칼을 한 자루씩 들고 나왔다.

"어머니, 소가 어디서 죽었어요? 가서 고기라도 뜯어 와야죠."

"쟈오화이(交懷) 계곡 쪽이다."

그들은 날이 번뜩이는 칼을 휘두르며 산 쪽으로 번개 같이 사라졌다. 그런 그들의 뒷모습을 보며 그녀는 속으로 생각했다.

'소가죽 벗길 때가 돼서야 마작 판에서 기어 나오는구나.'

장쑹과 장단 두 형제는 선홍색 소고기 덩어리들을 한 가득 짊어지고 산에서 내려온 다음 커다란 삽으로 밤새 소고기를 둘둘 볶아대며 마작 판의 흥을 더욱 돋우었다. 바궁은 밤만 되면 커다란 사기사발을 옆방 창문으로 내밀었다. 그러면 그쪽에서 알아서 소고기를 고봉으로 담아서 넘겨주었다. 그는 창문 사이로 새어드는 가물가물한 불빛에 의지해 맨손으로 고기를 집어 탐욕스럽게 씹어 삼켰다. 부산하고 집요하게 입을 놀리는 소리가 온 방 안에 일렁거렸다. 친어는 후물거리며 고기를 씹어대는 그 소리를 들을 때마다 생쥐를 뜯어먹는 고양이가 연상되곤 했다.

그녀는 원래 소고기를 즐겨 먹지 않았다. 죽은 고기는 더더욱 질색이었다. 하지만 며칠 내내 집 안에 진동하는 고기 향의 유혹을 견디다 못해 창문으로 그릇을 건네기 시작했다. 그게 바궁의 그릇인지, 친어의 그릇인지 구분할 리가 없는 사람들은 그저 바궁의 먹성에 감탄하며 고기를 꾹꾹 담아주었다. 그러다 한번은 바궁이 그들에게 그릇의 색을 구분해서 알려주었다.

"내 그릇은 노란색이고, 다른 흰 그릇은 네 엄마 거다."

장쉉이 의외라는 듯 물었다.

"어머니는 원래 육식 싫어했잖아요? 입맛이 바뀌었대요? 별일이네. 고기도 다 드시고."

그들은 친어가 그릇에서 빼낸 소고기를 조금씩 여퉈 두었다가 모우즈에게 가져간다는 사실을 까맣게 모르고 있었다.

소고기로 포식한 지 나흘 째 되는 날 저녁부터 바궁은 보름 동안 시름시름 앓았다. 죽은 소고기를 갑자기 너무 많이 먹어서인지 병세가 악화되어 찬바람 맞은 소고기마냥 얼굴색이 붉으락푸르락해졌다.

"이제 죽을 때가 다 됐나 보다. 어서 관이나 준비해 둬라."

장쉉과 장단은 원망과 질책이 섞인 그의 다그침에 마작을 하겠다는 의지를 상실했다.

장단이 먼저 푸념했다.

"아버지, 마작 하면서 돈을 얼마나 잃었는지 아세요? 관 맞출 돈이 어디 있어요?"

그러자 장쉉도 옆에서 거들었다.

"관은 진즉에 만들어 놨었잖아요. 어머니가 남한테 홀랑 줘버린 거지. 그러니까 어머니와 상의해 보셔야죠."

바궁은 나 몰라라 발뺌하는 두 아들의 무책임한 언사가 괘씸해 소리를 빽 질렀다.

"이대로는 못 죽는다. 죽어서 들어갈 관도 없는 내 팔자야. 이렇게는 억울해서라도 못 죽어!"

분이 폭발한 친어는 탁자 위에 어지럽게 나뒹구는 마작 패를 집어서 화당(火塘: 방바닥의 흙을 파서 만든 화로－옮긴이)의 불 속으로 던져버렸다. 방 안 불빛 아래로 매캐한 연기가 뿌옇게 퍼져 올라왔다. 마작 판에 끼려고 방 안으로 들어서려던 두 사람이 황급히 도망갔다.

"천하에 못된 자식들, 감히 아버지 앞에서 그 따위로 행동하다니. 내일 당장 산에 가서 나무 베다가 아버지 관 만들어 드려."

장단과 장챵은 집 마당에 나무틀을 만들어 놓고 산에서 베어 온 단풍나무를 세 마디로 잘랐다. 바닥은 단풍나무 껍질로 수북이 덮여 있었다. 그들이 능숙하게 톱질을 할 때마다 뽀얗게 속살을 드러낸 나무 몸통이 얇은 판으로 변하면서 갈라져 나왔고, 나무에서 배어 나온 특유의 향이 그윽하게 번졌다. 바궁은 나무 향과 톱질 소리에 점점 안정을 되찾아갔다. 하지만 친어는 희멀쑥한 천처럼 널찍한 목판이 베란다에 널려 있는 것을 보며 왠지 모를 불길한 예감에 사로 잡혔다. 그때 골목에서는 아이들이 소 뼈다귀를 손에 들고 칼싸움 흉내를 내며 놀고 있었다. 소뼈의 색도 목판만큼이나 하얗고 창백했다. 저 딱딱한 뼈 몇 개만을 세상에 남겨두고 떠나간 암소를 생각하니 착잡해졌다. 아이들이 뼈를 가지고 노는 데 질리면 그마저도 보기 힘들어 질 것이었다.

바궁의 병세가 호전되면서 단풍나무로 만들어 놓은 목판은 베란다 신세를 면치 못하고 있었다. 누구 하나 신경 쓰는 사람이 없으니 바람이 불면 오는 대로 맞고, 비가 오면 축축하게 젖었다가 해가 나면 물기가 마르기를 반복했다. 그 사이 목판의 색은 점점 텁텁하고 어두운 색으로 바래갔다. 얼마 전부터 장 씨 두 형제는 뒷산을 뒤지고 다니는 일이 부쩍 잦아졌다. 들리는 소문으로는 류자의 꼬임에 넘어간 것이라고 했다. 그녀가 모우즈를 찾아오기 만 하면 천 위안의 판돈을 대주기로 약속했다는 것이다.

친어는 탁자 밑 화당의 뿌연 재를 뒤적거리며 까맣게 타버렸을 마작 패들을 찾았다. 이 잡듯이 달려들어 결국 하나도 빠짐없이 다 찾아냈다. 그녀는 그것들을 탁자 위에 늘어놓고 두 아들을 채근했다.

"요즘 어쩐 일로 마작 판이 뜸해진 거냐?"

그들은 입을 꾹 다물고 대답을 거부했다. 뭔가 꿍꿍이를 숨겨 놓은 표정들이었다.

연말이 가까워지면서 친어는 지독한 불면증에 시달렸다. 그 이 유 중 하나는 모우즈가 죽인 샤오위량의 환영이 그녀의 머릿속에 자주 나타나 저주를 퍼부었기 때문이었다. 그녀는 그때서야 그에 게 돼지 머리고기 하나를 빚진 게 있다는 사실이 떠올랐다.

샤오위량의 무덤가에는 큼지막한 하얀 종이가 꽂혀 있었다. 바 람이 불면 거대한 새가 큰 날개를 펄럭이는 것 같았다. 친어는 돼 지 머리 반쪽을 무덤 앞에 놓고 몸을 웅크린 채 땅에 엎드렸다. 그 모습은 마치 무덤 앞에 작은 무덤이 하나 더 있는 것 같았다. 친어는 무슨 말부터 시작해야 할지 몰라 한참을 망설였다. 사실 그녀와 류자는 일 년 차이로 구리마을에 시집왔었다. 장솽과 샤 오위량도 어려서부터 형제처럼 절친한 사이여서 두 젊은 엄마를 잘 따르곤 했다. 친어는 조용히 엎드려 있으면서도 무슨 소리가 들려와 주기를 간절히 바라고 있었다. 마침내 힘없는 발걸음 소리가 그녀의 뒤에서 들려왔다. 류자의 발소리였다. 류자는 바구니에서 돼지머리 반쪽을 꺼내 무덤 앞에 놓았다.

친어가 먼저 어색한 침묵을 깨고 말을 걸었다.

"돼지 머리 반쪽은 솜옷과 바꾸느라 진광에게 줬어. 돼지 잡으면 반을 떼어달라고 하길래."

"나도 그 사람이 우리 며느리 병을 고쳐준 게 고마워서 돼지머리 반쪽을 새해 선물로 주고 오는 길이야."

우연의 일치인지는 몰라도 꺼내놓고 보니 마침 친어는 진광에게 머리의 오른쪽을, 류자는 왼쪽을 주었다. 무덤 앞에 놓인 반쪽짜리 돼지머리 두 개를 붙여 놓으면 어설프긴 해도 온전한 두상 하나가 탄생할 수 있었다. 친어는 자신이 가져온 돼지 머리를 류자 쪽으로 밀어주었다. 좌우 크기가 다르다 보니 두 개를 합쳐놓은 돼지 얼굴은 우악스러운 인상으로 찌그러졌다.

"오늘은 위량이 완벽한 돼지 머리고기를 먹을 수 있겠네."

조심스럽게 몸을 일으킨 친어가 빈 바구니를 들고 자리를 뜰 채비를 하며 말했다. 그러자 류자가 뒤돌아선 그녀의 뒤통수에 대고 원망스러운 어조로 한탄했다.

"난 달랑 하나 있는 아들을 먼저 저 세상으로 보냈는데, 넌 아들 셋이 멀쩡히 살아 있네. 이렇게 불공평한 경우가 어디 있어 그래."

마을 입구로 들어서던 친어는 단풍나무 목판을 이고 마을을 빠져나가는 사람들과 마주쳤다. 나무판이 워낙 널찍하고 두꺼워서인지 판을 들고 가는 사람들의 머리가 한쪽으로 눌려 있었다. 머리 위에 가로 놓인 나무판에 가려져 사람들의 얼굴과 표정은 제대로 보이지 않았다.

"이봐요. 이거 어디에서 옮겨 오는 거예요?"

나무판 뒤쪽에서 대답하는 소리가 들렸다.

"장쎵네 집에서 가져오는 길입니다. 집에 있던 목판을 죄다 팔겠다고 해서요. 갚아야 할 빚이 있대나 어쨌대나."

그 순간 친어는 관에 쓰일 목재를 팔아서 빚을 갚는 게 친동생을 팔아서 현상금을 받는 것보다 그나마 낫겠다고 생각했다.

오전 내내 도시에서 나온 간부들이 공무를 수행한다며 온 마을을 들쑤시고 다녔다. 붉은색 완장을 둘러 잔뜩 무게를 잡은 그들은 새해 첫 날 쉬는 것도 반납한 채 마을로 밀고 들어왔다. 그들의 임무는 법을 어기고 초과 임신을 한 임산부들을 색출하는 것이었다. 낯선 불청객들의 방문은 평화롭고 안온했던 마을의 명절 분위기를 어수선하게 헝클어 놓았다. 이미 잡혀 나온 임산부 몇 명이 마을 입구에 서서 마지막 남은 한 명을 초조하게 기다리고 있었다. 구이잉(貴英)이라는 이름의 여자였는데, 어디론가 숨어버려서 종적을 찾을 수 없었다. 키 차이가 많이 나는 여자 간부 두 명이 골목을 돌며 구이잉을 찾아 다녔고, 나머지 간부들은 대부분 입구에 모여서 임산부들과 잡담을 하고 있었다.

한 임산부가 호기심 어린 표정으로 물었다.

"수술하면 아픈가요? 우리야 지금껏 다리를 벌리고 있으면 아이가 저절로 나오는 줄만 알았지 수술 칼을 대 본 적이 있어야지 말이죠."

간부들이 웃으며 대꾸했다.

"안 아파요."

"수술도 안 해봤을 거 아니에요? 남자가 아픈지 안 아픈지 그 고통을 어떻게 알아요?"

갑자기 임산부들이 까르르 웃음을 터트렸다. 그녀들의 웃음소리가 새해 벽두부터 마을에 이색적이고 묘한 분위기를 얹어주고 있었다.

간부들이 마을을 떠나기 전까지 친어는 한 발자국도 움직일 수 없었다. 그들이 내친 김에 모우즈까지 잡아들이려고 할지도 모른다는 두려움 때문이었다. 모우즈가 발각되기라도 하면 임산부들과 함께 굴비 두름처럼 줄줄이 엮여 끌려갈 수도 있었다.

정오가 조금 지났을 때쯤 구이잉은 두 여자 간부 손에 이끌려 나타났다. 그녀는 눈을 흘깃거리며 비척거리는 걸음으로 끌려왔다. 이렇게 해서 색출대상이었던 구리마을의 임산부들이 한데 모였다. 잠시 후 일렬종대로 늘어선 그녀들은 뒤뚱거리는 오리들처럼 엉기적거리며 마을을 빠져 나갔다. 그들이 썰물처럼 빠져나간 후에야 친어는 비로소 안도의 한숨을 내쉴 수 있었다.

그들이 떠나자 그녀는 부랴부랴 동굴로 달려갔다. 모우즈가 머리를 입구 밖으로 내밀고 있었다. 그의 오른쪽 어깨에 걸쳐진 솜옷은 금방이라도 떨어져 내릴 것 같았다.

"왜 이제야 오셨어요?"

그가 풀 죽은 목소리로 묻자 친어는 그의 이마에 손을 갖다 댔다. 불덩이처럼 뜨거운 이마의 열기가 꽁꽁 얼었던 그녀의 손바닥에 전해졌다. 숱이 많아 풍성했던 그의 머리카락은 거의 다 빠진 상태였고, 두피도 거름 부족한 황무지처럼 푸석푸석해져 있었다. 친어는 그를 부축해 동굴 안으로 들여보내며 설명했다.

"가족계획 정책을 담당하는 간부들이 마을을 찾아와서 뒤지는 바람에 꼼짝할 수가 없었단다."

"좀 전에 형을 봤어요. 오전 내내 산허리 근처에서 계속 맴돌고 있었어요. 뭔가를 찾는 것 같기도 하고. 계곡 쪽으로 가는 것 같아서 큰 소리로 불렀는데 못 들었는지 아무런 반응이 없더라고요. 난 보이는데, 형은 왜 내가 안 보였을까요?"

"다시 오거든 절대 아는 척 하지 마라. 널 신고하려고 그러는 거야."

친어는 쇳덩어리가 압박을 가하는 것처럼 복부 쪽이 뻐근하고 묵직해지는 것을 느꼈다. 한동안 손목시계 소리가 잠잠하니 들리지 않는다 했는데 이제는 횡설수설하는 모우즈가 그녀의 배를 자극했다. 모우즈는 잇몸이 벌겋게 붓고 이까지 흔들려서 음식조차 제대로 씹어 넘기지 못했다. 그 모습을 보며 친어는 아들을 살리기 위해서 진광에게 부탁을 해보자고 결심했다.

마을로 돌아온 그녀는 마침 우물가에서 물을 길러 내려오는 진광을 발견했다. 물통 가장자리로 넘쳐 나온 물이 사방으로 튀면서 그의 헝겊신발도 눅진하게 젖었다. 진광은 진흙투성이로 변한 신발이 제 구실도 못하고 질퍼덕대자 서서히 부아가 치밀었다. 그때 갑자기 친어가 그를 막아서며 길 한가운데에서 무릎을 꿇고 앉았다. 고개를 살포시 숙인 그녀의 검은 머리카락이 검은 옷 아래로 흘러내려 있었고, 검은 색 바탕 위로 유난히 도드라지는 노르께한 두 손은 딱히 둘 곳이 없어 안절부절못해 했다. 진광은 방향을 틀어 길가 쪽으로 발걸음을 옮겼다. 그러자 친어는 재빨리 두 무릎을 이동시켜 그의 앞을 또 가로 막았다. 그가 길 옆 도랑을 넘어 가려고 하자 이번에는 그의 나무 물통을 꽉 붙잡았다. 얼음장 같은 물이 그녀의 어깨 위로 쿨럭거리며 쏟아졌다.

"제발 우리 아들 좀 살려줘요."

"그런 일이라면 다시 찾아오지 말라니까요. 그건 엄연한 범인 은닉죄에 해당한다고요."

"직접 대면하지 않아도 돼요. 그냥 먼발치에서 그 아이 상태가 어떤지 살펴보고 약만 좀 지어주세요. 모우즈를 보러 갔었다는 건 무덤에 갈 때까지 비밀로 묻어둘 테니까 너무 걱정 마세요. 제발 부탁이에요."

결국 진광은 멀찍이 떨어져서 친어의 뒤를 따라갔다. 그녀의 손에는 늘 가지고 다니던 바구니가 들려 있었다. 육감적이고 펑퍼짐한 엉덩이와 어울리지 않게 걸음새는 지친 듯 매가리가 없었다. 진광은 속으로 저러다 피골이 상접하는 것도 시간문제이겠다고 안타까워하며 그녀를 말없이 쫓아갔다. 친어는 움푹 파인 고랑을 건너갔다. 고랑 주변의 시든 풀들이 진흙에 엉거 낮게 포복하고 있었고, 동굴 언저리에는 그녀가 다녀간 발자국들이 여기저기 찍혀 있었다. 그때 그녀가 갑자기 경계하는 눈빛으로 뒤를 돌아봤다. 수상한 낌새를 느꼈는지 얼른 바지를 내려 그를 향해 쪼그리고 앉아서 오줌을 누었다. 역시나 장단이 그녀의 뒤를 몰래 밟고 있었다. 친어는 등골이 서늘해지며 온 몸에 식은땀이 흘러내렸고, 오줌줄기도 더 이상 나오지 않았다.

"진광, 날 갖고 싶다고 했었죠? 오늘이 기회예요. 자, 내 모든 걸 다 가져요."

우거진 나뭇잎 사이를 벌리고 나오던 진광은 난데없는 반전에 당황한 듯했다.

"무슨 농담이 그렇게 심해요? 제 몸도 다 된 지 오래됐습니다."

"저도 마찬가지예요. 그냥 와서 만져 봐요. 스킨십은 가능하잖아요."

진광은 슬그머니 다가가 친어의 몸을 더듬기 시작했다. 장단은 고랑 근처에서 잠시 훔쳐보는 듯하더니 나뭇가지를 꺾고 획 돌아서 가버렸다.

모우즈는 축 늘어진 채 동굴 벽에 기대어 잠들어 있었다. 그에게서는 더 이상 열여덟 살 건장한 청년의 흔적을 찾아볼 수 없었다. 누르스름해진 피부, 머리털이 뭉텅 빠져나가 휑한 머리, 힘없이 구부정한 자세가 영락없는 갓난아기 같았다. 친어는 모우즈의 바지를 내려서 표주박을 고추 가까이 갖다 댔다.

"모우즈, 소변보자."

허연 김을 피어 올리는 샛노란 액체가 표주박 안으로 질질거리며 떨어졌다. 친어는 그의 오줌을 동굴 밖 나무를 향해 던졌다. 진광은 몇 방울이 얼굴에 튄 것 같아 약간의 불쾌감이 올라왔다. 표주박을 내려놓은 친어는 모우즈의 머리를 밝은 쪽으로 조심스럽게 옮겼다.

"이제 밥 먹어야지."

그녀는 바구니에서 꺼낸 밥을 자신의 입에 넣어 먼저 잘 씹은 다음 다시 뱉어서 모우즈의 입 안으로 밀어 넣어 주었다. 진광은 문득 시간이 정지되어버린 느낌을 받았다. 주변의 소리들은 하나 둘 멸멸해 가고, 유독 친어가 밥을 씹는 소리만이 그의 귓전에 오래도록 따갑게 맴돌았다.

"사람을 감동시키는 재주가 있군요. 내 어떻게든 모우즈를 살려 보겠습니다."

그는 모우즈의 손목을 잡고 진맥을 했다. 모우즈도 낯선 손길을 감지했는지 가늘게 눈을 떴다. 진광은 그의 눈이 어두운 동굴 구석구석을 비추는 작은 등불처럼 보였다.

"모우즈, 너도 살고 싶지?"

모우즈가 힘없이 고개를 주억거렸다.

뒷산에서 걸어 나오던 친어는 장단이 산길 입구 나무 그루터기 위에 걸터앉아 있는 것을 보았다. 그녀는 모른 척 고개를 돌리고 지나가려고 했지만 장단이 길을 막아섰다. 그는 까맣게 말라버린 말뚝을 힘껏 발로 찼고, 발길질의 강도가 갈수록 세졌다.

"왜 사람 뒤를 그렇게 캐고 다녀?"

"큰 형은 관 목재 팔아서 빚을 갚았지만, 내 빚은 아직 그대로라고요."

"나를 따라다니면 어디서 노름빚이 뚝 떨어진다던? 설마 그 아줌마가 정말 천 위안을 선뜻 내줄 것 같아? 막상 모우즈를 데려가면 사례비는 고사하고 너도 가만히 두지 않을 걸. 그럼 나까지 줄줄이 철창 행이야."

"어머니는 사람도 아니에요. 자식들 보기가 민망하지도 않아요?"

"내가 너희들한테 민망한 짓 한 게 뭐가 있어? 이만큼 키워 준 게 뭐가 잘못이야?"

"벌건 백주대낮에 딴 남자랑 남부끄럽게 뭐하는 거예요?"

"내가 남자와 몸을 안 섞었으면 너희들이 이 세상에 나올 수나 있었을 줄 아니?"

장단은 멈칫하더니 또 다시 말뚝을 힘껏 걷어찼다. 그러자 말뚝이 끝내 지면과 분리되며 뚝하고 뽑히며 멀리 나가 떨어졌다.

모우즈의 행방을 알아내기 위해 다시 마을을 찾아 온 룽핑은 오토바이를 탈탈거리며 친어의 집으로 바로 달려갔다. 바궁이 그를 보자 먼저 아는 척을 했다.

"왔나."

"어서 준비하십시오. 두 분 중 한 분이 저와 현으로 같이 좀 나가서야겠습니다."

룽핑이 오토바이에서 뛰어 내리자 오토바이는 소리를 몇 번 내더니 이내 시동이 뚝 꺼졌다. 친어가 선수를 치며 딱 잘라 쐐기를 박았다.

"난 기름 냄새만 맡아도 어지러운 사람이야. 차를 오래 타지 못한다고. 남편과 함께 가게."

바궁도 지지 않으려는 듯이 말꼬리를 잡아챘다.

"침대에만 누워 거동도 제대로 못하는데 가긴 어딜 가라는 거야?"

룽핑은 두 사람의 실랑이 따위는 전혀 안중에 없다는 표정으로 무신경하게 바라봤다. 뒷주머니 권총만 만지작거리던 그는 이내 팔을 휘적거리며 류자의 집 쪽으로 발걸음을 옮겼다. 그가 류자 집에서 나왔을 때는 어슴푸레한 해가 빨래를 널어놓은 대나무 장대 위에 걸려 있었다. 희부연 겨울 햇살에 휘감긴 골목 주변은 잔뜩 경직되어 움츠려 있었고, 막 꽃망울을 터트린 길가의 복숭아꽃만이 약하게나마 생기를 발산했다. 복숭아 꽃봉오리가 맺힌 나뭇가지 하나를 꺾어 든 룽펑은 코를 벌름거리며 냄새를 맡았다. 류자가 대문에서 노란 콩 한 포대를 이고 나와 룽펑의 뒤에 바짝 따라붙었다. 룽펑은 친어가 대문간에서 고개를 길게 빼고 기웃거리는 모습을 보더니 멀리서 소리쳤다.

“어서 올라타요!”

류자는 콩 자루를 오토바이 뒤에 실으면서 넙죽 인사했다.

“정말 수고가 많아요.”

룽펑은 별 다른 대꾸 없이 오토바이에 올라타 힘껏 시동을 걸었다. 친어는 올라타려다가 갑자기 허리를 굽히더니 물크러진 누런 색 토사물을 주룩주룩 게워냈고, 그 파편이 오토바이 뒤에 놓인 콩 자루에까지 덕지덕지 튀었다. 룽펑이 눈살을 찌푸리며 재촉했다.

“일단 타서 고개를 바깥쪽으로 내밀고 있어요. 그래도 한 번 게워냈으니 이제 좀 낫겠죠.”

룽펑과 친어를 태운 오토바이가 흰 연기를 내뿜으며 멀리 사라져가자 류자의 두 눈이 축축해지기 시작했다. 눈에 따끔거리는 통증을 느낀 그녀는 시선을 복숭아나무 아래쪽으로 돌렸다. 그때 마당에서 배부른 쿵리가 철 지난 유행가를 흥얼거리는 것이 보였다. 이를 본 류자가 집 안으로 달려 들어가 타박을 주었다.

“뭐가 그렇게 신났어? 생판 남인 룽펑도 아직 샤오위량을 기억하고 저렇게 왔다 가는데, 너는 부인씩이나 돼서 어째 벌써 남편을 까맣게 잊어버린 것 같으냐?”

“밤낮 생각한다고 뭐가 달라지나요? 기억만 붙잡고 있다고 해서 그이가 살아 돌아오는 것도 아니고. 전 그냥 어머니한테 손자나 하나 떡 하니 안겨드리면 되는 거잖아요. 그래야 그나마 이 집에 붙어 있을 면목이 서죠.”

쿵리는 류자의 눈꺼풀이 파르르 떨리는 것을 보았다. 원래 눈에 지병을 달고 사는지라 류자는 툭하면 아무 이유도 없이 눈꺼풀에 심한 경련이 일어나곤 했다. 친어가 룽펑에게 끌려간 후부터 눈꺼풀의 떨림은 불규칙하게 계속되었고, 눈동자는 눈꺼풀에 뒤덮이며 점점 작아져 갔다. 그래도 실눈으로 변해가는 그녀의 눈에는 꽤 흡족해하는 눈빛이 역력했다. 그날 밤부터 류자는 한밤중에 슬그머니 빠져나갔다가 한참이 지나서 다시 유령처럼 문을 열고 들어왔다. 방으로 돌아온 그녀는 쿵리를 붙잡고 두서없이 말을 늘어놓았다.

“아직도 저쪽 집 사람들은 마작에 정신이 팔려 있더구나. 바궁은 침대에서 앓는 소리를 하며 끙끙대고 있고.”

쿵리는 시어머니의 말은 귓등으로 흘려듣고 화당 주변의 고양이에 온 신경을 쏟아 부었다. 화롯불의 온기에 몸을 녹이던 고양이는 나른하게 기지개를 펴고 나서 다시 몸을 활처럼 웅크렸다. 그러더니 이내 무료하고 권태로운 표정을 지으며 위층으로 훌쩍 올라가 버렸다.

“어머니, 침대보 좀 불에 말려 주세요.”

그러나 류자는 언제 나갔는지 이미 방 안에 없었다. 고양이와 단둘이 방에 남은 쿵리는 두려움과 분노가 뒤섞인 복잡한 감정이 몰려왔다.

밖으로 나갔던 류자가 다시 들어왔을 때 마을은 이미 시커먼 어둠에 침잠되어 정적만 감돌고 있었다. 살아 있는 모든 생물이 숨을 죽이고 있어서인지 그녀가 미는 대문 소리는 유난히 크고 선명했다.

"또 감시하러 갔었어요? 매일 그렇게 밤바람을 쏘이고 다니다가 병이라도 나면 어쩌시려고요?"

류자는 쿵리의 침대 맡에 머리를 가까이 대고 무슨 대단한 기밀을 전하듯이 속삭였다.

"오늘도 별다른 낌새는 없더구나. 아무도 집밖에 나오지 않았어. 모우즈가 정말 어딘가에 숨어 있다면 친어가 돌아오기 전에 굶어 죽고 말 거다."

"그 사람이 이미 뒈졌든 아직 살아있든 그건 지금 어머니한테 중요한 게 아니잖아요. 도대체 손자를 안아볼 생각이 있으신 거예요? 손자를 끔찍하게 위하신다면 침대보나 잘 말려달라고요."

침대 밑에서 화로용 바구니를 꺼낸 류자는 화당 속을 뒤적이며 불이 벌겋게 달아오른 숯들을 골라냈다. 숯불이 쭈글쭈글해진 그녀의 얼굴을 환히 비추었다. 집게로 숯을 꺼내 바구니 안에 담고 다시 침대 가까이로 다가와 바구니를 쿵리의 발 밑 쪽으로 집어넣었다. 그녀는 이불에서 불에 탄 듯한 구멍을 발견하고 호들갑스럽게 외쳤다.

"이불에 이렇게 구멍을 내면 어떻게 해?"

"그러게 누가 밖으로만 돌래요? 어머니만 애타게 기다리다가 도저히 안 되겠어서 제가 직접 이불 밑에 화로 바구니를 넣어뒀어요. 그걸 꺼내는 걸 깜빡 하고 있었지 뭐예요. 타는 내가 진동하고서야 퍼뜩 생각이 나더라고요. 정말 하마터면 이불을 홀라당

다 태울 뻔했다니까요.”

“어떻게 된 애가 이불 하나 제대로 못 말리니? 임신하더니 네가 날 어머니로 보는 게 아니라 아예 시종 부리듯 하는구나. 다리며 등이며 그만큼 주물러줬으면 됐지 얼마나 더 호사를 부리려고 그래? 내가 네 남편 가졌을 때는 언감생심 감히 꿈도 못 꿀 일이었다.”

“밤에 혼자 집에 있으면 얼마나 무서운 줄 아세요? 또 그 사람들 감시한다고 나가시면 저도 따라가겠어요. 뱃속 손자 얼어 죽게 하고 싶지 않으시면 알아서 하시라고요.”

“네가 뭘 몰라서 그래. 지금이 딱 기회라니까. 모우즈가 제 발로 나와서 자수하게 만들 수 있는 절호의 기회라고. 가족들이 먹을 걸 안 가져다주는데 무슨 수로 배기겠니? 이렇게라도 해서 억울하게 죽은 내 아들을 위해 저쪽 집에 꼭 복수를 해야겠어.”

“그럼 저도 어머니와 함께 저 사람들을 감시하러 다니겠어요. 그러면 그이가 더 좋아할지도 몰라요. 아니 시간 나면 아예 뒷산을 돌아다니면서 본격적으로 범인을 잡아보죠 뭐.”

“그걸 말이라고 하는 거야? 내가 화병 나서 드러눕는 꼴을 보려고 작정했구나. 그러다 아이가 잘못되기라도 하면 어쩌려고.”

모우즈는 비몽사몽의 상태에서 어렴풋이 쿵리가 고랑 건너편에서 걸어오는 모습을 보았다. 그녀의 배는 커다란 호박을 엎어놓은 것처럼 둥글둥글하게 솟아있었다. 백옥처럼 하얀 얼굴에 번진 발그레한 양쪽 볼은 꼭 그날 밤 그녀의 얼굴을 물들였던 수줍은 홍조 같았다. 그녀는 힘겨운 발걸음을 내디디며 다가왔고, 둔덕을 오를 때는 풍성한 엉덩이를 실룩거리며 느릿느릿 조심스럽게 올라왔다. 모우즈는 순간 내밀하게 가둬졌던 충동과 욕망이 꿈틀거림을 느꼈다. 몇 달 동안 이 컴컴한 동굴 안에서 숨어서 초주검이 된 육신을 악착같이 부여잡으며 살아 보려고 기를 쓸 수밖에 없었던 이유를 이제야 알 것 같았다. 쿵리는 그가 살아야 할 중요한 이유였다. 라메이가 그에게 비현실적인 그림자와 같은 존재였다면, 쿵리는 그의 남성적 본능을 꺼내준 현실 속의 유일한 여자였다. 그가 그녀를 애타게 불렀지만 그녀는 그의 목소리를 끝내 듣지 못하고 수풀 사이로 빠져나가 버렸다.

잠시 후 그는 머리 위쪽에서 울리는 진광의 목소리를 들었다.

"무슨 소리를 그렇게 크게 질러? 죽으려고 작정했나?"

"바로 지척에 있는데 쿵리가 왜 제 목소리를 못 듣죠? 지난번에 형이 지나갈 때도 불렀었는데 못 들었는지 그냥 가버렸어요. 그런데 아저씨는 잘 듣고 찾아오잖아요."

"그거야 네 어머니가 널 돌봐달라고 신신당부하고 갔으니까 그렇지."

"어머니한테 무슨 일이라도 생겼나요?"

"경찰서에 불려갔어. 이대로 지내다가는 자네 어머니도 제 명에 못 죽을 판이야."

모우즈는 진광이 가져온 바구니를 뒤집어 엎어 약과 먹을 것들을 땅에다 쏟아 놨다. 약이 담긴 병이 데굴데굴 굴러가 고랑 밑에 비스듬하게 처박혀 버렸고, 터진 구멍으로 약물이 줄줄 새어 나왔다.

"그만 돌아가세요. 제가 뭘 어떻게 해야 할 지 알 것 같아요."

"또 괜히 미련한 생각 품지 말거라."

약병을 줍던 진광이 의미심장한 미소를 지어 보이자 모우즈가
슬쩍 물었다.

"제가 그런 생각 품기를 은근히 바라시는 건 아니고요?"

일주일 후 친어는 현에서 돌아오면서 바로 모우즈에게로 달려
갔다. 그녀는 그가 굶어 죽지 않고 잘 버텨 준 것이 의외였다.

"누가 식사를 챙겨줬니?"

"진광 아저씨가요."

"정말 좋은 사람이구나."

모우즈의 눈가에서 비어져 나온 눈물줄기가 턱 끝에 대롱대롱
맺혔다.

"죽고 싶어도 마음대로 죽지도 못하겠어요. 다리도 통 말을 안
듣고, 동굴 밖으로 빠져나갈 기력도 없어요. 소 찾으러 나온 아이
한테도 소리 질러보고, 나무를 베러 온 마을 사람들한테도 소리
질러봤는데 아무도 제 목소리를 듣지 못해요. 아저씨도 매일 한
번씩 찾아왔지만 멀쩡히 살아 있는 절 보면서 속으로는 분명 실
망했을 거예요. 그 분도 다 어머니를 생각해서 그런 거니까요."

"애가 도대체 무슨 소리를 하고 있는 거야?"

"다리도 마음대로 안 움직여지는데 살면 또 뭐 해요?"

"이 놈의 돌팔이를 내가 용서하나 봐라. 절대 가만 두지 않을
거야. 망할 놈의 영감탱이가 도대체 무슨 망언을 퍼부은 거니?"

하룻밤 사이에 연둣빛 풀들이 차디찬 땅을 뚫고 나와 잔설 틈
으로 고개를 내밀었고, 개미와 귀뚜라미들이 동굴 주변을 분주
하게 돌아다녔다. 깊은 잠에 빠져 있던 자연이 속속 깨어나면서

산 속에 봄기운이 완연해졌다. 마을 사람들이 광주리와 호미를 들고 나와 산비탈 땅을 일구는 소리도 봄빛을 채우는 데 합세하고 있었다. 질긴 느낌의 검은 옷을 입은 그들은 발뒤꿈치에 검은 그림자를 매달고 이제 갓 파릇하게 물들어 가는 둔덕을 왔다 갔다 했다. 그 모습은 움직이는 고목나무들을 연상케 했다. 산비탈의 마른 풀을 태우는 짙은 연기에서 맵싸한 냄새가 퍼졌고, 타고 남은 재들이 새 깃털처럼 사방에 흩어지며 어지럽게 날아다녔다.

친어는 장쳥, 장단이 내버린 마작 패들을 동굴로 가져왔다. 모우즈는 자유로웠던 과거의 기억을 부여잡듯 마작 패를 손에 꽉 쥐고 놓지 않았다. 원래 농촌에서 봄은 마작을 즐기기에 그리 적당한 계절이 아니었다. 하지만 그에게는 이 마작패가 지루한 시간들을 그럭저럭 때울 수 있게 해주는 유일한 희망이었다. 그는 마작 패 위의 무늬들을 만지작거리며 패를 알아맞히는 데 열중했다. 맞히느냐 못 맞히느냐에 따라 그의 감정곡선은 하루에도 몇 번씩 희열과 좌절 사이를 오르내렸다. 무감정과 체념으로 얼룩졌던 은닉생활에 모처럼 찾아온 작은 자극을 즐기며 그는 담배도 배우기 시작했다. 그걸 유도한 장본인은 바로 친어였다. 그녀는 집에서 바궁의 담배를 훔쳐다가 그에게 몰래 쥐어 주었다.

"모우즈, 답답하면 한 대 펴보렴. 남자란 자고로 힘들고 지칠 때 담배에 기대어 위안을 찾을 줄도 알아야 하거든."

그의 입에서 뿜어져 나오는 희뿌연 담배연기가 컴컴한 동굴 안을 휘저었다. 모우즈는 당신의 담배가 남몰래 하나씩 사라진다는 사실을 까맣게 모르고 있을 아버지를 생각하니 왠지 모를 짜릿한 쾌감이 몰려왔다.

한번은 대화상대가 그리웠던 모우즈가 친어에게 라메이가 보고 싶다고 했다. 그러나 친어는 아직 누굴 만나는 것은 위험하다는 식으로 즉답을 회피했다.

"간신히 지금까지 버텨 왔는데 이제 와서 잡히면 너무 억울하잖니."

그러나 모우즈의 표정에는 절박함이 역력했다.

"그냥 몰래 가서 한 번만 보고 오면 안 돼요?"

그날부터 친어는 매일 저녁 그를 업고 산등성이에 올라갔다. 어깨 너머로나마 노란 불빛들이 영롱하게 빛나는 마을을 보게 해 주고 싶었기 때문이다. 뼈만 앙상하게 남을 정도로 비쩍 말라버린 그는 친어의 등 뒤에 죽은 듯 엎드려서 마을의 부산한 저녁풍경에서 전해져 오는 모처럼의 사람냄새와 온기를 느꼈다. 제법 짙은 어둠발이 내려앉을 무렵이면 집집마다 하나 둘 켜지는 불빛들이 마을의 어둠을 점점이 지워갔다. 모우즈는 서리가 낀 것처럼 희끗해진 친어의 머리를 내려 봤다.

"흰 머리가 부쩍 늘었네요."

"엄마도 이젠 늙었잖니. 이제 몇 년 만 더 있으면 널 이렇게 업고 다닐 수도 없을 거야."

눅눅한 봄비가 지겹도록 계속되던 어느 날 곡식 씨앗 썩는 냄새가 바궁의 코를 찔렀다. 장성과 장단은 각자 저들 몫의 밭에 나가 파종하느라 여념이 없었고, 친어는 매일 허둥지둥 문턱이 닳도록 쏘다니기만 할 뿐 곰팡이가 슬어 부르튼 씨들을 거들떠보지도 않았다.

“남들은 파종한다고 정신없는데 도대체 어딜 그렇게 쏘다니는
거야?”

“밭 갈 소도 없는데 씨는 뿌려서 뭘 해요?”

집 마당 한 쪽에 놓아둔 곡식 씨앗들은 날이 갈수록 더 진하고
강렬한 악취를 풍겼다. 더 이상 곡식의 향이라고는 찾아볼 수 없
을 정도가 되어서야 친어는 바구니를 들고 나섰다.

“지금 가서 뿌리고 올 테니까 걱정 말고 누워 있어요.”

“써레질은 해놨어?”

“했어요.”

친어는 저녁 무렵이 되어서야 두 다리에 진흙을 잔뜩 묻히고
돌아왔다. 종아리와 허벅지는 물론 상체까지도 흙탕물에 뒤집어
쓴 사람처럼 온통 진흙투성이였고, 심지어 희끗희끗해진 머리카
락도 흙과 엉켜서 잔뜩 떡이 져 있었다.

“누구랑 씨를 뿌렸길래 이 꼴이 됐어?

“라메이요. 둘이 같이 뿌렸어요.”

처음에 바궁은 그냥 무심하게 들어서 넘겼다. 작년 봄과 다르
지 않은 대답이었기 때문이다. 그러나 이내 섬뜩하고 수상한 느
낌이 뇌리를 스쳤다. 라메이는 이미 죽지 않았던가. 이상한 낌새
를 눈치 챈 바궁은 사정없이 방 벽을 두드렸다. 그러자 장단이 창
문으로 고개를 쑥 들이밀며 물었다.

“왜 그러세요?”

“밥 먹고 나면 들것 하나 만들어다오. 내가 곧 죽을 성 싶다. 나
죽으면 무덤까지 들고 갈 들것 하나 있어야 하지 않겠냐?”

장솽과 장단은 농사일을 잠시 손에서 놓고 들것을 짜기 시작했

다. 아버지의 의중을 도무지 헤아릴 수 없었던 그들은 있는 정성 없는 정성 다 짜내는 척하며 최대한 시간을 끌었다. 그 사이에 혹여나 아버지의 충동이 잦아들지는 않을까 해서였다. 그러나 바궁은 일말의 타협의지도 없는 것처럼 완강한 어조로 그들을 재촉했다. 들것의 모양이 어느 정도 갖춰지고 세부 마감 작업만 남았을 때 바궁은 더는 못 참겠다는 듯이 버럭 소리를 질렀다.

"마무리는 집어치우고 당장 이리 와서 날 태워라. 꾸물대지 말고 어서!"

오후로 접어든 논밭에는 사람들이 곳곳에 서서 분주한 손길을 놀리고 있었다. 장단과 장솅은 바궁을 태운 들것을 각각 앞뒤로 들고 마을 입구에서 천천히 걸어 나왔다. 도타워진 오후 봄볕에 그들의 그림자가 땅바닥에 길게 드리워졌고, 소들이 꼬리를 흔들다가 튕겨낸 흙들이 들것에까지 튀었다. 밭이랑 사이사이를 지나 자기 밭에 도착한 바궁은 멋대로 자란 잡초들로 무성하게 뒤덮여 있는 모습에 입을 다물지 못했다. 귀뚜라미와 온갖 잡다한 벌레들은 사람 손이 닿지 않아 방치된 밭에서 마치 제 세상을 만난 것처럼 울어 제치고 있었다. 넋을 잃은 바궁은 손으로 들것을 두드려 치며 한탄했다.

"내년에는 뭘 먹고 살라고."

그는 어수선하게 얽힌 마음을 눌러 내리지 못하고 결국 펑펑 눈물을 쏟아내고 말았다. 사람들은 그의 서러운 통곡 소리를 애써 외면하며 긴장감 속에 씨를 뿌리고 있었다.

바궁이 울음을 그친 듯하자 장솅은 밭에서 나와 그에게 다가가 말했다.

"아버지, 집으로 돌아가실래요?"

그는 아무런 대답이 없었다. 장쉥이 손짓하자 장단도 들것 쪽으로 달려왔다.

"울지 마세요. 저희가 있잖아요. 설마 아버지를 굶겨 죽이기야 하겠어요?"

"니들 어머니는 왜 나를 속인 거냐? 밭일은 뒷전으로 미루고 도대체 뭘 하고 돌아다니는 거난 말이야?"

그들은 왔던 길을 따라 다시 되돌아 나갔다. 그런데 막 마을로 들어서려는 순간 '쿵' 하는 둔탁한 소리와 함께 바궁이 들것에서 떨어졌다.

"그러길래 왜 완성되지도 않은 걸 가지고 기어이 고집을 부리셨어요? 아버진 너무 성급해서 탈이라니까요. 꼼꼼하게 완성해서 나왔으면 이런 일도 없을 텐데……."

친어가 지난겨울 품에 안고 왔던 송아지는 튼실하게 잘 자라더니 어느 봄날 아침 돌연 죽어버렸다. 동이 터오는 어슴새벽 친어는 두유를 들고 가서 송아지에게 먹였다. 처음에는 꿀꺽거리며 잘 받아먹더니 갑자기 바닥으로 푹 주저앉아 버렸다. 희멀건 두유가 입가로 비질비질 흘러 나와 바닥을 하얗게 물들였다. 송아지는 혼몽해진 눈을 미처 감을 겨를도 없이 숨이 끊어졌다. 전생에 소에게 무슨 빚을 졌나 싶은 마음에 친어는 아침부터 암울해졌다.

그녀는 길가 근처 언덕비탈에 송아지를 묻었다. 자식을 거두는 어미의 심정으로 정성스럽게 흙을 덮고 돌을 둘러 주었다. 악착같이 새끼를 지켜낸 어미 소의 노력이 이렇게 물거품이 되는구나, 라고 생각하고 있는데 그녀의 뒤에서 경쾌한 소 발굽 소리가 들려왔다. 돌아보니 라메이의 아버지가 아들 셋과 함께 듬직한 물소 세 마리를 끌고 그녀의 밭쪽으로 걸어가고 있었다. 그들은 지난 번 라메이가 사고로 죽었을 때 친어가 관을 보내줬던 것이 내내 고마워서 일손을 도우러 왔다고 했다.

점심 무렵, 친어는 점심과 술을 챙겨 밭으로 달려갔다. 웃으면서 그들을 대해야겠다는 당초의 결심이 무색하게 그녀의 눈은 주책없이 쏟아지는 눈물로 그렁그렁해졌다. 라메이 가족들과 소들을 보니 죽은 라메이의 환영이 자꾸만 어룽거리는 것 같았다.

그들이 점심을 먹는 사이 그녀는 낫을 들고 밭두렁을 돌아다니며 웃자란 풀들을 베어냈다. 베어낸 여린 풀들을 소들이 묶여 있는 나무 아래에 쌓아두자 소들은 정신없이 입으로 가져가 질겅질겅 씹어댔다. 그 모습을 지켜보던 라메이의 아버지는 속으로 생각했다.

'어쩜 저리 마음이 선할까? 동물도 아낄 줄 알고. 예전부터 이 집 일을 도와주면 사람이고 동물이고 손해 보는 일은 없었지.'

그때 밭두렁 사이를 몇 번 오가던 친어가 논둑 아래로 달려드는 새처럼 푹 꼬꾸라져서 대자로 뻗었다. 그는 그녀가 실수로 넘어진 거라고 생각했지만 오랫동안 일어나지 않는 게 아무래도 이상해 밥그릇을 집어 던지고 밭으로 달려갔다. 그녀는 두 눈을 질끈 감은 채 새하얗게 질린 입술 사이로 힘없이 중얼거렸다.

"갑자기 눈앞이 깜깜해지면서 나도 모르게 쓰러졌어요."

결국 친어와 바궁은 모두 나란히 몸져누워 침대 신세를 져야

했다. 봄은 경쾌하게 물살을 가르는 물고기처럼 빠르게 주변을 휘젓고 지나가는 듯했다. 그들은 줄달음치는 봄을 부여잡을 힘이 없었다. 라메이 가족들은 하루 종일 밭일을 거들고 혹시 폐가 될까 봐 친어에게 따로 인사도 하지 않고 조용히 마을을 빠져나갔다. 친어는 방 안 창문 너머로 황혼을 등진 채 멀어져 가는 그들의 뒷모습을 보면서 가슴 한 구석이 짠해졌다.

'거동을 할 수 있게 되면 식사 대접이라도 해야겠네.'

모우즈가 오랜만에 친어를 다시 보았을 때, 그녀의 손에는 지팡이가 들려 있었다. 걸음새도 전과 달리 생경하고 부자연스러웠고, 발을 옮길 때마다 만삭의 임산부처럼 부쩍 힘겨워했다. 그녀는 여전히 경계를 늦추지 않고 산등성이를 빙 에둘러 걸어왔다. 그러다 고랑 근처에 거의 다 와서 '미끄덩' 하고 휘청거리더니 고랑 밑으로 굴러 떨어졌다.

주변이 정지한 듯 한참 동안 침묵이 흐르고 나서야 모우즈는 작은 신음소리가 들려오는 동굴 입구 고랑 쪽으로 다가갔다. 가까이 다가갈수록 '아이고, 나 죽네' 라고 신음하는 친어의 목소리가 더욱 선명하게 들려왔다. 그는 소리가 시작되는 곳으로 빠르게 걸어갔고, 반백의 머리를 들어 자신 쪽으로 올라오려고 기를 쓰는 어머니를 발견했다. 동굴 입구에서 좀 떨어진 위치에 있는 그녀는 그를 올려다보며 물었다.

"왜 네가 핏물 속에 있는 거지? 동굴은 왜 빨갛고? 왜 내 눈앞이 온통 시뻘겋게 변한 거니?"

질겁한 모우즈가 경련이 일어난 것처럼 몸을 바들바들 떨었다. 가는 나뭇가지가 친어의 왼쪽 눈에 깊이 꽂혀서 그 사이로 피가

철철 흘러나오고 있었다. 그녀가 위로 올라가려고 움직일 때마다
눈에 박힌 나뭇가지도 덩달아 흔들거렸다.

"어머니, 올라오지 마세요. 이쪽으로 오면 저도 이 자리에서
죽어버리겠어요. 저 같은 건 상관 말고 그냥 돌아가시라고요."

친어는 끝끝내 동굴 입구까지 올라왔다.

"모우즈, 엄마 눈 좀 봐줄래? 아무래도 실명할 것 같아. 다시는
죽겠다는 소리 입에 담지 마라. 너마저 그러면 난 누구를 바라보
고 사니?"

"언젠가는 죽어야 할 목숨이잖아요. 이렇게 사는 것도 잠깐 뿐
이라고요."

"죽으려면 엄마부터 먼저 죽이든가."

그녀는 옷 주머니에서 주먹밥을 꺼내 그의 손에 얹어 주었다.

"어서 먹어. 며칠 동안 굶었잖아."

"이만 돌아가세요. 가시면 먹을게요. 어서 가서 아저씨한테 눈
좀 치료해달라고 하세요."

모우즈는 품 안에서 시계를 꺼내 눈가로 새어 나오는 피를 계
속 닦아내고 있는 그녀에게 건넸다.

"이젠 더 이상 시간을 확인할 필요가 없으니까, 이거 가져가서
팔아다가 눈 치료하는 데 보태세요."

친어는 얼굴이 피로 범벅 된 채 고랑 밑으로 미끄러져 내려갔
다가 다시 건너편으로 올라갔다. 그녀가 지나는 곳마다 풀이 붉
게 물들고 있었다.

"어머니, 절대 안 죽고 버티겠어요. 제가 죽으면 어머니 눈을
두 번 다치게 할 테니까."

바궁의 포악스럽고 과장된 신음소리는 늘 친어의 연약한 신음소리를 잠식해 버려서 사람들로 하여금 그녀의 존재를 잊게 했다. 병문안을 오는 마을 사람들은 백이면 백 바궁이 누워 있는 방만 들여다보고 유유히 사라졌다. 친어의 방을 드나드는 유일한 사람은 눈을 치료해주는 진광뿐이었다.

온갖 약을 달이며 보살펴 주는 그를 보면서도 뭐 하나 내줄 게 없는 자신의 처지가 친어는 괴로울 따름이었다. 집 안에는 엄살 섞인 바궁의 신음소리만 요란할 뿐 돈 될 만한 물건은 눈 씻고 찾아봐도 없었다. 진광은 그녀를 치료하는 내내 '내가 고생을 자초했지' 라고 입버릇처럼 탄식했다.

"진광, 지금 난 당신밖에 기댈 곳이 없어요. 남편도 매일 저렇게 소리를 지르고 난리인걸 보면 앞으로 살날이 멀지 않은 것 같아요. 평생 혼자 살았으니까, 저이가 떠나면 내가 당신 남은 인생 보살펴 줄게요."

"저렇게 난리 쳐도 금방 어떻게 되진 않을 걸요. 아주 심각한 상태는 아니니까."

친어는 주머니에서 모우즈에게 받은 손목시계를 꺼내 그에게 건넸다.

"필요하면 이거 가져요. 나도, 모우즈도 이젠 당신만 바라보고 있다는 거 알죠?"

진광은 손어림으로 시계의 무게를 재며 대답했다.

"나한테 희망을 거는 건 병을 고치는 것뿐이지, 뭐 다른 게 있겠어요?"

• • •

　마을에서 살인사건이 일어난 지 여덟 달이 지났다. 류자는 쿵리가 갈수록 배가 불러 힘겨워하면서도 몸 생각 안 하고 뒷산에 자주 출입하는 것이 영 못마땅했다.

　열기를 머금은 여름 햇발이 갈수록 맹렬해지고 있었다. 쿵리는 나뭇가지와 꽃을 꺾어 꽃 왕관을 만들어 쓰고 뒷산을 향해 걸어갔다.

　"도대체 산에 들어가서 뭐 한다니?"

　"놀러 가는 거예요. 어디 멋진 남정네 없나 하고."

　류자는 쿵리의 뒤를 따라갔다. 쿵리는 유행가를 흥얼거리며 배를 받치고 정처 없이 산을 누비고 다녔다. 산비탈과 개울을 지나 그녀가 멈춘 곳은 소귀나무 앞이었다. 그녀는 나무에 달린 열매를 따려고 미련한 곰처럼 손만 한참 뻗어 올렸다. 아무리 해도 열매에 손이 닿지 않자 약이 올랐는지 펄쩍펄쩍 뛰기 시작했다. 멀찍이 서 있던 류자가 더 이상 참지 못하고 소리쳤다.

　"그만 하지 못해? 내 손주 놀라서 떨어질라."

　류자는 성난 어미 소처럼 소리를 지르면서 쿵리를 향해 달려갔다. 쿵리는 열매 따는 데 흥미를 잃었는지 나무 아래 털썩 주저앉았다. 나뭇가지에 대롱대롱 달린 까무잡잡한 열매들이 뜨거운 태양을 받아 검은 보석처럼 찬란하게 빛났다. 나무 아래까지 뒤쫓아온 류자는 헐떡이는 숨을 골랐다.

　"내가 올라가서 대신 따 주마."

　그녀는 침을 퉤 뱉더니 나무를 타고 올라가기 시작했다. 쿵리는 밑에서 그녀를 올려다보며 시어머니가 꼭 나이든 어미 원숭이 같다는 생각을 하고 있었다.

류자와 쿵리가 뒷산으로 올라간 그 시간에 친어는 배에 이상한 통증을 느꼈다. 창문 사이로 들어온 따가운 햇살이 침대보를 환하게 비추고 있었고, 그녀는 그 위를 데굴데굴 뒹굴기 시작했다. 날카로운 칼로 배를 쑤시는 것 같은 극심한 통증이 그녀의 몸 속 전체를 갈기갈기 찢어놓았다. 시간이 갈수록 격렬해지는 통증을 견디기 힘들어 그녀는 결국 고통스러운 신음소리를 내뱉었다. 그녀의 방에서 신음소리가 들리자 바궁은 이상한 느낌이 들었다.

'아무리 아파도 잘 견디고 내색 한 번 안 하더니 오늘은 어째서 신음소리가 끊기지 않을까?'

그녀의 신음은 쇠 표면이 긁히는 소리처럼 줄기차게 고막을 자극하며 바궁의 머리카락을 쭈뼛쭈뼛 서게 만들었다. 그는 한번 가 봐야겠다는 생각이 들어 침대 아래로 내려왔다. 그런데 그 순간 바닥을 내딛는 발걸음이 아주 가뿐하게 느껴졌고, 벽을 짚지 않고도 충분히 걸어 다닐 수 있을 것 같았다. 갑자기 어디서 이런 기운이 났는지 도무지 알 수 없었다.

친어는 누군가 방문을 들어서는 것이 어렴풋이 보이자 으레 진 광이려니 했다. 그러나 아픈 배를 부여잡고 다시 눈을 뜨고 보니 침대 앞에 서 있는 사람은 다름 아닌 바궁이었다. 어찌나 화들짝 놀랐는지 그녀의 입 속에서 내내 흘러나오던 신음소리가 물속으로 가라앉는 기포처럼 뚝 그쳤고, 동그랗게 커진 오른쪽 눈에서는 당황스럽고 두려운 기색이 가득했다.

소귀나무 열매를 주머니 가득 주운 쿵리는 잔뜩 신이 나서 집으로 돌아오고 있었다. 후끈거리며 쏟아지는 햇볕 때문에 그녀의 머리에 살포시 얹혀있던 꽃 왕관은 이미 시들시들 늘어져 있었다. 류자는 걸어가는 중에도 불 피우는 데 쓸 만한 마른 나뭇가지들을 틈틈이 주워 담았다. 모우즈는 장작 몇 개를 들고 가는 류자의 뒷모습을 바라보며 어머니와 아주 닮았다고 생각했다. 어디선가 어머니의 목소리가 환청처럼 울려 퍼졌다. 산등성이 어딘가에서 자신을 부르며 손짓하는 것 같았다.

"볕이 참 좋구나. 어서 나와 보렴."

그는 살가운 목소리에 이끌려 자신도 모르게 서서히 동굴 밖으로 기어 나왔다.

"쿵리, 천천히 좀 걸어. 넘어지면 큰일 난다. 아기 생각 좀 하라니까."

쿵리의 뒤를 졸졸 쫓아가며 잔소리를 하던 그 순간, 류자는 모우즈가 갓난아이처럼 동굴에서 기어 나오는 모습을 보고야 말았다. 머리카락이 다 뽑혀나가 민숭민숭한 머리를 내민 그는 태양의 빛이 눈부셨는지 미간을 찡그리며 두 눈을 가늘게 뜬 채 그녀를 향해 비틀비틀 기어오고 있었다. 류자는 온 몸이 마비된 것처럼 그 자리에 얼어붙어 버렸다.

"살인범이다! 귀신, 귀신이 나타났다!"

그녀는 다급한 마음에 각목을 들고 그의 머리를 힘껏 내려쳤다. 그러자 모우즈는 썩은 나무처럼 맥없이 고랑 속으로 빠져 들어갔다. 그의 콧구멍과 입에서는 검붉은 피가 줄줄 흘러나왔고, 반들반들했던 머리통도 양쪽으로 갈라져 철철 피를 내뿜고 있었다. 비명소리에 뒤돌아본 쿵리는 류자가 사납게 일그러진 표정으로 모우즈의 머리를 여러 번 후려치는 것을 보았다.

"사람이 죽어요!"

류자는 쿵리가 뭐라고 외치는지 들리지 않았다. 그저 기계적으로 미친 듯이 각목을 휘두르기만 했다. 쿵리는 비명을 지르며 동굴 쪽으로 뒤뚱뒤뚱 뛰어갔다. 마침내 정신을 찾은 류자는 각목을 떨어뜨리며 피가 흥건한 바닥에 풀썩 주저앉아 찢어질 듯 절규했다. 선혈이 낭자한 동굴 주변은 온통 핏빛으로 물들고, 피비린내로 진동하고 있었다. 그 안에서 쿵리는 문득 작년 가을 그날 오후의 영상들이 주마등처럼 떠올랐다.

그날 샤오위량은 다른 마을에서 일감을 찾아볼 양으로 목공도구들을 챙겨 집을 나섰다. 그가 집을 나서는 것을 보던 쿵리는 뭔가 생각난 듯 다시 들어가더니 비닐 한 장을 꺼내 그를 쫓아갔다. 그녀는 비닐을 그의 짐 위에 올려놓으며 말했다.

"이거 가지고 가요. 비를 피하거나 바람 막을 때 꽤 유용할 거예요. 필요하면 요처럼 깔아서 쓸 수도 있고요."

샤오위량은 감동한 눈빛으로 그녀를 바라보았다.

"돈 많이 벌어서 연말에 돌아올 테니 어머니 잘 좀 부탁해."

그는 비닐을 어깨에 걸치고 한 마리 새처럼 유유히 쿵리의 시야에서 멀어갔다.

샤오위량이 일을 찾아 나선 것은 어머니 류자의 압력에 못 이겨서였다. 류자는 당시 쿵리가 진광이 지어준 약을 먹고 있었기 때문에 두 사람이 잠시 떨어져 지내기를 바랐다. 시집온 지 삼 년이 넘도록 아이가 들어서지 않아 애를 끓이던 류자는 쿵리에게

다른 집 남자의 씨앗이라도 심어서 샤오 가문의 대를 이어야겠다
는 발칙한 생각을 했다. 샤오위량을 배웅하고 돌아선 쿵리는 모
우즈가 바로 뒤에 서 있는 것을 발견했다. 모우즈는 야릇한 미소
를 흘리며 먼저 말을 걸었다.

“이제 갔군.”

“뭐야, 도둑고양이처럼.”

그날 밤 모우즈는 창문을 넘어 쿵리의 방에 몰래 들어왔다.

“도둑고양이 또 왔어.”

쿵리는 그에게 마음을 빼앗긴 것처럼 정신이 혼미하고 온 몸이
나른해졌다.

자연스럽게 그녀의 이불 속으로 들어간 그는 손전등 스위치를
비틀어 켜서 쿵리의 얼굴에 번진 발그스름한 홍조를 바라보았다.

“손전등 꺼.”

“싫어. 그동안 당신 얼굴 처다보고 싶어도 내 마음대로 못 봤
는데, 오늘밤에 실컷 봐야지.”

모우즈는 쿵리의 알몸을 더듬으며 손전등으로 구석구석 비추
었다. 쿵리의 곱상한 얼굴이 손전등 불빛 아래서 더욱 빛났다.

샤오위량이 뜬금없이 방문을 열고 들어왔을 때는 모우즈와 쿵
리가 일을 마친 뒤였다. 그 와중에도 쿵리는 샤오위량이 좀 더 일
찍 들어오지 않은 게 그나마 다행이라는 생각을 했다. 그렇지 않
았다면 정말 샤오 가문의 대가 이대로 끊길지도 몰랐기 때문이
다. 샤오위량은 짐을 방구석에 풀어 놓고 침대 곁에 가만히 서 있
었다. 쿵리는 그가 왜 갑자기 되돌아왔는지 이해할 수 없었다. 불
륜현장을 잡기 위해서? 아니면 정말 아내의 품이 애타게 그리워

서? 샤오위량은 어머니가 놀라 깰까 봐 두려웠는지 아무런 소리도 내지 않았다. 지금 와 생각해 보니 그가 자신과 하룻밤 더 자고 몰래 다시 나가려고 했을지도 몰랐다. 소리를 지르거나 노골적으로 분노하지는 않았지만 당시 그의 마음은 깊은 절망의 늪으로 빠져들고 있었을 것이다.

침대에서 굴러 떨어진 모우즈가 도망가려고 하자 샤오위량이 그의 허리를 꽉 잡고 침대 위로 패대기쳤다. 그의 드잡이가 점점 거세게 반복되자, 도저히 빠져나갈 수 없겠다는 판단을 한 모우즈는 방구석에 있던 끌을 꺼내들고 그를 냅다 후려쳤다.

태양이 작열하던 한여름의 어느 날 쿵리는 아들을 낳았다. 류자는 그렇게 기다리던 손자의 얼굴 한번 보지 못하고 룽핑에게 잡혀 갔다. 그날 마을을 나서던 그녀는 샤오위량의 무덤 쪽을 향해 발악하듯 외쳤다.

"아들아, 이 어미가 드디어 네 원수를 갚았다!"

그녀는 악을 쓰면서 하얗게 샌 머리카락을 쥐어뜯기 시작했다. 이를 바라보던 사람들은 혀를 끌끌 찼다.

"아무래도 실성할 기미가 보이는군. 저러다가 완전히 미치는 거지."

만월(滿月: 아기가 태어난 지 만 한 달이 되는 날―옮긴이) 축하잔치는 쿵리의 친정어머니와 형제자매들이 챙겨주었다. 그날 마을 사람들은 일찌감치 일손을 거두고 그녀의 집으로 몰려갔다. 그 중에는 친어도 섞여 있었다. 진광은 안채에 떡 하니 자리 잡고 앉아서 인자한 표정으로 사람들을 내려다보고 있었다. 친어가 아기를 받아 안고 문 입구에 앉자 지나는 사람들마다 아기의 얼굴을 한 번씩 쓰다듬었다. 포대기에 싸인 아기는 실명하여 이미 초점을 잃은 친어의 왼쪽 눈을 보고 덜컥 겁이 났는지 칭얼대기 시작했다. 친어는 갓난아기조차 제 원수를 알아보는가 싶어 뜨끔해졌다. 그러나 아기가 울어 제치는 순간, 깊이 잠들었던 기억의 일부가 꿈틀대는 것 같았다. 어쩐지 낯이 익다 싶은 아기의 얼굴 위로 자꾸만 모우즈의 얼굴이 겹쳐졌다.

거나하게 술을 들이켠 진광은 바지를 잡고 자리에서 일어났다. 그가 뒷문으로 나가는데 갑자기 소변이 바지를 적시며 새어 나왔다. 그는 허둥지둥 화장실 쪽으로 걸어갔고, 친어가 그의 뒤를 뒤따라 나왔다.

"진광, 당신은 사람도 아니야."

"지금 바지에 오줌 좀 지렸다고 그런 말을 하는 겁니까?"

"당신이 모우즈를 팔아 넘겼지? 우리 애가 어디 있는지 류자에게 일러 바쳤잖아. 당신이 모우즈를 죽인 거야. 류자의 인생도 당신이 망친 거라고."

"무슨 소리요? 쿵리는 진작에 모우즈가 숨은 곳을 알고 있었다고요. 두 사람 전부터 심상치 않은 관계였으니까. 쿵리의 병을 내가 고쳤다고 생각해요? 나한테 그런 영험한 능력이 있다고? 흥, 능력은 개뿔. 똑똑히 들어요. 쿵리의 병을 고친 사람은 당신 아들 모우즈라고요. 아직도 모르겠어요? 오늘은 당신 손자가 태어난 지 한 달 째 되는 날이라는 걸!"

소변을 다 본 진광은 물건을 집어넣고 바지춤을 여미며 다시 안으로 들어가 버렸다. 친어는 그 자리에 멍하니 서서 시끌벅적

한 마당 쪽을 바라보며 나직이 중얼거렸다.

"하늘이 날 버리지 않았구나."

음란한 마을

• • •

　치우위(秋雨)는 종종 어청(峨城) 극단 목조건물의 구석에 앉아 향수에 잠겨 있곤 했다. 내가 지금 치우위의 과거를 추억하듯이 말이다. 당시 신원이 명확하지 않았던 치우위는 주변 사람들의 의심과 감시, 추격의 대상으로 자주 몰렸던 것으로 기억한다.

　치우위는 횃불과 몽둥이를 든 마을 사람들에게 쫓겨 어청으로 들어왔다. 도시의 가로등이 하나 둘 점멸하던 그 시각 도시 외곽의 드넓은 농촌은 화질이 좋지 않은 흑백영화처럼 희뿌연 안개에 잠겨 있었다. 도시 변두리에서는 쓰레기를 주워 생계를 이어가는 사람들이 슬슬 움직이고 있었다. 멀리서 사람들의 고함소리가 들려왔고 흔들거리는 횃불이 밭이랑 사이를 지나며 작은 불똥들을 튕겨냈다. 요란한 발소리와 고함소리에 놀랐는지 개구리도 울음을 뚝 그쳤다. 치우위는 쏜살같이 달려와 쓰레기를 줍는 무리에 숨어들었다. 횃불이 도시 입구로 점점 다가오자 치우위는 허름한 부랑자들에 섞여 도시의 골목을 향해 달려갔다. 그를 쫓던 사람들은 낯선 도시의 건물과 미로처럼 얽힌 골목길이 펼쳐지자 고개를 절레절레 흔들고는 다시 왔던 길로 되돌아갔다.

　부랑자들 틈에서 빠져 나와 혼자 정처 없이 길을 걷던 치우위가 도착한 곳은 어느 목조건물 앞이었다. 밖으로 돌출되어 나온 이층의 나무 난간이 침침한 어둠 사이로 희미한 윤곽을 드러내고 있었다. 건물 쪽으로 다가가 문을 밀어 봤지만 문은 단단히 잠겨 있었다. 건물 뒤쪽으로 돌아간 그는 시커먼 건초더미가 눈에 띄자 곧장 그 사이로 파고 들어갔다. 건초더미 안에서 눅눅한 지린내가 퍼져 나왔다.

창백하고 푸르스름한 여명이 주변을 채워올 무렵, 치우위는 빗방울이 얼굴에 떨어지는 느낌에 잠에서 깼다. 위층에 놓인 나무판자 틈 사이에서 노란 물줄기가 떨어지고 있었는데, 벌어진 틈새로 보름달처럼 하얗고 탱탱한 여자의 엉덩이가 보였다. 여자의 오줌줄기가 건초더미 위로 떨어지면서 오줌방울들이 사방으로 튀었다. 치우위가 건초더미 안에서 벌떡 일어서서 나오자 나무판자에 앉아 있던 여자는 꺅, 날카로운 비명을 내질렀다. 그녀는 얼른 바지를 끌어올리고는 방으로 후다닥 달려 들어갔다. 치우위도 손으로 얼굴을 닦아내며 쿵쾅쿵쾅 요동치는 가슴을 쓸어내렸다.

날이 채 밝지 않아서인지 목조건물 안은 여자의 비명 소리 말고는 다른 인기척이 없었다. 치우위는 다시 건물 앞 쪽으로 걸어갔다. 그는 '어청극단'이라고 써진 입구의 나무 팻말을 보고 발이 땅에 붙어버린 듯 우뚝 멈춰 섰다. 그 네 글자를 보는 순간 그의 머릿속에는 춤추는 남녀의 형상과 방금 전 여자의 괴성 그리고 남자들이라면 으레 상상하기 좋아하는 장면들이 두서없이 떠올랐다. 그는 팻말을 쓰다듬으며 생각에 잠겨 있다가 갑자기 손을 떼며 스스로를 채근했다.

'내 주제에 무슨.'

그가 골목 쪽으로 걸어가려는데 건물 이층에서 달그락거리며 돌 문지르는 소리가 들려왔다. 돌아보니 마른 중년의 사내가 복도에서 그를 보며 알 수 없는 미소를 짓고 있었다. 나이에 맞지 않게 앙증맞은 안경을 코에 걸친 남자는 왼손바닥으로 돌멩이 두 개를 맞물리게 해 귀에 거슬리는 소리를 냈다.

"이봐, 젊은이. 여기는 왜 왔나? 안으로 들어오려던 것 아니었나?"

별 일 아니라고 말하고 싶었지만 치우위의 입에서는 엉뚱한 말이 흘러나왔다.

"연기를 해보고 싶어서요."

치우위는 극단의 책임자라는 위이(餘藝)의 방으로 들어갔다. 그날 아침 그들은 한참 동안 이야기를 나눴다. 위이는 얼굴도 반반하고 눈치나 싹수도 적당히 있어 보여 앞으로 크게 될 재목이라며 치우위를 계속 추켜세웠다. 그들이 대화를 나누는 사이 목조 건물의 복도 곳곳은 뜨거운 여름햇살로 메워져 가고 있었다. 건물 밖에서는 은은한 새소리가 간간히 들려 왔고 아래층에서는 현악기 소리가 끊이지 않고 울려 퍼졌다.

"그래, 어디서 왔는가?"

위이가 아무리 캐물어도 치우위는 자신의 신분과 과거에 대해서는 끝까지 입을 열지 않았다. 위이의 얼굴에 실망한 표정이 역력했다.

"어디서 왔는지 밝히지 않으면 우리 극단에서 짐꾼 노릇 밖에 못해. 뭐 하다 굴러 온지도 모르는 낯선 사람에게 연기를 맡길 수는 없지."

"여기 머물게만 해주시면 더 바라지 않겠습니다. 짐꾼도 기꺼이 하겠어요."

치우위가 의자에서 내려와 머리를 조아리려고 상체를 숙이자 위이는 그의 머리카락을 한 움큼 부여잡으며 말했다.

"우리 극단에서는 머리를 조아리지 않아. 이런 건 딴 데 가서 나 하게."

위이가 거칠게 손을 놓자 치우위의 머리는 뻣뻣하게 경직된 채 허공에 그대로 있었다.

나도 치우위가 어디서 왔는지 알 수 없다. 하지만 베일에 싸인 그의 출신은 그가 어청극단의 핵심 단원이 되는 데 그다지 걸림돌이 되지는 않았다. 그는 극단에서 일 년 넘게 일하면서 짐꾼 노릇은 물론 대본을 쓰거나 연기를 직접 하기도 했고, 틈틈이 소설 습작도 했다. 그는 틈이 날 때마다 극단 건물의 나무계단에 혼자 앉아 도시에 오기 전에 겪었던 일들을 기록하곤 했다. 그의 자작 소설《도망》을 통해서야 겨우 그가 꽁꽁 숨겨놓았던 비밀들의 실체를 하나씩 알아 낼 수 있었다.

• • •

《도망》#1

이상한 소리에 놀라 잠에서 깼다. 주변은 벌써 환해지고 창문으로 쏟아져 들어온 부드러운 햇빛이 침대 위를 살포시 덮고 있었다. 정체를 알 수 없는 이상한 소리는 여전히 내 귓전에서 맴돌고 있었다. 어머니가 지내는 옆방에서 들려오는 것 같았다. 혹시나 해서 벽을 두드려 봤지만 그 소리는 그치기는커녕 더욱 거칠고 맹렬해졌다. 나는 어머니 방으로 다가가 방문을 밀었다. 문이 삐거덕 열리자 아침 햇살이 기다렸다는 듯이 방 안으로 밀려들어갔고, 그 순간 난 둔중한 무언가로 뒤통수를 얻어맞은 듯 머리가 어질해졌다. 발가벗은 리청(李程)이 희번들한 엉덩이를 치켜 올리고 어머니의 몸 위에 올라타 있는 게 아닌가. 적개심에 치가 떨리며 목울대로 헛구역질이 치솟아 올라왔다.

"다 죽여 버리겠어!"

홧김에 방문을 박차고 나와 온 집안을 뒤지며 미친 듯이 칼을 찾았다. 그러나 어느새 나왔는지 열 살 된 여동생이 내 발목을 꽉 붙잡아 옴짝달싹 못하게 만들었다. 그 사이 리청은 바지를 주워 입고 잽싸게 달아났다. 나는 줄행랑치는 그의 뒤통수에 대고 목이 터져라 욕을 퍼부었다.

"우라질 놈. 개자식!"

그때 방 안에서 태연한 어머니의 목소리가 들려왔다.

"호들갑 떨지 마라. 원래 창녀촌이라는 데가 다 그렇잖니. 여기서 몸뚱이 파는 거 말고 돈 나올 구멍이 어디 있다고."

어머니의 차가운 한 마디는 지독한 악취를 풍기는 화학약품처럼 급기야 여동생의 눈에서 눈물을 쏙 빼내고 말았다. 동생의 맑은 눈동자에 눈물이 그득 차오르자 나는 아예 작정하고 어머니에게 대들었다.

"더러워. 그 짓이 그렇게 하고 싶으면 문이나 잠그고 할 것이지."

결국 방 안에 있던 어머니도 울먹이기 시작했다.

"이 짓이라도 하지 않으면 너희들을 어떻게 키우라고?"

어머니의 흐느낌은 점점 서러운 통곡으로 변해가고 있었

다. 나는 여동생을 의자로 데리고 가 눈물을 닦아 주었다.

그날 나는 이 넌덜머리가 나는 집구석과 고향 마을을 떠나기로 결심하고 무작정 집을 나섰다. 어머니는 붙잡을 생각도 없는지 아예 내다보지도 않았고, 소아마비를 앓고 있는 여동생만 불편한 두 다리를 힘겹게 이끌고 나와 눈으로 나를 배웅했다. 나는 발걸음을 옮기면서도 여동생이 눈에 밟혀 자꾸만 뒤를 돌아보았다. 그녀는 나와 눈이 마주치자 간절한 표정으로 애원했다.

“오빠, 나도 데려가!”

나는 두 다리에 힘이 빠져 창녀촌 골목의 푸른색 벽돌바닥에 그대로 주저앉고 말았다. 벌써 해가 중천에 걸렸건만 창녀촌 사람들은 아직도 한밤중이었다. 그때 리칭의 딸 리웬웬(李媛媛)이 맞은편 집에서 헐레벌떡 뛰어나와 길을 가로막았다. 떡이 진 산발에 슬리퍼 차림으로 급하게 달려 나온 그녀는 아직 잠에서 덜 깬 게슴츠레한 눈으로 나를 바라보았다. 단추가 제대로 여머지지 않은 옷 사이로 바람 빠진 풍선 같은 젖가슴이 적나라하게 드러났고 이마에는 구슬땀이 송골송골 맺혀 있었다.

“말 잘 듣는 개는 길을 막지 않는 법이야.”

내가 차갑게 쏘아붙였다.

“누가 개라고 그래? 난 네 마누라야. 잊었어? 우린 일곱 살 때 이미 정혼한 사이라고. 나도 엄연히 네 식구라는 거 몰라? 절대 못 가.”

리웬웬의 집 이층에서 웬 낯선 사내가 얼굴을 불쑥 내밀어 그녀를 불렀다.

"웬웬! 어서 돌아와서 시중들지 않고 뭐해? 좀 더 자야 하는데 몰래 나가버리면 나보고 어쩌란 말이야?"

"그새를 못 참아요? 잠깐만 기다려요."

거의 체념한 나는 그녀에게 선전포고라고 하듯 냉정하게 선언했다.

"가서 손님 시중이나 잘 드시지. 나도 이 남자 저 남자 돌려먹는 여자, 마누라로 들일 생각 추호도 없으니까. 이제 겨우 열여섯 살인데 벌써 돈맛을 알아서 몸이나 팔고. 잘난 딸년 덕분에 네 아버지 돈방석에 앉는 건 시간문제군."

"이게 어때서? 이 마을 여자들이 다 그렇지. 네 어머니도 마찬가지잖아."

나는 오른손을 들어 리웬웬을 향해 내리쳤다. 그녀의 뺨을 제대로 강타한 손바닥에서 철썩, 소리가 났고 이어서 울음소리와 돌바닥에 끌리는 슬리퍼 소리가 들려왔다. 난 내 손찌검이 정당했다고 스스로를 다독였다.

'난 내 아내를 때린 거야. 내 마누라를 내가 때린다는데 누가 뭐하고 해?'

리웬웬은 펑펑 울며 집으로 들어갔다. 울음소리가 집 안으로 사라지자 마을은 또 다시 조용해졌다.

리웬웬에게까지 시달리고 나니 나는 마을을 떠나고 싶은 마음이 더욱 간절해졌다. 몸을 일으켜 마을 입구 쪽으로 걸음을 재촉해 가는데, 마음이 급한 탓인지 길가에 앉아 있던 무(莫) 씨 할머니를 미처 의식하지 못했다. 그녀가 고목나무처럼 쭈글쭈글한 얼굴을 들이대며 웃는 것을 발견했을 때 나는 깜짝 놀랐다.

"치우위, 너무 제멋대로 굴지 마라. 어디 손 좀 한번 줘보겠니?"

"왜요?"

"손금 좀 봐주마."

내가 손을 내밀자 무 씨 할머니는 내 왼손 위에 그어진 손금을 가리키며 충고했다.

"치우위, 넌 이 마을을 떠나면 안 된다. 흉운이 끼어있어서 어딜 가든지 목숨이 위험해질 거다. 넌 산 속의 나무와 같은 운명이라 다른 데로 가면 바로 죽게 될지도 몰라. 손에 이렇게 확연히 드러나는데 왜 굳이 운명을 거스르고 죽음을 자초하려고 해? 너는 이 창녀촌을 지켜야 하는 나무야. 이곳을 벗어나면 가시밭의 연속일 거다."

"그런 말도 안 되는 미신을 믿으라고요?"

"그래도 기어이 고집을 피우면 나도 어쩔 수 없구나. 넌 원래 교양을 따지는 아이지. 하지만 그 교양이란 거 때문에 스스로 무너질 수도 있다는 걸 명심하거라. 정 가야겠다면 오늘은 날이 영 좋지 않으니 다음에 떠나거라."

그녀는 그 말만 남긴 채 지팡이를 짚고 유유히 자리를 떴다. 마을 쪽으로 걸어 들어가는 그녀의 뒷모습이 점점 작아져 점으로 변하고 있었다.

《도망》#2

　나는 무 씨 할머니가 날 붙잡은 것이 리청이 사전에 짜 놓은 계략이 아닐까라는 의심마저 들었다. 유령처럼 나타났다가 사라진 그녀는 우리 집 쪽으로 들어갔다. 여동생은 여전히 문가에서 나를 보고 있었다. 무 씨 할머니는 그녀의 머리를 한번 쓰다듬고는 대문 안으로 들어갔다. 그녀가 안으로 들어가는 모습을 보며 나는 익숙한 옛 기억의 조각들을 하나씩 꺼내 맞춰 나갔다. 액운이 끼어있다는 말을 믿는 건 아니었지만 고향집의 기와지붕, 곳곳에 추억이 서린 정든 마을을 보고 있으면 쉽게 발이 떨어지지 않는 것이 사실이었다. 아이들의 글 읽는 소리를 반주 삼아 아침 햇살도 서서히 몸을 늘리며 기지개를 펴고 있었고 커다란 새 몇 마리가 수풀 사이로 쉼 없이 날아다녔다. 움푹 파인 분지에 옹기종기 모인 가옥들은 서로의 은밀한 치부를 쉬쉬하며 감춰 주기라도 하듯 여전히 숨죽이고 있었다. 두 개 성(省)의 경계지점에 위치한 창녀촌은 이동이 잦은 객상과 이방인들이 주로 머물다 갔다. 갈림길에서 갈팡질팡하고 있는 내 자신이 마치 길가의 경계석이 되어버린 것 같았다.

　마을사람들의 말에 따르면 리청은 20년 전 백마를 끌고 이 마을에 처음 들어왔다. 당시만 해도 이 마을에 상인들을 위해 숙식을 제공하고 가끔 여자를 대주는 곳은 몇몇 집에 불과했다. 젊은 아가씨들도 대부분 좋은 남자와의 결혼을 꿈꾸며 순결을 지켰다. 수후이(舒卉)도 그중 한 명이었다.

마을 전체를 창녀촌으로 변질시키려는 리청의 사악한 계획은 순전히 수후이가 발단이 되었다. 리청은 마을에 들어온 날 저녁 수후이의 집에 머물렀다. 그는 그녀의 아버지인 수 씨 영감과 저녁을 먹으면서 야박한 도시사람들을 대놓고 욕하고 있었다.

"원래는 어청에 머물 생각으로 그곳에 사는 친척집에 찾아가는데 완전히 문전박대 당했어요. 그 친척이라는 사람이 나를 보더니 고개를 저으면서 모르겠다고 딱 잡아떼잖아요. 그래서 제가 물었죠. 예전에 말발굽 박던 리산(李三) 아니냐고. 같이 자랐는데 어떻게 날 몰라볼 수 있냐고요. 엉덩이 어디에 점이 있는 것도 다 아는 사이에 왜 그러냐고 따졌죠. 그랬더니 제 말이 끝나기도 전에 문을 쾅 하고 닫아버리지 뭡니까? 도시 인심 야박하다는 소리는 익히 들어 알고 있었지만 진짜 그렇게 매정할 줄은 몰랐습니다. 겨우 말발굽이나 붙이며 먹고 사는 주제에 뭐가 그리 대단하다고."

한참 열변을 토하던 그는 규방에서 걸어 나오는 백옥 같이 단아한 여인을 발견하고 눈이 휘둥그레지며 소리쳤다.

"주인장, 제 백마를 드릴 테니 따님을 저한테 주시오."

"그거야 내가 결정할 수 있나. 수후이한테 직접 물어봐야지. 자네가 마음에 드는지 안 드는지."

"이제껏 살면서 백마는 여러 번 타 봤어도 저렇게 하얗고 눈부신 여인은 처음 봅니다."

리청은 그녀가 뾰로통한 표정으로 규방 안으로 다시 들어가는 것을 보았다. 문 입구에 드리워진 발이 그녀의 신경질적인 손놀림에 의해 거칠게 걷혔다가 쫘르르 흘러내렸다.

백마를 수후이 아버지에게 선물한 리청은 마을에 눌러 앉을 생각을 하고 있었다. 횡재한 듯 입이 귀까지 걸린 수 씨 영감은 틈만 나면 백마를 타고 어청과 마을 사이를 휘젓고 돌아다녔다. 그날 이후 리청의 원대한 계획이 슬슬 시작되었는데, 그 첫 번째 관문이 바로 수후이를 손에 넣는 것이었다.

수후이는 집에서 기르는 암컷 강아지를 종종 품에 안고 다녔다. 몰래 숨어서 그녀의 일거수일투족을 지켜보던 리청은 그녀가 강아지를 안고 방으로 들어가는 것을 보고는 바로 뒤따라 들어갔다.

"당신한테 시집가느니 차라리 강아지와 살겠어요."

"나도 기꺼이 개가 될 수 있소."

수후이는 탁자 위에서 츠바(찹쌀을 쪄 떡 모양으로 빚어 그늘에 말린 것―옮긴이)를 집으며 말했다.

"개가 된다고요? 그럼 이걸 개처럼 먹을 수 있어요?"

"물론이요."

수후이는 츠바를 강아지 입 안에 넣어 주었다. 그러나 강아지 입이 너무 작아서 반쪽만 들어가고 나머지는 밖으로 나와 있었다. 이때 리청이 입을 벌려 순식간에 밖으로 삐쳐 나온 나머지 반쪽을 물어뜯어 갔고, 강아지는 그를 경계하며 웡웡 짖어댔다. 그러자 수후이가 얼굴빛을 고쳐 정색하며 말했다.

"강아지 입을 핥으면 당신에게 시집가겠어요."

그녀의 말이 끝나기가 무섭게 리청은 혀를 내밀어 강아지 입 주위를 핥았다.

"아뇨. 그 정도로는 안 되겠어요. 강아지 엉덩이도 핥아 봐요."

리청의 입이 서서히 강아지 엉덩이 쪽으로 옮겨졌다. 그의 표정은 신성한 임무를 완성하는 기사처럼 자못 신중하고 의연해 보였다. 엉덩이가 바로 눈앞에 보이는 지점에서 그는 갑자기 동작을 멈추더니 수후이를 쳐다보았다. 수후이는 '그럼 그렇지'라고 생각하며 회심의 미소를 지었다. 그러나 바로 그때 리청은 입을 앞으로 바짝 들이밀어 강아지의 엉덩이를 할짝할짝 핥기 시작했다. 놀란 수후이는 강아지를 바닥에 떨어뜨렸고, 강아지는 방 밖으로 쪼르르 도망갔다. 그녀도 어떻게든 그 자리를 피하고 싶은 심정이었지만 리청이 그리 호락호락하게 보내줄 리 없었다.

"강아지 엉덩이뿐만 아니라 당신의 엉덩이도 죽이게 핥아줄 수 있지."

리청이 수후이를 침대 위로 밀어 눕히면서 두 사람의 몸은 한데 엉겨졌다. 결국 그녀는 리청의 집요하고 능숙한 혀 놀림에 서서히 몸을 내맡기고 말았다.

두 사람이 결혼한 다음날부터 리청은 수후이를 얼굴마담으로 이용하기 시작했다. 그날 이후 수후이의 출중한 미색에 대한 소문을 들은 상인들이 줄줄이 찾아와 집 문턱이 닳도록 들락거렸다. 이렇게 20년 동안 리청은 아내를 팔아 돈을 긁어모으며 이 창녀촌의 최고 알부자로 터를 잡아나갔다. 수후이는 손님들을 접대할 때 입맞춤만큼은 완강히 거부했다고 한다. 원하는 것을 얻기 위해서라면 무엇이든지 핥아대는 남자의 입이 세상에서 제일 추악한 것이라고 생각했기 때문이다.

. . .

치우위가 처음 입단하던 날 극단에서는 전통극 리허설이 한창이었다. 극단의 대표이자 연출가였던 위이는 치우위에게 무대 밖에서 배우들이 등장 혹은 퇴장할 때 소품과 의상을 챙겨주는 일을 맡겼다. 무대 밖에 앉아 있던 치우위는 극중에 나오는 '현縣 지사' 캐릭터에 흠뻑 빠져 들었다. 청렴하고 냉철한 그의 호령 한 마디에 악한 사람들의 목이 베어나가는 게 그렇게 통쾌할 수 없었다. 극중에서 여주인공 역을 맡은 화리(華麗)가 억울한 누명을 뒤집어쓰고 절규하는 장면도 그의 혼을 쏙 빼놓았다. 현 지사의 발 앞에 엎드려 억울하다며 처절하게 울부짖는 그녀의 목소리를 들으면서 치우위는 가슴이 끈으로 칭칭 얽혀 매인 듯 숨이 막혀 왔다. 화리의 뒤에는 포승으로 결박된 남자가 하나 서 있었는데 그가 바로 그녀의 극중 상대인 듯했다. 화리는 머리를 조아리며 현 지사에게 애절하게 호소했다.

"저는 남몰래 간통하지 않았습니다. 정말 사랑해서 당당하게 살고 싶었을 뿐입니다. 절대 재미 삼아 사사로이 정을 통하려 한 게 아닙니다."

위이는 이 극이 사랑의 감정을 자각한 중국 고대 여성의 이야기를 그린 것이라고 설명했다. 순간 치우위는 사람을 죽이고 싶으면 죽일 수 있고, 같이 자고 싶으면 잘 수도 있고, 사랑하고 싶으면 사랑할 수도 있는 연극의 매력에 푹 빠져들었다.

"감독님, 저도 연기를 해보고 싶어요."

"그래 어떤 역할이 어울린다고 생각하나?"

"선한 역할은 아무래도 체질에 안 맞는 것 같고, 저 간부 같은 역할이 좋겠어요."

"자네 심사가 뒤틀려 있다는 건 진즉에 알아채고 있었지. 자네 같은 사람은 언제 일을 낼지 모르는 요주의 인물이거든."

연극 연습을 할 때마다 치우위는 화리가 의상을 갈아입는 순간이 가장 기다려졌다. 남편과 정부를 저울질하는 극의 전반부에서 그녀는 화려하고 세련된 의상을 입고 등장했다. 그러나 후반부는 남편에게 발각된 그녀와 정부가 만신창이가 된 채 감옥에 갇히는 장면이 대부분이라서 온 몸에 상처분장을 하고 최대한 허름한 옷으로 갈아입어야 했다. 전반부가 끝나고 징이 울리면 화리는 잽싸게 치우위에게 달려와 새 옷을 벗고 미리 준비해둔 누더기 옷으로 갈아입었다. 극단 사정이 워낙 열악해 따로 탈의실이 없었기 때문에 이 순간만 되면 배우나 스태프 모두가 극 속에서 잠시 빠져 나와 그녀의 몸에 시선이 모아졌다. 배우가 의상을 갈아입을 때 옆에서 거들어야 하는 치우위는 덕분에 화리의 몸을 가장 가까이서 관찰할 수 있는 특권을 지니게 되었다. 화리의 몸에서 나는 땀 냄새는 물론, 겨드랑이 밑 모공과 젖가슴 위에 난 선명한 두 개의 점까지도 그는 몰래 느끼고 훔쳐볼 수 있었다. 연기에 몰입해 있는 그녀는 별다른 방어를 하지 않고 옷 갈아입는 데만 신경이 쏠려 있는 듯했다. 그러다 보니 의상을 바꿔 입으려고 이리 저리 뒤척이다가 보기 민망한 은밀한 부위까지 대놓고 드러내는 경우도 비일비재했다. 가끔 치우위는 중간에 그녀가 벗어놓은 의상을 그대로 품에 안은 채 리허설이 끝날 때까지 넋 놓고 앉아 있기도 했다. 그렇게 며칠 동안 연습현장 분위기를 파악한 치우위는 배우들의 연기 하나하나가 연출가와 작가에 의해 결정된다는 사실을 깨달았고, 때로는 남몰래 혼자만의 상상에 잠겨 있기도 했다.

'이왕 이 바닥에 있을 거라면 아무래도 연출가나 작가가 낫겠군. 언젠가 내가 작가가 되면 극중 대본에 강간당하는 장면을 집 어넣어야지. 그러면 여주인공을 발가벗겨 놓을 수도 있겠지? 그런 날이 온다면 화리가 주인공을 선뜻 맡아줄까?'

시간이 지나면서 치우위는 그날 새벽 위층에서 오줌을 누던 아가씨가 바로 화리였다는 것을 알게 되었다. 어슴푸레하게 동이 터올 무렵이면 화리는 어김없이 극단 건물의 이층 복도에 나타났다. 싸한 새벽 공기가 옅은 안개 사이로 퍼지는 그 시간, 치우위는 혼자만의 즐거움을 만끽할 생각에 늘 설레었다. 리허설을 할 때는 만인의 여자였던 화리가 이 새벽시간만큼은 자신만의 여자가 된 것 같았기 때문이다. 그러나 혼자만 몰래 꺼내 보던 이런 은밀한 재미도 그리 오래 가지 못했다.

어느 날 새벽 치우위는 평상시처럼 건물 구석 쪽에 숨어서 화리가 쪼그려 앉아 볼일 보는 모습을 훔쳐보고 있었다. 그런데 기대했던 오줌줄기 소리는 들리지 않고 뒤통수 너머로 달그락거리는 소리만 요란하게 들려왔다. 돌아보니 위이가 왼손으로 움켜

쥔 돌멩이 두 개를 비비적거리며 냉소 가득한 표정을 하고 서 있었다. 꼼짝없이 궁지에 몰린 치우위는 입이 얼어붙어 멍하니 서 있다가 겨우 한 마디 내뱉었다.

"한 번만 용서해 주세요."

"어딘가 석연치 않더라니. 이 염치도 없는 놈, 당장 꺼져!"

치우위는 무릎을 꿇고 돌아서려는 위이를 향해 머리를 사정없이 조아렸다.

"네 발로 안 나가면 사람을 부를 테다."

할 수 없이 몸을 일으킨 그는 나가면서 나직하게 중얼거렸다.

"반드시 돌아오고 말겠어. 다시 돌아와서 나한테 쩔쩔매게 해 줄 테니 두고 보라고."

치우위가 중얼거리는 소리를 위이는 듣지 못했다.

극단에서 나온 치우위는 막막한 심정으로 어청의 길가를 쏘다녔다. 그는 문득 자신이 너무 한심하다는 생각에 사로잡혔다. 욕정에 눈이 먼 창녀촌의 천박한 사람들이 보기 싫어 뛰쳐나왔는데 결국 자신도 그들과 다를 바 없는 인간이었던 것이다.

• • •

《도망》 #3

그날 난 무 씨 할머니의 저지로 결국 다시 집으로 돌아갔다. 어머니는 시시콜콜하게 내막을 묻지도 않고 시무룩한 표정으로 저녁밥을 지어 왔다. 그러나 우리는 각자 어둠 속에 우두커니 앉아만 있을 뿐 누구도 가서 먼저 등불을 켜려고도, 밥상에 다가가 밥을 먹으려고도 하지 않았다.

다음 날 새벽 나는 다시 문을 나섰다. 어머니가 열어 놓았는지 대문은 벌써 열려 있었다. 대문 밖으로 보이는 하늘은 금방이라도 비를 뿌릴 것처럼 잿빛으로 물들어 있었다. 문간 지붕 위에서는 참새 떼가 쉬지 않고 재잘거렸고 여름 특유의 풋풋한 냄새를 간직한 살랑 바람이 마을 전체를 부드럽게 감싸고 있었다. 막 대문을 나서려는 찰나 물컹한 새똥이 내 발등 위에 뚝 떨어졌다. 난 순간 온몸이 선득해졌다. 새똥에 맞는 것은 불길한 징조라고 마을 사람들에게 누누이 들어왔기 때문이다. 나는 이것이 하늘이 내게 주는 마지막 경고라는 생각이 들었다. 지금 생각해보면 험난한 길을 자처해서 떠나지 말라는 우회적인 암시였던 것 같다. 그러나 나는 그저 우연의 일치일 뿐이라고 스스로를 다독이며 끝까지 마음을 접지 않았고, 어지럽게 날아다니는 애꿎은 참새들에게 욕설과 저주를 퍼붓고 나서 기어코 대문을 걸어 나왔다.

몇 걸음 가다가 나는 길 가운데 무릎을 꿇고 앉아 있는 어머니를 발견했다. 그녀의 앞에 놓인 향로에는 향 세 개가 가지런히 꽂혀 있었고, 향불이 실오리 같이 가느다란 연기를 피워 올리고 있었다. 그녀가 내 앞날을 위해 기도를 하는 건지, 날 못 가게 막으려는 건지 헷갈렸다. 그런 나를 보며 어머니가 조용히 입을 열었다.

"치우위, 내가 네 혼사를 위해 리원웬에게 얼마나 많은 예물들을 갖다 줬는지 알기나 해? 네가 이렇게 가버린다고 해서 그 애가 그것들을 돌려주지도 않을 거고. 이제 난 더 이상 너한테 예물을 해줄 능력도 없는데, 빈털터리 상태로 결혼은 어떻게 하려고 그래?"

어머니의 집요한 물음에 대답할 힘조차 없었던 나는 향로와 어머니를 피해서 가던 길을 계속 갔다.

"가려거든 네 동생도 데려가. 너를 이만큼 키우는 게 쉬웠는 줄 알아? 나 늙으면 누굴 의지하라고? 이렇게 훌쩍 가버리면 나와 네 동생은 어떻게 살란 말이냐? 이 어미가 몸뚱이 팔아 돈 버는 게 그렇게 보기 싫으면 동생은 네가 맡아 키우던지. 나도 평생 살면서 마음 편할 날이 하루도 없었어. 사는 게 지옥이었다고."

뒤에서 울리는 어머니의 구구절절한 한탄과 설움에 북받친 울음소리가 화살이 되어 날아와 내 가슴을 콕콕 찔렀다.

"넓은 데 나가 부딪히면서 인생 공부 좀 하고 올게요."

나는 마음이 흔들릴까 봐 마을 밖으로 무작정 달려 나갔다. 그때 마을의 개들이 마치 내 선택을 비웃기라도 하듯 한꺼번에 짖어댔다.

마을 입구까지 달려 나갔을 때 누군가가 또 나를 가로막았다. 앞에서 길을 막고 있던 두 사람은 리청 수하의 경호원들이었다. 이들은 평소 외상값을 미루는 손님들을 따끔하게 손봐주는 사람들이었다. 나는 그들에게 꼼짝없이 잡혀 리청의 집으로 끌려 들어갔다. 집에 들어서니 거실에 거한 술상이 차려져 있었고, 리청은 상석에, 수후이는 오른쪽에 앉아 있었다. 리청은 가늘게 실눈을 뜬 채로 말했다.

"치우위, 이리 와서 앉게."

무슨 꿍꿍이인지 그는 말하는 내내 계속 실눈을 뜨고 있었다. 내가 계속 버티고 서 있자 그가 다시 달래듯 말했다.

"자네 집이나 마찬가지인데 왜 계속 서 있나? 두려워하지 말고 앉아. 사위를 위해서 송별파티는 해줘야지. 이 창녀촌에서 내가 누구한테 비위 맞추는 거 봤나? 그래도 사위니까 미리 아부는 해줘야지. 나중에 큰 사람 돼서 오면 우리 가족은 자네한테 의지해야 할 테니 말일세."

건장한 경호원들이 바짝 붙어 지키고 서 있으니 무작정 거부할 분위기도 아닌 듯했다.

억지로 자리에 앉은 나는 밥은 먹는 둥 마는 둥하고 리청과 수후이의 행동만 유심히 살피고 있었다. 침묵이 견디기 힘들었는지 수후이가 먼저 입을 열었다.

"우리 웬웬 어디가 그렇게 마음에 안 들어? 우리 집안이 싫은 거야? 아니면 웬웬이 외모가 떨어져서?"

아직도 단아하고 고운 자태를 간직한 수후이는 말 하는 목소리까지도 나긋나긋하니 교태가 넘쳐흘렀다. 과연 리청이 강아지 엉덩이까지 핥으면서 차지하려고 했던 여자다웠다. 그러나 나에게 그녀는 외모가 출중한 명기의 한 사람으로 보일 뿐 진심을 다해 모셔야 할 장모님이라는 생각은 전혀 들지 않았다. 나는 그녀의 얼굴을 외면한 채 '더러워요'라고 기어들어가는 목소리로 대답했다. 순간 그녀의 낯빛이 침울해졌다.

"그렇게 따지자면 이 마을에 더럽지 않은 사람이 어디 있어? 네 어머니도 마찬가지지.”

나는 젓가락을 탁자 위에 탁 내던지고 자리에서 일어났다. 하지만 금세 경호원들에게 저지당했다. 그때 리청이 일어나 엄포를 놓았다.

“은혜를 그런 식으로 무시하면 안 돼지. 이 창녀촌에서 누가 가장 돈이 많은지 잊었나? 바로 나 리청이라고. 내 딸을 그렇게 마음대로 차버릴 수 있을 것 같아? 내가 웬웬을 너한테 허락한 이상 이제 그 애는 네 가족이야. 네가 이렇게 가버리면 웬웬이 사람들 얼굴을 어떻게 보겠어? 너 같은 녀석한테 웬웬을 거부당하는 것은 결국 내 체면을 구기는 거고, 우리 가문의 치욕이야. 나도 네가 좋아서 매달리는 줄 알아? 네 엄마가 마음에 들어서? 절대 아니야. 아니면 네 집안의 재산이 탐나서? 천만의 말씀. 머리에 먹물 꽤나 들었던 네 아버지 때문이었지. 지금은 네 아버지도 이 세상에 없으니 글 꽤나 읽은 네 머리가 필요해진 거라고. 자, 저길 한번 봐……”

리청이 위패를 둔 감실(龕室, 사당 안에 신주를 모셔 두는 장─옮긴이)을 가리켰다. 감실 양쪽에는 빛바랜 붉은 종이가 늘어져 있었는데, 종이 아래 부분은 바람에 찢겨 너덜너덜해져 있었다. 누렇게 바랜 종이 위에는 ‘향불이 끊임없이 피어올라 조상 대대로 복 받을 지어다’ 라는 기원의 문구가 어렴풋하게 남아 있었다. 희미했지만 분명 아버지의 필체였다.

“네 아버지가 죽은 후로 벌써 몇 년째 대련(對聯: 문짝이나 기둥 같은 곳에 걸거나 붙이는 대구對句─옮긴이)을 못 쓰고 있어.

이 창녀촌에 너 말고 누가 이런 걸 쓸 줄 알겠어? 왜 그렇게 여길 못 벗어나서 안달이야?"

"지금 대련을 써드리죠. 대신 절 놔주십시오."

"대련을 쓰는 건 허락하지만 널 보내주는 건 허락 못해."

누군가 붓과 종이를 꺼내 오자 나는 책상 앞에 앉아 단숨에 두 줄을 적어 내려갔다.

「오늘은 살 속에 또 살이니, 내일은 인물 속에 인물이 나오리」

리청은 대련을 보더니 흡족한 미소를 지었다.

"좋군. 살 속에 살이라 함은 고기가 끊이지 않는다는 것이요, 인물 속에 인물이 나온다는 것은 인재가 배출된다는 것이구나. 흠, 아주 좋아."

리청이 껄껄 웃고 있던 그때 수후이가 나에게 걸어오더니 작고 야무진 입을 내밀어 내 얼굴에 가래침을 퉤 뱉었다.

"감히 우리 집안을 우롱해? 살 속의 살이라? 그건 분명 남녀가 배가 맞은 것을 뜻하는 거겠지. 인물 속에 인물이 나온다는 건 여자가 아이를 낳는 걸 의미할 테고. 당신은 이게 뭐가 좋다는 거예요?"

화난 수후이가 리청의 코끝을 향해 삿대질을 하자 리청은 얼굴이 급작스럽게 굳어졌다. 그가 손에 들고 있던 술잔을 짓이겨 깨뜨리자 잔에 있던 술이 손바닥을 타고 바닥으로 뚝뚝 떨어졌다.

"이 놈을 당장 가둬라. 본때를 보여 줘야겠다."

건장한 사내들이 내 두 손을 묶어 어두컴컴한 골방으로

끌고 갔다. 나를 거세게 패대기친 그들은 밖에서 자물쇠를
채우고 가버렸다.

• • •

《도망》 #4

당장이라도 끝장낼 것처럼 펄펄 뛰던 리청은 끝내 나를
함부로 대하지 못했다. 어쨌든 그의 목적은 나를 따끔하게
손보는 게 아니라 내 마음을 어떻게든 돌려 사위로 들이는
것이었기 때문이다. 내가 방 안에 감금되어 있는 동안 수후
이는 나와 리웬웬의 혼사를 진행시키기 위해 우리 집에 바
쁘게 들락거렸다.

수후이는 어머니와 머리를 맞대고 앉아 결혼에 대해 이것
저것 상의했다.

"혼수 장만하고 잔치 하는 데 얼마 정도 내놓을 생각인 거
야?"

"보시다시피 집에 돈이 하나도 없어서……. 그나마 예전
에 조금 모아둔 돈은 치우위 학비 댄다고 다 써버렸고. 집안
에 딸아이 하나 있는 것도 다리가 저 모양이니 손님들 발길
도 뜸하고 정말 사정이 어려워. 애들 아버지가 살아 있었다
면 형편이 좀 나았을 텐데."

어머니가 차마 말끝을 맺지 못하고 눈시울을 붉히자 잠자
코 듣고 있던 수후이의 하얀 얼굴에도 눈물이 맺혔다.

"혼수는 우리 쪽에서 웬만큼 해결할 수 있지만 아마 리청

이 반대할 거야. 요즘 치우위가 너무 멋대로 굴어서 잔뜩 뿔이 났거든. 우리가 일방적으로 혼사비용을 대면 자네 집에서 며느리 귀한 줄 모르고 우리 웬웬을 막대할 거라고 펄쩍 뛸 게 분명해."

"다른 일도 아니고 자식 장가보내는 일인데 아무렴 그냥 보내겠어? 아무리 가난해도 방법을 찾아볼 테니 걱정 마."

어느 날 오후 기분이 좀 풀린 리청이 방으로 나를 불쑥 찾아왔다. 골방에 갇혀 있는 열흘 동안 나는 밥을 먹거나 볼일을 볼 때도 늘 낯선 사내들의 감시를 받아야 했다. 내내 본체만체하던 그가 그날은 웬일로 직접 찾아와서 내 손을 풀어주었다.

리청은 서쪽에 있는 곁채로 나를 데리고 갔다. 방문을 열자 눈부신 햇살이 방 안으로 거침없이 쏟아져 들어갔다. 리청은 햇빛에 부드럽게 빛나는 이불을 가리키며 조용히 타일렀다.

"자, 저렇게 혼수도 다 준비됐겠다, 몸만 오면 되는데. 이래도 버틸 텐가?"

오랜만에 느껴보는 따가운 햇살에 눈부서 눈을 제대로 뜰 수 없었던 나는 한참이 지나서야 혼수들로 가득 쌓인 방 안의 광경이 눈에 들어왔다. 동생이 그렇게도 입고 싶어 하던 꽃무늬 옷도 가득했고, 어머니가 평생 손목에 끼고 다니던 옥팔찌도 형형색색 종류 별로 잔뜩 널려 있었다. 그 순간 머리가 어찔해진 나는 못 볼 것을 본 것처럼 뱃속이 뒤틀리기 시작했다. 아니나 다를까 입 밖으로 뿌연 토사물이 터져 나와 새로 장만한 혼수 위로 사정없이 튀었고, 나는 눈앞이 까마득해지면서 정신을 놓고 말았다.

그 후 나는 리청의 경호원들에게 실려 집으로 돌아왔다. 한동안 몸져누워 일어나지 못하는 나를 어머니는 눈물을 흘리며 극진히 간호했다. 나는 그제야 어머니가 내 결혼비용을 장만하려고 애지중지하던 소 두 마리를 모두 팔기로 했다는 사실을 알았다. 암소와 송아지 한 마리씩이었는데 그것은 우리 집 전 재산이나 다름없었다. 어머니 말로는 암소는 먼 곳의 소상인에게 팔렸고 송아지는 이웃 마을의 미장이에게 팔렸다고 했다. 소를 끌고 나가던 날 두 마리의 소는 쇠 발굽을 땅에 고정시킨 채 끝까지 나가지 않으려고 안간힘을 썼다. 암소의 커다란 두 눈에는 혼탁한 눈물이 그렁그렁했다. 어머니는 그 모습에 가슴이 미어졌지만 이를 악물고 외양간으로 들어가 소 엉덩이에 모질게 채찍질을 했다. 매를 맞으면서도 울음소리 한 번 내지 않고 악착같이 버티던 암소는 급기야 외양간 바닥에 드러누워 버렸다. 어머니의 눈물이 소의 등을 축축이 적시고 있었다.

"부탁이야. 네가 안 가면 난 며느리도 못 들인단다. 제발 부탁이니 떠나거라."

간절한 애원이 통했는지 암소는 그때서야 슬금슬금 일어나 문 밖으로 걸어 나갔다. 가는 내내 계속 뒤를 돌아보며 마을을 빠져 나갈 때까지 구슬픈 울음소리를 토해냈다. 결혼을 위해 떼어낼 수밖에 없었지만 그날의 처량한 암소 울음소리는 아직도 내 귓가에 쟁쟁하다.

리청의 등쌀에 나는 마음 놓고 아플 수도 없었다. 그의 경호원들이 매일 같이 병세를 확인하러 찾아왔기 때문이다. 그들은 들어서자마자 집에 있는 솥이며 물통들을 발에 걸리는 대로 걷어차며 행패를 부렸다.

"어르신 명령이야. 미적거리지 말고 어서 자리 털고 일어나시지. 이제 며칠만 있으면 결혼식인데. 복에 겨운 줄 모르고 꾀병 부리기는. 그런 복은 아무한테나 떨어지는 줄 아나? 누구 약 올리는 것도 아니고."

"가서 전해. 병이 낫기는커녕 다 죽어가고 있다고."

그때 나는 리청을 없애야겠다는 결심이 굳어졌다. 그의 이야기만 나오면 왜 그렇게 골수에 사무치도록 적개심이 불타올랐는지 잘은 모르겠지만, 그 순간 앞으로의 내 인생이 복수를 위해 존재할 것 같은 불길한 예감이 엄습했다.

· · ·

치우위는 또다시 위이 앞에 나타났다. 극단 건물 주변으로 묵은 낙엽들이 켜켜이 쌓여가던 늦가을의 어느 날이었다. 멀리서 보면 극단의 목조건물은 속세에서 벗어나 초연하게 앉아 있는 오래된 사찰 같았다. 아련하면서도 익숙한 냄새가 치우위의 코를 자극했다. 그는 냄새만으로도 자신의 생일이 다가왔음을 대번에 알았다. 태어나던 날처럼 가을비가 축축이 내렸더라면 그의 마음은 한결 더 푸근해졌을 것이다.

　건물 안으로 들어선 치우위는 위이의 방에 웬 뚱뚱한 여자 하나가 앉아 있는 것을 발견했다. 여인의 우람하고 펑퍼짐한 몸매가 위이의 깡마른 체구와 유난히 선명한 대비를 이루고 있었다. 치우위가 문 안으로 들어섰을 때 여인은 위이의 바지를 수선하고 있었다. 누런 천 조각을 그의 바지 엉덩이 부위에 덧대어 한 땀 한 땀 정성껏 바느질을 하고 있었다. 알고 보니 그녀는 시골에 산다는 위이의 조강지처였다.

　치우위는 다가와서 다짜고짜 대본 한 권을 위이의 책상 위에 올려놓았다.

　“감독님, 이 대본 좀 봐주세요. 이 안에 제 과거들이 담겨있습니다. 모두 제가 직접 겪고 본 사실들을 적었으니까요. 보고 무대에 올릴 수 있을지 판단해 주세요.”

　위이는 안경을 고쳐 쓰며 말했다.

　“자네도 사람 마음을 들었다 놨다 하는 재주가 있군. 극에서도 관객들의 호기심과 궁금증을 유발하는 게 무엇보다 중요하지. 자네는 내가 이 극본보다 자네가 어디서 왔는지에 더 관심이 있다는 걸 꿰뚫어 보고 있는 거야. 그런 나의 흥미를 역이용해서 극본을 읽도록 유도하고 있잖나.”

　그는 치우위의 대본 노트를 집어 들고 훑어보기 시작했다.

　초조한 표정의 치우위는 바느질 하는 여인의 손길에 시선을 고정했다. 바늘귀에 꿰인 실이 점점 짧아지는 사이 바지에 덧대는 천의 반쪽이 다 꿰매어졌다. 그녀는 새하얀 치아를 드러내고 남은 실을 툭 끊어냈다. 위이의 얼굴을 차마 정면으로 바라볼 수 없었던 치우위는 여인의 얼굴과 손만 번갈아 가며 바라보고 있었다. 그때 여인의 손이 바르르 떨리더니 바늘이 바닥으로 떨어졌다. 여자는 실내가 어두워서인지 바늘을 찾지 못하고 헤매고 있었다. 치우위는 그녀의 발밑에서 번쩍이는 바늘을 발견하고 손을 뻗었다. 막 바늘을 손에 집어 드는 순간 그는 위이가 '아주 좋아!' 라고 외치며 탁자를 치는 소리에 놀라서 주웠던 바늘을 다시 떨어뜨렸다.

위이는 마침내 대본에서 눈을 떼며 말했다.

"처음 봤을 때부터 끼가 보이긴 했어. 그래서 자네를 극단에 선뜻 들였던 거고. 하지만 자네를 쫓아낸 것도 꽤 잘했던 일 같군. 나가서 고생을 안 했더라면 이런 대본을 써내기 힘들었을 테니까."

"무대에 올릴 수 있을까요?"

"가능하겠어. 하지만 손봐야 할 부분이 없는 건 아니야. 창녀촌에 대해서 너무 나쁘게만 묘사한 것 같군. 특히 그 리청(黎成)이라는 인물은 너무 극단적인 악역으로 몰아간 거 아닌가?"

"하지만 실제 있었던 일들이라고요."

"그리고 처우위(讐宇)라는 청년은 창녀촌에서 그대로 죽으면 안 되지. 신물 나는 그 창녀촌을 탈출해서 뭔가 새로운 희망을 찾는다는 결론이 낫지 않겠어?"

"어디 가서 희망을 찾아요?"

위이는 마치 주인공 처우위를 대신해서 출로를 고민하는 것처럼 심각한 표정을 지으며 아무 말도 하지 않았다. 그때 치우위가 갑자기 뭔가 떠올랐다는 듯 소리쳤다.

"옌안(延安)이 어떨까요? 치우위의 죽음을 옌안에 가는 걸로 바꾸는 게 낫겠어요."

위이는 찌푸렸던 눈썹을 펴며 질겁한 표정을 지었다.

"그건 결국 죽음을 자초하는 거잖아."

그날 저녁 치우위는 위이와 술잔을 기울이며 모처럼의 회포를 풀었다. 그러나 한편으로는 복도에 모인 여배우들의 수다에 귀를 기울이고 있었다. 저녁을 먹고 나면 배우들은 난간에 나와 땅거미가 지는 모습을 보며 담소를 나누곤 했다. 주변에 어둠이 자욱이 내려앉고 작은 벌레들이 등불 아래로 어지러이 날아들었다. 술잔을 오가며 대본 이야기를 하는 사이 술 주전자 안에는 술이 한 방울도 남지 않았다. 이미 얼큰히 취한 위이가 손을 내저으며 말했다.

"결론을 바꿔야 해. 처우위가 리청 집안을 짓밟아 복수하고 도망 나오는 건 어떨까? 어디로 도망을 가는지까지는 자세히 드러나지 않아도 돼. 도망간다는 게 중요하거든. 거기서 극을 끝맺는 거야……."

"리청에게 복수할 때는 잘근잘근 오랫동안 괴롭힐 참이에요. 죽을 때까지 서서히 고통을 느끼게요."

"그렇지. 좋아."

"제가 처우위 연기를 해보면 어때요?"

"좋아. 그렇게 해보자."

치우위는 위이의 칭찬에 우쭐해져서 방을 빠져 나왔다. 복도에는 이미 아무도 없었다. 머리는 묵직했지만 발걸음만은 구름 위를 나는 것처럼 사뭇 가벼웠다. 거기다 나른한 취기까지 한꺼번에 몰려와 몸이 휘청거렸다. 재빨리 난간을 붙잡았지만 난간에 의지해도 몸을 제대로 가누기 힘들었다. 그때 누군가가 손을 내밀어 그를 부축했고 익숙한 향기가 은은하게 몰려왔다.

"화리, 지난번에 미안했어."

"그런 말 하지 마. 나 때문에 쫓겨났는데 나도 미안하지. 어쩜 그렇게 바보 같아? 그거 훔쳐보느라 인생을 다 망칠 뻔했잖아."

"그러게 말이야. 그럼 당신에게 빚진 거 돌려줄까? 지난번에는 내가 훔쳐봤으니까 공평하게 이번에는 당신이 보는 게 어때?"

치우위가 말하면서 바지를 풀어 힘찬 오줌발을 쏟아내자 화리는 화들짝 놀라며 달아났다.

• • •

《도망》#5

리웬웬과의 결혼날짜가 하루하루 다가왔지만 난 여전히 병상에 누워있었다. 결정적인 순간에 두 다리도 스스로 가누지 못한 채 누워있는 내 자신이 원망스러울 따름이었다. 걷는 것조차 힘겨운 마당에 무슨 도망을 꿈꾼단 말인가?

수후이는 아무리 해도 낫지 않는 내 병을 고치기 위해 무 씨 할머니를 데리고 왔다. 무 씨 할머니는 진맥을 하고 내 혀와 눈꺼풀을 이리저리 살피더니 약 처방을 해주며 며칠만 지나면 나을 거라고 했다. 그녀가 돌아간 후 수후이는 나에게 차갑게 쏘아붙였다.

"분명 무슨 천벌 받을 짓을 한 거겠지. 그렇지 않고서야 멀쩡하게 잘 있다가 왜 갑자기 병에 걸리겠어?"

“그럼 부도덕한 짓을 밥 먹듯이 하는 그쪽 집에서는 왜 아무도 몸져눕는 사람이 없는 겁니까?”

내가 지지 않고 대들자 수후이는 나를 매섭게 노려봤다. 예비사위를 보는 게 아니라 무슨 원수를 대하는 듯한 눈빛이었다.

음력 6월 19일 아침 창녀촌에는 폭죽이 연이어 터지면서 진한 화약 냄새가 사방에 진동했다. 뿌연 연기가 피어올라 리청의 집 지붕 위를 자욱하게 덮었다. 요란한 폭죽소리가 나에게는 사형선고처럼 끔찍하게 들렸다. 나는 침대에서 내려가려고 용을 쓰다가 결국 실패하고 침대 아래로 떨어지고 말았다. 어머니가 새 옷을 가지고 와 갈아입으라고 할 때도 나는 끝까지 버티며 거부했다.

“그냥 이대로 가겠어요. 좋은 옷 입으면 뭘 해요? 어차피 다 남들한테 잘 보이려고 입는 거지 날 위해서 입는 건 아니잖아요.”

“이 어미 죽는 꼴 보려고 그래? 어렵사리 혼사를 성사시키고 이제 겨우 네 아버지 볼 낯이 생기나 했는데.”

어머니가 신세한탄을 하며 서럽게 울먹일 때마다 나는 온몸이 굳고 마비되는 것처럼 고통스러웠다.

리청은 무슨 바람이 들었는지 잔치에 참석하는 손님들에게 축의금을 일체 받지 않았다. 창녀촌의 남녀노소는 물론 잠시 머물다 가는 상인들까지 뒤섞여 리청의 집은 이른 아침부터 정오까지 북새통이었다. 배불리 먹고 즐기던 사람들은 신부가 나가는 모습을 보려고 처마 밑에 모여 기다렸다.

잠시 후 수후이의 울음소리 속에서 리웬웬이 꽃가마에 올라 탔다. 가마가 푸른색 벽돌이 깔린 골목으로 들어서자 온 동네 조무래기들이 소똥에 달라붙은 파리 떼 마냥 잔뜩 따라 붙었다. 색다른 구경에 신이 난 아이들은 동요를 목청껏 부르며 가마를 졸졸 따라 갔다. 그러나 아이들의 노랫소리는 이내 높고 흥겨운 태평소 소리에 묻혀버렸다. 좀 큰 아이들은 손을 뻗어 가마 안에 있는 리웬웬의 두 다리를 잡아당기며 장난을 걸기도 했다. 리웬웬도 수시로 밖으로 고개를 내밀어 그들과 키득거리며 장난쳤다. 그녀는 결혼을 엄숙한 의식이라기보다 그저 즐거운 놀이쯤으로 생각하는 듯했다.

가마가 집으로 들어오고 있을 때 누군가 소리쳤다.

"아들 딸 많이 낳고 잘 살아야지!"

어머니는 한술 더 떠서 그래도 창녀촌에서는 남자보다는 여자가 귀하니 이왕이면 딸을 낳으라며 덕담을 했다. 나는 경호원들에게 부축을 받으며 거실로 나왔고 리웬웬과 나란히 위패 앞에 서서 조상님께 절을 올렸다. 나는 내 의지에 의해서라기보다 경호원들의 강압적인 손놀림에 의해 머리를 숙였다 올렸다 하고 있었다. 감실 위 향로에서는 푸르스름한 연기가 가늘게 피어오르고 있었고 양 옆에 한 자루씩 세워진 촛대의 황금빛 촛불이 가물가물 흔들리고 있었다. 그때 어디선가 갑자기 바람이 불어오더니 왼쪽에 있던 촛불이 바르르 떨며 꺼졌다. 이 미묘한 변화를 눈치 챈 사람은 거의 없는 듯했지만 난 순간 불길한 예감이 머리를 스쳐지나갔다. 신랑은 왼쪽, 신부는 오른쪽에 선다는 혼례 풍속을 적용

해볼 때 왼쪽 촛대는 분명 나를 의미하는 것이었다. 꺼져버린 촛불이 왠지 내 험난한 운명을 암시하는 것 같았다.

부부가 된 리웬웬과 나는 그날 밤 정식으로 합방을 했다. 하지만 난 그녀의 털 끝 하나도 건드리지 않았다. 그런 내 마음을 아는지 모르는지 그녀는 혼자 들떠서 떠들었다.

"앞으로 내가 손님 접대해서 번 돈은 모두 당신 거예요."

나는 갑자기 리웬웬이 인간이 아니라 짐승으로 느껴지면서 역겨움이 치밀어 올랐고, 어서 이 마을을 벗어나야겠다는 결심도 더욱 확고해졌다.

• • •

《도망》 #6

나는 리웬웬과 결혼한 후 집요하게 내 병세를 확인하러 오던 리청의 시달림에서 한동안 벗어날 수 있었다. 리웬웬이 시집오기 전까지는 내내 불안감을 떨쳐버리지 못했지만 그녀가 오고 나서는 오히려 마음이 안정되면서 병도 호전되어 갔다. 여태껏 손에 물 한 번 안 묻히며 곱게 자란 리웬웬은 하루 종일 내 침대 곁을 지키며 호시탐탐 나를 유혹할 기회만 엿보고 있었다.

"다른 남자들을 접대할 때도 항상 이런 식으로 희롱하나 보지?"

리웬웬은 즉답을 피했지만 과거의 기억들을 떠올리며 제 딴에는 흠뻑 달뜬 표정을 지었다. 나는 그런 그녀가 갈수록 역겨웠다. 밋밋하고 평평한 코하며 썩은 물이 고여 있는 듯 탁한 눈, 거친 일은 해보지도 않았으면서 겉모양은 투박하기 짝이 없는 손과 발까지 어디 하나 예쁘게 봐 줄만한 구석이 없었다. 게다가 몸 파는 것을 수치스럽게 생각하기는커녕 무슨 벼슬이라도 하는 냥 자랑스럽게 떠벌리고 다니는 것도 영 거북했다. 그녀에 대한 나의 증오는 날이 갈수록 깊어졌고, 글 꽤나 읽었다는 아버지가 왜 이런 혼사에 나를 끌어 들였는지 이해할 수가 없었다. 분명 리청의 꼬임에 빠져 술이 잔뜩 취한 상태에서 혼사를 약속했을 것이다.

아무리 유혹하고 애무해도 내가 거들떠보지도 않자 리웬웬은 베개와 거울을 집어 던지며 투정을 부렸다.

"당신은 남자도 아니야. 이렇게까지 하는데 어떻게 아무런 반응이 없어? 무슨 문제 있는 거 아냐? 당신한테 시집온 게 후회스러워."

"그렇게 몸이 근질거리면 지금이라도 친정에 가서 다른 놈들 품속에 안겨 재미를 보든가."

"능력도 없는 주제에. 하라면 못할 줄 알아?"

그녀는 집 안에 있는 어머니와 여동생은 아예 안중에도 없는 듯 제멋대로 빽빽 소리를 질러댔다.

며칠 동안 쉬지 않고 티격태격하는 소리에 어머니도 인내심에 한계를 느낀 모양이었다. 안 그래도 며느리가 아니라 상전을 들인 것 같아 심기가 꽤나 불편한 듯했다. 리웬웬은 매일 아침 어머니가 밥 먹으라고 깨울 때가 되어서야 미적미적 침대에서 일어났다. 그러다 한번은 그녀가 밥을 먹다 말고 어머니에게 대뜸 제안했다.

"어머니, 치우위는 아무래도 남자 구실을 못하는 것 같아요. 이렇게 마냥 놀고만 있을 수는 없으니까 손님이라도 받을까 봐요."

나는 들고 있던 국그릇을 리웬웬에게 내던지며 버럭 소리를 질렀다.

"입만 열었다 하면 그 짓거리 이야기뿐이지. 정말 구제불능이군."

리웬웬은 비명을 내지르며 식탁에서 벌떡 일어섰다. 국물을 뒤집어쓴 옷이 그녀의 몸에 처덕처덕 감겼고 목 부위의 살은 시뻘겋게 달아올라 있었다.

"화상 입혀 죽이려고 작정했어?"

그녀는 얼굴을 감싸고 소리 내어 엉엉 울면서 집 밖으로 뛰쳐나갔다.

"네가 지금 무슨 짓을 했는지 아니? 어쩜 좋아, 큰일이네, 큰일."

어머니의 얼굴은 거의 사색이 되어가고 있었다.

"진작부터 마음먹었던 일이에요."

그 엄청난 사건이 벌어진 날 오후 나는 마을을 몰래 빠져나왔다. 일단 무작정 어청 방향으로 걸어 가긴 했지만 너무 막막해서 잠시 망설이다가 다시 왕촌 쪽으로 방향을 틀었다. 이 왕촌의 미장이인 펑 씨가 아직 송아지 값을 다 치르지 않았다는 이야기를 어머니에게 들은 적이 있었기 때문이다.

극단에서는 치우위가 쓴 대본을 무대에 올리기 위한 준비가 한창이었다. 나는 어느 날 치우위가 후이메이(匯美) 사진관으로 들어가는 것을 보았다. 좁은 사진관 안에는 눅눅한 곰팡이 냄새가 가득 배어 있었다. 치우위는 그 좁고 침침한 사진관에서 환한 표정을 지으며 사진을 박았다. 자신의 극본이 무대에 오르는 것을 자축하기 위한 기념사진이었다.

사진관을 나온 그는 사진관 밖 쇼윈도에 진열된 사진들을 유심히 보다가 자신을 향해 활짝 웃고 있는 화리의 사진을 발견했다.

"사장님, 저기 저 사진 빼주세요."

사진관 사장은 금방이라도 튀어나올 것 같은 눈으로 그를 빤히 쳐다보며 물었다.

"왜요? 저 여자와 어떤 사이인데 그래요?"

치우위는 쇼윈도 유리를 툭툭 치며 대답했다.

"뺄 거예요, 말 거예요? 안 떼면 이 유리를 깨부숴놓을 테니까 그렇게 알아요. 오늘 이후로 저 여자 사진을 걸어놓지 말아요. 내 마누라란 말이요."

사장은 쇼윈도 안으로 손을 뻗어 사진을 떼어내며 슬그머니 물었다.

"이 여자, 극단 여배우 아니오? 어찌 당신 마누라라는 거요?"

"막 결혼했거든요. 언제 날 잡아서 함께 결혼사진도 찍으러 한 번 오죠."

사진관 사장은 치우위에게 사진을 건네주며 굽실거렸다.

"언제든 또 오시오. 다음번에 둘이 같이 오면 더 좋고요."

그날 저녁 화리는 입이 심심해서 먹을 것을 찾으려고 주방으로 내려가고 있었다. 치우위 방 창문을 우연히 지나는데 안에서 그가 자신의 이름을 부르는 소리가 들렸다. 화리는 빛이 새어 나오는 문틈으로 치우위의 방 안을 몰래 살펴봤다. 치우위는 화리의 그 사진을 들여다보며 혼자 떠들고 있었다.

"화리, 제발 용서해줘. 그날 저녁에 술을 너무 많이 마셔서 당신에게 무례하게 굴었던 거. 용서해줄 수 있겠어?"

화리는 연극 대사를 하는 듯한 그의 생생한 표정과 동작을 말없이 지켜보고 있었다. 그런데 치우위가 사진을 얼굴에 가까이 갖다 대는 것을 보는 순간 그녀의 가슴이 갑자기 두근거리기 시작했다. 그녀는 가슴을 진정시키고 난 후 천천히 손을 올려 치우위의 방문을 두드렸다.

화리가 들어갔을 때 방금의 사진은 어디론가 사라지고 없었다.

"아까 그 사진 돌려줘."

"사진? 무슨 사진? 나한테 당신 사진이 왜 있겠어?"

"거짓말 하지 말고 어서 내놔."

"그냥 한 장만 가지고 있으면 안 될까?"

"싫어."

그때 치우위가 화리를 와락 끌어안으며 말했다.

"보고 싶어 미치는 줄 알았어."

그러자 화리가 거칠게 밀쳐내며 그의 따귀를 후려쳤다.

"이런 식으로 나오면 감독님한테 다 이르겠어."

치우위는 서랍에서 면도칼을 꺼내 자신의 목 위에 갖다 댔다.

"날 안 받아주면 이 자리에서 죽고 말겠어."

"연기하지 마. 그 정도로 날 협박할 수 있을 것 같아? 못 믿겠다면 정말 한번 그어 보시든가."

치우위는 주저하지 않고 면도칼로 목덜미를 세게 그었고 목 부위가 피로 흥건해진 채 바닥에 쓰러졌다. 모든 것이 섬뜩하고 실감나는 연극의 한 장면 같았다. 공포에 질린 화리는 큰 소리로 비명을 내질렀고, 그 소리에 단원들 모두가 놀라서 잠에서 깼다.

이 사건으로 인해 치우위와 화리의 사랑은 불 같이 타올랐다. 늦가을의 어느 날 오후 화리가 두 손을 뒤로 감추고 치우위 방에 들어왔다. 그녀는 치우위 앞에 다가가서야 수줍어하며 손 안에 든 선물을 내밀었다. 잿빛의 목도리와 회중시계였다. 화리는 목도리를 치우위의 목에 둘러주면서 속삭였다.

"이렇게 감싸고 있으면 목에 있는 상처가 안 보일 거야."

감동으로 가슴이 뭉클해진 치우위는 화리를 침대 위로 밀어 눕혔다. 그때 화리가 손으로 문 밖을 가리켰고, 치우위가 돌아보니 위이가 지나가고 있었다. 치우위는 일부러 기침소리를 내며 내심 서운한 듯 말했다.

"그러고 보면 이곳 어청도 무지 좁군. 우리 두 사람이 마음대로 즐길 공간조차 없잖아. 어딜 가나 보는 눈이 있으니 원."

화리는 침대에서 몸을 일으켜 회중시계를 치우위의 주머니에 넣어주었다.

"이제부터는 이 회중시계가 당신 마음에 꼭 붙어 있을 거야. 기억해. 째깍거리는 시계 소리가 바로 내 심장 뛰는 소리라는 걸. 알겠지?"

치우위는 화리의 손을 꼭 붙잡으며 사진관에 기념사진을 찍으러 가자고 했다.

"사람들 눈이 있으니까 먼저 가. 내가 곧 뒤따라갈게."

사진관에 도착하자 사장이 화리를 알아보며 반색을 했다.

"정말 두 사람 결혼했나 보군요?"

치우위와 화리는 약속이나 한 듯이 말없이 웃어 보였다.

사진을 다 찍고 난 후에도 치우위는 흥분된 마음을 진정시키지 못한 듯했다.

"오늘 밤은 어떻게 해서라도 당신과 함께 보낼 장소를 찾아봐야겠어."

"위이에게 들키는 날에는 우리 둘 다 극단에서 잘릴 거야."

"모르게 하면 되잖아. 교외로 나가는 게 어때? 온통 논밭 천지라 사람들 눈에 띌 염려도 없을 거야."

그날 밤 치우위는 어청 입구 문 아래에서 화리를 기다렸다. 바람이 제법 싸늘해진 가을 들판에는 잡초들이 제멋대로 무성하게 자라 있었고 이름 모를 갖가지 풀벌레들이 목청 높여 울어댔다. 화리는 좀처럼 나오지 않았다. 그 자리에 서서 꼬박 두 시간을 기다린 치우위의 발등이 어느새 밤이슬에 흠뻑 젖었다. 시끌벅적했던 도시는 어둠에 갇혀 정지된 듯했고, 물푸레나무 꽃향기가 바람에 날려 퍼졌다. 치우위는 모든 일이 꼭 결정적인 순간에 틀어지는 것만 같아 심히 우울해졌다.

그는 극단으로 되돌아온 후에야 화리가 위이에게 줄곧 붙잡혀 있었다는 사실을 알았다. 위이 방의 등불이 환히 켜져 있었고 화리는 그의 앞에 앉아 훈계를 듣고 있었다.

"너희 두 사람 모두의 미래를 위해 당분간 치우위를 멀리 하도록 해. 나도 그렇게 고지식한 사람은 아니야. 평소에 둘이 함께 붙어서 연습하고 부대끼다 보면 혈기 왕성한 젊은 남녀 사이에 애틋한 감정이 생기는 것도 당연하지. 나도 그런 경험이 있으니 이해 못하는 것도 아니야. 그렇지만 너희들은 절대 스스로 불구덩이에 뛰어들어서 미래를 망쳐서는 안 돼. 더구나 넌 우리 극단의 기둥이나 마찬가진데 특히 자중해야지."

나중에 화리는 치우위에게 그날 밤 이야기를 하면서 이렇게 말했다.

"그날 위이가 그 자리에서 싸구려 담배 한 갑을 거의 다 피웠어. 담배냄새 때문에 뛰쳐나오고 싶은 마음이 굴뚝같았지만 차마 발이 떨어지지 않더라고."

• • •

《도망》 #7

마을에서 도망 나온 나는 왕촌의 미장이 집에 잠시 머무르고 있었다. 그 사이 리청에게 달려간 리웬웬은 내가 자신을 학대하고 무시했다며 그동안 있었던 일을 시시콜콜하게 고자질했다. 이야기를 듣고 있던 리청은 찻잔을 깨부수며 노발대발했다.

"감히 뜨거운 국을 너한테 퍼부어? 널 두고 도망을 갔다고? 그 녀석이 나를 무시해도 유분수지. 두고 봐. 제 발로 굴러 와서 설설 기게 만들 테니까."

리청은 화려하게 치장된 가마를 타고 서둘러 어청으로 들어갔다. 내 행방을 수소문하기 위해서였다. 그는 어청 각계 각층 사람들을 초대해 도움도 받을 겸 '춘강루春江樓'라는 고급 식당의 연회석을 예약했다. 그는 일찍부터 식당에 도착해 설레는 표정으로 손님맞이 준비를 했다. 그러나 약속한 시간이 되어도 그 큰 연회석은 자리가 채워지지 않아 썰렁했다. 겨우 예닐곱 명만이 와서 드문드문 앉아 있을 뿐이었다. 크게 낙담한 그는 말없이 술만 들이키다가 취기가 한창 오르자 그제야 입을 열었다.

"모두들 내가 매독에 걸렸다고 수군대며 나를 피하기 바쁜데, 당신들은 뭐 볼 게 있다고 여기까지 온 거요? 매독이 두렵지 않은가 보지?"

손님들은 모두 놀란 표정만 지을 뿐 감히 아무 말도 하지 못했다.

"오늘 밤 이 자리에서 증명해 보이지. 내가 매독이 있는지 없는지 똑똑히 보란 말이야."

리청은 호언장담하며 바지 사이로 성기를 꺼내놓고 빈 탁자 쪽으로 걸어가 먹음직스럽게 차려진 음식 위로 사정없이 오줌을 갈겼다. 이를 본 식당 주인이 기겁하며 달려와 그를 말렸다.

"손님, 왜 이러십니까? 다른 손님들 보기에도 좋지 않습니다."

"당신이 상관할 바 아니야. 어차피 이곳은 오늘 내가 예약했잖아. 난 있는 게 돈 밖에 없는 사람이라고. 돈은 달라는 대로 뿌려줄 테니까 내가 여기다 무슨 짓을 하든지 당신은 신경 꺼.”

리청의 세찬 오줌줄기가 음식 그릇 위로 뻗어나가자 가지런히 담겨 있던 고기 편육이 정신 사납게 흐트러졌다. 리청은 난감한 기색이 역력한 손님들을 보며 우쭐한 표정을 지었다.

“어떻소? 병은 개뿔. 멀쩡하잖소.”

손님들이 눈치를 보며 하나 둘 자리를 뜨려고 하자 그가 호통 쳤다.

“잠깐 멈춰요. 아직 할 말이 남았단 말이오.”

나가려던 사람들이 못 이기는 척 다시 앉자 리청은 다른 쪽 탁자로 자리를 옮겨 말을 이어나갔다.

“이 탁자도 나 리청이 예약한 거요. 어차피 먹을 사람도 없는데 그냥 아깝게 둘 수야 없지.”

그는 상체를 숙여 음식 접시들마다 침을 마구 뱉었고 침이 말라서 나오지 않자 아예 대놓고 코까지 풀어 놓았다. 잠시 후 아무 일도 없었다는 듯 원래 자리로 돌아온 그는 손님들을 향해 태연하게 말했다.

“내 여러분에게 부탁할 게 두 가지 있소. 하나는 치우위라는 자를 찾고 있소. 내 사위 놈인데, 내 딸을 괴롭히고 몰래 도주해 버려서 지금 쫓고 있는 중이오. 만약 이 사람에 대한 정보가 있으면 꼭 좀 알려 주시오. 또 다른 하나는 지금 이 자리에 있는 여러분들이 가서 오늘 참석하지 않은 사람들에게 꼭 좀 전해 주셔야겠소. 리청은 매독에 걸리지 않았다고, 그러니 제대로 알지도 못하면서 그렇게 색안경을 끼고 대놓고 무시하지 말라고 말이요. 내 비록 시골에 눌러 살긴 하지만 남아도는 게 돈뿐인 사람이오. 마음만 먹으면 뭐든 못할 게 없단 말이요. 천천히 즐기다 가시오. 난 먼저 실례해야겠소.”

말을 마친 리청은 정신을 가다듬고 술자리를 빠져 나왔다. 남은 사람들은 잠시 술렁이더니 이내 다시 술을 마시기 시작했다.

“저런 촌뜨기와 상대하면서 괜히 진 빼지 말자고. 이왕 차린 상이니까 우린 마음껏 먹다 일어서면 그만인 거야.”

리청은 가마를 타고 밤새 창녀촌으로 달려왔다. 스무 개가 넘는 횃불이 가마 앞뒤로 호위하며 늘어서 있었다. 가마의 몸통이 꼭 불꽃 위에 떠있는 작은 궁전 같았다. 리청을 태운 가마는 바로 집으로 가지 않고 우리 집으로 향했다. 소란스러운 소리를 듣고 대문 밖까지 뛰어 나온 어머니는 이글거리는 횃불들에 둘러 싸여 벌벌 떨고 있었다. 리청은 도시 사람들에게 당한 모욕을 어머니에게 고스란히 되갚아주려고 작정한 듯했다.

“잘난 당신 아들이 기어이 싫다고 도망갔으니 우리도 별 수 없군. 우리 딸아이를 데려 가야겠어. 하지만 이번 혼사를 위해서 내가 얼마나 공을 들이고 마음 썼는지 잘 알 거야. 돈만 쏟아 부었으면 그래도 다행이게. 오늘은 당신 아들 때문에 내가 얼마나 수치스러운 일을 당했는지 알아? 일방적으로 혼사를 깼으면 합당한 보상을 해야지. 열흘 내로 소 세 마리, 돼지 다섯 마리를 준비하고 잔치에 들어간 비용 전부를 배상해내라고 전해. 그렇지 않으면 당신네 이 집이 불타서 없어지는 꼴을 봐야 할 거야.”

다리에 힘이 빠진 어머니는 털썩 주저앉아 큰 소리로 통곡했다. 한바탕 매몰차게 쏘아붙인 리청은 통쾌한 표정을 지으며 가마에 다시 올라탔고 횃불 행렬에 둘러싸인 가마는 골목 끝으로 유유히 사라져 갔다.

. . .

《도망》#8

바야흐로 불볕더위가 기승을 부리는 한여름으로 접어들었다. 리청은 뜬금없이 창녀촌 근처에 묘 자리를 알아본다고 돌아다녔다. 사지 멀쩡하게 잘 지내는 그가 왜 갑자기 묘 자리를 찾아다니는지 사람들은 그 속내를 알 수 없었다. 그러나 나는 리청이 뭔가 음모를 꾸미고 있다는 사실을 짐작하고 있었다.

리청은 풍수사를 따라다니며 마을 근처 논과 산을 뒤지고 다녔다. 사흘 동안 마을 여기저기를 둘러보던 풍수사는 우리 집 논이 있는 쪽을 가리키며 말했다.

“이 마을에서 가장 좋은 묘 자리는 바로 여길세. 우물을 하나 파고 나침반으로 방위를 측정해 봐야겠네.”

우리 집 논이 다른 논보다 비옥한 것은 사실이었다. 사람 키 만한 벼들이 곧게 뻗어나고 수확철만 되면 알차게 영근 벼 이삭이 황금물결을 이루었으니 말이다. 그러나 리청은 우리 집 논에 푸릇푸릇 자라난 모들을 길가에 난 잡초 대하 듯 짓밟았다. 그가 고용한 일꾼들은 그의 지시대로 논의 물 을 빼고 삽과 호미를 들고 땅을 팠다. 그들은 모가 심어진 논 위를 사정없이 밟고 다녔다. 소식을 들은 어머니가 논으로 부랴부랴 달려 나갔을 때는 무참히 뭉개진 모들이 흙탕물에 힘없이 처박혀 있었다. 어머니는 일꾼 한 사람에게 달려들 어 낫을 빼앗으려고 했지만 제대로 힘도 못 쓰고 밀려서 흙 탕물 속으로 나가 떨어지고 말았다.

"이렇게 다 망쳐 놓으면 우린 뭐 먹고 살라고? 먹는 양식 을 이 모양으로 짓밟아 놓다니 당신 네는 하늘이 무섭지도 않단 말이오?"

논가에 서 있던 리청은 강 건너 불구경하듯 심드렁하게 대꾸했다.

"이 논을 내가 가져야겠어. 대신 잔치비용 돌려받는 건 없 던 일로 하지."

"잔치판은 당신네 집에서 벌였으면서 왜 우리가 배상해 야 해? 죽을 날도 멀었는데 왜 벌써부터 묘 자리는 알아보냐 고? 나중에 묻힐 곳 없을까 겁나서?"

"사람 일이야 아무도 모르는 거지. 옛날 황제들도 최고 전 성기 때 미리 무덤을 지어두었다는 거 몰라?"

어머니는 처참하게 뽑힌 모를 끌어안고 일꾼들이 낫질을 하는 지점까지 굴러갔다. 낫을 내리칠 수 없어 당황한 일꾼 들은 일제히 리청 쪽을 쳐다봤다.

"그 여자 끌어내게!"

일꾼들은 어머니의 손발을 하나씩 들어 올려 논가로 끌고 나가 바닥에 패대기쳤다. 어머니는 뻣뻣한 장작처럼 땅바닥에 드러누운 채 한동안 일어나지 못했다.

논을 뺏겼다는 소식은 왕촌에 있는 내 귀에까지 흘러 들어왔다. 눈이 뒤집힌 나는 복수를 하기 위해 도끼를 들고 뛰쳐나갔다. 그때 뒤따라 나온 미장이 펑 씨가 내 손을 비틀어 나를 저지했다.

"내가 아는 사람이 하나 있는데, 그 자라면 자네 대신 리 씨 가문에 복수를 해줄 수도 있을 거야."

・・・

초겨울 기운이 도시 주변을 휘감아 돌 무렵 나무들은 누런 잎사귀를 다 떨궈 내고 앙상한 맨몸만 드러내고 있었다. 멀리서 황금색 말이 다가왔다. 그 황금 말이 내 앞에 가까이 와서야 말 위에 앉은 사람이 리청이라는 것을 알아봤다. 그가 이곳에 다녀간 지도 일 년이라는 세월이 흘렀으니 도시 사람들은 그가 누군지 잊고 있었다. 하지만 다른 건 몰라도 그날 술자리에서 보인 추태는 아직도 내 기억에 선명하게 남아 있었다.

이번에 그는 혼자 말을 타고 온 듯했다. 치우위에 관한 믿을 만한 소식을 들었기 때문이다.

나는 치우위가 화리와 함께 있다가 시간이 남으면 건물 구석에 쪼그리고 앉아 《도망》이라는 소설을 쓰는 것을 종종 봐 왔다. 극단과 도시 생활에 서서히 적응하기 시작한 치우위는 연기 연습과 공연 연출에 열정을 쏟아내고 있었다. 그러는 사이 자신의 생활에 대해 어느 정도 뿌듯함과 자신감도 생기기 시작했다. 그러나 그는 리청이 그를 옥죄어 올 거라는 사실을 까마득히 모르고 있었다.

말을 타고 길을 지나가던 리청은 말발굽을 박는 가게 입구에 리산이 서 있는 것을 보았다. 겨울인데도 얇은 옷 하나만 대충 둘러서 칼바람이 불면 금방 쓰러질 것 같았다. 리청이 가게 입구에 말을 세우자 리산이 고개를 숙인 채 말발굽만 보면서 물었다.

"손님, 말발굽 박으시려고요?"

"내가 누군지 한번 보시지."

고개를 든 리산은 가늘게 눈을 뜨고 그를 살펴보더니 고개를 흔들었다.

"정말 나를 몰라보겠어?"

리산은 영문을 모르겠다는 표정으로 계속 고개만 저었다.

"이 봐. 어떻게 나를 잊어? 난 이제 이십 년 전 자네 집 문을 두드렸던 그때의 초라한 리청이 아니야. 나도 이제 살만큼 산다고. 네가 나를 알아봐야 나도 억울하지 않지."

"정말 모르오."

"어쩌지, 난 너무 잘 아는데. 당신 엉덩이에 점이 있는 것도 알아. 어서 들어가서 확인해 보자고. 당신이 내가 아는 리산이 맞는지 확인해 봐야겠어."

"이 봐요. 이 나이에 내가 왜 생판 모르는 사람한테 내 엉덩이까지 까발려야 한단 말이요?"

“어린 시절에 함께 소를 몰던 것도 기억이 안 나?”

리산은 눈살을 찌푸리며 짜증을 냈다.

“도대체 말발굽은 박을 거요, 말 거요? 안 할 거면 썩 나가요.”

리청은 할 수 없이 다시 말에 올라탔다. 가게를 떠나면서 보란 듯이 돈을 던져주려고 주머니에 있던 돈을 움켜쥐었지만 둔하고 무신경한 리산의 표정을 보며 도로 집어넣었다.

리청은 위이를 ‘춘강루’로 초대했다. 어청 중학교의 판(潘) 교장도 함께 자리했다. 나름 교양이 철철 넘치는 도시인들과의 자리인 만큼 리청도 최대한 의젓하고 고상한 척했다.

“저는 돈만 악착같이 모을 줄 알았지 가방 끈이 짧은 놈입니다. 이렇게 두 분을 모신 이유는 조언을 좀 구하고자 해서입니다. 저 같은 사람이 후세에 명성을 남기려면 어떻게 해야 하는 건지요.”

위이와 판 교장은 술잔만 부딪칠 뿐 선뜻 의견을 주지 않았다.

그러자 리청이 먼저 설레발을 놓았다.

“소학교를 세우면 어떨까요? 리청소학교.”

판 교장의 눈이 반짝 하는 듯하더니 금세 다시 어두워졌다.

“하지만 창녀촌에서 번 돈으로 학교를 세운다는 건 아무래도 어불성설이요. 다른 사람들의 입방아에 오르내릴 게 뻔해요.”

그러자 위이가 옆에서 불쑥 입을 열었다.

“소학교를 짓느니 우리 극단을 좀 키워 주면 어때요?”

“돈이야 얼마든지 댈 수 있지만 극단을 키웠다고 내 이름이 대대손손 남는 건 아니잖소?”

음식이 식자 리청은 다시 데워다 줄 것을 주문했고, 술잔을 부딪치며 비우는 사이 세 사람의 얼굴은 붉은 종이를 붙여놓은 것처럼 거나하게 달아올라 있었다.

"명성이요, 그거 다 부질없어요. 극단을 지원해서 잘 되면 어청에다 엄청난 기루妓樓를 하나 세우는 겁니다. 높은 관리든 군인이든, 고상한 선비든 막 나가는 건달이든 사내라면 누구나 반길 거예요. 거물들을 잘 모시기만 하면 그 사람들은 당신 말에 껌뻑 넘어올 거라고요."

판 교장도 흥미로운 듯 끼어들었다.

"그래, 자네한테는 그게 훨씬 낫겠군. 자리는 내가 알아봐 줄 수 있어. 정말 일이 성사되면 나와 여기 위 감독은 잘 봐주시게."

"난 단골고객으로 미리 예약해 둘 테니, 그때 가서 딴 소리 마십시오."

"그럴 리가요? 하지만 그 전에 한 가지 도와주서야 할 게 있습니다. 극단에서 치우위를 내보내 주십시오."

"하지만 그 아이는 크게 될 가능성이 충분한데요."

"그거야 제가 알 바 아닙니다."

"일단 생각 좀 해봅시다."

• • •

《도망》#9

펑 씨의 말로는 뒷산에 왕다쟈오(王大脚)라는 사람이 이끄는 무리가 있다고 했다. 그는 악덕한 부자들 집만 골라 싹쓸이하기로 유명하니 가서 부탁하면 내가 리청에게 복수하는 데 도움이 될 수 있을 거라는 얘기였다. 펑 씨의 말에 나도

256

운을 믿어보기로 했다.

평 씨가 가르쳐준 대로 나는 왕촌 뒷산의 숲으로 찾아갔다. 집을 나설 때부터 부슬부슬 내리기 시작한 가랑비에 머리칼이 흠뻑 젖어갔다. '왕다쟈오' 라는 이름을 듣는 순간부터 나는 그에게 알 수 없는 호감이 생겼다. 부자들의 재물을 빼앗아 빈민들을 도와줬다는 옛날이야기 속의 의적이 떠올랐다.

왕다쟈오 일당이 은거하고 있다는 고찰 앞에 도착하기 전까지 나는 리청의 목이 날아가는 상상을 수십 번도 더했다. 내가 휘두른 도끼에 리청의 머리가 산산조각으로 쪼개져 떨어지는 장면이 머릿속을 가득 채웠다. 핏물이 뚝뚝 떨어지는 그의 머리가 붉은 물감을 흠뻑 적신 붓처럼 내 눈앞에서 흔들거리고 나는 그 모습을 통쾌하게 바라보며 왕다쟈오의 수하들에게 그의 대궐 같은 집을 불태우라고 지시한다. 그리고는 피와 살이 엉겨 형체가 모호해진 그의 머리를 불바다 속으로 휙 던진다……. 상상에 푹 빠져 걷다 보니 산길이 힘든 줄도 모르고 가뿐하게 고찰에 도착했다.

오래된 절 지붕 위로 투명하게 파란 하늘이 펼쳐져 있었다. 난 그때서야 비가 그쳤다는 것을 깨달았다. 절 주변은 녹음이 성성한 나무들로 에워싸였고 기와지붕에는 푸르스름한 이끼들로 가득 덮여 있었다. 갑자기 여인의 찢어지는 비명소리가 잿빛 기와를 뚫고 새어나왔다. 날카롭고 처절했던 비명소리는 점점 절망스러운 흐느낌으로 변해가고 있었다.

나는 문지기의 안내를 받아 절 안으로 들어갔다. 왕다쟈오는 느슨한 허리띠에 두 손을 꽂은 채 작은방에서 걸어 나왔다.

"그래, 리청의 집에 가서 해코지를 해달라 이건가?"

"그렇습니다. 그 집은 돈을 꿰차고 사는데다가 반반한 계집들도 줄을 섰어요. 수하들을 데리고 가서 모처럼 욕정을 풀게 해주는 것도 괜찮지 않겠습니까?"

왕다쟈오는 큼지막한 발을 탁자 위에 올려 걸쳐놓고 있었다. 커다란 죽순 껍질 같이 생긴 그의 발바닥에는 전체적으로 딱딱한 굳은살이 박혀있었다. 언젠가 이런 발을 가진 사람들은 가시덤불 위도 맨발로 휘젓고 다닌다는 말을 들은 기억이 났다. 그 순간 작은방 안에서 또 다시 여자 울음소리가 터져 나왔다.

왕다쟈오는 발로 탁자를 툭툭 치며 거만하게 말했다.

"이거 어쩌나, 사람을 잘못 찾아왔군. 방금 전에 재미를 보던 계집도 리청 집에서 보낸 거거든. 그것도 막 물오른 숫처녀로 말이야. 어디 한번 볼 텐가?"

"아니요. 됐습니다. 이만 가보죠."

"이 계집뿐만이 아니야. 수후이와도 잔 적 있는 걸. 그러니 내가 어떻게 리청에게 덤비겠는가?"

"더러운 건달자식. 내가 사람을 잘못 봤군."

왕다쟈오가 발을 뻗어 내 입 안으로 쑤셔 박았다. 썩은 고기 냄새 같은 악취가 코를 찔렀다.

"뭐라고? 다시 한 번 지껄여봐!"

"추잡하기 짝이 없는 건달이라고 했수다."

"내 발에 깔려 죽으려고 환장을 했군."

그가 손짓을 하자 부하 몇 명이 달려와 나를 번쩍 들어 마당으로 내던졌다. 몸이 으스러지는 듯한 통증이 온 신경으로 퍼져나갔다. 이어서 왕다쟈오가 다가오더니 오른발을 들어 내 성기 쪽을 조준했다.

"으악, 잘못했습니다. 살려주세요. 나는 리청의 사위란 말이에요."

왕다쟈오의 발은 허공에 잠시 멈춰 있다가 내 중요한 부분을 살짝 건드리기만 하고 다시 내려왔다.

"리웬웬 얼굴 보고 참는 거야. 이번 한 번만 용서할 테니 당장 꺼져."

나는 혼비백산이 되어 그 절을 빠져 나왔다. 마을로 돌아가는 내내 나는 계속해서 침을 뱉었다. 아무리 뱉어도 그 더러운 발의 냄새가 입 안에서 가시지 않았다.

• • •

《도망》#10

내가 혼자 왕다쟈오를 찾아가 리청의 집에 쳐들어가라고 말했다는 소식은 금세 리청의 귀에 들어갔다. 리청은 그게 누구이든 배후에서 누군가 자신을 음해하려고 했다는 사실이 분해서 참을 수 없었다.

문 밖에서 요란한 발소리가 들리자 어머니는 보나마나 또 리청이 왔다고 생각하고 뒷문으로 몰래 빠져나갔다. 그러나 뒷문이 열리는 소리를 들은 리청은 문가에 꽂혀 있던 가는 대나무를 뽑아 들고 바로 뒤쫓아 갔다. 어머니는 좁은 골목 길을 한참 헤매며 뱅뱅 돌고 있었고 그 뒤를 리청이 짐승 쫓는 사냥꾼처럼 바짝 따라붙었다.

리청이 어머니의 가녀린 등을 향해 대나무 채찍을 휘두르자 어머니는 길바닥에 그대로 나가 떨어졌다.

"이제는 아예 때려죽일 셈이야?"

"아니, 당신 몸을 좀 빌려야겠어."

"당신은 짐승이야. 사람이 짐승하고 살 섞는 거 봤어?"

기를 쓰고 일어난 어머니는 안간힘을 다해 무작정 달렸다. 그러나 등 뒤에서 가차 없이 날아드는 리청의 채찍질에 온 몸이 만신창이가 되어 가고 있었다. 어머니는 거미줄처럼 뒤얽힌 창녀촌의 골목을 이리저리 맴돌기만 할 뿐 차마 집으로 돌아가지 못했다.

"예전에는 홀렁홀렁 잘만 벗어 제치더니 어째 갑자기 수줍어하실까?"

"한때는 둘도 없는 사돈지간이었지만 지금은 원수사이라는 거 잊었어?"

"원수지간이면 어때서? 척진 사이라고 못할 것도 없지."

찰싹찰싹 바람을 가르는 채찍소리가 점점 커지고 있었고, 두 사람의 날 선 목소리도 간간히 섞여 들었다. 어느새 몰려나온 마을 사람들은 말릴 엄두도 못 내고 멀찍이서 구경만 하고 있었다. 서서히 탈진해 가던 어머니는 학질에 걸린 사람처럼 온 몸을 오들오들 떨었고 입술은 핏기 없이 창백하게 변해 갔다.

"도대체 왜 이러는 거야?"

"다 아들 잘못 둔 업보라고 생각해. 치우위 그 자식이 날 해치려고 했다고, 알아?"

어머니는 결국 리청이 휘두르는 채찍을 맞으며 다시 집으로 끌려 들어왔다. 리청은 대나무 채찍을 원래 있던 자리에 도로 꽂아 놓았다.

그는 어머니를 여동생이 앉아 있는 의자 앞으로 밀치며 명령했다.

"어서 벗어! 실오라기 하나 걸치지 말고 전부 다. 오늘 네 딸년한테 교육 한번 제대로 시켜보자고. 이 마을에서 밥 먹고 살려면 몸 파는 법도 어서 배워야지. 이렇게 우리 마을을 무시할 줄 알았더라면 당신 그 잘난 아들도 내가 사전에 교육을 똑바로 시키는 건데. 그 놈이 이 마을을 홀대하는 건 결국 당신 모녀를 무시하는 거나 마찬가지야."

어머니는 심각한 표정으로 여동생의 얼굴을 바라보며 말했다.

"치우핑(秋萍), 잠깐 비켜 있어라."

여동생이 겨우 몸을 가누고 의자에서 일어서자 리청은 매몰차게 그녀를 밀쳐 다시 의자에 앉혔다.

"가만히 앉아서 잘 봐둬. 오늘 너한테 중요한 걸 가르쳐 줄 테니까."

어머니를 여동생 발밑에 밀어 쓰러뜨린 그는 발정 난 짐승처럼 광폭하게 달려들어 어머니의 옷을 갈기갈기 찢었다. 그 모습을 보고 겁에 질린 여동생은 눈을 질끈 감고 울기 시작했다. 두 모녀의 애달픈 울음소리가 한데 섞여 허공으로 번지고 있었다.

다시 의자에서 일어난 여동생은 발가벗은 남녀의 몸뚱이를 지나 대문 쪽으로 엉기적엉기적 발을 옮겼다. 이를 본 리청이 그녀의 뒤에서 소리쳤다.

"가서 치우위에게 본 그대로 전해. 절름발이 주제에 어디까지 가는지 한번 두고 보자고."

여동생은 지팡이를 짚고 대문을 빠져 나가 마을 입구에서 대나무 가마를 불렀다. 그녀가 가마에 올라타려고 할 때 어머니는 온 마을이 울리도록 통곡하고 있었다.

• • •

눈발이 뿌옇게 흩날리던 밤이었다. 온 세상은 살을 에는 듯한 추위에 꽁꽁 얼어붙었다. 치우위와 극단 배우들은 치우위가 쓴 연극을 설날에 맞춰 무대에 올리기 위해 막바지 연습에 한창 정성을 쏟고 있었다.

다음 날 아침 극단 건물 앞에 수북이 쌓인 눈밭에 맨 처음 발자국을 남긴 것은 치우위였다. 마른 나뭇가지 끝마다 하얀 눈꽃이 맺혀 있었고 그가 한 걸음씩 발을 옮길 때마다 뽀드득거리는 상쾌한 소리가 났다. 하얀 눈 세상으로 변한 어청의 아침은 백옥처럼 깨끗하고 정갈했다.

그때 위이가 잿빛 목도리를 목에 두르며 건물 이층에서 걸어내려 왔다.

"감독님, 이렇게 일찍 어디 가시게요?"

위이는 눈밭을 발로 꾹꾹 누르며 어렵게 입을 열었다.

"치우위, 자넨 오늘 부로 해고야."

치우위는 입이 얼어붙은 듯 한동안 아무 소리도 내지 못했다. 잠시 후 그가 겨우 입을 열었다.

"제가 감독님께 밉보인 게 있습니까?"

"아니, 그런 건 없어."

"그럼, 제가 이쪽으로는 영 재주가 없나요?"

"아니야."

"그럼 이유가 뭡니까?"

"별 다른 이유는 없네."

위이는 허리를 숙여 하얀 눈을 한 줌 퍼 올려 손바닥으로 만지작거렸다. 그의 손가락 사이로 버스러져 나온 눈가루가 다시 땅으로 폴폴 떨어졌다. 그가 항상 손에 들고 다니던 돌멩이 두 개가 오늘따라 보이지 않았다. 위이는 치우위의 얼굴을 차마 똑바로 쳐다보지 못하겠는지 고개를 푹 숙인 채 그의 옆을 무심하게 비켜 지나갔다.

치우위는 주체할 수 없는 눈물을 흘리며 혼자 생각했다.

'아직 성공도 못했고 복수도 제대로 못했는데 이대로 잘리다니. 난 정말 리청의 맞수가 될 수 없는 것인가?'

그때 치우위는 어디선가 쩌렁쩌렁 울려 퍼지는 폭죽소리를 들었다. 바로 리청이 세운 기루 허후이(禾卉)루의 개업을 알리는 축포소리였다.

'허후이, 허후이…….'

치우위는 그 이름을 반복해서 입으로 중얼거렸다. '허(禾)'는 리청 이름 '청(程)' 자의 부수를 딴 것이었고, 후이(卉)는 말 그대로 수후이 이름의 뒷글자였다. 치우위는 바닥의 눈을 퍼 올려 얼굴에 마구 비벼댔다. 하염없이 흘러내리는 눈물이 녹아내린 눈과 함께 얼룩지고 있었다.

다음 날 연습에서 극중 '처우위' 역할은 다른 배우로 바뀌어 있었다. 치우위는 극장 입구에 우두커니 서 있었다. 화리도 무대에 오르기를 거부하며 치우위 옆에 붙어 있었다. 그런 화리를 보며 위이가 단호하게 말했다.

"네가 극중 '웬웬'을 맡지 않겠다면 얼마든지 다른 여배우로 교체할 수 있다. 하지만 배우를 그만두면 이제 어디 가서 무얼 먹고 살 참이냐? 네 인생이니 잘 생각해 보고 결정해."

결국 화리는 생계를 위해 계속 극단에 남아있기로 결정했다. 그날 이후 치우위는 극단에서 꾸어 놓은 보릿자루 신세로 전락했다. 식사조차 제대로 챙겨주지 않아 화리에게 의지해 겨우 버텨나갔다. 그 사이 그의 몸은 부쩍 수척해졌고 늘 넋 나간 표정을 짓고 있었다.

그해 겨울 나는 하릴없이 거리를 쏘다니는 치우위의 모습을 자주 볼 수 있었다. 종종 그는 후이메이 사진관 쇼윈도 앞에 오랫동안 머무르며 사진들을 가만히 지켜봤다. 가끔은 목도리를 풀어 쇼윈도 유리를 닦기도 했는데 그럴 때마다 사진관 사장은 그를 향해 엄지손가락을 치켜들었다.

밤에는 선잠을 자며 작은 소리에도 흠칫흠칫 눈을 뜨곤 했다. 사실 그와 화리는 몇 번이나 도주할 계획을 세웠지만 이러저러한 이유로 계속 무산되고 말았다. 그날도 두 사람이 머리를 맞대고 앉아 있었다.

"솔직히 복잡해 보이는 일도 생각하기에 따라서 쉽게 풀릴 수 있어. 우리가 손잡고 도시 밖으로 나간다고 누가 대놓고 막기야 하겠어?"

치우위의 말에 화리가 물었다.

"나가서 어디로 갈 참인데?"

"옌안. 예술인들이 그쪽으로 많이 갔대. 일단 거기 갔다가 나중에 다시 오자."

"옌안이면 너무 멀지 않을까?"

"멀어도 두렵지 않아. 그게 여기서 홀대 받는 것보다는 훨씬 나아."

그날 순진한 치우위는 화리와 함께 어청의 입구까지 나왔다. 그러나 어둠 속에서 사내 둘이 나타나 화리를 가로막았다. 치우위는 그들이 창녀촌을 빠져나올 때 앞을 막아섰던 자들임을 단박에 알아봤다.

"퍽이나 할 일도 없구만. 여기까지 와서 날 물 먹일 참인가?"

둘 중 한 사람이 강압적으로 대답했다.

"너한테는 볼 일 없어. 넌 가도 좋지만 여자는 안 돼. 지금 위 감독이 허후이루에서 기다리고 있어."

화리가 그자들에게 끌려 간 후 치우위는 입구 주변을 혼자 서

성이다가 결국 다시 도시로 되돌아 왔다.

자책과 기다림의 시간을 견디는 동안 치우위는 점점 여위고 말라갔다. 또한 거의 자학하다시피 저질담배를 연거푸 피워대기 시작해 기침을 달고 살았다. 치우위가 쓴 작품《춘강의 물》은 어느덧 완성되어 본격적으로 막이 올랐고 거리 곳곳이 포스터로 도배되다시피 했다.《춘강의 물》공연소식은 어청의 신년 분위기에 색다른 활기를 불어넣어 주고 있었다.

연극이 무대에 오를 때마다 치우위는 극장 맨 뒷줄에 앉아 극중 '치우위'가 '리청'이 애써 일궈놓은 터전을 불태워 없애는 장면을 숨죽여 지켜봤다. 비록 그것은 무대 위에서 벌어지는 일이었지만 리청의 집이 불타는 소리가 들릴 때마다 회심의 미소가 저절로 지어졌다. 그는 작품을 쓴 작가의 신분으로 명절을 지내는 것도 잊은 채 공연 때마다 꿋꿋이 극장을 지켰고, 이렇게 연극에 빠져 열흘이 넘는 시간을 보냈다. 하지만 이러한 평온도 리청이 창녀촌에서 정월대보름을 보내고 어청으로 돌아오고 나서는 더 이상 허락되지 않았다.

· · ·

《도망》#11

나는 대나무 가마가 문 밖에 서 있는 것을 발견했다. 나가보니 여동생이 금방 울음을 쏟아낼 듯한 표정으로 앉아 있었다. 가마꾼들의 부축을 받아 방 안으로 들어온 동생은 그간 집에서 일어났던 일을 모두 털어놨다.

"내가 죽어도 어머니랑 잘 살 수 있지?"

"오빠, 뭘 어쩌려고?"

"오늘 밤에 마을로 들어가서 리청의 목을 베어 버리겠어."

"안 돼. 그런 무모한 짓 하지 마. 어떻게든 살아남아서 엄마 모셔야지. 난 어차피 몸이 이 모양이니까 차라리 내 목숨을 거는 게 나아."

"무슨 생각 하는 거야?"

여동생은 선뜻 대답하지 못하고 침묵했다.

"다리도 불편한데 그 악랄한 인간을 어떻게 상대하려고 그래?"

"독약 한 봉지 구해줘. 운이 좋아서 발각되지만 않으면 살수도 있잖아."

펑 씨는 죽을 끓여와 여동생과 가마꾼들에게 대접했다. 나는 손에 독약을 쥔 채 차마 여동생에게 건네지 못했다. 그런 나를 여동생은 핏발이 선 간절한 눈빛으로 응시하고 있었다. 그녀의 눈은 이제 더 이상 예전의 맑고 투명한 눈이 아니었다.

펑 씨도 일단 여동생에게 독약을 줘서 기회를 보도록 하는 게 낫겠다고 거들었다. 나는 독약을 여동생의 주머니에 찔러주며 당부했다.

"몸조심해."

여동생은 지팡이를 짚고 걸어 나갔고 나는 그 뒤에 목석처럼 멍하니 서 있었다. 한동안 정신이 혼몽해져 눈앞이 제대로 보이지 않았다. 여동생의 가냘픈 뒷모습이 서서히 선명해지면서 나는 그녀의 다리가 어릴 때 앓았던 병 때문이 아니라 모진 세상에 짓눌려 못쓰게 된 것만 같아 가슴이 미어졌다. 나는 당장 쫓아가 그녀를 가마에서 끌어내리고는 독약을 다시 내놓으라고 했다. 여동생은 두손으로 주머니를 꽉 움켜쥐고는 놓지 않았다.

나는 그녀의 바지주머니를 갈기갈기 찢어 독약을 도로 뺏으며 말했다.

"먼저 가 있어. 오빠가 어떻게든 다른 방법을 생각해 볼게."

그녀는 울면서 다시 가마에 올랐다.

여동생이 탄 대나무 가마는 왕촌과 어청의 갈림길 근처에서 리청의 부하들에게 가로막혔다. 가마꾼들은 놀라 줄달음을 쳤고 그들은 가마를 무참히 망가뜨리며 이죽거렸다.

"어이, 절름발이. 그래도 자존심은 있나 보지? 호기라도 부리고 싶거든 어디 걸어서 마을까지 가보시지."

이렇게 여동생은 황량한 길거리에 홀로 버려졌다.

· · ·

《도망》 #12

여동생을 보내고 난 후 나는 성냥 한 갑을 품고 창녀촌으로 통하는 또 다른 샛길로 들어섰다. 잡초가 무성한 이 비좁은 길은 소들이 다니며 낸 길이었다. 갖가지 형상의 소똥들이 곳곳에 무더기로 쌓여 있는데다 더운 날씨 탓에 파리 떼까지 엉겨 붙어 극성을 떨고 있었다. 나는 소똥더미를 조심스럽게 비껴 지나가면서 도시를 떠올렸다. 왕다쟈오와 손잡는 것도 물 건너 간 마당에 마냥 미장이 밑에서 일을 도우며 머물러 있을 수만은 없었다.

그날 밤 나는 어둠을 틈타 집으로 몰래 잠입해 들어갔다. 놀란 어머니가 여동생의 행방을 물을 때서야 나는 그녀가 없음을 느낄 수 있었다. 집으로 오는 도중에 무슨 사고를 당했음이 틀림없었다. 나는 왕촌으로 가는 길을 따라 여동생을 찾아 나섰다. 마을을 나와 걸어가는데 맞은편에서 마을 쪽으로 기어오는 여동생의 모습이 보였다. 달려가 여동생을 끌어안자 그녀는 바로 기절하고 말았다.

어머니는 등불을 들고 여동생의 상처를 이리저리 살폈다. 땅바닥에 엎드려 기어오느라 무릎과 배의 살갗이 다 까져 검붉은 피로 범벅이 되어 있었다. 어머니는 동생의 상처 부위에 약을 발라 주었고 그 사이 집을 나온 나는 어둠을 뚫고 목표물을 향해 서서히 이동했다.

리청의 집 주변에는 풀벌레들의 스산한 울음소리만이 어둠을 파고들고 있었다. 산 속에서는 부엉이가 구슬픈 울음소리를 길게 뽑아냈고, 내 옷은 밤이슬에 흥건히 젖어가고 있었다. 그 순간 나는 몸이 뻣뻣해짐을 느꼈다. 머리와 몸이 따로 노는 듯했고 손발도 제대로 말을 듣지 않았다. 정신을 가다듬은 후 그들 집 뒤쪽의 건초더미 쪽으로 숨어 들어갔다. 그러나 마을에 즐비하게 늘어선 집들을 보는 순간 성냥을 쥔 손에 경련이 일었다. 다섯 개비를 한꺼번에 그어 불을 붙였지만 건초더미 위에 차마 던지지 못하고 그냥 들고만 있었다. 불이 온 마을로 번져나가 우리 집까지 타 없어지는 상상을 하며 잠시 머뭇거리다가 나는 결국 리청의 부하들에게 붙잡혀 기회를 놓치고 말았다.

그들은 나를 대문 앞 나무기둥에 묶어 놓고 온갖 저주와 욕설을 퍼부으며 주먹질과 발길질을 날리기 시작했다. 갈비뼈가 으스러지고 머리가 깨질 것 같았다. 고통에 치를 떠는 그 와중에도 나는 처음부터 어청으로 떠나지 않은 것을 후회하고 있었다. 그들의 구타가 서서히 잦아들면서 내 몸은 더욱 심한 통증이 한꺼번에 몰려 왔다. 의식이 가물가물하게 흐려지는 가운데 나는 사람들 사이에 서 있는 리웬웬을 발견했다.

"웬웬, 나 좀 살려줘."

소식을 들은 리청의 이웃들도 놀란 가슴을 쓸어내리며 우르르 달려왔다. 그들은 삿대질을 하며 나를 윽박질렀다.

"죽고 싶어 환장했어? 머리에 피도 안 마른 게 세상 물정 모르고 어디서 날뛰는 거야? 불나면 우리 마을 전체가 끝장이라고."

서로 맞장구를 치며 비난의 화살을 쏘아대던 사람들은 그래도 분이 안 풀리는지 날 때리려고 달려들었다. 그때 갑자기 리웬웬이 몸을 던져 내 방패막이로 나섰다. 이윽고 마을 사람들은 늘어지게 하품을 하며 저마다 흩어졌고 나는 또다시 좁은 골방에 감금되었다.

그 일을 계기로 나는 힘으로는 영원히 리청을 상대할 수 없다는 걸 깨달아 갔다.

'왕촌으로 빠지지 않고 진작에 도시로 갔어야 해. 거기서 성공해서 관리가 되었다면 리청의 숨통을 금방 조일 수 있었을지도 몰라.'

어두침침한 골방에 갇힌 채 혼자 지내는 동안 내 머릿속에는 도시의 화려한 건물과 와자지껄한 거리의 형상이 수시로 펼쳐졌다.

. . .

리청은 정월대보름 저녁에 어청으로 돌아왔다. 그는 허후이루의 불빛이 환하게 밝혀져 있고 문 앞에 사람들로 북적대는 것을 확인하고는 바로 가마를 돌려 극장으로 갔다.

치우위는 극장 안으로 들어오는 리청을 보는 순간 가슴이 두방망이질치기 시작했다. 극이 중반에 접어들 무렵 리청이 무대를 향해 소리 질렀다.

"위 감독 어디 있어?"

그때 누군가가 리청에게 귓속말로 뭐라고 속삭였고 객석 전체가 술렁이며 아수라장이 되었다. 리청이 뒷줄을 돌아보자 관객들도 모두 따라서 고개를 돌렸다. 치우위는 극장 밖으로 달려 나갔다. 뒤에서 리청의 새청 맞은 호통소리가 울려 퍼졌다.

"또 네 놈 짓이냐? 감히 저 따위 연극으로 나를 우롱해? 어서 저 녀석을 잡아라! 흠씬 두들겨 패서 다시는 여기에 얼씬도 못하도록 만들어! 어서 잡아!"

뒤에서 추격하는 발자국 소리가 점점 선명해져 올수록 치우위는 숨이 가쁘고 기진맥진해졌다. 평소 익숙하게 다니던 골목들이 갑자기 낯설게 느껴졌고 가로수와 건물들도 모두 그를 피해 뒤로 후퇴하는 것 같았다. 다급해진 치우위는 생각할 겨를도 없이 허후이루 안으로 뛰어 들어가 방문 하나를 벌컥 열었다. 문이 열리는 순간 그는 너무 놀라 숨이 멎는 듯했다. 위이와 리웬웬이 알몸으로 한데 엉켜 침대 위를 뒹굴고 있었다. 두 사람도 동작을 멈추고 그를 돌아봤다. 그때 그를 쫓는 사람들의 소리가 지척에서 들려왔다. 치우위는 허둥지둥 침대 밑으로 숨어 들어갔다. 이내 끈끈한 교성이 다시 들려오고 두 사람의 몸놀림에 침대가 삐걱거리며 소리를 내기 시작했다. 사내 몇 명이 방문을 열고 들이닥치자 리웬웬이 버럭 소리를 질렀다.

"지금 여기가 어디라고 들어와서 소란이야? 무례한 것들. 당장 나가!"

사내들은 구시렁거리며 물러나 다른 방들을 뒤졌다.

그들이 나간 후 치우위는 머리카락에 거미줄을 가득 묻히고 침대 밑에서 나왔다. 리웬웬은 그의 흐트러진 머리를 매만져 주었고 치우위와 위이는 아무 말 없이 마주 앉아 있었다. 그들은 각자 주머니에서 담배를 꺼내 물었다. 치우위가 먼저 무거운 분위기를 깨며 운을 뗐다.

"전 그동안 감독님을 존경했어요. 출중한 능력을 지닌 분이라 늘 많이 배워야겠다고 생각했죠. 감독님 밑에서 일을 배우면 사람구실 제대로 할 수 있을 거라 믿었는데 갑자기 해고되면서 그

희망도 사라졌죠. 절 자르신 건 무슨 말 못할 사정이 있으셨을 테니 원망 같은 건 안 합니다. 하지만 감독님도 이런 곳에 드나드실 줄은, 더구나 이렇게 저열한 취미를 가지고 계실 줄은 정말 꿈에도 생각하지 못했어요……."

치우위가 담배연기를 길게 뿜어내자 위이도 따라서 연기를 후 내뿜었다. 뿌옇고 탁한 담배연기가 그들의 정수리 근처를 감돌고 있었다.

"제가 창녀촌에서 도망 나와 극단에 들어간 것은 욕정에 목숨 거는 그 저질스런 사람들이 혐오스러워서였어요. 하지만 모두 제 환상이고 착각이었나 봅니다. 세상천지 어디를 가도 인간의 욕정은 벗어날 수 없는 굴레군요."

"나, 나도 사람이야……."

"사모님도 계시잖아요? 왜 조강지처는 내버려 두고 밖에서 내 마누라와 살을 섞느냐 말입니다. 어쨌든 내 마누라를 건든 건 사실이니까 부탁 한 가지 들어주세요."

"그래, 말해봐."

"화리를 데려가게 해주세요."

"그렇게 죽고 못 살겠다면 데려가도록 해. 오늘 밤에 당장 떠나. 두 사람 모두 다시는 내 앞에 나타나지 말게."

위이는 뿌연 연기를 피워 올리며 뻐끔뻐끔 담배만 피워댔다. 치우위는 리웬웬을 바라보며 간절하게 말했다.

"오늘 진 빚은 다음 생애에 꼭 갚을게. 이왕 도와주는 김에 화리를 데리고 이곳을 빠져 나갈 수 있게 허락해줘."

"그래도 한때 부부의 인연을 맺었던 사인데. 두 사람 잘 살길

바랄게. 사실 나도 그렇게 나쁜 여자는 아니야. 창녀촌에서 태어난 죄밖에 없다고."

그렇게 치우위는 죽도록 혐오하던 여인의 도움을 받아 두 번이나 목숨을 구했다.

• • •

《도망》 #13

골방에 감금되어 지내던 나는 리청을 불러 간청했다.

"리웬웬과 살겠습니다. 하지만 그 전에 웬웬과 이야기할 시간을 좀 주십시오. 물어볼 게 있어요."

리청은 내 부탁을 순순히 들어주었다.

그날 저녁 나와 리웬웬은 한때 리청이 수후이에게 애정공세를 펼쳤던 그 방에 앉아 있었다. 탁자 위에서 은은하게 불타는 기름등 주위로 나방 몇 마리가 날아들었다. 리웬웬은 심각한 표정으로 탁자 한쪽에 다소곳이 앉아 있었다. 예전보다 훨씬 원숙해진 느낌이었다. 창밖의 풍경들은 칠흑 같은 어둠 속에 잠겨 있었다. 그녀는 오른손을 들어 머리를 매만지다가 다시 무릎 위에 내려놓았다.

"웬웬, 시집오던 날 가마 속에서 아이처럼 좋아했던 거 기억나?"

그녀는 볼이 발그스름해졌다.

"그걸 여태 기억해? 난 다 잊어버린 줄 알았어."

"불과 두 달 전의 일인데 어떻게 잊겠어? 웬웬, 우리 아버지가 일찍 돌아가시고 어머니 혼자 고생 많으셨어. 게다가 동생도 몸이 성치 않잖아. 당신 마음이 여리고 착하다는 거 잘 알아. 제발 나 좀 봐줘. 부부의 인연은 전생에 정해져 있다는데 우리는 애초부터 서로 인연이 닿지 않는 사람들이야."

"나도 억지로 살 생각 없어. 내가 다른 남자에게 시집을 못 가는 것도 아니고."

"하지만 당신 아버지가 끝까지 나를 놓아주려 하지 않아. 당신 아버지 때문에 우리 집안이 하루도 조용할 날이 없다는 거 직접 봐서 잘 알잖아. 잠시였지만 그래도 한때 부부 사이였는데 제발 내 얼굴을 봐서라도 그냥 보내줘."

리웬웬은 아무 말 없이 등불 아래 꼿꼿이 앉아 있었다.

"그럼 난 갈게."

그때까지도 그녀는 아무런 반응이 없었다. 나는 아무 말 없이 뒤쪽 창문을 열고 밖으로 뛰어내렸다. 그녀가 창으로 고개를 내밀어 멍하니 나를 쳐다보았다. 내가 멀리 도망가서야 그녀는 소리쳤다.

"아버지, 치우위가 도망갔어요!"

• • •

정월대보름 날 저녁 어청은 화려한 등불에 수놓인 듯 오색찬란하게 빛났다. 곳곳에 높이 내걸린 초롱불과 여기저기서 터지는 폭죽소리가 겨울의 한기를 몰아내고 있었다. 리웬웬은 치우위와

화리를 어청 입구까지 배웅 나왔고 위이도 그들 뒤를 졸졸 따라
왔다.

치우위가 위이에게 물었다.

"여긴 왜 오셨어요?"

"보면 몰라. 배웅하러 왔지. 그래 어디로 갈 참인가?"

"그건 모르셔도 됩니다."

치우위와 화리는 감회에 젖은 눈빛으로 어청을 한번 뒤돌아보
더니 서둘러 길을 떠났다. 치우위는 소리를 낮춰 화리에게 속삭
였다.

"화리, 이젠 나한테 당신 말고는 아무 것도 남은 게 없어. 이 도
시에 와서 얻은 건 당신 하나뿐이야."

화리는 목을 움츠리며 짤막하게 대답했다.

"날씨가 참 춥다."

나는 그들 두 사람이 멀어져 가는 것을 말없이 지켜보고 있었
다. 치우위의 기침 소리가 점점 작아지면서 그들의 뒷모습도 아
득한 어둠 속으로 사라져갔다.

• • •

내가 누구냐고? 나는 도시다. '어청'이라고 불리는 도시. 많은
이들이 세상에서 사라졌지만 나는 여전히 숨 쉬고 있고 숱한 기
억들을 간직하고 있다. 치우위는 이곳에서 일 년 남짓 살았을 뿐
이었는데도 난 문득문득 그가 떠오른다. 그날 밤 떠난 뒤로 이 도

276

시에 다시 모습을 드러내지는 않았지만 허후이루나 극단 사람들
이 종종 그를 화제에 올리곤 해서 단편적이나마 그에 대한 소식
을 들을 수 있었다.

　사람들의 말에 따르면 치우위는 창녀촌으로 돌아온 후에 큰 병
을 앓았다고 했다. 병마와 싸우는 사이 그는 도시에서 지낼 때보
다 훨씬 쇠약해졌다. 화리는 그런 그에게 매일 새로운 지명을 대
며 어서 어디로든지 떠나자고 졸랐다. 어슴푸레한 초저녁 석양빛
이 붉게 물드는 시간이면 화리가 치우위를 부축하고 나와 산책을
하기도 했는데, 여전히 싱그러운 아름다움을 발산하고 있는 화리
와는 상대적으로 치우위는 극도로 늙어버린 듯했다.

　창녀촌 사람들은 치우위만 보면 그를 향해 침을 뱉거나 찬밥
취급을 했다. 한때 그가 매춘을 더러운 일이라고 매도하며 창녀
촌을 대놓고 무시했던 전적 때문이었을 것이다. 예전에는 고상한
척 교양 떨며 방자하게 굴었던 치우위가 결국에는 초라한 모습으
로 병상에 누워있자 그들은 과거에 그에게 당했던 모욕과 무시를
배로 갚아주고 있었다.

　치우위가 병석에 누워 지내는 날이 많아지다 보니 화리는 외로
움에 시달렸다. 그동안 걷는 연습을 열심히 한 치우위의 여동생
은 제법 이 집 저 집을 돌아다니며 마을사람들과 어울리기도 했
다. 어느 날 여동생이 치우위에게 쪼르르 와서는 화리가 장바(姜
疤)와 눈이 맞았다고 일러바쳤다. 그녀는 두 사람이 함께 자기까
지 했다며 호들갑을 떨었다.

　"두 사람이 벌거벗고 누워서 뒤엉켜 있는데 가관이었어. 검게
그을린 장바의 구릿빛 몸과 새언니의 새하얀 살결이 어찌나 대조

가 되던지. 꽤 오랫동안 여러 번 하던데, 글쎄, 화리 언니가 돈을
한 푼도 안 받더라니까.”

그날 치우위는 집에 돌아온 화리가 잠든 틈을 타서 그녀를 침
대에 묶어 놓고 대나무 채찍으로 그녀의 하얀 몸을 사정없이 휘
갈겼다.

“교양 있는 척 가증을 떨더니 너도 한통속이야.”

치우위는 미친 듯이 그녀를 채찍질했다. 그렇게라도 해서 자신
이 여전히 저질스런 정사를 혐오하고 있다는 사실을 증명하고 싶
었던 것일까? 그는 마치 자기 자신이 창녀촌 사람들과는 근본적
으로 차원이 다른 고상한 사람이라는 것을 입증해 보이려는 듯
필사적으로 그녀를 때렸다. 그가 채찍을 휘두르는 대로 화리의
젖가슴과 허벅지, 종아리에 검붉은 채찍 자국이 선명하게 그려지
고 있었다.

음흉한 동네 남자들은 채찍에 맞아 상처투성이가 된 그녀의 알
몸을 안아보겠다며 앞 다투어 돈을 내걸었다. 그러나 화리는 장
바 외에는 그 누구에게도 몸을 결코 허락하지 않았다. 그날 치우
위에게 심하게 구타를 당한 뒤 곱상하던 화리는 세파에 찌든 농
촌 아낙의 몰골로 변해갔다.

치우위는 언젠가부터 여동생이 남몰래 방 안을 훔쳐보는 버릇
이 있다는 걸 발견했다. 그가 화리를 때리던 날 밤 여동생은 방문
틈으로 그들의 침실을 엿보고 있었다. 그녀는 가끔 마을 여자들
이 매춘하는 방을 찾아가 까치발을 하고 훔쳐보기도 했다. 한번
은 치우위가 낌새가 이상하여 문틈으로 여동생을 몰래 살펴보았
다. 침대에 누워 있는 동생은 흥분된 표정으로 몸을 배배 꼬며 자

위행위를 하고 있었다. 치우위는 참을 수 없는 역겨움이 치솟아 그 자리에서 피를 토해냈다.

치우위는 깊은 충격과 말할 수 없는 상실감에 빠졌다. 자신의 인생에 얽혀있는 리청, 왕다쟈오, 어머니, 위이, 리웬웬, 화리, 여동생 그리고 그 외 몇몇 인물들의 얼굴이 주마등처럼 그의 머리를 스치고 지나갔다.

'모든 사람들이 다 똑같구나.'

치우위는 방 벽을 두드리며 소리쳤다.

"어떻게 너까지 이럴 수 있어?"

건너편에서 여동생의 심드렁한 목소리가 들렸다.

"내가 뭘 어쨌는데? 오빠도 실은 간절히 원하고 있는 거 아냐? 본능에 좀 솔직해져 봐. 그런 욕망도 없는 사람이 어떻게 여자를 데리고 야반도주를 할 수 있어?"

여동생은 대단한 설교를 늘어놓는 것처럼 당당하게 목에 핏대를 세웠다.

'차라리 모든 걸 다시 처음으로 되돌려 놓고 싶다. 이렇게 고생할 줄 알았다면 그냥 마음 편하게 리웬웬과 결혼해서 정 붙이고 살았을 텐데.'

끝까지 자존심을 운운하며 버티던 치우위는 결국 모든 희망과 믿음을 상실하며 와르르 무너져 내렸다. 오랫동안 동경해 왔던 옌안 행 꿈도 부질없이 사라져버렸다.

지금은 지도에서 '창녀촌'이라는 지명을 찾아볼 수 없다. '창녀촌'은 '표단촌瓢簞村'으로 개명된 지 오래다. 어청 현의 역사 기록이 적힌 어느 지리서에서는 이 마을의 내력에 대해 다음과 같이 설명하고 있다.

'표단촌은 표주박 모양의 산골짜기에 자리하고 있어서 붙어진 이름이다. 이 마을은 모 성과 모 성의 경계에 위치하고 있어 예로부터 상업이 발달하여 부자마을로 널리 알려져 있다.'

시선을 멀리 던지다

· · ·

리우징(劉井)은 마난팡(馬男方)의 어깨를 흔들며 쏘아붙였다.

"해가 중천에 걸렸는데, 여태 나자빠져 있는 거야?"

마난팡은 통나무처럼 침대 위를 굴러 몸을 벽 쪽으로 밀착시키며 대꾸했다.

"손이 왜 이렇게 차가워?"

"안 차가운 게 이상하지. 이른 새벽부터 일어나서 물 긷는다고 세 번이나 왔다 갔다 하고, 돼지죽에다가 우리 아침 죽까지 쑤었는데, 손이 안 얼고 배기겠어?"

지붕 낡은 기왓장 사이 버름해진 틈을 비집고 들어온 햇살이 마난팡의 엉덩이를 환하게 물들였다. 그는 하마처럼 입을 쩍 벌리며 하품을 하고는 넙적한 손바닥으로 엉덩이를 세게 쳤다. 모기를 쫓으려는 건지, 간질거리는 햇빛을 쫓으려는 건지는 몰라도 '탁탁' 소리가 웬만한 폭죽 소리보다 더 쩌렁쩌렁하게 울렸다. 볼기짝에 불긋불긋한 손바닥 무늬가 선명하게 찍혔는데도 그는 여전히 비몽사몽이었다. 엉덩이를 후려친 손바닥도, 얼떨결에 희생양이 된 엉덩이도 다 그의 몸이 아니라 따로 노는 것 같았다. 그 정도 때렸으면 정신을 차릴 만도 하지만 그는 도마 위 돼지를 칼질하는 도살꾼처럼 무표정하고 심드렁했다.

"오늘 볕이 좋아서 곡식을 거둬야 한단 말이야. 오늘 못 거두면 땅에서 다 썩어버릴 거라고. 그럼 내일 먹을 것도 없어."

리우징이 그를 향해 푸념했지만 마난팡은 못 들은 것 같았다. 어느새 코고는 소리가 방 안 가득 울려 퍼지기 시작했다.

'저게 어디 농사짓는 사람 콧소리야? 천하태평이 따로 없네. 이봐요, 마난팡 씨, 그렇게 늘어지게 코를 곤다고 팔자가 펴지는 건 아니잖아.'

마난팡이 몸을 뒤척이며 볼멘소리를 했다.

"술이 덜 깨서 그래."

그러고 보니 그의 입에서 진한 술 냄새가 확 풍겨왔다.

"만날 술 취했다는 핑계로 은근슬쩍 넘어가려고. 술 마시면 일 안하고 늦잠자도 돼? 나만 이렇게 부려먹어도 되는 거냐고? 도대체 그 놈의 술은 하루라도 안마시면 어디가 덧나?"

마난팡이 리우징의 따가운 잔소리를 떨쳐내려는 듯 귓가에서 손사래를 쳤다. 리우징은 이쯤 되면 해가 서쪽으로 뜨지 않는 한 그도 일어날 거라고 생각했다. 요새 들어 그녀는 아침마다 마난팡을 깨우며 한바탕 전쟁을 치르느라 입이 다 헤질 지경이었다.

"부지런히 움직여야 먹고 살지. 먼저 논에 가 있을 테니까 점심 때 맞춰서 밥 가지고 와. 오는 길에 탈곡기 빌려오는 것도 잊지 말고. 오늘 안에 다 수확해야 하니까."

"알았어."

마난팡은 짧고 시원스럽게 대답했다.

리우징이 낫과 광주리를 챙겨 나가려는 찰나 마난팡이 침대에서 그녀를 불렀다.

"왜 불러? 할 말 있으면 나와서 해."

"좀 더 누워 있을 거야. 취기가 안 풀려. 이딩(一定)은 어쩔 거야? 이딩은 누가 데려가는 거야?"

"내가 데려가. 데리고 가면서 길벗이라도 해야지."

리우징은 입구에 서서 이딩을 불렀다.

"마이딩!"

그녀의 부름이 떨어지기가 무섭게 마이딩은 진흙 한줌을 쥔 채 그녀 앞으로 쪼르르 달려왔다. 얼굴은 물론 엉덩이, 손까지 온통 흙투성이였다. 뱃속에서 나온 아이가 아니라 누가 흙으로 빚어서 만들었다고 해도 믿을 성 싶었다. 리우징이 아이의 엉덩이를 털어내자 흙가루가 그녀의 콧속으로 후벼 들고 머리 위에도 후드득 떨어졌다. 마이딩의 옷에 묻은 흙먼지를 털어주려다가 아이 몸에 있던 흙을 그녀가 고스란히 뒤집어쓰는 꼴이 되고 말았다.

"이딩, 가자!"

마이딩은 어머니를 따라 계단밭이 있는 남산 방향으로 걸어갔다. 손에는 여전히 흙을 쥔 채였다. 흙은 그가 가장 좋아하는 장난감이었다.

여덟 살인 마이딩은 키가 리우징의 허리 위에 뜰까 말까했다. 그래서 리우징이 진 광주리 바로 아래 알밤 같은 머리통이 딱 들어왔다. 그들이 한 걸음씩 앞으로 나아갈 때마다 광주리가 마이딩의 머리를 한 번씩 쳤다.

"이딩, 앞쪽으로 나와서 걸으렴. 머리 깨질라. 광주리에 머리가 부딪히잖니?"

"싫어요."

앞으로 나서기를 한사코 거부하는 이딩은 한 손으로는 진흙을 또 한 손으로는 엄마의 바지를 꽉 움켜쥐고 있었다.

남산의 계단식 논으로 가는 길은 안으로 들어 갈수록 길고 좁아졌다. 산비탈에는 풀벌레 소리 말고는 아무런 소리도 들리지 않았다. 햇빛이 숲속의 삘기와 나무 위로 쏟아지자 크고 두툼한 잎사귀들이 깨진 유리처럼 빛을 잘게 부수며 퉁겨냈다. 강렬한 햇발이 내리 꽂힌 잎들은 금방이라도 타들어갈 것처럼 '지직' 소리를 냈다. 리우징은 갑자기 바지가 당기는 느낌이 들어 고개를 돌렸다. 지친 표정의 이딩이 땅 바닥에 엉덩이를 대고 주저앉아 있었다.

"엄마, 도저히 더는 못 가겠어요."

리우징은 무릎을 바닥에 대고 앉았다.

"이딩, 광주리 안으로 올라와."

마이딩은 리우징 등 뒤의 광주리 속으로 쏙 들어갔다. 그는 손을 뻗어 산길 가 나뭇잎들을 뜯으며 신나하다가 바지춤을 붙잡으며 리우징을 불렀다.

"엄마, 오줌 마려워."

"마려우면 어서 싸."

마이딩은 몸을 일으켜 광주리 뒤쪽을 향해 서서 오줌을 질렀다. 리우징은 앞으로 계속 걸어갔다. 이딩이 뒤로 오줌을 뿌리자 오줌줄기를 따라 길바닥에 진한 선 하나가 그려졌다.

리우징은 오전 내내 논에서 벼를 벴다. 마난팡은 아직 코빼기도 보이지 않고 있었다. 탈곡할 사람들도 영 올 기미가 보이지 않았다. 보나마나 아직 자고 있거나 또 술 한 잔 걸치고 있을 게 분명했다. 허기진 그녀의 뱃속이 꼬르륵대며 아우성쳤다. 길고 뾸

족한 손톱으로 위벽을 할퀴는 것처럼 속이 아려왔다. 그녀는 고개를 길게 빼고 이딩을 찾았지만 어디로 갔는지 보이지 않았다.

"이딩!"

힘이 없어서인지 소리가 제대로 나지 않았다. 그녀는 다시 한 번 힘주어 불렀다.

"이딩, 어디 있니?"

그때 이딩이 다른 집에서 이미 수확해 놓은 볏단 속에서 튀어나왔다. 머리 위에 볏짚이 듬성듬성 묻어 있었다.

"배고프니?"

"배는 아까부터 고팠어요."

"일단 물이라도 좀 마셔. 논 언저리에 가보면 샘물이 있어. 마시고 조금만 기다리면 아빠가 점심 가지고 올 거야."

"벌써 몇 번이나 마셨는걸요. 지금도 뱃속이 물로 꽉 찼단 말이에요. 더 마시면 배 터질지도 몰라요."

"그럼 잎사귀에다가 물 좀 떠다 줄래?"

마이딩은 넙적한 나뭇잎 몇 장을 따서 웅덩이로 가서 잎에 물을 떠올렸다. 그러나 나뭇잎을 들어 올리자마자 물이 다 새버렸다. 다시 다른 잎사귀로 물을 떠서 간당간당한 물이 또 샐까 봐 조심스럽게 발을 옮겼지만 몇 발자국 가기도 전에 물이 또 금세 사라지자 그는 결국 나뭇잎을 바닥에 휙 내던지며 소리쳤다.

"와서 직접 마셔요."

"정말 그러기야? 엄마 바쁜 거 안 보이니? 물 안 떠다 줄 거면 네가 와서 일해."

리우징은 낫을 내려놓고 물웅덩이가 있는 쪽으로 걸어갔다. 몸을 앞으로 숙이니 물 위로 땀과 볏짚이 묻은 그녀의 이마가 비쳤다. 입을 대고 허겁지겁 물을 몇 모금 마시고 나자 뱃속이 얼음샤워를 한 듯 시원해졌다. 그때서야 좀 정신을 차린 그녀는 이딩이 있는 쪽을 둘러보았다.

"이딩, 왜 일하러 안 가는 거야? 아빠처럼 게으르면 절대 안 돼. 부자가 똑같이 게으름피면 엄마 혼자 어떻게 버티라고?"

마이딩은 낫을 든 채 멀뚱멀뚱 서 있었다.

"정 못하겠으면 이리 와서 등 좀 주무르든가."

마이딩은 잽싸게 뛰어와서 리우징의 등을 토닥거렸다. 리우징이 눈을 지그시 감으며 물었다.

"아빠가 무슨 음식 해가지고 올까?"

"보나마나 또 채소절임이겠죠."

"그거야 장담할 수 없지. 오늘 우리 집 닭이 알을 낳았으면 계란프라이를 해다 주실지도 모르는 걸?"

시간이 갈수록 리우징과 마이딩이 물웅덩이를 찾는 횟수가 점점 많아졌다. 물로만 배를 채우다 보니 오줌보도 금방 묵직하게 내려앉았다. 결국 한계를 느낀 리우징은 마이딩을 불렀다.

"마이딩, 집에 가서 아빠한테 어서 밥 가지고 오라고 해. 오늘 논에 일하러 나오지 않으면 엄마가 내일 당장 이혼한다고 분명히 전해. 알겠지? 한두 번도 아니고 해도 너무 하잖아. 남자가 하루 종일 침대에서 비비적거리면서 마누라 덕이나 보고 살려고. 그 속셈을 내가 모를 줄 아나?"

마이딩은 바지를 올리고 집 쪽으로 후다닥 뛰어갔다.

"빨리 와야 한다. 딴 데로 새지 말고. 얼른 다녀와."

리우징은 다시 벼를 베기 시작했다. 손으로는 낫질을 하면서도 머릿속으로는 지금쯤 어디까지 갔겠지, 지금쯤이면 집에 도착했겠지 하며 이딩의 예상경로를 계속 끼워 맞추고 있었다.

'그 인간 분명히 여태 뒹굴고 있을 거야. 그래, 자고 있어도 상관없어. 원래가 그렇게 미덥지 못한 인간이었으니까. 그래도 이딩은 똑똑한 아이니까 내 말을 똑바로 전하고 있겠지. 이혼 소리를 들으면 정신이 퍼뜩 나서 박차고 일어나겠지. 점심 챙겨서 허겁지겁 일하러 달려올 거야. 술이 덜 깨서 못 일어나더라도 설마 밥은 안쳐 놨겠지.'

한참이 지나도 아무런 기별이 없자 그녀는 억지로 생각을 늘려 나갔다. 마이딩이 천천히 가고 있을 거다, 중간에 무슨 일이 좀 있었을 거다, 심지어 '이제 막 출발했는걸 뭐' 라고 위안하며 지루한 기다림의 시간을 견디고 있었다. 그러나 아무리 기다려도 집으로 간 마이딩은 함흥차사였고, 마난팡도 깜깜 무소식이었다.

'도저히 더는 안 되겠다. 이렇게 마냥 기다리다간 쓰러지고 말겠어.'

그녀는 베어놓은 볏단을 단단히 묶어 광주리 안으로 집어넣었다. 양손으로 대충 무게를 가늠해보고 몇 묶음을 더 얹었다. 집으로 가는 길이 멀다 보니 그녀 혼자 힘만으로는 다 짊어지고 내려갈 수 없었다. 그대로 두고 가야하는 볏단을 보는 리우징의 마음이 무겁고 아팠다.

볏단을 지고 내려오던 그녀는 단풍나무 근처에서 마이딩을 발견했다. 그는 평평한 돌 위에 널브러져 세상모르고 자고 있었다. 그의 얼굴 위에는 개미 몇 마리가 유유자적하게 기어 다니고 있었다. 코까지 골며 단잠에 빠져 있는 아들의 모습에 기가 막힌 리우징이 소리쳤다.

"여기서 잠이나 자고 있어? 엄마를 굶어 죽일 셈이구나?"

그녀가 손바닥으로 그의 머리를 찰싹 때렸다. 반사적으로 벌떡 일어난 마이딩은 얼얼한 머리를 어루만졌다. 비로소 자신의 임무가 생각난 그는 머리를 긁적이며 변명했다.

"엄마, 도저히 더는 걸을 수 없었어요. 저도 배고파서 더 이상 힘이 없다고요."

리우징의 뱃속에서 요동치는 소리가 들렸다. 물을 너무 많이 마셨는지 속이 울렁거렸다.

"더 이상 네 얼굴 보기도 싫어. 실망스럽다. 제 아빠랑 어쩜 이렇게 똑같은지. 까맣게 타들어가는 내 속을 누가 알아줄까?"

마이딩의 눈에 눈물이 가득 고였다. 그래도 그는 끝내 울음을 참으려고 애썼다.

리우징은 볏단을 진채 앞으로 걸어갔고 마이딩은 그녀 뒤를 졸졸 따라갔다. 둘은 아무 말 없이 걷기만 했다. 한참을 그렇게 걸어가는데 따라오던 발소리가 어느 순간부터 들리지 않았다. 리우징이 고개를 돌려보니 뿌연 먼지 사이 어디에도 마이딩이 보이지 않았다. 광주리를 내려놓고 온 길을 다시 돌아가 보니 마이딩이 또 바위에 기대 잠들어 있었다. 그녀는 잠에 빠진 마이딩을 업고 광주리가 있는 곳까지 내려와 그를 내려놓으며 말했다.

"어서 가자. 네가 엄마 앞으로 와."

마이딩은 꾸벅꾸벅 졸면서 앞으로 걸어 나갔다. 비몽사몽간의 정신으로 걷다가 몇 번이고 도랑 쪽으로 빠질 뻔했다. 그런데 잘 내려가는 듯하던 마이딩이 갑자기 찢어지는 비명 소리를 냈다.

"어디가 아파?"

"발이요."

리우딩은 그때서야 길에 몇 방울 떨어져 있는 핏자국이 눈에 들어왔다. 마이딩의 발바닥이 다 까져 있었다. 자리에 꼼짝없이 서 있는데도 피가 계속 흐르고 있었다.

"신발은 어쨌어? 왜 신발 안 신고 나왔어?"

"신발이 하나도 없어요. 날씨가 더워진 후로는 쭉 그냥 벗고 다녔는걸요."

"사주기 싫어서가 아니라 사줄 형편이 못 되는 거야. 광주리 위에 올라타렴."

리우징은 몸을 낮춰서 마이딩이 올라타기를 기다렸다. 하지만 광주리 안에 꽉 찬 볏단을 보고 마이딩이 고개를 저었다.

"싫어요."

"그럼 어쩌려고? 걷지도 못하잖아."

"걸을 수 있어요."

"정말 걸을 수 있겠어?"

"네. 걸어갈 게요."

마이딩은 발 다친 강아지처럼 왼발을 들어 깡충걸음으로 앞으로 나갔다. 리우징은 그가 저 멀리 멀어지는 걸 보고서야 다시 걷기 시작했다.

집에 오니 대문이 활짝 열려 있었다. 햇빛은 이미 자취를 감춘지 오래되었고, 닭 몇 마리가 마당에 나와 왔다 갔다 했다. 마난 팡은 아직도 침대에 퍼져 있었다. 온 집안에 진동하는 술 냄새가 아침보다 더 심해진 걸 보니 그새 몇 잔 더 들이킨 모양이었다. 그는 리우징이 돌아온 것도 모르고 곯아 떨어져 있었다. 리우징이 일부러 들으라고 요란한 소리를 내봐도 소용이 없었다. 그녀는 체념하며 속으로 생각했다.

'지금은 입씨름할 기운도 없고, 일단 밥 먹고 나서 두고 보자.'

그런데 솥을 열어보니 아침에 끓여 놓고 갔던 죽이 한 톨도 남아 있지 않았다.

돼지죽은 한 번도 손대지 않은 채 그대로 있었다. 돼지죽을 보고 나니 그때서야 리우징의 귀에 허기진 돼지의 울음소리가 들렸다. 도살당할 때보다 더 자지러지게 질러대는 소리가 귀를 후벼 팠다. 이렇게 되면 마난팡은 일어나서 죽과 술만 찾아 먹고 계속 침대에 누워 있기만 했다는 결론이 나온다.

리우징은 새하얀 쌀밥을 지어 상을 차렸다. 넉넉히 쌓아 올린 하얀 고봉밥을 본 마이딩은 눈이 거의 뒤집힐 듯이 달려들었다.

"이딩, 우리 밥 먹기 내기 하는 거다. 먹을 수 있을 만큼 많이 먹어. 대신 체하면 안 된다."

그녀의 말이 끝나기도 전에 마이딩은 밥사발 위에 얼굴을 파묻고 급하게 밥알을 떠 입안으로 밀어 넣고 있었다.

"급하게 먹지 말고. 체하면 큰일 나니까."

리우징도 그 자리에서 꾸역꾸역 밥 세 그릇을 비웠다. 밥심으로 기운을 충전한 그녀는 침실로 걸어 들어가 마난팡의 어깨를 세게 때렸다. 마난팡이 몸을 움찔하며 버럭 소리쳤다.

"뭐 하는 거야? 매가 고팠구나?"

"그래, 때릴 테면 때려봐. 지금 안 때리면 이제 기회도 없을걸."

난데없이 강하게 나오는 아내의 태도가 낯설었는지 마난팡이 도저히 믿지 못하겠다는 표정으로 빤히 쳐다봤다.

"왜 그러는 거야?"

그의 어조가 갑자기 누그러졌다.

"이혼해."

"이혼? 그게 뭐 대수로운 일이라고. 하면 되잖아."

마난팡은 심드렁하게 대답하고 나서 다시 드러누웠다가 잠시 후 침대에서 벌떡 일어났다.

"뭐, 이혼? 왜 이혼을 해? 이유를 대봐."

"무슨 이유가 더 필요해? 당신이 제일 잘 알고 있을 텐데."

"난 억울해. 억울하다고."

취기가 어느 정도 내려간 마난팡은 억울한 누명을 쓴 사람처럼 되레 펄쩍 뛰었다.

"이유가 뭔데? 오늘 점심 안 갖다 줘서? 하지만 나도 오늘 아팠다고. 사람인데 병이 날 수도 있는 거잖아? 만날 멀쩡할 수 있어? 당신도 아플 수 있잖아. 전쟁터에서도 포로가 아프면 보살펴 주는 법이야. 하물며 난 당신 남편인데, 어떻게 이럴 수 있어? 남편은 끙끙 앓고 있는데 돌봐 주지는 못할망정 그 앞에 대고 이혼 선언이라니 양심이 있는 거야? 내가 가기 싫어서 안 갔겠어? 설령 싫었다 해도 아이 밥까지 나 몰라라하는 매정한 아비는 아니야. 누워 있으면서도 두 사람 굶고 있을 걸 생각하니 마음이 얼마나 쓰렸다고. 도저히 못 일어나겠는 걸 어떡해? 정말 기운이 하나도 없었어. 정말이야. 조금이라도 기력이 있었으면 당연히 갔을 거야. 밥만 해다 주겠어? 닭도 잡고 계란프라이도 해갔을 거야.

나처럼 자상한 남편이 어디 있다고 그래?”

“당신 그 병을 내가 왜 모르겠어? 지긋지긋해, 그 게으름병. 벌써 몇 년째 달고 사는 고질병이잖아.”

이튿날 아침 머리를 단정하게 빗고 화장까지 한 리우징은 평소 아끼던 옷을 꺼내 입고 침대에 누워 있는 마난팡을 깨웠다.

“어서 가.”

“어디 가는데?”

“이혼 수속하러 가야지.”

“정말 헤어지겠다는 거야?”

“빈말 아니라니까. 난 한 번 한 말은 지켜. 당신도 남자니까 뱉은 말에 책임져야지.”

리우징은 향정부鄕政府쪽으로 발길을 옮기고 있었다. 그녀의 머릿속에는 온통 어제 땅에 내버리고 온 볏단 생각뿐이었다. 오는 길에 볏단이 벌써 썩어가고 있는 것을 봤기 때문이었다. 그러나 이내 곧 이혼할 텐데 그게 다 무슨 소용이냐는 체념이 밀려들었다. 향정부에 가까이 갈수록 볏단 생각은 점점 옅어지고 있었다. 그런데 거의 다 도착할 무렵 뒤돌아보니 마난팡의 모습이 보이지 않았다.

‘설마 안 오는 건 아니겠지?’

그녀는 길 어귀에 서서 마난팡을 기다렸다. 길에는 채소를 파는 몇몇 노점상만 보일 뿐 인적은 거의 없었다. 그녀는 주머니에서 작은 손거울을 꺼내 보았고, 거울에 비친 자신의 모습에 흡족해 하며 다짐했다.

‘마난팡, 나를 놓친 걸 후회할 테니 두고 봐.’

그녀가 거울을 살짝 기울이니 뒤쪽으로 이어진 흙길이 비쳐졌다. 저 멀리 마난팡이 술 주전자를 들고 다가오는 모습도 보였다. 순간 그녀는 기분이 이상해졌다.

‘내가 왜 이러지? 설마 두려워진 거야? 겁먹을 거 없어.”

두 사람은 향정부 이층으로 올라가 민정간사民政幹事 셰광밍(謝光明)을 찾아 갔다. 이제 겨우 마흔 줄에 들어선 셰광밍은 벌써 머리가 벗겨져 있었다. 리우징은 혼인신고를 할 때도 그를 본 기억이 있었다. 셰광밍이 퉁명스러운 어조로 질문을 퍼부었다.

“두 분 이혼 하시려고요? 이혼해서 뭐합니까? 등 따시고 배부르니 할 일이 없어요? 이혼이 애들 장난인줄 아세요? 요즘 농촌 일이 한가한가 보죠? 한 가지만 물읍시다. 저녁에 한 이불 덮고 주무십니까?”

“네.”

“같이 자면서 왜 이혼까지 하려고 합니까? 한 침대를 쓴다는 건 서로에 대한 감정이 아직 남아 있다는 뜻입니다. 감정도 안 좋은데 같이 잘 수 있나요? 서로 싫은데 한 침대에서 잔다는 소리 들어보셨어요?”

“아니요.”

“그렇죠? 그런 일은 저도 듣도 보도 못했습니다. 그러니까 이혼할 수 없습니다. 게다가 아이까지 있다면서요? 부모가 헤어진 후에 아이가 받을 상처가 어떨지 생각해 봤습니까? 누가 아이를 키울지 상의는 했어요?”

“아직이요.”

“그것 보라고요. 그런 것도 생각 안하고 무슨 이혼입니까? 재산 문제도 상의해 봐야 합니다. 그래도 정 갈라서야겠다면 이런 문제들부터 확실히 매듭짓고 다시 오시죠.”

그때 리우징이 물었다.

“그런데 한 침대에서 자는 것과 이혼이 무슨 상관인가요?”

“잠자리를 따로 한 지 2년이 넘어야 한다고요.”

“저희 집에는 침대가 하나뿐이에요. 침대 하나에 아들까지 셋이서 자는 걸요.”

그러자 세광밍이 손사래를 치며 쐐기를 박듯 말했다.

“그러니 이혼은 안 된다니까.”

그들은 말없이 이층에서 걸어 내려왔다. 마난팡은 그 와중에 휘파람까지 불어댔다.

“너무 기고만장하지 마셔. 지금 당장 헤어지지 못하는 것뿐이니까. 이 년만 버티면 우린 끝이야. 오늘부터 당장 따로 자.”

마난팡은 듣는 둥 마는 둥 건성으로 대답했다.

“그렇게 쉽지 않을 걸. 세 간사가 우리 이혼을 동의하지 않을 테니까. 이혼 생각은 아예 접어두는 게 좋을 것 같은데. 아이문제도 그래. 내가 우리 이딩의 성이 바뀌는 것을 용납할 거 같아?”

“제 몸 하나 건사하지 못하면서 아이 키울 자격이나 있어?”

그녀는 말하는 순간 속으로는 ‘앞으로 저 인간 뒤치다꺼리를 2년이나 더 해야 해? 2년이면 벼는 두 번, 옥수수는 네 번이나 심고 거둬야 하는 시간인데’ 라고 생각하며 탄식했다.

그러면서 한편으로는 아직 수확하지 못한 벼들이 눈에 자꾸 밟혔다. 이혼이 물 건너 가버린 이상 그것들은 그들 세 식구가 내년한 해를 버텨야 하는 양식이었다. 괜히 헛걸음할 바엔 남은 벼나 거두러 갈 걸 하는 느닷없는 후회마저 몰려들었다. 리우징은 바짓단을 걷어 올리고 집을 향해 달려가기 시작했다. 구멍가게 앞에서 술을 받던 마난팡이 뛰어가는 그녀를 보며 소리쳤다.

"이딩은 내 아들이야. 이딩을 양보하지 못하겠다면 이혼은 꿈도 꾸지 않는 게 좋을걸."

리우징도 지지 않고 쏘아붙였다.

"그래, 나도 급할 거 없어. 2년 동안 찬찬히 복수해 줄 테니 두고 봐."

리우징은 집에서 낫을 들고 나와 주정(朱正)의 집을 향했다. 주정은 거실에 나와 담배를 피우고 있었다. 길게 내뿜은 담배연기가 그의 얼굴 주변을 돌며 어지럽게 소용돌이쳤다. 그는 희뿌연 연기 속에서도 용케 리우징을 알아봤다.

"리우징, 눈이 왜 그렇게 충혈된 거야? 낫은 또 왜 그렇게 섬뜩하게 갈았고? 누구 죽이러 온 거야? 우리 집에는 너한테 밉보인 사람 없을 텐데."

"마난팡이라는 사람이 정말 죽도록 싫어요."

"그럴 수야 있나. 죽이면 안 되지. 그래도 남편인데."

주정은 자욱한 담배 연기 속에서 걸어 나와 리우징의 손에 들린 낫을 빼앗았다.

리우징은 주정과 주정의 남동생 주무랑(朱木朗)의 도움을 받기로 하고 탈곡기도 빌렸다. 세 사람은 남산의 논을 향해 걸어갔다. 탈곡기를 든 주 씨 형제가 앞장섰고, 광주리를 진 리우징이 낫을 들고 뒤따라 걸었다. 만나는 사람들마다 이구동성으로 물어왔다.

"마난팡은? 왜 논에 같이 안 가?"

그때마다 리우징의 대답도 한결 같았다.

"어디서 뒈졌나 보죠."

마을로 들어서는 마난팡을 본 마을사람들은 주 씨 형제가 벼 수확을 도와주러 논으로 올라갔다는 이야기를 전했다. 하지만 그는 남의 집 일처럼 귓등으로 흘려버렸다.

"갈 테면 가라죠. 뭐 그리 대수로운 일이라고."

정오 무렵 볏단을 든 주무랑이 점심밥을 챙기러 내려오자 마난팡이 다짜고짜 그에게 물었다.

"논에 또 누가 있지?"

땀을 닦던 주무랑은 입을 벌린 채로 한참이나 있다가 벌린 입을 겨우 다물며 말했다.

"일단 숨 좀 돌립시다. 숨 좀 돌리거든 다시 얘기해요."

마난팡은 주무랑이 힘겨워 하는 모습을 보며 웃음을 터트렸다.

"그래 가지고 어디 힘이나 쓰겠나. 내가 자네 나이일 때는 논까지 하루에 여섯 번이나 뛰어서 왔다 갔다 해도 거뜬했다고. 요즘 젊은 사람들 저렇게 비실비실해서 밭일은 제대로 하려나 몰라."

주무랑은 둥근 표주박 바가지를 입에 대고 냉수를 벌컥벌컥 들이켜고 있었다. 그러나 마난팡이 밭일은 제대로 하려나 모르겠다고 말하는 대목에서 사래가 걸리고 말았다. 표주박 안에 있던 물이 입 주위 양쪽 언저리 사이로 폭포처럼 흘러나왔다.

"밭일을 그렇게 거뜬히 하시는 분이 왜 자기 집 곡식은 나 몰라라 합니까? 왜 우리가 당신들 벼 수확까지 도와줘야 하죠? 앞뒤가 맞는 소리를 하시죠."

마난팡은 머쓱해졌는지 갑자기 화제를 돌렸다.

"참, 논에 또 누가 있냐니까?"

"저희 형하고, 이 집 마나님이요."

마난팡은 호들갑스럽게 펄쩍펄쩍 뛰면서 역정을 냈다.

"두 사람만 남겨두고 오면 어떡하나? 날 이런 식으로 골탕 먹이는 건가? 고의로 우리 부부 사이를 갈라놓으려고 작정했지? 둘이서 무슨 일을 벌일지 누가 알아? 두 사람 사이를 몰라서 그래? 아마 드디어 기회가 왔다고 얼씨구나 좋다고 하고 있을 걸. 지금 네가 두 사람한테 더없이 좋은 빌미를 제공해준 거라고. 그런 기회가 어디 돈 주고 살 수 있는 기회야?"

"걱정 붙들어 매요. 못 믿겠으면 직접 가보시든가요."

"지금 가면 무슨 소용이야? 거기까지 가는 데도 몇 분이나 걸리는데. 그 안에 뭔 일을 벌여놓고 입 씻으면 그만이잖아."

마난팡은 시간 계산을 하는 듯 하늘을 올려다보다가 남산이 있는 방향으로 기웃거렸다.

"지금쯤이면 뭔 일을 내도 충분히 냈을 거야. 더 이상 돌이킬 수 없어. 자네가 어서 논에 가 보게. 뛰어 갔다 오면 더 좋고. 빠를수록 좋아. 안 그러면 둘이 붙어서 뭘 할지 모른다니까. 그러다간 오늘 내로 벼를 다 베기도 글렀다고. 오늘이 뭐야, 내일, 모레, 아니 영원히 수확하지 못할지도 몰라."

마난팡은 주무랑이 식사를 챙겨 집을 나설 때까지도 쉬지 않고 부산하게 떠들어댔다.

"주무랑, 좀 서둘러. 그렇게 늘어져서 어디다 쓰나? 꾸물거리지 말고 빨리 좀 걸어."

주무랑은 그런 마난팡이 괘씸해 일부러 아주 천천히 걸어 올라갔다.

'그렇게 급하면 자기가 직접 뛰어가 보면 될 걸. 내 마누라도 아닌데 내가 힘 뺄 필요 없지.'

· · ·

한 삼십 여분쯤 걸었을 때 주무랑은 왕꾸이린(王桂林)이 마난팡의 집으로 들어서는 것을 보았다. 땀이 비 오듯 쏟아지는 왕꾸이린은 나뭇잎 한 장을 부채 삼아 계속 부채질하고 있었다. 그가 집 안으로 들어서며 툴툴댔다.

"무슨 놈의 날씨가 이렇게 덥대?"

"어디 갔다 오는 길이야?"

"우리 논에 다녀오는 길인데."

"그럼 리우징하고 주정 못 봤나?"

왕꾸이린은 속내를 알 수 없는 미묘한 웃음을 지었다.

"왜 못 봤겠어?"

"어쩌고 있던가?"

왕꾸이린은 또 빙그레 웃음을 지어 보였다. 마난팡은 그의 어중간한 반응에 슬슬 부아가 치미는 듯했다.

"혹시 둘이 그거라도 하고 있었어?"

"글쎄, 난 모르지. 궁금하면 직접 가보든가. 가보면 금방 알 텐데 뭘."

"그 짓거리를 했나 보군. 자네가 그렇게 말하는 걸 보면."

"난 아무 말도 안 했어."

"말 안 해도 뻔한 거 아냐? 이것들 가만두나 봐라."

말이 끝나기 무섭게 마난팡은 벽 위에 걸린 도끼를 빼들고 허공에서 여러 번 휘둘렀다.

"지금 가겠다고?"

"아니, 논에서 돌아오면 끝장을 내버려야지."

왕꾸이린이 돌아간 후 마난팡은 대문 가에 서서 남산 쪽을 두리번거리고 있었다. 사실 남산이 워낙 멀리 있어서 그의 눈에는 아무 것도 보이지 않았다. 그래도 그렇게 지키고 서 있는 게 마음이 한결 편했다. 목을 빼고 한참 동안 꿈쩍도 안 했더니 목도 서서히 아파오고 숨 쉬는 것조차 힘들어졌다. 그때 그는 리민빙(李民兵)이 긴 죽간을 들고 남산 쪽에서 걸어 내려오는 것을 보았다. 그는 깃발을 드는 것처럼 죽간을 세워 들고 있었다. 이따금씩 죽간이 가로로 뻗은 나뭇가지에 부딪히기도 했지만 리민빙은 꿋꿋이 장대를 치켜들고 내려왔다. 앞을 가로 막던 나뭇가지가 꺾어져도, 나뭇잎들이 그의 앞으로 후드득 떨어져도 아랑곳하지 않았다. 그가 점점 다가오고 보니 죽간 위에는 일정 간격의 금과 숫자가 새겨져 있었다.

"남산에 다녀오는가?"

"네. 논에 측량할 게 있어서요."

"혹시 뭐 본 거 없나?"

"둘이 같이 있던걸요. 정말 말도 안 돼요."

리민빙은 고개를 절레절레 흔들며 가던 길을 재촉했다. 그를 막아서고 이것저것 캐묻고 싶은 마음이 굴뚝같았지만 노닥거릴 시간이 별로 없는 듯했다.

"북쪽 산비탈에 있는 밭에도 얼른 가봐야 해요."

그가 마난팡의 집 모퉁이를 도는 순간 그의 손에 높이 들린 죽간이 지붕 끝과 부딪히면서 기왓장이 툭 떨어져 깨졌다.

한 시간쯤 지나자 태양이 서쪽 하늘을 오렌지 빛으로 물들여 놓고 있었다. 바로 그때 자오판(趙凡)이 대추 빛깔 말을 타고 그의 집 앞을 지나갔다. 말굴레의 줄이 좀 길어서인지 그는 말 엉덩이 쪽으로 물러 앉아 있었다.

"얼마 전에 새로 산 말이에요."

"혹시 남산 넘어올 때 뭐 본 거 없나?"

자오판은 입을 삐죽거리더니 아무 말 없이 휙 지나가 버렸다. 마난팡은 오후 내내 사람들의 입을 통해 나름대로 입수한 정보들을 끼워 맞추며 심증을 거의 굳혔다. 더구나 자오판이 말을 아끼는 걸 보니 뭔가 수상쩍긴 했다. 마난팡은 급기야 지붕 위로 올라가 남쪽 산을 향해 목을 길게 뺐다.

'무슨 수를 써서라도 현장을 잡고 말 테다.'

그 순간 저 멀리 산등성이를 지나 주정과 리우징이 논 한가운데 볏가리 속으로 들어가는 게 눈에 보였다. 리우징의 풍만한 엉덩이도 보였다. 그녀의 입에서는 뭔가에 찔린 듯한 날카로운 교성이 터져 나왔고, 볏짚 냄새와 풋풋한 햇곡식 냄새도 풍겼다. 결국 우려하던 장면이 그의 눈앞에 펼쳐졌다. 까마득해진 마난팡은 두 다리에 힘이 쫙 풀리면서 온 몸이 밑으로 내려앉았다.

마난팡은 아궁이 속에서 시뻘겋게 달궈진 철판을 집어 들고 리우징 앞으로 들이밀며 따져 물었다.

"주정 그 자식이랑 뭔 짓을 한 거야?"

불기운이 벌겋게 올랐던 철판이 식어서 거뭇하게 변해가고 있었다. 그는 벌써 몇 번째 반복해서 리우징을 추궁하고 있었다.

"몇 번이나 말해야 돼? 아무 일 없다면 없는 거지. 사람 말을 왜 그렇게 못 믿어?"

마난팡은 철판을 들고 한 걸음 더 다가갔다. 철판의 뜨거운 열기가 그녀를 휘감았다.

"얼마나 견딜 수 있을 것 같아? 똑바로 말하지 않으면 이걸로 확 지져버리는 수가 있어."

리우징은 오히려 얼굴을 앞으로 더 들이대며 쏘아붙였다.

"어디 한 번 해보시지. 지져보라고. 당신이 날 죽이든 말든 난 결백하니까."

마난팡은 참을성에 한계를 느낀 듯했다.

'그래, 네 년이 끝까지 오리발을 내밀겠다 이거지. 인두질을 좀 당해봐야 정신을 차리겠군.'

그는 그 뜨거운 철판으로 리우징의 허벅지를 꾹 눌렀다. '치직' 하는 소리와 함께 살타는 냄새가 사방으로 번져나갔고, 리우징은 처절한 비명을 지르며 바닥에 쓰러졌다. 철판에 덴 다리가 심한 경련을 일으켰다.

"이래도 거짓말 지껄일래?"

리우징은 눈을 감은 채 금방 죽을 사람처럼 축 늘어져 있었다. 마난팡이 찬물을 한 바가지 끼얹자 천천히 눈을 뜬 그녀가 힘겹게 입을 열었다.

"그런 일 없어."

이미 탈진한 그녀는 눈을 뜨고 있을 기력조차도 없는지 이내 다시 눈을 감았다.

밤이 깊어질 때까지도 리우징은 바닥에서 일어나지 못했다. 한쪽에 앉아 그녀를 지켜보던 마난팡은 눈꺼풀이 점점 무거워져 결국 곯아떨어지고 말았다. 자정을 넘어선 새벽 그는 리우징의 신음소리에 잠이 깼다.

"그 자식이랑 했어, 안 했어? 솔직히 말하면 놔주겠어."

리우징이 입을 오물거리며 움직이긴 했지만 아무런 소리도 나오지 않았다. 마난팡은 그녀의 손과 발을 꽁꽁 묶은 다음 머리카락을 대들보 위에 묶어서 매달아 놓았다.

"사실대로 말할 용의가 있으면 불러. 자백하지 않아도 이미 다 알고 있다고. 너희 둘이 밭에 있는데 무슨 짓을 못해? 마른 장작에 불붙듯이 달아오르고도 남았겠지. 천박해서 못 봐주겠군. 난 절대 그런 짓 용납 못해. 너희 둘은 특히나 더."

마난팡은 리우징을 그렇게 내버려두고 방 안으로 들어가 눈을 붙였다.

마난팡과 마이딩은 거의 동시에 잠에서 깼다. 그들 부자에게 리우징의 애절한 외침이 들려왔다.

"이딩, 어서 와서 엄마 좀 구해줘!"

마이딩이 일어나 침대 아래로 내려가려고 했지만 마난팡에게 뒷목덜미를 잡히고 말았다. 리우징은 침실에서 들려오는 이딩의 울음소리를 들었다.

“아빠, 왜 못 가게 해요? 이거 풀어주세요.”

마난팡은 아무 것도 모르는 이딩을 침대 구석으로 몰아넣고 움직이지 못하게 끈으로 묶었다.

“넌 아빠 아들이야. 울음 뚝 그쳐. 울면 혼낼 거야. 알아듣겠어? 눈물 함부로 뿌리고 다니지 마. 그 눈물 한 방울 한 방울이 다 우리 마 씨 집안 거야. 이제 너한테 엄마는 없어.”

마이딩의 울음소리가 점점 누그러지고 있었다. 울다 지친 아이는 결국 잠이 들었다.

밖에서는 리우징이 죽을힘을 다해 소리치고 있었다.

“이 나쁜 놈아, 이거 어서 풀어.”

“내가 왜 풀어줘야 하지?”

“다 말할게. 정말 죽을 것 같단 말이야. 사실대로 고백한다고.”

마난팡이 나와 줄을 풀어 주자 리우징은 뻑뻑해진 목을 주무르며 힘겹게 말했다.

“의자까지 부축 좀 해줘.”

마난팡은 못 이기는 척 그녀를 부축해 의자에 앉혔다.

“약 좀 가져와서 발라줘. 덴 상처가 아직도 화끈거려. 말 한마디만 해도 욱신거려 죽겠다고.”

“아파도 할 말 없잖아. 거짓말 한 건 당신이니까. 어떤 남자가 그런 일을 당하고도 가만있어?”

마난팡은 고약을 가져와 얇게 펴서 덴 상처 위에 붙여주었다.

“진작 털어놨으면 이렇게까지 고생할 필요는 없었잖아.”

“이렇게 잘해줄지 알았으면 진작 말할걸 그랬네.”

“그럼 정말 그 짓을 했단 말이야?”

“했어.”

마난팡은 오른손으로 주먹 쥐고 왼손바닥을 세게 쳤다.

“드디어 제대로 말하는군. 이제야.”

이미 짐작하고 있었던 일이지만 막상 태연하게 인정하는 리우징을 보면서 그는 펄펄 뛰었다.

“이건 불공평하지. 암, 불공평하고말고. 너희들끼리 놀아났는데 나라고 못할 거 없잖아. 넌 날 속였어. 이제부터는 내가 어떤 계집이랑 뒹굴든 상관하지 말라고.”

“마음대로 해봐. 난 상관 안 해. 당신처럼 쇠로 허벅지를 달구는 짓도 안 할 거고.”

“정말이지?”

“정말이야.”

마난팡은 어스름한 새벽녘부터 잠이 깼다. 창밖을 내다보니 진흙 골목길에 갓 어둠을 걷어낸 옅은 햇살이 설핏하게 서려 있었다. 그는 점괘 책과 술 주전자를 챙겨 대문을 나섰다. 리우징은 삐걱거리며 열리는 대문소리에 잠이 깼다.

“당신, 어디 가?”

“어디 가긴? 여자 찾으러 가는 거지. 나도 좋은 시간 좀 보내고 와야지.”

“가는 건 좋은데 이틀만 있다가 가면 안 돼?”

“왜 이틀이나 기다려야 하지?”

“가지 말라는 게 아니야. 말리고 싶은 생각도 없고. 상처가 아직 아물지 않아서 그래. 이 상태로는 침대에서 꼼짝할 수도 없다고. 상처가 좀 낫거든 가면 안 돼? 당장 급한 일도 아니잖아.”

“난 하루도 못 기다리겠는걸. 지금 당장 해야겠어. 당신 병수 발이나 들다가 가라고? 복에 겨운 소리 하고 있네. 혼자 재미는 다 봐놓고 그만큼의 대가도 안 치르시겠다? 그거야 안 될 소리지. 내가 선심 써 줄 거라고 착각 하지 말라고.”

마난팡은 대문도 잠그지 않고 그렇게 휙 돌아 나가버렸다. 문턱을 나서는 그의 발소리가 유난히 경쾌하게 들렸다. 발소리가 점점 멀어지는 사이 희뿌연 잿빛 하늘에도 서서히 동이 트고 있었다. 그가 도대체 어디로 가려는 건지 리우징은 전혀 감이 오지 않았다.

정오가 되자 리우징은 식사를 준비하려고 몸을 일으켰다. 그러나 불에 덴 다리가 마음대로 움직여주지 않아 할 수 없이 어린 마이딩에게 의지해야 했다. 그녀는 그를 부엌으로 들여보낸 다음 방에서 입으로 하나하나 지시했다.

“이딩, 우선 물을 끓이렴.”

“물을 끓이는 게 뭔데요?”

“불로 솥 안의 물을 뜨겁게 데우는 거야.”

“엄마, 다 끓였어요.”

“이제 솥 안에 쌀 한 사발을 넣어.”

“넣었어요.”

“그럼 이제는 주걱으로 솥 안의 쌀이 잘 섞이도록 저어야 해.”

“잘 저었어요.”

“솥뚜껑 닫고 있다가 솥 안의 물이 다시 끓으면 국자로 물을 퍼내면 돼. 솥 안에 물이 조금만 남아 있게.”

"조금만 남기라고요? 조금이 어느 정도예요?"

"쌀이 물에 푹 잠길 정도로만."

"그 다음은요?"

"그 다음엔 불을 좀 줄여서 천천히 익히면 된단다."

부엌에서는 잠시 침묵이 흘렀다. 마이딩은 화로 옆에 바투 앉아 솥 아랫부분이 불에 서서히 데워지는 것을 바라보고 있었다. 솥 밑이 붉게 달궈지자 마이딩이 다시 리우징을 찾았다.

"엄마, 밥 다 됐어요."

"단지 안에 고추장아찌도 몇 개 꺼내와."

"꺼냈어요. 아주 빨갛게 변했어요."

"그렇게 말하니까 정말 군침 도는 걸."

"금방 상 차려서 가져갈게요."

"그래."

마이딩이 밥 한 사발을 푸고 침실로 가지고 들어가려고 할 때였다. 리우징이 갑자기 다급하게 그를 불렀다.

"이딩, 밥은 잠깐 내려 두고 요강부터 갖다 줄래? 오줌보가 터질 것 같아."

이딩은 요강을 방으로 들여보냈다.

"안 되겠다. 지팡이 좀 가져다주겠니?"

"지팡이는 어디다 쓰게요?"

"오줌 누러 가려고."

"요강 있잖아요."

"습관이 안 돼서 아무래도 직접 가야겠다."

마이딩이 지팡이를 찾아오자 리우징은 천천히 침대가로 움직였다. 침대에서 내려와 바닥을 짚으려는데 발이 자꾸만 헛돌아서 하마터면 침대에서 떨어질 뻔했다.

그녀는 지팡이를 짚고 천천히 앞으로 이동했다. 덴 상처가 선명한 오른쪽 다리는 이미 무감각해져서 아무리 용을 써도 힘을 줄 수가 없었다. 발이 지면에 닿을 때마다 날카로운 통증이 느껴져 치아가 훤히 다 드러날 정도로 입이 벌어졌다. 지팡이에 의지해도 제자리에서만 맴돌 뿐 앞으로 걸어 나갈 수 없었다. 결국 그녀는 지팡이를 던져두고 마이딩의 어깨에 손을 짚었다. 아까보다는 훨씬 안정적인 느낌이었다. 마이딩이 그녀의 지팡이이자 오른발 노릇까지 자처하고 있었다. 그녀가 앞으로 한걸음 내딛자 마이딩이 끙끙대며 입을 벌렸다. 아이의 가녀린 어깨가 얼마나 버텨줄지 의문이었으나 어쨌든 급한 용무는 해결해야겠기에 그녀는 천천히 한걸음씩 앞으로 나아갔다.

"이딩, 어깨 괜찮겠니? 견딜 수 있어?"

"견딜 만해요."

그러나 말을 하는 순간에도 그의 두 다리는 바람에 휘청대는 벼처럼 바들거리고 있었다. 간신히 중심을 잡은 그들은 비척거리며 화장실 쪽으로 걸어갔다.

리우징은 겨우 몸을 가누며 한탄했다.

"이게 다 아빠 때문이야. 네 아빠는 사람도 아니라니까. 짐승보다도 못해. 너한테 좋은 아빠를 만들어 주지 못한 게 한이다."

한동안 마이딩은 리우징 곁에 꼭 붙어서 지팡이 역할을 했다. 리우징은 종종 아들의 부축을 받아 대문가로 나가 바람을 쐬었다. 그들은 대문 앞에 나란히 앉아 희뿌연 골목길과 멀리 펼쳐진 산을 하염없이 바라보곤 했다. 아무런 말도 오고 가지 않았지만 오후 한나절이 그냥 그렇게 흘러가고 있었다.

"이딩, 흙장난이라도 하렴."

"싫어요."

"그럼 뭐 하고 놀래?"

"아무 것도 안 해요. 그냥 엄마 옆에 앉아 있을래요."

"네 아빠는 어디로 갔다니? 아빠가 뭐 하고 있을 것 같아?"

마이딩은 건너편 산 근처 마을을 흘끗 바라봤다. 그때 마을에서 아이들의 외침소리가 들려왔다.

"그걸 제가 어떻게 알아요?"

"엄마가 지금 아빠랑 결혼 안 하고 부지런한 아빠랑 결혼했으면 우리도 이렇게 살지는 않았을 거야. 혹시 아니? 황제처럼 떵떵거리며 살고 있을지. 그럼 넌 학교에도 갈 수 있고, 엄마는 논에 가서 죽어라 일할 필요 없이 호강하면서 살 수 있었을 거야. 그랬으면 정말 좋았겠지?"

"나도 학교 가고 싶어요. 학교 다니는 꿈도 꾸었는걸요. 하지만 우리 집은 돈이 없잖아요."

"다 네 외할아버지 탓이야. 할아버지가 술을 너무 좋아해서 엄마를 술고래한테 시집보냈거든."

외할아버지 얘기가 나오자마자 마이딩은 마을 어귀를 향해 뛰어갔다. 그가 앞으로 달려가자 단추를 잠그지 않은 검은 색 겉옷이 뒤로 나부꼈다. 어찌나 빠르게 달리는지 두 다리가 지면에 거의 닿지 않는 것 같았다.

"이딩, 어디 가는 거니?"

흙 길에 뽀얗게 먼지가 피어올랐고, 마이딩의 대답이 먼지바람에 실려 들려왔다.

"외할아버지한테 따지러요."

리우징은 점점 멀어져 가는 아들의 뒷모습에서 시선을 떼지 못했다.

외할아버지 산소까지 단숨에 달려간 마이딩은 무덤을 보며 원망을 잔뜩 쏟아냈다.

"할아버지, 나빠요. 할아버지가 정말 미워요. 왜 술만 퍼 마시는 아빠한테 엄마를 시집보냈어요? 왜 저에게 술주정뱅이 아빠를 보내주셨어요? 엄마가 아빠랑 결혼만 안 했어도 우리는 부자가 됐을 텐데. 그럼 저도 학교에 갈 수 있고, 이렇게 맨 발로 다니지 않아도 되고, 할아버지는 좋아하는 술 실컷 마실 수 있었잖아요. 그런데 지금은 너무 늦었어요. 후회해도 되돌릴 수 없대요. 할아버지가 너무 미워서 이젠 할아버지라고 부르기도 싫어요."

흙무덤 위에는 이름 모를 잡초들이 노인의 덥수룩한 수염처럼 무성하게 웃자라 있었다. 마이딩은 잡초들이 바람에 낭창대는 모습을 쳐다봤다. 그의 원망 섞인 외침은 이미 흙으로 변해 버렸을 외할아버지의 무덤가를 허무하게 배회하고 있었다.

여전히 대문가에 앉아 있던 리우징은 마을 어귀 쪽에서 사람들이 띄엄띄엄 걸어오는 것을 보았다. 어깨에 농기구를 멘 그들은 얼굴에 진흙을 잔뜩 묻힌 채 일터에서 하나 둘 돌아오고 있었다. 말쑥하게 옷을 차려 입고 조신한 걸음으로 마을 밖으로 나가는 사람도 아주 간간히 눈에 띄었다. 늦은 오후의 나른한 햇살이 골

목에 깔릴 때쯤 누군가 그녀에게 다가와 어깨의 짐을 내려놓으며
말을 붙였다.

"리우 아줌마, 물 한 잔 얻어 마실게요."

그의 짐 보따리 안에는 도끼, 대패, 끌, 연필, 숫돌, 컴퍼스, 자
등이 빼곡히 들어 있었다. 그녀는 이러한 공구들로 미루어 그가
목수라는 걸 짐작할 수 있었다. 그들 마을에서 목수 하면 떠오르
는 사람은 니에원광(聶文廣)뿐이었다.

"원광, 어디서 목수 일을 하는 거야?"

니에원광은 마침 바가지를 입에 대고 물을 털어놓고 있던 참이
어서 그녀의 질문에 바로 대답할 수 없었다. 그가 벌컥벌컥 물을
들이키자 목젖이 상하로 꿈틀거렸다. 며칠 동안 물 한 모금 구경
못해 본 사람 같았다. 물을 충분히 마신 그는 그때서야 받은 숨을
길게 내쉬며 말했다.

"역시 물은 우리 고향 물이 최고라니까."

"마시고 싶으면 얼마든지 마셔. 내가 직접 가서 떠온 거야. 요
며칠은 일을 통 못했지만."

니에원광은 물기에 젖은 입술을 쓱 닦아내며 말했다.

"참, 태양마을에서 일하는데 마 씨 형님을 봤어요."

"그 사람 거기서 뭐하고 있던?"

"별다른 건 없었고 사람들한테 점을 봐주는 것 같기도 하고.
저도 형님이 뭘 하는지는 자세히 못 봤어요. 사나흘 머물다가 딴
데로 가던걸요. 저한테 혹시 집에 가면 형수님한테 안부나 전해
달라고 했어요. 자긴 별 탈 없이 잘 지낸다면서."

"또 다른 말은 없었고?"

"그 말 뿐이었어요."

다음날 수의사인 거우르(㥘日)가 마난팡의 근황에 대한 좀 더 상세한 소식을 들고 리우징을 찾아왔다.

"마난팡에게 여자가 하나 생겼는데, 그 상대가 라오펑산(老風山) 산에 사는 왕언칭(王恩情)의 큰딸 왕메이란(王美蘭)이야. 두 사람이 손잡고 이 마을 저 마을 다니면서 점을 봐주고 있더라고. 사실 말이 좋아 '점' 이지, 거짓말로 대충 둘러대고 남의 돈 뜯어내고 있는 게 분명해. 벌써 몇 군데서 마주쳤는지 몰라. 세상 참 좁기도 하지. 처음 봤을 땐 나도 괜히 못 볼 거 본 것 같아서 고향사람이라고 아는 척하기가 낯 뜨거웠지. 근데 그 두 사람은 전혀 개의치 않고 꼭 붙어서 다니데. 심지어 어떤 때는 백주대낮에 길거리에서 말이야…. 내 참, 기가 하도 막혀서 차마 입에 올리기가 민망하네."

"말해 보세요. 전 아무렇지도 않으니까."

"아니야. 그냥 말 안 하는 게 낫겠어."

"왜 말을 하다 마세요? 기왕 말을 꺼냈으면 끝까지 해야죠. 처음부터 아예 시작하지를 말던 가요. 배고픈 사람한테 밥 한 공기 떠줬다가 반쯤 먹고 나니까 다시 밥공기 빼앗아 가면 그 심정이 어떻겠어요? 차라리 처음부터 안 주는 게 낫죠. 말도 그래요. 말 하다가 중간에 자르는 법이 어디 있어요?"

거우르는 뭔가 중요한 비밀을 감추고 있는 것처럼 여전히 입을 꾹 다물고 있었다.

"제가 절이라도 할까요?"

리우징은 정말 땅에 엎드려 머리라도 조아리고 싶은 마음이 굴뚝같았다. 그런데 몸을 움직이려 해도 불에 덴 한쪽 다리 때문에 제대로 가눌 수 없었다. 리우징의 행동에 깜짝 놀란 거우르가 벌떡 일어나 나가려고 하자 리우징은 마이딩을 불렀다.

"이딩, 나와서 거우 아저씨 다리 좀 붙잡아. 절대 그냥 가게 하면 안 돼. 아저씨가 사실을 모두 다 말할 때까지."

이딩은 거우르를 쫓아가 두 손으로 그의 허벅지를 꽉 틀어쥐었다. 거우르는 앞으로 한 걸음 나갈 때마다 허벅지에 매달린 이딩까지 들어 올려야 했다. 그렇게 두 세 걸음을 거우 버티긴 했지만 결국 철거머리처럼 붙어 있는 이딩의 무게를 견뎌낼 수 없었다.

"마난팡이 그러더군. 자네와 이혼할거라고. 좋은 소식도 아닌데 꼭 내 입으로 말해야겠나?"

리우징의 양 눈언저리에 눈물이 잔뜩 괴었다. 구멍 뚫린 하늘이 퍼붓는 굵은 빗줄기처럼, 아무리 두꺼운 솜을 덧대도 금방 솜을 척척하게 적시는 파열된 혈관의 핏물처럼, 그녀의 눈에서 하염없이 눈물이 쏟아져 내렸다.

"날 원망하지 마. 끝까지 물어본 건 자네잖아. 내 탓이 아니라고. 마이딩, 이제 손 놓고 엄마한테 가보렴."

마이딩은 그때서야 거우르의 허벅지에서 손을 풀면서 말했다.

"그 사람은 우리 아빠 아니에요. 아빠 자격도, 우리 엄마 남편 자격도 없다고요."

거우르는 힐끔 뒤돌아보다가 슬금슬금 꽁무니를 빼더니 후다닥 도망갔다. 누군가에게 쫓기기라도 하는 사람처럼 점점 가속도를 붙여 달려갔다. 그가 지나간 자리에 뿌옇게 흙먼지가 일었다.

리우징은 시간이 날 때마다 대문가에 나와 먼 곳을 바라보며 멍하니 앉아 있었다. 가끔 온통 하얀 구름으로 뒤덮인 하늘 사이로 기러기와 새들이 날아다니곤 했는데, 흰 백지 위에 깨알 같이 쓰인 검은 글씨 같았다. 그 모습을 보고 있으면 왠지 그녀의 마음도 넉넉하고 편안해지는 듯했다. 어느 날 오후 리우징은 그렇게 앉아서 졸다가 잠이 들고 말았다. 손으로 머리를 괸 채 잠든 그녀의 입가에서 침이 질질 새어 나왔다. 꿈속에서 뭔가를 먹고 있는지 허로는 입술을 이리저리 핥고 있었다. 그때 어떤 여자가 그녀 앞에 다가와 '새언니' 하고 불렀다. 리우징이 듣지 못한 것 같자 그녀는 다시 목청을 높여 불렀다.

"새언니!"

그제야 리우징은 눈을 번쩍 떴다. 눈앞에 서 있는 사람은 마홍잉(馬紅英)이었다. 허리를 굽혀 리우징을 쳐다보던 그녀는 몸에 여행 가방을 세 개나 걸치고 있었고, 머리에서는 휘발유 냄새가 진동했다. 리우징이 그녀의 손을 잡고 몸을 일으키려고 해봤지만 다리가 후들거려 일어날 수가 없었다.

"어떻게 된 거예요?"

리우징은 대답 대신 바지를 올려 상처 입은 허벅지를 드러내 보여주었다. 마홍잉에게 상처를 보여주는 순간 그녀의 눈에서는 또 눈물이 왈칵 쏟아졌다.

"아가씨, 드디어 돌아왔군요."

"다리가 왜 그래요? 상처가 이렇게 곪도록 병원에도 안 갔어요? 대체 누가 이 꼴로 만들어 놨어요?"

"누구긴. 오빠 말고 또 누가 있겠어요."

마훙잉은 주머니에서 지폐 두 장을 꺼내 그녀에게 건넸다.

"어서 병원 가서 상처부터 치료해요."

그러나 리우징은 돈을 도로 물리며 거절했다.

"내가 어떻게 이 돈을 받아요? 이 돈 벌려고 뼈가 빠지게 고생했을 텐데. 내가 무슨 염치로 넙죽 받아쓰겠어요? 이까짓 덴 상처쯤이야 곪아 터지고 나면 새살이 돋아나겠지만 돈은 한 번 쓰면 그걸로 끝이라고요."

두 여자는 돈을 가운데 두고 서로 팔심 자랑이라도 하듯 한참 동안 밀고 당기기를 반복했다. 하마터면 지폐가 그녀들의 손아귀 속에 짓이겨져 운명을 다할 뻔했다. 결국 너덜해진 지폐는 먼저 힘이 풀린 마훙잉의 손에 쥐어져 있었다. 마훙잉은 마을을 뒤지고 다니며 리우징을 병원까지 실어다줄 수 있는 사람을 물색했다. 그녀의 손에 들린 돈다발을 본 마을 사람들은 번들거리는 눈빛으로 쩝쩝 입맛을 다셨다.

결국 주 씨 형제가 들것을 만들어 마훙잉을 따라나섰다. 그들이 들것을 들고 리우징을 찾아가자 그녀가 놀라며 물었다.

"누가 이걸 만들라고 했어요?"

주정은 마훙잉을 가리켰다.

"얼마 주던 가요?"

"이십 위안이요."

"돌아가요. 병원에 안 가도 되니까."

마훙잉이 끼어들었다.

"왜 안 간다는 거예요?"

“약값도 이십 위안까지는 안 들어요. 근데 그 돈 주고 들것에 타라고요?”

“그럼 병원에 어떻게 가려고요?”

“이딩의 부축을 받으면 돼요.”

리우징은 마이딩을 지팡이처럼 의지하며 병원 쪽으로 걸어가기 시작했고, 주무랑은 들것을 들고 두 사람의 뒤를 쫓아갔다.

“돈은 이미 받은 거라 돌려줄 수도 없어요. 안 타면 오히려 손해라니까요.”

모자는 아주 천천히 걸음을 옮기고 있었다. 리우징이 앞으로 한 걸음 내딛을 때마다 마이딩은 이를 꽉 깨물며 끙 소리를 냈다. 백 여 미터쯤 걸어가자 마이딩은 더 이상 버티기 힘들었는지 금방이라도 뚝 부러질 것처럼 비틀비틀댔다. 잠시 쉴 겸 멈춰선 리우징은 길 옆 풀밭에 앉아 다리를 뻗었다.

“주무랑, 왜 계속 따라오는 거야?”

“돈을 받았으니 임무를 완수해야죠. 빈 들것이라도 어쨌든 병원까지 갔다 와야 하니까요. 병원까지 실어다 주기로 마훙잉하고 약속했단 말이에요.”

“난 안 탈거니까 그 애한테 돈 돌려줘.”

“그건 안 되죠. 이거 만드느라 한 시간 넘게 걸렸다고요. 우리가 안 싣고 가는 게 아니라 아줌마가 거부하는 거잖아요. 그러니 우리 책임이 아니에요. 돈 아까우면 어서 올라 타라니까요.”

“돈으로 못 바꾼다는 걸 진작 알았으면 이렇게 멀리 걸어오지도 않았잖아.”

주무랑은 들것을 땅에 내려놓으며 말했다.

"후회스럽죠? 후회해도 소용없다고요. 얼른 타세요."

리우징은 못 이기는 척 들것에 올라앉았다.

"이딩도 같이 태워줘. 부축하느라 힘들었을 거야."

"두 명은 너무 무거워서 들 수 없어요. 아니면 돈을 더 내시든
가요."

리우징은 들것 아래에 서 있는 이딩을 보며 말했다.

"이딩, 엄마가 돈 많이 벌면 너만 특별히 태워줄게."

주정과 주무랑이 각각 앞뒤에 서서 리우징이 탄 들것을 들어올
렸다. 들것 높이까지 키가 닿지 않는 마이딩은 들것 중간의 아래
부분에 들어갔다. 멀리서 보면 세 사람이 함께 들고 가는 것처럼
보였다.

리우징은 가는 내내 마이딩에게 당부했다.

"이딩, 마 씨 집안에는 믿을 사람 하나도 없다는 걸 꼭 기억해
야 한다. 네 고모만 빼고. 누가 이렇게 들것까지 불러다가 병원에
보내주겠니? 홍잉 고모니까 이렇게 챙겨주는 거지. 이 세상에 못
된 사람들이 얼마나 많은데. 심지어 어떤 사람들은 남을 이용해
서 돈을 뺏기도 한단다."

· · ·

일주일 후 리우징은 퇴원했다. 마훙잉과 마이딩은 산비탈에서
꺾어 온 야생화를 한 아름 안고 병원으로 갔다. 마이딩은 한 손으
로 꽃을 안아 턱으로 받치고, 다른 한 손으로는 자꾸만 흘러내리

는 바지를 붙잡고 줄레줄레 따라갔다.

병원에서 집으로 돌아오던 길에 마훙잉이 먼저 말을 붙였다.

"언니, 이딩을 학교에 보내지 못하는 게 너무 마음에 걸려요."

"우리도 어쩔 수 없어요. 하루 먹고 살기도 빠듯한데 어디 돈이 있어야죠. 오빠가 어떤 사람인지 잘 알잖아요. 손가락 하나 까딱 하려고를 안 해요. 학교 보낼 돈이 어디서 뚝딱 떨어지는 것도 아니고. 그런 아빠 만난 저 아이만 불쌍한 거죠. 정말이지 그 사람과는 그만 살고 싶어요."

마이딩은 두 사람보다 훨씬 앞쪽에서 걸어가고 있었다. 여전히 한 손으로 야생화를 안고 한 손으로는 바지춤을 잡고 있는 상태였다.

저녁 무렵 마훙잉은 리우징에게 봉투 하나를 건넸다.

"이게 뭐예요? 누가 쓴 편지예요?"

"편지가 아니라 돈이에요."

"돈은 왜요?"

"제가 이딩을 데려 갈게요."

"어디로 데려 간다는 거예요?"

"도시로 데리고 가서 학교에 보낼게요. 이딩의 미래가 이렇게 망가지는 걸 그냥 보고만 있을 순 없어요."

"데려 가면 데려 갔지, 돈은 왜 주는 거죠? 내가 애를 파는 것도 아니고."

"얼마 안 돼요. 그냥 넣어 두세요. 지금 사정이 어렵다는 거 다 알아요. 이걸로 바지라도 한 벌 사 입어요. 바지가 다 해져서 살이 다 드러난 거 봐요."

리우징은 대수롭지 않다는 듯 바지를 툭툭 치며 말했다.

"이게 뭐가 부끄러워요? 어차피 벗겨놓으면 다 거기서 거기잖아요."

마훙잉은 봉투를 탁자 위에 내려놓았다.

"아니, 달라요. 꼭 사 입어요. 전 내일 가봐야 해요. 하루 더 지체하면 휴가기간을 못 맞출지도 몰라요. 하루만 늦어도 공장에서 쫓겨나거든요."

봉투 안에는 오십 위안이 들어 있었다. 리우징은 마이딩의 옷 안에 속주머니를 만들어 봉투에 들어 있던 돈을 그대로 넣어서 다시 꿰매 주었다. 그녀는 바느질을 하며 마이딩에게 조곤조곤 설명했다.

"이딩, 네 고모는 정말 착한 사람이야. 요즘 세상에 고모 같은 천사표가 어디 흔한 줄 아니. 고모랑 같이 가면 맛있는 것도 많이 먹고 좋은 옷도 입고 공부도 할 수 있어. 누가 아니? 네가 나중에 유명한 사람이 될는지. 돈 많이 벌면 엄마한테 집 한 채 만들어 주는 거다. 주머니 안쪽에 오십 위안 넣어둘 테니까 꼭 필요할 때만 꺼내 써. 군것질하거나 장난감 사면서 찔끔찔끔 써버리지 말고, 몸이 아프거나 고모가 신경을 못 써줄 때만 조금씩 꺼내서 쓰는 거야. 고모라고 해도 엄마처럼 살뜰히 챙겨주지는 못할 거야. 오래 부대끼며 함께 지내다 보면 너한테 짜증을 내기도 할 거고, 화내거나 매를 들지도 몰라. 하지만 어쨌든 다 너 잘 되라고 그러는 거니까 절대 말썽 부리지 마. 고모 말 잘 듣고 얌전히 지내야 한다."

"내가 가면 엄마는 어떻게 해요? 누가 엄마 이야기 들어주고, 누가 엄마 부축해주고, 또 누가 밭까지 함께 가주는데요? 싫어요.

고모랑 같이 안 갈래요. 학교 안 가도 돼요.”

다음날 새벽 동이 트기도 전에 리우징은 마훙잉이 부르는 소리에 잠에서 깼다. 손을 뻗어 더듬거리며 마이딩을 찾았지만 침대 위는 텅 비어 있었다.

‘이 새벽에 어디로 간 거지?’

리우징은 옷을 주섬주섬 입으며 마이딩의 이름을 불렀다. 그러나 옷을 다 입을 때까지도 대답소리는 들리지 않았다. 그녀는 세수를 할 겨를도 없이 대문가로 나가 골목과 산을 향해 외쳤다.

“이딩! 어디 있니? 도대체 어디 있는 거야? 이번 기회 놓치면 정말 평생 후회할지도 몰라. 커서 돈 벌고 싶지 않아? 출세하고 싶지 않느냐고? 고모 아니면 누가 또 너한테 이런 기회를 줄 수 있겠니? 사실은 엄마도 너 보내고 싶지 않아. 하지만 미래를 위해서, 너를 위해서 보낼 수밖에 없단다. 어서 나와. 안 나오면 고모가 차를 놓칠 수도 있어. 시간 내에 광저우(廣州)에 못 가면 큰일 난다고.”

어둑발이 채 걷히지 않은 고즈넉한 새벽 리우징의 목소리가 마을의 정적을 깨고 있었지만 마이딩은 여전히 모습을 드러내지 않았다.

“안 나오려나 봐요. 전 이제 가봐야 해요.”

“잠깐만 기다려 줘요. 내가 가서 찾아올게. 분명 외양간에 숨어 있을 거예요.”

리우징이 외양간으로 가보니 과연 마이딩이 풀 더미 안에서 잠들어 있었다. 그녀는 그를 조심스럽게 안아서 걸어 나왔다. 그때까지도 마이딩은 여전히 깊은 잠에 빠져 있었다. 눈을 뜨려는 것 같더니 눈꺼풀이 자꾸 내려앉아 잘 떠지지 않는 듯했다.

"새언니, 제 등에 업혀 주세요. 업고 갈게요."

"안 돼요. 짐도 들어야 되는데. 이 녀석 아마 밤새 안 자고 버티다가 방금 전에야 잠든 것 같아요. 내가 업고 차타는 곳까지 바래다줄게요."

"이따가 깨서 언니 보면 또 안 가려고 떼쓸 거예요. 그냥 제가 업고 가는 게 낫겠어요."

리우징이 이딩을 마홍잉의 등에 업혀 주자 마홍잉은 걸음을 재촉하며 길을 나섰다. 잠에 취한 이딩의 머리가 제대로 가눠지지 못하고 옆으로 기우뚱하며 기울어졌다. 날이 밝아올수록 아이의 머리도 멀어져 갔다. 시야에서 멀어져 가는 그들의 뒷모습이 리우징의 뇌리에 선명하게 박혔다. 잠시 후 그들 두 사람의 머리가 하나로 겹쳐지면서 어느새 리우징의 시야에서 사라졌다. 까치발을 하니 다시 그들의 뒷모습이 나타났지만 이내 하나의 점이 되어 저편으로 멀어져갔다. 리우징은 몇 걸음 달려 나가 흙더미 위에 올라섰다. 그들의 뒷모습이 다시 그녀의 시야에 들어왔다. 그들을 바라보는 그녀의 눈빛에 안쓰러움과 아쉬움이 교차하고 있었다. 마침내 그들은 골목을 돌아나갔고 그녀의 눈앞에서 완전히 사라졌다. 리우징은 그제야 탄식하며 혼잣말을 토해냈다.

"이딩, 결국 이렇게 가버리는구나. 마지막 인사도 못 나누고 이렇게 그냥 가는구나."

잠시 후 골목 끝자락에서 작은 점 하나가 나타났고, 그 뒤로 그보다 좀 더 큰 점 하나가 뒤따라 나타났다. 까만 두 점이 리우징을 향해 빠르게 다가오고 있었다. 작은 점이 마이딩이고, 큰 점이 마훙잉이라는 걸 알아보는 데는 그다지 시간이 걸리지 않았다. 리우징은 회초리를 집어 들고 골목길 한 가운데로 나갔다. 선득한 바람이 그녀의 뜯어진 바지 구멍 사이로 들어왔다. 마이딩의 얼굴이 선명해 질수록 '엄마'를 부르는 소리도 가까워졌다. 이딩은 리우징의 품속으로 달려들어 오고 있었다. 눈을 질끈 감은 리우징은 사정없이 회초리질을 해댔다. 이딩이 비명을 지르며 땅에 넘어졌다. 리우징이 회초리로 겁을 주며 마이딩을 계속 쫓아냈고, 겨우 몸을 일으킨 마이딩은 아까 달려왔던 방향 쪽으로 떠 밀려갔다. 그는 놀라서 도망가기 시작했다. 그러면서도 뒤를 흘끔흘끔 돌아보았다. 회초리로 맞은 다리가 감전 당한 것처럼 찌릿찌릿 시려오는 모양이었다.

"왜 돌아왔어? 네 아빠처럼 게으름뱅이에 술주정뱅이로 평생 살아갈래? 손 하나 꿈쩍 안 하는 아빠 밑에 있어봤자 손가락만 빨다 굶어 죽을 게 뻔해. 넌 이제 엄마 아들 아니야. 꺼져 버려. 네가 엄마 아들이 맞으면 다시 돌아오지 말고 가서 공부 열심히 하고 훌륭한 사람 될 생각이나 해."

리우징은 이딩의 마음을 돌리기 위해 눈을 질끈 감은 채 일부러 모진 소리를 쏘아댔다. 그녀는 말을 하면서도 계속 회초리를 위아래로 들먹거렸다. 마이딩은 더 이상 뛰지 않고 그 자리에 가만히 서서 회초리 세례를 그대로 받고 있었다. 결국 그는 울음을 터트렸고 리우징이 휘두르던 회초리 끝에 눈언저리를 맞았다. 이딩은 손으로 눈을 감싸며 리우징을 피해 멀찍이 물러섰다. 바로 그 때 헐레벌떡 뒤쫓아 온 마훙잉이 그를 다시 데리고 갔다.

"어서 꺼져. 멀리 가버리라고."

리우징은 울음소리가 점점 멀어지는 것을 듣고도 끝까지 눈을 뜨지 않았다. 회초리를 그대로 쥔 채 그 자리에 아침 내내 붙박이처럼 서 있었다. 그녀는 지나는 사람마다 일일이 붙잡고 혹시 마난팡을 만나면 아이를 고모한테 보냈다고 전해달라고 부탁했다.

이듬해 봄, 나날이 온기를 더하는 봄 햇살에 마을 앞산에도 초록의 기운이 깃들고 있었다. 마난팡과 별거하기 시작한 리우징의 얼굴에도 발그레하게 혈색이 돌기 시작했다. 2년 동안 따로 지내기만 하면 충분한 이혼 사유가 될 수 있었다. 어느 날 정오 마당 구석의 자두나무에 앙증맞은 풋열매들이 자글자글 열려 있는 것을 본 리우징은 몇 알 따 먹으려고 나무에 올라갔다. 덜 여물어 풋풋한 자두 한 알을 베어 물자 그녀의 입안에 시금털털한 과즙이 터져 나왔다. 어찌나 시큼했는지 잇몸까지 다 시릴 지경이었다. 그녀가 나무에서 내려오려고 할 때 경찰 한 명이 마을 쪽으로 걸어오고 있었다. 그는 마을 어귀를 지나 휘파람을 불며 골목 안으로 걸어 들어오고 있었다.

'총 들고 여유 있게 휘파람까지…. 그래 봐야 난 아무 잘못도 없는 걸. 도둑질을 했나, 누굴 때리길 했나. 수갑도 총도 전혀 두려울 게 없잖아.'

리우징은 아래로 내려오는 것도 잊은 채 나뭇가지에 그대로 서 있었다. 남자의 듬직한 몸매, 경쾌한 휘파람 소리, 제복 모자에 자꾸만 눈길이 갔다. 그녀는 눈앞에 거치적거리는 나뭇잎을 꺾어내고 경찰의 움직임을 주시했다. 그는 집 앞에 와서 주변을 두리번거리다가 나무 위에 서 있는 그녀를 발견하고는 물었다.

"여기가 마난팡의 집 맞나요?"

갑작스런 질문에 리우징의 몸이 파르르 떨리기 시작했다.

경찰은 다시 한 번 물었다.

"여기가 마난팡 씨 집입니까?"

"네, 맞긴 합니다만. 왜 그러시죠? 그 사람이 무슨 잘못이라도 했나요?"

"실례지만 관계가 어떻게 되십니까?"

리우징은 아까보다 더 심하게 부들거리고 있었다.

"그 사람 아내 되는데요."

"이름은요?"

"리우징입니다."

"알려드릴 게 있습니다. 그러니 일단 거기서 내려오시죠."

리우징은 나뭇가지 뒤로 몸을 움츠리며 말했다.

"싫어요. 뭐 하실 건데요? 저를 잡아갈 건가요? 마난팡이 잘못했는데 내가 왜 끌려가야 하죠?"

"제가 왜 끌고 갑니까? 전해 드릴 소식이 있어서 그렇습니다."

"무슨 소식이요? 좋은 소식인가요, 안 좋은 소식인가요?"

"내려오시면 말씀 드리겠습니다."

"아니요. 절대 못 내려가요. 먼저 말해주기 전까지는 여기 있겠어요. 지금 거짓말 하는 거죠? 날 잡아가려고 수 쓰는 거 다 알아요."

경찰은 피식 웃었다.

"제가 무슨 덕 볼 게 있다고 거짓말을 합니까? 거짓말 하는 거 아니니까 어서 내려와요. 어서요."

그는 리우징을 향해 한 손을 내밀었다.

"안 내려간다니까요. 빈말이 아니라고요."

리우징은 여전히 나뭇가지를 꼭 붙들며 고집을 부렸다. 결국 그도 체념한 듯 말했다.

"그럼 알겠습니다. 아드님 하나 있죠? 이름이 뭐였더라…."

잠시 노트를 뒤적여보던 그가 목을 한번 가다듬고 계속 말을 이었다.

"마이딩이 아드님 맞습니까?"

"그런데 무슨 일이죠?"

"마훙잉이라는 여자가 그 아이를 팔아넘겼습니다."

순간 눈앞이 아득해진 리우징은 몸을 가누지 못하고 나무에서 툭 떨어지고 말았다.

• • •

소식을 듣고 이웃마을에서 달려온 마난팡이 대문을 박차고 들어오며 호들갑을 떨었다.

"대체 무슨 일이야? 누가 이딩을 팔아넘겼다고? 애가 그 지경이 될 때까지 넌 도대체 뭘 하고 있었던 거야? 일부러 팔아넘긴 거 아냐?"

초조하게 집 안을 왔다 갔다 하던 마난팡은 아들을 팔아넘긴 리우징이 괘씸해 어떻게든 혼쭐을 내야겠다고 생각했다. 그는 몽둥이를 집어 들고 리우징이 누워 있는 침대 곁으로 갔다.

"흠씬 두들겨 맞아야 정신을 차리지."

리우징은 아예 자진해서 허벅지를 드러내며 대들었다.

"때릴 테면 어디 때려봐. 안 그래도 누가 날 좀 실컷 패줬으면 좋겠어. 그래, 내가 이딩을 팔아버렸어. 그렇게 고모를 따라가기 싫다는 걸 회초리질까지 해가면서 억지로 보냈다고. 나 때문에 눈가에 상처도 나고 심지어 꺼지라고 악다구니까지 퍼부었어. 고모라는 사람이 조카를 그렇게 매정하게 팔아버릴 줄 누가 상상이나 했겠어?"

마난팡은 몽둥이를 던져 놓고 향정부로 달려갔다. 그의 허리춤에는 술 주전자가 달랑거리고 있었다. 속도를 내며 내달릴수록 주전자도 요란스럽게 달그락거리며 야단법석이었다. 파출소 입구까지 단숨에 달려간 그는 왕 경장을 붙잡고 말했다.

"마훙잉이라는 여자를 잡아줘요. 내 그년을 펄펄 끓는 기름 솥에 밀어버리든가 개에게 물어 뜯기게 하던가 해야지. 아니지, 아예 발가벗겨 놓고 발정 난 남자들에게 강간이나 당하게 해야 속이 시원하지."

"이미 붙잡혀서 감옥에 있습니다. 아무리 그래도 여동생인데 어떻게 그런 막말을 입에 담으십니까?"

"내 아들을 팔아넘겼다잖아. 되로 주면 말로 받아 치자는 게 내 신조야."

경장은 웃음을 지으며 그를 타일렀다.

"일단 돌아가 계십시오. 아드님 소식이 있으면 바로 알려드릴 테니."

"우리 아들을 찾아올 때까지 여기서 꼼짝도 안 하겠소."

마난팡은 제 집 안방인 냥 파출소 입구에 벌렁 드러누웠다.

"어서 찾아내요."

"지금 어디 가서 찾아온단 말입니까?"

"당신들이 안 찾으면 누가 찾아? 나랏밥을 처먹고 있으면 밥값이라도 제대로 해야할 것 아냐? 우리가 세금을 내는 족족 당신들 뱃속으로 직행하는데, 나 몰라라 하겠다고?"

대자로 뻗어 누운 채 주절주절 떠들던 마난팡은 서서히 눈을 감더니 그새 곯아 떨어졌다.

그가 깨어났을 때 바같은 이미 어둑해져 있었다. 길에는 개 두 마리만 어슬렁거릴 뿐 다른 인기척은 없었다. 그가 파출소 문을 두드렸지만 안에서는 아무런 반응이 없었다. 왕 경장은 어디론가 가고 없었다. 마난팡은 욕설을 내뱉고는 어둠을 헤집으며 다시 마을 쪽으로 걸어갔다. 마을 어귀로 들어서기도 전에 그는 마을을 향해 소리쳤다.

"리우징, 나 왔어! 지금 아무 것도 안 보여. 주변이 온통 새까매서 앞을 볼 수가 없다고. 어서 손전등 가지고 데리러 나와. 듣고 있어? 어서 나오라니까."

그의 고함소리는 리우징은 물론 마을 사람들 모두가 들을 수 있을 정도로 쩌렁쩌렁 울렸다. 그가 마이딩을 찾아서 데리고 왔다고 생각한 리우징은 옆집에서 손전등을 빌려 허둥지둥 마을 입구로 달려 나갔다. 마을 사람들도 대문가에 나와 마을 어귀 쪽을 주시하고 있었다. 마난팡은 마치 전장에서 이기고 돌아온 개선장군처럼 당당히 사람들 사이를 뚫고 지나갔고 심지어 손까지 흔들어 보였다.

"아이는 찾았는가?"

"찾았어?"

아이를 찾았냐고 묻는 소리가 여기저기서 튀어나왔다.

마난팡은 입을 꾹 다문 채 손만 흔들 뿐이었다. 얼굴에는 슬픔을 억누르는 듯한 표정이 어렸다.

집으로 들어서자마자 리우징이 다짜고짜 캐물었다.

"어떻게 됐어? 뭐라도 알아냈어?"

"알아내긴 했지. 하지만 말해줄 수 없어. 계란프라이라도 해주면 모를까."

"알았어. 바로 해줄게. 하루 종일 헤매고 다니느라 밥도 제대로 못 먹었지?"

잠시 후 프라이팬에 탁탁 기름 튀는 소리가 들리더니 계란프라이 냄새가 온 집안에 퍼졌다. 마난팡은 계란프라이를 안주 삼아 술을 들이키기 시작했다. 그는 술을 마시면서 무슨 대단한 무용담을 펼쳐놓듯 썰을 풀어놓았다.

"경찰서에 가서 마훙잉 그년을 찾아내라고 했지. 기름 솥에 빠트리든지, 개한테 물어 뜯기게 하든지 요절을 내고 말겠다고 말이야."

그는 잠깐 말을 끊더니 분이 안 풀린다는 듯 벌컥벌컥 술을 입속으로 털어 넣었다.

"그럼 이딩은? 이딩은 어떻게 됐대?"

"그것도 경찰한테 다 얘기해놨어. 무슨 소식 있으면 바로 연락 준다고 했어. 지금 그 사람이 여러 군데 수소문을 하고 있으니까 내일이면 연락 올 거야.”

　다음날도, 그 다음날도 마난팡은 늘 그래왔듯 논일은 제쳐 두
고 매일 파출소로 출근했다. 그곳에서 그가 하는 일이라고는 입
구에 드러누워 잠자는 것뿐이었다. 왕 경장은 파출소에 들어가고
나올 때마다 발로 그를 툭툭 치며 말했다.

　“이봐요, 일어나요.”

　마난팡은 실눈을 뜨고 비스듬히 올려다 보다가 이내 다시 눈을
감았다.

　“여기서 이렇게 버텨도 뽀족한 수가 없다니까요. 일단 돌아가
서 기다려요.”

　“싫소. 안 간다니까. 아들나미 기다려야지 가긴 어딜 가?”

　이 대목쯤 되면 그는 으레 억지스런 울음소리를 내며 눈물 몇
방울을 짜냈다. 이런 식으로 하루를 뭉개다가 집으로 들어가서
리우징에게는 마치 대단한 소식을 가져온 것처럼 행동했다. 한번
은 마난팡이 이를 미끼로 리우징을 침대 곁으로 끌어들였다.

　“오늘은 내 침대에서 같이 자지.”

　리우징은 거절했다.

　“따로 자는 게 낫겠어. 계속 각방 써왔는데, 지금 같이 자버리
면 그동안 별거했던 날짜들은 다 무효가 되잖아. 이렇게 쉽게 다
시 합칠 생각이었으면 애초부터 따로 지내지도 않았어.”

　그러나 그녀는 어느새 마난팡의 침대 앞으로 다가와 있었다.

　“올라오라니까.”

　“무슨 소식을 들었는지 먼저 알려줘.”

　“싫어. 올라오면 말할게.”

"올라오라면 못 갈 줄 알아? 이 침대의 원래 주인은 나라고."

마난팡은 그제야 정황을 설명했다.

"왕 경장이 찾을 수 있도록 최대한 노력은 해보겠는데, 만에 하나 못 찾으면 자기들도 방법이 없다고 하데."

그 뒤로도 마난팡은 알맹이 없는 변명만 둘러댔다.

"왕 경장이 오늘은 세 군데에 전화를 하더라고. 이딩과 관련된 통화였어."

"왕 경장, 그 사람 참 서글서글하니 괜찮아. 오늘은 글쎄 술 한 잔 사주던데."

"파출소 사람들이 그래도 꽤나 신경을 써줘. 퇴근할 때마다 나만 보면 아들 찾았냐고 꼬박꼬박 물어봐주고."

참다못한 리우징이 결국은 침대에서 벌떡 일어나며 말했다.

"어떻게 제대로 된 소식은 하나도 없는 거야. 벌써 며칠째 이런 식으로 얼렁뚱땅 넘어가려고 하잖아. 내일 저녁부터는 다시 내 침대에서 따로 잘 테야. 이딩을 찾고 있기는 하는 거야?"

그녀는 침대 위에 털썩 주저앉아 울기 시작했다. 그러나 이미 눈물샘이 말라버린 눈에서는 더 이상 물기가 흘러나오지 않았다.

그날부터 리우징은 자신의 침대로 돌아갔다. 마난팡이 집으로 돌아와도 그녀는 방문을 걸어 잠그고 내다보지도 않았다. 한번은 마난팡이 문을 두드리며 먼저 말을 걸었다.

"리우징, 문 좀 열어봐. 오늘은 계란프라이 안 해줘? 내 침대로 건너 와봐. 오늘 정말 중요하게 할 이야기가 있어."

"이젠 안 속아. 보나마나 쓸데없는 말로 둘러댈 테지. 매일 파출소 입구에서 잠만 자다 온다는 거 다 알아. 벌써 소문이 파다하다고."

"오늘은 정말 중요한 일이라니까."

"그럼 얘기해봐. 얼마나 중요한지 한번 들어보자고."

"문부터 열어."

"절대 못 열어."

"정말 안 열 거야?"

"그렇다니까."

"그럼 할 수 없지. 여기서 말하는 수밖에."

"얘기하라니까."

"왕 경장이 그러는데 그 자식들이 이딩의 눈알을 파서 벌써 팔아치웠다더군."

순간 둔기로 얻어맞은 듯한 충격에 휩싸인 리우징은 침대에서 바닥으로 굴러 떨어졌다. 마난팡은 그녀가 바닥에 쿵 하고 떨어지는 둔중한 소리를 들었다.

"한쪽 손도 잘라냈대."

리우징은 누군가 칼로 자신의 심장을 후벼 파는 듯한 느낌이 들었다. 일어나려고 애써봤지만 다리가 제대로 펴지지 않아 그대로 주저앉고 말았다. 그녀가 쓰러지는 소리는 마난팡이 서 있는 바깥에서도 분명하게 들렸다. 이번에는 나무판에 머리를 부딪힐 때 나는 소리처럼 크고 둔탁한 소리가 났다. 마난팡은 계속 말을 이어나갔다.

"그런 다음에 매일 이딩을 도시 한 가운데로 내보내서 구걸을 시킨다는 거야. 돈을 가져오면 도로 다 빼앗아 간대. 아이가 제대로 먹지도 입지도 못해서 말라 비틀어 졌다는데, 어찌나 말랐는지 사람인지 원숭이인지 분간을 못하겠다는 거야."

그때 방문이 소리 없이 열렸다. 바닥에 쓰러진 리우징은 정신을 잃고 뻣뻣한 통나무처럼 가로 누워 있었다. 그녀는 한참을 그렇게 혼절해 있다가 겨우 깨어나 힘겹게 말했다.

"마난팡, 더 말하지 마. 숨이 막혀 죽을 것 같아. 가슴이 금방 찢어질 것 같다고."

리우징은 버둥대며 일어나 향정부 쪽으로 정신없이 뛰어갔다. 손전등도, 횃불도 없이 몇 백 미터를 달려가다가 도랑에 걸려 넘어졌다. 뭔가에 머리를 얻어맞은 것 같은 느낌과 함께 정신이 아득해졌다. 정신을 차려보니 이마에 선득한 한기가 돌며 물컹한 피가 뚝뚝 떨어졌다. 그녀는 잠시 머뭇거리다가 다시 앞으로 내달리기 시작했다. 뛰다가 넘어지기를 몇 번이나 반복하며 간신히 파출소 문턱까지 다다랐을 때 그녀에게는 이미 문을 두드릴 힘조차 남아 있지 않았다. 그녀는 전쟁터에서 장렬히 쓰러지는 군인처럼 파출소 입구에 도착하자마자 정신을 잃고 쓰러지고 말았다.

다음날 아침 왕 경장은 문을 열고 나오다가 문 앞에 쓰러져 있는 리우징을 보고 깜짝 놀라 뒤로 흠칫 물러섰다.

"어떻게 된 거예요? 리우징, 어쩌다가 이 꼴이 됐어요? 이마는 왜 그래요?"

"경장님, 나쁜 사람들이 우리 이딩의 눈을 빼다 팔았다는 게 사실이에요? 팔도 잘렸다면서요? 한 손인가요? 아니면 두 손 다 잘렸나요? 구걸도 시킨다는데, 맞나요?"

"누가 그럽디까?"

"남편이요."

"이런 황당할 데가 있나. 난 그저 외국에서 일부 악랄한 사람들이 아이들을 유괴 해다가 그런 짓을 하기도 한다고 전해줬을 뿐이요. 우리 같은 사회주의국가에서 그런 일이 가당키나 해요? 게다가 우린 아직 이딩의 소식을 알아내지도 못했다고요."

"그게 사실이에요?"

"지금 이마에 온통 피투성이인 사람을 앞에 두고 농담이나 하게 생겼어요?"

"그랬군요. 그럼 그런 일은 없었단 말이죠."

리우징은 안도의 한숨을 길게 내쉬었다. 낮고 길게 이어지는 한숨 소리와 함께 그녀의 두 다리도 스르르 풀렸다.

그때 어디선가 살려달라는 고함 소리가 들려왔다. 풀썩 주저앉아 있던 리우징은 희미하게 메아리쳐 오는 그 소리의 출처를 향해 천천히 발걸음을 옮겼다. 이어졌다 끊겼다를 반복하던 길의 끝자락에서 저수지 하나가 나타났다. 저수지에서는 사람들이 대나무 장대로 뭔가를 건져 올리고 있었다. 몇몇은 옷을 벗은 채로 수면 위로 얼굴을 내밀었다 아래로 가라앉았다 하고 있었다. 그들은 어린 아이가 저수지에 빠졌다고 설명했다. 어린 아이라는 말에 사색이 된 리우징이 다급하게 물었다.

"혹시 아이가 여덟, 아홉 살쯤 됐나요?"

"그렇소."

"키가 이만한가요?"

리우징이 손대중으로 키 높이를 알려주었다.

"맞아요."

“아이고, 우리 이딩인가 보네요. 이딩, 엄마야. 엄마가 널 구하러 왔어.”

리우징이 소리치며 저수지로 들어가려고 하자 한 낯선 남자가 그녀를 붙잡으며 말했다.

“빠진 아이는 당신 아이가 아니오. 내 딸이라고요. 지금 불난 집에 부채질합니까?”

“당신 딸이라고요?”

그녀를 안았던 남자가 고개를 끄덕였다. 그의 눈은 벌겋게 충혈 되어 핏발이 잔뜩 서 있었다.

“딸이 빠졌다면서 당신은 왜 안으로 뛰어들지 않는 거죠?”

남자는 리우징의 물음에 뜨끔했는지 고개를 떨구고 자신의 바지만 보았다.

한참 동안 리우징은 저수지 주변에 멍하게 앉아 있었다. 그 사이 하늘 한 쪽이 훤해지면서 동이 터왔다. 수면이 태양빛에 물들어 붉게 일렁였다. 오늘따라 태양이 눈치 없는 불청객처럼 느껴졌다. 그곳에 있던 사람들은 그녀를 보며 수군거렸다.

“여자 혼자 여기에 뭐 하러 온 걸까? 이 새벽에 왜 여기서 헤매는 거지? 분명 물에 빠져 죽으려고 온 걸 거야.”

잠시 후 남자의 통곡소리가 들렸고 리우징은 사람들이 시뻘건 수면에서 여자아이를 건져 내는 것을 보았다. 그녀는 여자아이의 얼굴에 시선을 고정한 채 몇 번이나 훑어보았다. 그렇게 한참을 들여다보면서 이딩이 아님을 확인하고 나서야 눈을 돌렸다.

왕 경장은 입구에서 자고 있는 마난팡을 발로 툭 찼다.

"차고 싶어서 찬 게 아닙니다. 내 구두에도 알코올 성분이 밸 까 봐 두렵거든요. 지금 발로 찬 것은…. 아니지, 엄밀히 말하면 찬 게 아니라 부딪힌 거군요. 지금 이렇게 부딪힌 것은 결코 제 의도가 아닙니다. 어쩔 수 없었다고요. 어서 가서 애 엄마한테 전 해요. 며칠 전에 현縣 공안국에서 납치당한 어린이 몇 명을 구했 는데, 그 중에도 이딩은 없었답니다. 자쑤(加速)마을의 어떤 농부 도 유괴된 아들을 찾으러 다니다가 결국 찾아냈다고 하더군요. 이딩도 돌아올 가능성이 아주 없는 것은 아니니까 우리도 계속 수소문을 해볼 테니 당신들도 아이 찾을 방도를 궁리해 봐요."

이야기를 전해들은 리우징은 초점 잃은 눈빛으로 먼 곳만 응시 하고 있었다.

"하지만 도대체 어디서 찾아야 하지? 돈은 또 어디서 구하고?"

리우징은 대문가 차가운 돌 위에 두 시간 넘게 꼼짝없이 앉아 있었다. 며칠 새 그녀의 얼굴에는 주름이 자글자글하게 패었다. 강더위에 쩍쩍 갈라진 메마른 땅 같았다. 피부도 영 맞이 가서 금 방이라도 끊어질 듯한 고무줄마냥 빳빳하고 푸석했다. 깨져서 금 간 사기그릇 파편들을 다시 억지로 조악하게 끼워 맞춘 것처럼 그녀의 얼굴은 형편없었다. 그때 그녀의 눈빛이 눈언저리 사이로 날아가 앞산 산등성이에 심어진 들쭉날쭉한 나무대열에 고정되 었다. 나뭇잎 하나하나의 잎맥과 결까지도 바로 눈앞에서 보는 것처럼 선명하게 펼쳐졌다. 내 시력이 이렇게 좋았던가? 그녀는 눈앞에 펼쳐지는 것들이 믿겨지지 않아 손으로 눈을 비볐다. 그 런데 이번에는 더욱 먼 곳까지 눈에 들어왔다. 산 너머 작은 마을 이 나타났고, 잔물결이 일렁이는 넓은 강과 벼꽃이 출렁이는 논이 펼쳐졌다. 그곳이 바로 자쑤마을이었다. 그곳은 그녀도 한 번 가본 기억이 있었다. 그 마을의 한 아이도 실종되었다가 다시 돌아왔노라고 마난팡에게 들은 것 같았다. 순간 그녀는 기왕이면 도시까지 내다보여서 이딩의 행방을 찾을 수 있으면 얼마나 좋을까라는 생각이 솟구쳤다.

그녀는 눈꺼풀에 힘을 주며 더 먼 곳을 응시하려 애썼다. 하지만 기왓장을 켜켜이 쌓아놓은 용마루가 중간에서 거치적거렸다. 그녀의 시선은 용마루 위를 넘어가려고 발악하다가 결국 기진맥진한 마라톤 선수가 길바닥에 풀썩 주저앉듯이 푹 꺾이고 말았다. 더 멀리 내다보고 싶었지만 더 이상은 역부족이었다. 시야를 가로막는 지붕은 그 마을에서 유괴당했다딘 아이가 사는 집의 지붕이었다. 그 시간 아이의 가족들은 아이를 마음대로 밖에 나가지 못하도록 침실에 가둬놓고 있었다. 그녀는 시선을 거두어 자신의 발끝을 응시했다. 눈에서 뜨거운 불빛이 뿜어져 나와 발끝을 데우는 듯했다. 달창난 왼쪽 신발의 큼직한 구멍 사이로 엄지발가락이 삐죽이 나와 있었다.

그때 목수 니에원광이 연장을 지고 마을 입구 쪽으로 걸어 나가고 있었다. 다른 지역에 일거리가 생긴 모양이었다. 그는 리우징을 보더니 다가와 말을 걸었다.

"형수님, 도시 사람들은 검은색 찐빵을 먹는대요. 고기는 다 발라내고, 개처럼 뼈를 갉아먹는답니다. 한 번 갉아 먹고도 그냥 버리기 아까워서 그걸 또 솥에다 푹 고아 먹는데, 그걸 한 세 번쯤 반복한 뒤에야 버린다는군요. 그래서 얼굴은 누렇게 뜨고 살가죽이 뼈에 들러붙은데다 눈은 또 움푹 들어가서 얼마나 비실대는지 몰라요. 그곳은 농사지을 땅이 없으니까 농촌보다 훨씬 살기가 힘들어요. 매일 반나절은 잠이나 자면서 시간을 때운다는데 아마 마 씨 형님보다 더 심할 걸요. 씻지도 않고 머리도 안 빗고 다닌다니 말 다 했죠. 제일 끔찍한 건 그 사람들은 발가락이 네 개밖에 없다는 거예요."

니에원광은 리우징이 듣는 둥 마는 둥 해도 전혀 개의치 않고 조잘대다가 가던 발걸음을 마저 재촉했다.

그가 멀어져 가자 리우징의 머릿속에 다리 위에서 버려진 뼈다귀를 주워 핥아먹고 있는 이딩의 얼굴이 떠올랐다. 남들이 먹다 버린 뼈다귀는 수액이 말라버린 나무처럼 아무 맛도 나지 않을 것이었다. 그녀의 상상 속에서 이딩은 오랫동안 굶주렸는지 그런 민숭민숭한 뼈를 들고 악착같이 핥아대고 있었다. 조금 야윈 듯했지만 아이의 눈과 손은 아직 온전하게 몸에 붙어 있었다. 리우징은 그저 떠도는 소문일 뿐이라며 머릿속 장면들을 애써 지워냈다. 그러나 끊겼던 필름이 다시 돌아가듯이 이내 또 다른 장면이 펼쳐졌다. 순간 그녀의 온 몸이 식은땀에 흠뻑 젖었다. 이딩의 무릎 아래로 다리가 보이지 않았기 때문이다. 그는 다리가 잘려나간 채 다리 위에 앉아 구걸을 하고 있었다. 앞에는 종이상자가 놓여 있는데, 이미 돈으로 가득 차서 바닥에까지 동전들이 나뒹굴고 있었다. 리우징은 평생 그렇게 많은 돈을 본 적이 없었다. 한 뚱뚱한 여자가 인파들 틈에 숨어 이딩의 일거수일투족을 감시하고 있었다. 그 여자는 도시에서 유일하게 살이 찐 여자인 듯했다. 그녀는 종이상자가 돈으로 그득해질 때마다 주머니를 들고 달려가 돈을 수거해 갔다. 이딩이 여자에게 애원했다.

“배고파요. 검은 찐빵 하나만 주세요.”

그러나 여자는 매몰차게 뿌리쳤다.

“시끄러워.”

이딩은 혀로 메말라 갈라진 입술을 적시며 뚱뚱한 여자의 뒷모습만 애처롭게 바라봤다.

“이딩, 어째서 찐빵 하나도 못 얻어먹는 거야? 그렇게 돈을 많이 벌어주는데 애를 저렇게 굶기다니.”

눈을 감고 있던 리우징은 자신도 모르게 소리를 지르다가 울음을 터트렸다. 사색이 된 그녀가 마난팡을 불렀다.

“아무래도 소를 팔아야겠어.”

마난팡이 물기가 뚝뚝 떨어지는 젖은 옷을 손에 든 채 집 안 어딘가에서 뛰쳐나왔다.

“뭐라고? 소를 왜 팔아?”

“우린 지금 돈이 필요하잖아.”

. . .

리우징은 수의사 거우르를 불러 소 판 돈 전부와 여기저기서 긁어모은 돈들을 숫제 내놓으며 부탁했다.

“우리 이딩 좀 찾아줘요.”

거우르는 입가에 묻은 번지르르한 기름기를 옷소매로 쓱 닦아냈다. 리우징이 집닭을 잡아 만든 음식을 순식간에 먹어 치운 그의 입가에는 번들거리는 기름이 그대로 남아 있었다. 그는 입 주위를 몇 번이나 훔쳐내며 말했다.

"걱정 말게. 마이딩 일은 나한테 맡겨. 자네들 일은 곧 내 일이기도 하니까. 내가 발이 꽤 넓은 사람인 건 인정하지? 다리 쭉 뻗고 편하게 지내고 있어. 내 꼭 이딩을 찾아서 데려올 테니까."

거우르가 옷 주머니 속으로 돈을 꾹 찔러 넣자 마난팡은 치통을 앓는 사람처럼 입 끝을 실룩거렸다. 주섬주섬 돈을 다 챙겨 넣은 거우르는 주머니를 단단히 여미더니 일어서서 밖으로 나갔고, 걸어가면서도 주변을 이리저리 살피며 경계를 늦추지 않았다.

거우르가 대문을 나서자 마난팡은 리우징의 허벅지를 세게 꼬집었다. 리우징의 입에서 비명이 새어나왔다. 마난팡은 그 소리가 채 끝나기도 전에 그녀의 따귀를 또 후려쳤다.

"왜 그래? 미쳤어?"

마난팡은 손가락 두 개를 올려 세우며 악을 썼다.

"이천이야. 자그마치 이천 위안이라고. 나도 한번 만져보지 못한 그 돈을 그 자식이 홀라당 가져가 버렸다고."

"당신도 동의했잖아? 이제 와서 객기를 부리는 이유가 뭐야?"

마난팡은 밖으로 뛰쳐나가 거우르를 쫓아갔다. 거우르가 왜 따라 오냐고 물어도 그는 웃음만 지을 뿐이었다. 거우르가 걸어가면 마난팡도 따라 걸었고, 거우르가 쉬려고 멈추면 그도 역시 발걸음을 멈췄다.

"도대체 왜 이러는 건가? 할 말 있으면 속 시원히 하든가. 그렇게 웃고만 있으면 내가 그 속을 어떻게 헤아리겠나?"

"별거 아니야. 다만……."

"다만 뭐? 어서 말해 보라니까."

"그러니까 그게……. 우리 전 재산이나 다름없는 돈인데 그렇게 전부 가져가버려서……. 에누리라는 것도 있지 않지 않나? 풀 베다가 정성껏 소를 키운 노고가 있으니 우리도 우리 몫을 요구할 권리가 있다고. 하지만 이딩을 찾는 일이 걸린 만큼 아까워도 눈 질끈 감고 다 준 거라네. 그래도 그 돈을 싹쓸이해서 가져가는 걸 보는 내 심정이 어떻겠나?"

거우르는 모른 척 고개를 흔들었다.

"그 돈이 고스란히 남의 주머니로 들어가는데 솔직히 마음이 쓰리고 아프더군. 막말로 그렇게 많은 돈을 다 가져가서 우리 아들을 꼭 찾는다는 보장도 없잖아? 수중에 돈을 하나도 남겨두지 않으면 우리도 살 길이 막막해진다고. 그러니 아주 조금이라도 떼어주고 가면 좋겠는데."

잠자코 듣고 있던 거우르가 주머니에서 이십 위안을 꺼내 그에게 건넸다.

"그런 말이라면 돈을 주기 전에 미리 해도 되지 않나?"

"그때는 아들 찾는 게 당장 급해서 다른 건 생각할 겨를이 없었지. 좀 더 남겨주면 안 될까?"

"이딩을 찾겠다는 거야, 말겠다는 거야?"

"아니야. 찾아야지."

마난팡은 이십 위안을 들고 터벅터벅 집으로 돌아갔다. 그는 집에 들어서자마자 또다시 리우징의 따귀를 때렸다. 리우징은 자포자기를 한 듯했다.

"그래. 때릴 테면 때려. 맞아줄 때 실컷 때려 보시지. 이딩만 찾으면 당장 이혼이야."

다음날 아침 거우르는 약 상자를 어깨에 짊어지고 길 떠날 채비를 했다. 마난팡이 약상자를 보고 한마디 던졌다.

"아이 찾으러 떠나는 사람이 웬 약상잔가? 지금 왕진 가는 게 아니라고."

거우르는 약상자를 열어 보여주었다. 상자 안에는 옷과 양치도구, 돈이 전부였다. 한쪽 구석에 콘돔 한 통을 쑤셔 넣긴 했으니 구색하긴 하지만 그나마 '약상자' 라는 명분은 찾은 셈이었다.

거우르는 장소를 이동할 때마다 왕 경장에게 전화를 걸어왔다. 왕 경장은 전화가 오면 마난팡에게 내용을 전달했고, 마난팡은 집으로 돌아가서 리우징에게 전해주었다.

전화내용은 대략 이랬다.

"현에 도착했으니 걱정 말아라."

"류저우(柳州)에 도착했다."

"광저우에 도착했고, 친척과 지인들에게 부탁해서 수소문하고 있다. 며칠 안에는 좋은 소식을 알려줄 수 있을 것 같다."

"아는 사람이 어느 학교에 팔려온 아이가 있다고 제보를 해줘서 그 학교에 찾아갔다. 처음 얼핏 봤을 때는 이딩인 것 같았는데, 자세히 보니……."

왕 경장 말로는 거우르의 전화가 여기서 끊어졌다고 한다.

"자세히 보니까 전혀 아니라서 실망했다."

"여기저기 도움을 구하면서 술, 담배를 사주거나 음식을 대접하다보니 벌써 돈이 바닥났다. 하지만 한 가지 좋은 소식도 있다. 이딩의 행방을 알아냈다. 이딩이 어느 공장 노동자의 집에 팔려 갔다고 해서 어제 몰래 그 집에 찾아갔다. 아무래도 아이를 데려오려면 돈이 많이 들 것 같으니 돈을 더 끌어 모아봐라. 이틀 후에 다시 연락할 테니 돈이 어느 정도 준비됐는지 알려 달라.”

그날 저녁 마난팡은 집으로 돌아오지 않았고, 거우르의 소식도 거기서 끊겼다. 리우징은 마난팡이 들어올 거라고 믿고 있었다.

‘뭔가 좋은 소식이 있어서 모처럼 술 한잔 걸치고 있겠지. 아니면 이딩을 찾았다는 연락이 와서 직접 데리러 갔을지도 몰라.’

그녀는 그저 원래 늦게 다니던 사람이니 오늘도 늦나 보다고 생각했다. 그녀에게 그날 밤은 시간이 유난히 더디게 느껴졌다. 마을도 여느 때보다 훨씬 조용했는데 그날따라 개 짖는 소리조차 들리지 않았고 집 밖에서는 그 흔한 발자국 소리 하나 들리지 않았다. 걸어 다니는 생물체가 모두 사라져 버린 느낌이었다.

‘술 취해서 어디 쓰러져 있나? 무슨 사고를 당한 건가?’

시간이 갈수록 리우징의 불안감도 점점 커져만 갔다. 이딩은 둘째 치고 마난팡에게 무슨 일이 벌어졌으면 어쩌나 초조해졌다. 침대에서 몸을 일으켜 나온 그녀는 횃불 하나에 의지해 마을로 통하는 길로 나가 마난팡을 찾았다. 마난팡의 이름을 애타게 불렀다.

“마난팡, 당신 어디 있어? 어디 숨은 거야? 사람 놀래 키지 말고 어서 나와. 또 어떤 계집이랑 바람이라도 난 거야? 죽더라도 이혼한 다음에 죽으란 말이야. 이딩도 찾아야 하는데 나 혼자 어떻게 다 감당하라고. 아직까진 당신이 필요하단 말이야.”

리우징의 애절한 외침은 향정부 입구에 다다를 때까지 계속되었다. 그때까지도 마난팡의 모습은 어디에서도 찾아볼 수 없었다. 그녀는 왕 경장의 집 대문을 탕탕 두드렸다. 한참을 두드려도 안에서는 별 반응이 없었다. 문 두드리는 소리에 잠이 깬 이웃사람이 창문을 열어 짜증을 냈다.

"이 밤중에 남의 집 대문에서 뭘 하는 거요? 누가 죽기라도 했소? 그러다 문이 하나도 남아나지 않겠네. 왕 씨는 현으로 출장 갔다고 들었소. 두드려도 문 열어줄 사람 없을 거요."

리우징은 횃불을 들고 다시 집 쪽으로 향했다. 집에 도착하니 날이 이미 훤해져 있었다. 밤새 기운이 빠진 그녀는 숨을 돌리려고 대문가에 주저앉았다. 일찌감치 일어난 마을 남자들이 서둘러 밭일을 나가고 있었다. 그녀는 지나가는 그들에게 미친 듯이 매달리기 시작했다.

"우리 아들 좀 찾아줘. 찾아주기만 하면 내가 같이 살아줄게."

한 젊은 남자가 비웃으며 말했다.

"이미 시집간 아줌마를 누가 데려간다고 그래요?"

"마난팡하고는 곧 헤어질 거야. 마난팡, 그 자식은 남편도 아니야. 아들한테는 코딱지만큼의 관심도 없어. 이렇게 중요한 순간에, 아들이 어디서 살았는지 죽었는지도 모르는 이 판국에 어떻게든 찾아볼 생각은 안 하고 꽁무니 빼고 도망을 가? 인간 말종 같으니."

"그래도 아줌만 나이가 너무 많잖아요. 우리 같은 총각들하고 격이 맞는다고 생각해요?"

"결혼은 안 해도 좋아. 이딩만 찾아다 주면 뭐든지 하라는 대로 다 할게."

"뭘 할 수 있다는 건데요?"

남자들은 약속이라도 한 것처럼 일제히 키득거렸다. 웃음소리는 금세 그녀의 귓가에서 사라졌다. 사람들은 모두 제 갈 길로 흩어졌고 그녀 혼자 덩그러니 남았다.

'이딩은 지금 어떻게 된 걸까? 거우르와 마난팡은 도대체 어떻게 된 거야? 왜 이렇게 함흥차사란 말인가?'

힘겹게 몸을 일으키는 순간 리우징의 눈에 또 먼 곳의 풍경이 선명하게 펼쳐졌다. 앞산 산등성이의 나무들이 나타났고, 자쑤마을의 지붕 꼭대기를 지나 향정부와 길게 늘어진 도로가 모습을 드러냈다. 바로 다음에 이어진 장면은 현의 한 여관방이었다. 여관방 창문에는 커튼이 드리워져 있었고, 커튼 뒤로 나체 상태인 남녀의 실루엣이 희미하게 비쳤다. 낯설지 않은 남자의 모습은 왠지 거우르 같았다.

리우징은 방 안을 좀 더 상세히 들여다보고 싶었지만 거기까지가 한계였다. 그녀의 시선은 얇은 커튼을 뚫지 못했다. 까치발을 하니 시야가 좀 더 선명해지는 것 같아 아예 의자를 옮겨왔다. 의자 위에 올라서자 방안의 상황이 그녀의 눈앞에 여실히 드러났다. 차마 볼 수 없는 낯 뜨거운 광경에 리우징의 분노가 극에 달했다.

"이런 빌어먹을 놈. 내 피 같은 돈을 계집질하는 데 쏟아 부어? 이딩을 찾고 있다는 건 다 거짓말이었어. 우릴 감쪽같이 속였어."

리우징은 거우르의 형상을 비틀어 짓누르듯 질끈 눈을 감았다. 한참 후에야 눈을 뜬 그녀의 눈앞에는 거우르도, 도시의 형상도 아스라이 사라지고 없었다. 다시 먼 곳을 보려고 애써 봤지만 발가락만 어른거릴 뿐 더 이상 아무 것도 나타나지 않았다.

이틀 후 정오 무렵 마난팡이 집으로 뛰어 들어왔다. 리우징은 집에 없었다. 그녀가 남산 논에 나갔다는 이웃의 말을 전해 듣고 마난팡은 다시 논으로 달려갔다. 리우징은 논의 한가운데 서 있었고 벼에 가려 상반신만 보였다. 마난팡을 발견한 그녀가 먼저 물었다.

"어디 갔다 이제 오는 거야?"

그는 아무런 대꾸도 없이 모퉁이 쪽 샘물에 엎드려 물을 마셔 댔다. 꿀꺽꿀꺽 물 넘기는 소리가 요란스러웠다. 다 마시고 일어난 후에는 복날 강아지처럼 입을 벌리고 혀를 아래로 쭉 내밀었다. 잠시 그 자세로 서 있더니 그제야 좀 진정이 된 듯 거우 입을 열었다.

"리우징, 우리가 거우르한테 속았어."

"알고 있어."

"어떻게 알아?"

"다 봤거든."

마난팡은 땀으로 범벅 된 얼굴을 닦아내며 비웃음을 지었다.

"당신이 어떻게 알게 되었는지는 모르겠지만 어쨌든 우리가 당한 건 사실이야. 현에 나갔다가 그 자식을 우연히 만났는데, 날 보자마자 냅다 줄행랑 치더라고. 광저우에 갔다는 것도 거짓말이고, 이딩을 찾아준다는 것도 새빨간 거짓말이었어."

"광저우는커녕 우리 돈으로 여자랑 놀아나기 바쁘더군."

"이렇게 당할 수야 없지. 찾아가서 담판을 짓던가 해야지."

리우징이 물었다.

"무슨 방법이라도 있어?"

“그 자식 집에 가서 돈 될 만한 물건은 다 옮겨 오자고.”

다음날 오전 마난팡과 리우징은 거우르의 집으로 갔다. 그의 아내 양화(楊花)가 대문을 가로막으며 버티고 서 있었다.

“우리 집 물건에 손대기만 해봐. 나 먼저 끌어내기 전까지는 어림도 없어.”

그녀의 손에는 날이 바짝 선 도끼가 들려 있었다. 서슬 퍼런 도끼날은 얼굴이 비칠 정도로 광이 났다. 마난팡과 리우징은 차마 앞으로 나서지 못하고 있었다. 그들은 거리를 두고 마주서서 당신들 집안이 천성적으로 막되어먹었다는 둥, 너도 누구누구랑 자지 않았냐는 둥 옛일을 들먹이며 언성을 높였다. 양화도 절대 물러서지 않았다.

“리우징, 너도 할 말 없잖아. 네 서방이 왜 다리에 불을 지졌는지 잊었어?”

말싸움은 갈수록 가관이었다. 본질은 사라지고 그야말로 싸움을 위한 싸움으로 번지고 있었다. 오전에 시작된 싸움은 해가 서쪽으로 옮겨갈 때까지 계속됐다.

그때 나무 위에서 구경하던 아이들이 갑자기 소리쳤다.

“이딩, 마이딩이 돌아왔다!”

아이들은 나무 아래로 쏜살같이 미끄러져 내려와서는 마을 입구로 우르르 달려갔다.

“뭐라고? 지금 뭐라고 했지?”

리우징이 자신의 귀를 의심하자, 양화가 잽싸게 나서며 말했다.

“이딩이 돌아왔다잖아. 우리 남편이 드디어 이딩을 찾아낸 게 틀림없어. 이래도 아직 할 말이 더 남았어? 함부로 주둥이를 놀리더니 꼴좋네. 남 탓하기 전에 입단속들이나 잘 하라고. 그래, 어디 때려 보시지?"

리우징과 마난팡은 얼어붙은 듯 멍하니 서 있었다.

왕 경장이 마이딩을 집 앞에 데려오자 온 마을 사람들이 몰려나왔다. 왕 경장과 마이딩, 리우징, 마난팡 네 사람은 사람들에 의해 둥글게 에워싸였다.

"이거 설마 꿈은 아니지? 정말 돌아온 거지?"

리우징은 쏟아져 나오는 눈물을 옷소매로 연신 닦아내며 이딩의 머리부터 발끝까지 꼼꼼히 어루만졌다. 그녀의 손이 마이딩의 두툼한 신발 위에서 멈췄다. 튼튼해 보이는 새하얀 운동화였다.

"어디 맞은 데는 없니? 누가 구해 줬어? 엄마 안 보고 싶었니? 뭐 뺏긴 건 없고? 이딩, 지금 엄마 앞에 있는 거 맞지?"

그녀는 오른손으로 왼손 손등을 꼬집어보고 볼도 비틀어봤다. 통증이 있는 걸 보니 분명 꿈은 아닌 듯했다. 그래도 믿겨지지 않는지 이번에는 돌멩이를 들어 발등을 내리찍었다. 돌이 발 위로 떨어지자마자 그녀는 비명을 내질렀다. 두 손으로 돌에 찍힌 다리를 부여잡고 다른 한 쪽 다리에 의지해 제자리에서 경중경중 뛰었다.

"정말이구나. 이건 현실이야. 하하……."

리우징은 숨이 넘어갈 정도로 크게 웃어 제쳤다.

마난팡이 왕 경장에게 물었다.

"거우르가 찾은 거요?"

"거우르라뇨? 공안국에서 연락 온 겁니다. 여기다 서명 좀 해 주시죠. 아이를 부모에게 인도했다는 확인서입니다."

"난 글자를 쓸 줄 모르오."

"손도장을 찍어도 됩니다."

마난팡은 왕 경장의 노트에 손도장을 꾹 눌러 찍었다. 도장을 찍고 난 그는 사람들이 몰려 있는 쪽을 향해 소리쳤다.

"양화, 들었지? 이딩은 공안국에서 찾아준 거라고. 거우르 그 자식은 우리 돈 떼먹고 도망간 사기꾼일 뿐이야."

마이딩이 돌아온 날 오후 리우징은 기분이 붕 떠서 뭐부터 해야 할지 감이 오지 않았다. 그녀는 만나는 사람마다 일일이 붙들고 환하게 웃으며 이딩이 돌아왔다며 좋아했다. 그것만으로는 성에 차지 않았던지 그녀는 아예 아이를 대동하고 이집 저집 온 동네를 휘젓고 다녔다. 리우징은 이딩의 손을 꼭 붙잡으며 물었다.

"이딩, 도시 사람들은 정말 발가락이 네 개밖에 없든?"

"아니요. 우리랑 똑같이 발가락 다섯 개씩 달려 있는 걸요."

마이딩은 다섯 손가락을 펼쳐 보였다.

"엄마도 안 믿었어. 목수 아저씨가 엄마한테 거짓말 한 거야."

마을을 돌아다니는 내내 리우징은 한 순간도 이딩의 손을 놓지 않았다. 또 다시 놓치게 될까 봐 더욱 단단히 그러쥐었다.

"엄마, 오줌 마려워."

"엄마랑 함께 가자."

"진흙 가지고 놀래요."

"그래, 엄마랑 같이 놀자."

"닭고기 먹고 싶어요."

"아빠가 금방 잡아줄 거야."

그녀는 온 종일 이딩의 뒤를 따라다녔다.

"이딩, 오늘 저녁은 우리한테 정말 기쁜 날이야. 지금 제일 하고 싶은 게 뭐니? 뭘 하면 가장 재미있을까?"

"음, 숨바꼭질이요."

마이딩과 리우징은 숨바꼭질을 시작했다. 문 뒤, 침대 아래, 바지 안, 항아리 옆까지……. 집안 구석구석 숨을 만한 곳을 찾아 두 사람의 그림자가 왔다 갔다 했다. 그러다 한번은 리우징이 아무리 뒤져도 이딩이 보이지 않았다.

"이딩, 어디 있는 거니? 소리 좀 내봐. 소리 안 내면 엄마도 안 찾는다."

그녀는 이딩의 소리가 침실 쪽에서 들려오는 것 같아 방으로 들어가 봤지만 여기저기 들춰봐도 찾을 수 없었다.

"어디 숨은 거야? 어디 숨어 있든 간에 엄마 눈은 피하지 못할 걸. 어서 나와 봐. 어디 있는지 맞춰 볼까? 위층에 있니? 침대 밑에 있어?"

아무리 불러도 마이딩이 나오지 않자 리우징은 얼러대기 시작했다. 다급하게 움직이다가 방에 있던 술병을 잘못 건드려 깨뜨리고 말았다. 술병이 깨지는 소리에 누구보다 마음이 아픈 건 마난팡이었다. 참다못한 그가 밖에서 그들을 나무랐다.

"이제 그만 좀 해. 술병까지 깨졌잖아. 그 놈의 숨바꼭질 좀만 더 하다간 집 안에 있는 술병 다 깨부수겠군. 이딩, 어서 나와. 안 나오면 아빠가 회초리로 때릴 테다."

그때 마이딩이 '와' 하고 소리를 내며 쌀통에서 튀어나왔다. 리우징은 너무 놀라 휘청대다 바닥에 넘어졌다.

"거기 숨어 있었구나. 왜 그 생각을 못했지? 이딩, 네가 이겼어. 엄마가 졌다."

리우징과 마이딩이 침실에서 나와 보니 마난팡의 얼굴이 잔뜩 일그러져 있었다.

"오늘 같은 날은 얼굴 좀 펴. 당신도 함께 기뻐해야 정상인 거 아냐?"

리우징이 한 소리하자 마난팡이 이딩을 보며 말했다.

"가서 술 좀 가져오너라."

마이딩은 침실에서 술 한 병을 가지고 나왔다.

"이리와 앉아. 오늘 저녁엔 아빠랑 한 잔 하자."

마난팡은 작은 잔에 술을 조금 따라서 아이의 입에 넣어 주었다. 마이딩은 계속 콜록대더니 술을 그대로 토해냈다.

"이런 아까워라. 이 아까운 술을 왜 토해내? 아빤 마시고 싶어도 없어서 못 마시는데."

• • •

새하얗게 빛이 나던 마이딩의 운동화는 점점 거뭇하게 변해가고 있었다. 며칠 후 리우징은 논으로 올라가면서 이딩을 데리고 갔다. 도중에 이딩의 신발이 갈라져 큰 구멍이 생겼고 구멍 사이로 발가락이 삐져나왔다. 그는 해진 신발을 벗어 손에 들고 한쪽 발만 신발을 신은 채로 뒤뚱거리며 걸어 올라갔다. 울상을 짓고 있는 그를 보며 리우징이 다독거렸다.

"이따 저녁 때 집에 가서 꿰매면 다시 신을 수 있을 거야."

"꿰매면 보기 흉해지잖아요."

마이딩은 끝내 울음을 터트리고 말았다.

"그럼 엄마가 새 걸로 사줄게. 아무리 가난해도 우리 아들 신발만큼은 신게 해줘야지."

"여기선 이런 신발 살 수도 없단 말이에요."

마이딩은 맨발로 논에 서 있었다. 벼들 사이에 들어가 있으니 키가 벼와 고만고만해서 그가 잘 보이지 않았다. 한낮의 태양이 살갗을 태울 듯이 쨍쨍하게 내리쬐고 있었고, 마이딩은 그렇게 선 채로 꾸벅꾸벅 졸았다.

"이딩, 졸리면 나무 그늘에 가서 한 숨 자거라."

마이딩이 질퍽한 흙탕물에서 발을 빼자 진흙이 갑옷처럼 묵직하게 다리에 덧발라져 있었다. 논두렁 위에 올려진 신발을 본 그가 소리쳤다.

"엄마, 신발 원래대로 돌려놔요. 신발 신을래요."

"한 짝은 그래도 멀쩡하잖니?"

"한 쪽만 신을 순 없는 거잖아요. 두 짝 다 새 것이어야 한단 말이에요."

"이런 신발은 여기서 안 판다면서?"

"똑같은 신발이라야 해요. 엄마가 여기 오자고만 안 했어도 신발이 그렇게 망가지지는 않았잖아요."

"신발이란 원래 평생 신을 수 없는 거야. 언젠가는 닳게 되어 있다고."

"어쨌든 제 신발 원래대로 만들어 놓으란 말이에요."

그는 집 쪽으로 무작정 내달리기 시작했다.

“이딩, 어디 가니?”

“신발 찾으러 갈래요.”

마이딩은 점점 속력을 냈다. 리우징은 이딩이 또 멀리 떠날 것만 같은 불길한 예감에 휩싸였다. 그녀는 논에서 뛰어나와 이딩을 쫓아갔다. 그들은 달리기 시합을 하는 선수들처럼 필사적으로 질주하고 있었다. 리우징은 이딩 뒤에 바짝 따라붙는 듯했지만 돌 뿌리에 걸려 넘어지고 말았다.

“이딩, 어서 돌아와.”

이딩은 먼발치에서 멈춰 서서 리우징을 잠깐 돌아보더니 다시 후다닥 도망갔다. 발과 다리에는 여전히 두터운 진흙 띠를 두른 채로 말이다. 리우징의 입에서는 늙은 말의 신음소리 같은 흐느낌이 터져 나왔다.

이딩이 집을 나간 뒤로 리우징은 몸을 제대로 가누지 못했다. 벌써 보름째 침대신세를 지고 있었다. 여름은 끝물을 향해 치닫고 있었고 여름의 끝자락을 알리는 폭우가 지붕 위 기와를 텅텅 두드리고 있었다. 빗방울이 지붕 위 버름한 틈을 사이로 새어 들어와 리우징의 턱과 눈 위에 뚝뚝 떨어졌다. 그녀는 아직도 이딩 스스로 자신의 곁을 떠났다는 게 믿어지지가 않았다. 아무리 이유를 곱씹어 봐도 납득할 수 없었다. 그녀의 시선이 천장에 난 구멍 사이를 지나 빗물이 떨어지는 하늘에 고정되었다. 지붕 위에는 이미 구멍이 여러 군데 나 있었다. 리우징은 몸이 나아지면 지붕에 올라가 수리를 좀 해야겠다고 생각했다.

며칠 후 언제 비가 개었는지 지붕 틈새로 들어온 말간 햇살 한 줄기가 빛기둥이 되어 리우징의 얼굴을 간질였다. 리우징은 마난팡을 불렀다.

"마난팡, 비가 그쳤으니 지붕에 올라가서 기와를 손 좀 봐. 언제 또 비가 올지 모르잖아. 비만 오면 옷이랑 곡식들이 다 젖는다고."

마난팡의 대답은 들리지 않았다.

'또 어디 술자리에 달려갔나 보군.'

리우징은 침대에서 일어나 문가로 나갔다. 도타운 햇발이 마당 한가득 몰려와 있었다.

'어쩜 이렇게 날씨가 좋을까? 먼지 하나 없는 날이네. 이렇게 맑은 날이라면 이딩을 볼 수 있을지도 몰라.'

리우징은 먼 곳을 향해 목을 길게 뺐다. 그러나 이딩은 어디에도 보이지 않았다. 까치발을 해도, 의자 위에 올라서도 마찬가지였다. 결국 그녀는 사다리를 가져다가 지붕 처마 옆에 세워 놓았다.

'지붕 위에 올라가면 더 멀리 내다볼 수 있을 거야.'

그녀는 사다리를 타고 올라가다가 직선으로 내리 꽂히는 태양 빛이 눈부신지 눈살을 쨍그렸다. 고개를 비딱하게 기울여서 보니 한결 나아진 듯했다. 지붕 위에 올라선 그녀는 세상에 부러울 것이 없다고 느껴졌다. 그녀는 목을 길게 내밀어 멀리 보려고 기를 썼다. 먼저 산등성이에 우거진 나무들이 나타났고, 그 뒤로 자쑤 마을, 향정부, 현의 모습이 순서대로 오버랩되며 나타났다. 이어서 긴 철도가 보였고, 높은 건물도 등장했다. 그녀의 시선은 점점 멀리까지 뻗어가고 있었다. 드디어 그녀의 눈앞에 마이딩의 모습이 드러났다. 이딩은 백지처럼 하얀 옷을 입고 호화스런 식탁에 앉아 맛있게 점심을 먹고 있었다. 식탁 위에는 풍성한 생선요리와 하얀 쌀밥이 차려져 있었다. 리우징은 이마에 손 갓을 만들어 자세히 들여다봤다. 틀림없이 이딩이었다. 그녀보다 훨씬 잘 입고 잘 먹으면서 여유 있게 살고 있었다.

리우징은 갑자기 다리에 힘이 빠지는 걸 느꼈다. 그때 기왓장이 아래로 미끄러져 내렸고 그녀는 미처 반응할 새 없이 지붕 아래로 떨어졌다. 낡은 기왓장들도 뒤질세라 와르르 아래로 쏟아져 내렸다. 그녀는 순식간에 기왓장 더미에 파묻혔다. 기와더미를 헤집고 얼굴을 내민 그녀의 이마에 커다란 혹이 부풀어 올라 있었다. 그녀는 허탈하게 중얼거렸다.

"나보다 더 잘 먹고, 잘 입으며 지내고 있구나. 이곳에 있을 때보다 훨씬 배불리 먹으면서 잘 살고 있어."

1966년　3월, 광시(廣西)성 톈어(天峨) 현 산골의 한 초가집에서 출생.

1979년　9월, 톈어 현 중학교에 입학해 도시로 나감.

1982년　9월, 허츠(河池)사범전문대학 중문과 입학. 추위와 배고픔을 잊
　　　　기 위해 국내외 명저들을 탐독함. 밤마다 기침이 심해서 친구
　　　　들의 잠을 깨우기 일쑤였음.

1984년　연애는 꿈도 못 꾸고, 신디(新笛)문학회에 들어감. 직접 창간한
　　　　타블로이드 신문에 글을 발표함.

1985년　〈허츠일보〉에 처녀작인 시 〈산매山妹〉를 발표하고 8위안의 원
　　　　고료를 받음.
　　　　7월, 톈어 현 고등학교 1학년 어문 담당 교사로 부임하여 담임
　　　　도 겸함. 재직하는 동안 여러 편의 시, 산문, 소설 작품을 발표
　　　　하며 현 내에서 이름을 떨침.

1987년　허츠지역 관공서 판공실 제2비서과에서 비서로 근무하며 자료
　　　　작성, 재해 영상 촬영, 촌락 시찰 등을 담당함. 예비간부로 배
　　　　정되어 교육을 받는 동안 글을 쓸 시간이 현저히 줄어들었으나
　　　　틈틈이 짧은 문장들을 신문 모퉁이 코너에 기고함.

1991년　〈허츠일보〉 편집장으로 부임했고, 첫 번째 중편소설 〈절벽〉을
　　　　〈리장(漓江)〉 잡지에 게재함.

1992년 2월, 쑤퉁(蘇童)의 추천으로 중편소설 〈조상〉을 잡지 〈작가〉에 발표함.

3월, '둥시(東西)'라는 필명을 처음 사용하기 시작함. 〈수확收穫〉 제2기에 중편소설 〈용모〉를 발표하고 뒤이어 〈화성花城〉 3월호에 단편소설 〈환상적인 마을〉을 발표함.

1994년 10월, 위화(餘華), 한둥(韓東), 천란(陳染) 등과 함께 광둥청년문학원에서 객원 작가로 활동하며 매달 광둥작가협회로부터 1200위안의 월급을 받음. 비록 대표작은 없었지만 그때서야 작가가 되었다는 것을 실감함.

1995년 1월, 대표작을 탄생시키겠다는 일념으로 집 안에 틀어 박혀 〈언어 없는 생활〉을 구상함.

3월, 〈언어 없는 생활〉 완성 후 〈수확〉에 우편으로 원고를 투고함.

1996년 1월, 〈언어 없는 생활〉이 〈수확〉에 발표됨. 이어서 5월에는 복간된 〈소설선간小說選刊〉에도 일부 발췌되어 실림.

10월, 하이텐(海天)출판사와 화이(華藝)출판사에서 중편소설집 《서정시대》와 《언어 없는 생활》을 각각 출간함.

1997년 4월, 〈언어 없는 생활〉이 〈소설선간〉 우수작품상에 당선되어 처음으로 베이징을 방문함.

6월, 여유시간을 이용해 낡은 방에서 '국제가國際歌'를 부르며 첫 번째 장편소설 〈따귀소리〉를 완성함.

11월, 〈따귀소리〉가 〈화성〉 잡지에 실림. 〈남방문단〉 및 관련 기관의 초청으로 난닝에서 열리는 '광시 삼검객三劍客' 작품토론회에 참가함.

1998년 1월, 창춘(長春)출판사에서 《따귀소리》 단행본을 출간함. 중편소설 〈시선을 멀리 던지다〉를 〈인민문학人民文學〉에 발표함. 이후 〈소설선간〉 2월호에도 전재됨.

4월, 〈언어 없는 생활〉이 중국 제1회 노신문학상 중편소설 부문에 당선됨. 드디어 작가 인생 최초의 대표작이 탄생함.

5월, 중편소설 〈고통대결〉이 〈소설가小說家〉에 발표되고 이후 〈소설선간〉 9월호에도 실림.

1999년   6월, 광시민족출판사에서 중편소설집 《시선을 멀리 던지다》를 출간함.

9월, 서사방식을 추구한 중편소설 〈배의 기억〉이 〈인민문학〉에 실림. 이후 해방군문예출판사의 《중국선봉소설가-남성작가 편》과 타이완천하출판사의 《천하소설-대륙 편》에도 수록됨.

2000년   9월, 중편소설 〈내게 묻지 마세요〉가 〈수확〉에 발표된 이후 〈소설선간〉 12월호에도 실림. 나중에 이 소설은 중국소설연구회가 선정한 '2000년 소설 베스트셀러'에 오르기도 함.

2001년   3월, 〈언어 없는 생활〉을 원작으로 한 영화 〈천상의 연인〉 시나리오 작업을 시작함.

10월, 시대문예출판사와 평론가들이 뽑은 '중국 50대 작가'에 선정됨. 영화 〈천상의 연인〉이 고향인 톈어 현에서 크랭크인. 중편소설 〈금빛 테두리를 두른 옷〉이 20부작 드라마 〈낯선 길을 사랑하다〉로 각색됨. 《고통대결》, 《내게 묻지 마세요》, 《내게 꿈이 없는 이유》, 《금빛 테두리를 두른 옷》, 《못생긴 그의 곁으로》까지 총 5권의 소설집을 출간하며 작가 인생 최대의 전성기를 맞이함.

2002년   5월, 중편소설 〈추측〉이 〈수확〉과 〈소설선간〉 7월호에 실림. 발표 직후 한 여성 감독에 의해 영화 〈맞춰 보세요〉로 각색됨.

10월, 쿤룬(崑崙)출판사의 《시대의 고아》에 인터뷰 내용이 실림. 리장출판사에서 작품집 《둥시 편》을 출간함. 제15회 도쿄 국제영화제에서 영화 〈천상의 연인〉이 '최고예술공헌상'을 수상함.

2003년   1월, 화문출판사에서 《따귀소리》를 출간함.

3월, 《따귀소리》를 각색한 20부작 TV연속극 〈소리〉와 영화 〈누나의 사전〉 시나리오 작업을 시작함.

10월, 중국문련출판사에서 단편소설집 《무슨 일이 생긴 것 같아》를 출간함. 장편소설 〈후회록〉 집필을 시작함.

2004년   2월, 단편소설 〈그녀가 얼마나 아름다운지 너는 몰라〉를 〈작가〉 잡지에 발표. 이후 〈중화문학선간〉 3월호에도 실림.

11월, 제20회 중국 금계백화영화제 신작 영화전에서 영화 〈누나의 사전〉의 주연배우 장친친(蔣勤勤)이 여우주연상에 노미네이트. 드라마 〈소리〉가 공중파에서 방영되어 높은 시청률을 기록함.

2005년   3월, 단편소설 〈우리 아버지〉가 동명 드라마로 각색됨.

5월, 장편소설 〈후회록〉 탈고 후 〈수확〉 잡지 제3기에 발표. 그와 동시에 흰 머리가 계속 번져가는 것을 발견함.

7월, 소설 〈후회록〉이 〈장편소설선간長篇小說選刊〉에 실리고, 인민문학출판사에서 단행본으로 출간됨.

9월, 둥시 작품집 4권이 출간됨.

언어 없는 생활

1판 1쇄 발행 2008년   8월 14일
1판 2쇄 발행 2008년 11월 28일

지은이 · 둥시
옮긴이 · 강경이
펴낸이 · 주연선

편집 · 이진희 이신혜 박윤희 이정원 강소라 윤지현 김광일
디자인 · 정혜욱
마케팅 · 김호 장병수 이정희 노재용
관리 · 구진아

도서출판 은행나무
121-839 서울특별시 마포구 서교동 384-12
전화 · 02)3143-0651~3 | 팩스 · 02)3143-0654
등록번호 · 제 10-1522호(1997. 12. 12)
www.ehbook.co.kr
ehbook@ehbook.co.kr

잘못된 책은 바꿔드립니다.

ISBN 978-89-5660-248-6 03820